캔터베리 이야기 2

세계문학전집 440

캔터베리 이야기 2

The Canterbury Tales

제프리 초서

이동일, 이동춘 옮김

민음사

일러두기

1 이 책은 엘즈미어 필사본(Ellesmere Manuscript, 15세기 초)을 저본으로 번역했다.
2 본문의 각주는 모두 옮긴이 주이다.

차례

1권   개정판에 부쳐

          1장
          2장
          3장
          4장
          5장

6장

의사의 이야기

리비우스[1]의 이야기에 따르면, 비르기니우스라 일컫는 기사가 있었는데 그는 명예와 훌륭함을 겸비한 인물이며 많은 친구와 재산을 소유하고 있었다. 이 기사와 부인 사이에는 딸 하나가 있었으며, 평생 다른 자식은 없었다. 그 딸은 다른 누구보다 미모가 출중하였다. 최상의 노력을 기울여 그녀를 이처럼 출중하게 만들어 낸 자연 덕분일지니, 이에 대해 자연은 이렇게 말할지 모른다.

"자, 보라. 나, 자연은 원하기만 하면 언제든지 이처럼 생명체를 만들고 꾸밀 수 있느니, 누가 내 기술을 따라올 수 있단

---

1) 티투스 리비우스(Titus Livius, 기원전 59~기원후 17). 로마의 역사가로 142권에 이르는 방대한 『로마사』를 남겼다.

말인가? 피그말리온이 제아무리 흙을 빚고, 쳐서 조각하고 색을 칠할지라도 나처럼 할 수 없을 것이고, 아펠레스와 제욱시스[2]가 또한 나의 기술에 버금가는 작품을 만들기 위해 흙을 빚어 두드리며, 조각하고 색칠하는 작업이 헛된 일임을 나는 감히 말할 수 있노라. 그 이유는 창조주이신 그분께서 나를 총대리인으로 삼으시어 내가 원하는 대로 지상의 모든 창조물을 빚어 색을 입히도록 허락해 주셨기 때문이며, 차거나 기우는 달 아래 있는 각각의 생명체는 나의 손에 달려 있기 때문이며, 나의 일에 대하여 아무런 대가도 나는 요구하지 않기 때문이다. 주님과 나는 이 점에서 완전한 합의를 보았으며, 나는 주님을 찬양하기 위하여 그녀를 만들었다. 어떤 색깔의 어떤 모습을 하고 있을지라도 모든 다른 것들 또한 그러한 목적으로 창조되었노라."

아마 자연은 이처럼 말했을지 모른다.

이 여인의 나이는 열네 살이었고, 자연의 여신은 이 여인에 대하여 대단히 기뻐했다.

백합을 흰색으로, 장미를 붉은색으로 칠하듯이 그러한 색채를 가지고 그녀가 태어나기도 전에, 자연의 여신은 그 고상한 창조물의 팔다리를 그것에 꼭 맞는 색깔로 채색해 주었다. 그리고 태양의 신, 포이베는 그녀의 긴 머리를 반짝이는 빛으

2) 피그말리온은 그리스의 유명한 조각가이며, 아펠레스는 데리우스(Darius)의 무덤을 조각한 전설적인 인물로 알려져 있다. 제욱시스 또한 아테네의 뛰어난 화가이다.

로 염색하여 주었다. 그녀의 외적인 이러한 아름다움보다 그녀의 덕스러움은 수천 배나 더했다. 사람들의 칭찬을 받기에 부족한 조건이 그녀에게는 하나도 없었다. 육체적으로는 물론 정신적으로 그녀는 정숙했고 겸손하고 절제할 줄 알며, 온건하며 인내할 줄 알고, 거동이나 옷차림에 조심성이 있으며, 대답하는 데 항상 신중한 태도를 보이는 여인으로 성숙해졌다. 팔라스[3]처럼 현명할지라도, 그녀의 말투는 항상 여자답고 수수했고, 자신의 지혜를 보이기 위하여 과장되며 화려한 언어를 사용하지 않았고, 자신의 신분에 맞게 말했으며, 그녀가 하는 크고 작은 모든 말들은 덕스럽고 고귀한 것들이었다.

그녀는 여인답게 수줍음을 띠었고, 마음은 항상 변함이 없고, 그녀 안의 게으름을 없애기 위하여 항상 열심히 일했다. 그녀는 술을 입에 대지도 않았다. 술과 젊음은 비너스 욕망의 기운을 키우는데, 이는 기름이나 유지에 불이 옮겨붙는 것과 마찬가지다. 거리낌 없이 자유로운 그녀의 성격 때문에, 그녀는 아프다고 자주 핑계를 대곤 했는데, 그 이유는 남녀가 음탕함에 빠질 기회가 되는 축제, 놀이 그리고 무도회에서처럼 어리석은 행동을 범하기 쉽게 만드는 모임을 피하기 위해서였다. 그러한 일들은 젊은이들을 조숙하고 대담하게 만든다는 것을 모든 사람이 다 알고 있으며, 이는 매우 위험한 것으로 옛날부터 그래 왔다. 성년 여자가 한 남자의 아내가 되었을 때 방자함을 너무 빨리 배우게 되기 때문이다.

---

3) 팔라스(Pallas Athena)는 그리스 신화 속 지혜의 여신이다.

나이 들어 귀족들의 딸을 가르치는 여러 가정교사는 내가 하는 말에 불쾌해하지 않기를 바라는 바이다. 당신들이 귀족들의 딸을 가르치도록 소임을 맡게 된 이유는 다음 두 가지 가운데 하나일 터이니. 당신이 정직하게 살아왔다는 이유이거나 나약함에 굴복하여 사랑놀이를 너무나 잘 알게 된 후, 그러한 잘못된 행위를 영원히 포기하기로 결심했기 때문일 것이다. 그러니 그리스도를 위해서라도 여인들에게 덕성을 가르치기 위해 당신들은 노력해야 할 것이다. 사악한 욕구와 모든 자신의 과거 기술을 버리고 개과천선한 사슴 도둑이 숲을 누구보다도 잘 지키는 법이다.

그러니 당신들이 원하기만 하면 할 수 있는 일이니 (여인들을) 잘 가르치기 바란다. 사악한 의도 때문에 당신이 저주받지 않기 위해서라도 어떠한 악덕도 당신은 허락하지 않기를 바란다. 그렇게 하는 사람은 틀림없는 반역자이기 때문이다. 내가 하는 얘기를 명심하기 바란다. 모든 대역죄 가운데 제일 큰 죄는 어른들이 (젊은 사람들의) 순진함을 배반했을 때이다.

여러 아버지, 어머니들 또한 슬하에 자식이 하나이든 둘이든 간에 자식이 있다면, 그들이 당신들의 통제하에 있는 동안만은 그들을 지도, 감독할 책임이 있는 법이다. 당신들이 부덕한 생활을 함으로 인해 혹은 훈계를 게을리해서 그들이 타락하지 않도록 조심해야 한다. 감히 말하건대 그들이 그렇게 되기라도 한다면, 당신들은 그것에 대한 상당한 대가를 치러야 할 것이다. 순하고 나태한 목동 아래에서 많은 양을 늑대에게 빼앗기는 법이다. 지금 여기에서 이 한 가지 예로서도 충분할 것이니, 다시 내가 하려는 이야기로 돌아가자.

내가 하는 이 이야기의 여인은 행실이 좋아 가정교사가 필요하지 않았다. 책을 읽듯이 모든 여인은 그녀의 행실에서 자신들을 덕스럽게 만들 수 있는 모든 좋은 언행을 읽을 수 있었기 때문이다. 그녀는 매우 신중했고 자비심이 깊었다. 그녀의 미모와 착한 마음씨는 널리 알려졌다. 그 지역 곳곳에서 덕을 사랑하는 모든 사람은 그녀를 칭송하였지만, 반면 시기하는 사람들도 있었는데, 이들은 다른 사람들의 행복을 질투하고 다른 사람의 슬픔과 불행을 기뻐하는 사람들이다. 이것은 아우구스티누스 성인께서 하신 말씀이다.

어느 날 그 여인은 도시에 있는 사원에 어머니와 함께 가게 되었는데, 그러한 것은 젊은 처자들에게 당시의 관습이었다. 그 도시에는 판관이 하나 있었는데, 그는 그 지역의 통치자이기도 했다. 그 판관의 앞을 그녀가 지나치자 그 여인에게 판관의 시선이 머물렀고, 그는 재빨리 그녀를 간파했다. 그 여인의 미모에 넋을 잃은 그는 순간 자신의 마음과 태도를 바꾸고 말았으며, 비밀스럽게 혼잣말로 중얼거렸다.

"무슨 일이 있어도, 저 여인은 내 것이야."

곧 악마가 그의 마음 안에 뛰어들어 계략을 써서 그녀를 그의 목적대로 취할 방법을 재빠르게 그에게 가르쳐 주었다. 뇌물이나 완력으로 일을 성사할 수 있으리라고 그는 생각지 않았는데, 그 이유는 그녀에게 세도가 있는 친구가 많을 뿐만 아니라 지고한 덕을 갖추고 있기 때문이었다. 그녀의 사랑을 얻어 그녀가 육체적인 죄를 범하도록 만들 수 없다는 것을 그는 너무나 잘 알고 있었다. 그래서 심사숙고한 후 그는 자신이 알고 있는 그 도시에 사는 교활하고 대담한 건달 하나를 부르게 되었다. 비밀스럽게 판관은 그 건달에게 자신의 이야기를 다 했으며, 누구에게도 이를 누설하지 않겠다는 다짐을 받았다. 또 혹여 그렇게 하는 날에는 목숨을 잃게 될 것이라는 데 그가 서약하도록 했다. 그 저주받아 마땅한 계략이 성사되자, 판관은 기뻐서 그를 환대했고, 그에게 귀중하고 값비싼 선물을 주었다.

여러분이 숨김없이 이것에 대하여 듣게 되겠지만 그들의 계략이 하나하나 세부적으로 꾸며지고, 그의 모든 음란한 행위가 교묘하게 실행될 방법이 세워지자, 클라우디우스라는 이름의 건달은 집으로 돌아갔다. 아피우스로 불린 이 사악한 판관은 (그의 이름은 그러했는데, 이 이야기는 지어낸 것이 아니라 잘 알려진 역사적인 기록으로, 그 교훈만은 진실하다는 것에 의심할 여지가 없다.) 그가 할 수 있는 모든 즐거움을 서둘러 맛보기 위하여 부지런히 움직였다. 그러던 어느 날, 이야기가 우리에게 말해 주고 있듯이, 이 사악한 판관은 습관대로 재판정에 앉아 사건마다 판결하고 있었다. 이때 사악한 건달이 매우 급하게 뛰어와 말하길,

"재판관님, 제발, 비르기니우스에 대한 저의 불쌍한 소청에 대하여 판결해 주실 것을 간청하는 바입니다. 만일 그가 그렇지 않다고 말한다면, 합당한 증인들을 통하여 저는 그것을 입증할 것이며, 제 소청서의 내용은 사실입니다."

이에 판관이 대답하길,

"그가 없는 자리에서, 이 일에 관하여 나는 정확한 판단을 내릴 수가 없다. 그를 불러오면 기꺼이 심리하마. 그 자리에서 너에 대해 옳고 그름이 판단될 것이다."

비르기니우스는 그에 대한 판관의 의지를 알게 되었고, 저주받아 마땅한 고소장이 낭독되었는데 그 내용은 여러분이 듣게 될 것이다.

"아피우스 재판관 나리, 당신께 이 보잘것없는 당신의 시종, 클라우디우스는 비르기니우스라 하는 한 기사가 법과 정의를 어기고, 특히 나의 의지와는 상반되게, 합법적으로 나에게 종속된 종(從)을, 그 종이 젊은 나이일 때 내 집에서 어느 날 밤 훔쳐 가서 소유하고 있다는 것을 말하려 합니다. 당신을 곤란에 빠지지 않게 하도록 저는 증인을 내세워 이를 입증하려 합니다. 그가 뭐라 말할지라도 그녀는 그의 딸이 아닙니다. 재판관님, 당신의 판단에 따라 저에게 그 종을 다시 돌려주시기를 바라는 바입니다."

자, 이것이 그의 고소장의 모든 내용이다.

비르기니우스는 그 건달을 쳐다보았으며, 그 건달이 자신의 이야기를 마치기 전에, 그는 기사의 신분에 걸맞게 많은 사람의 증인을 내세워 자신의 상대가 제기한 고소가 거짓임을 서둘러 입증할 수도 있었을 것이다. 조금도 머뭇거림 없이, 그 사악한 판관은 비르기니우스로부터 어떠한 말도 듣지 않은 채 판결했는데, 그 내용은 다음과 같다.

"즉시 이 자가 그의 종을 돌려받도록 판결하며, 이제 당신은 그 여종을 소유할 수 없노라. 그녀를 이리 데려와, 나의 보호 아래 두도록 하라. 판결에 따라 이 자가 자기 종을 다시 돌려받게 될 것이다."

판관 아피우스의 판결로, 이 고귀한 기사, 비르기니우스는 이제 강제적으로 자신의 소중한 딸을 판관에게 내주어 음욕 안에서 살게 해야 했다. 그는 집으로 돌아와 응접실에 앉아, 자신의 사랑스러운 딸을 즉시 데려오도록 명령하였다. 식은 재처럼 창백한 얼굴을 한 채, 그녀의 온순한 얼굴을 바라보는 아버지의 슬픔이 가슴을 찌르는 듯했으나, 그는 자신의 목적을 바꾸려 하지는 않았다.

그가 말하길,

"나의 딸, 비르기니아여, 죽음을 택하든지 수치를 당하든지 네가 감수해야 할 두 가지 방법이 있단다. 아, 내가 세상에 태어나지 않았더라면! 네가 검이나 칼로 죽임을 당할 만한 일을 하지 않았는데 말이다. 오, 나의 사랑스러운 딸이여, 나의 삶의 보물이여, 너를 기르는 것이 나에게는 대단한 기쁨이어서 내 기억에서 네가 결코 떠난 적이 없었단다! 이제 나의 마지막 슬픔이 되어 버렸고, 나의 삶에서 마지막 기쁨이기도 한 나의 딸, 정숙함의 보배여, 인내하여 죽음을 받아들여라, 이것이 나의 결정이니라. 미워서가 아니라 사랑하기 때문에 네가 죽어야 한다는 것이다. 나의 떨리는 손으로 너의 목을 내리쳐야만 할 것 같구나. 아이고, 아피우스가 너를 보지 말았어야 했는데! 이에 따라서 그가 오늘 너에 대하여 거짓 판결을 했단다."

그런 다음 그는 여러분이 조금 전 들었던 모든 내용을 그녀에게 말해 주었다.

"아버지, 살려주세요."

그녀는 이렇게 말하고 여느 때처럼 두 팔로 그의 목을 감싸 안았는데 그때 두 눈에서 눈물이 터져 나오기 시작했다.

그녀가 말하길,

"아버지, 제가 죽어야만 하나요? 무슨 자비가 없을까요? 다른 방법이 없을까요?"

그가 답하길,

"진실로 없단다. 나의 사랑스러운 딸이여."

이에 그녀가 말하길,

"그럼 저에게 시간을 주세요. 아버지, 죽음을 슬퍼할 조금의 시간을 말입니다. 아! 제프타도 자기 딸을 죽이기 전에 슬퍼할 수 있는 자비를 주지 않았던가요. 하느님께서는 알고 있어요. 그녀가 아버지를 남보다 먼저 보기 위해서 달려 나가 그를 대단히 엄숙하게 맞았다는 사실 외에, 그녀가 어떤 잘못도 하지 않았다는 것을 말입니다."

이렇게 말하고 그녀는 곧 졸도하였고, 정신을 차린 뒤 그녀는 몸을 일으켜 아버지에게 말하길,

"순결을 지킨 여인으로 제가 죽게 된 것에 대하여 하느님께 감사할 따름입니다. 제가 수치를 당하기 전에 저를 죽여 주세요. 당신의 자녀를 하느님의 이름 안에서 당신 뜻대로 하세요!"

이렇게 말하며, 그녀는 반복해서 그에게 검으로 자기 목을

내리치기를 간청했고, 그런 다음 그녀는 다시 졸도하고 말았다. 침울한 마음과 뜻으로, 그녀의 아버지는 그녀의 머리를 내리쳤고, 그녀의 목을 재판장에 앉아 있는 판관에게 가져가 보여 주었다.

이야기에 따르면, 이를 본 판관이 비르기니우스를 끌어내어 즉시 교수형에 처하라고 명령한 것으로 되어 있다. 그러나 그때 동정심과 연민을 느낀 수천 명의 사람이 기사를 구하기 위하여 몰려들기 시작했는데, 그 이유는 판관의 사악한 죄악이 폭로되었기 때문이다. 건달의 고소하는 태도로 보아, 이 일이 아피우스의 동의 아래 이루어진 것이라는 사실을 사람들은 즉각 의심하게 되었는데, 그들 모두 그가 음탕한 인간이라는 것을 잘 알고 있었다. 그리하여 이들은 아피우스에게 달려가 그를 즉시 감옥에 처넣었는데, 그곳에서 그는 자결하고 말았다. 그리고 아피우스의 하수인 역할을 했던 클라우디우스는 교수형의 판결을 받았으나, 동정심에 비르기니우스는 그의 추방을 탄원했는데, 그 이유는 그가 (판관에게) 속은 것이 틀림없기 때문이었다. 이 사악한 일에 동조한 지위가 높거나 낮은 나머지 모든 사람도 교수형에 처했다.

죄에는 그에 상응하는 대가가 있다는 것을 사람들은 여기에서 알 수 있을 것이니, 조심하라. 하느님이 누구를 칠지 아무도 모르기 때문이며, 비록 그 행동이 비밀스럽게 이루어질지라도 어느 정도로 그리고 어떤 방법으로, 양심의 고통이 사악한 영혼을 두려움에 떨게 할지 아무도 모르는 일이기 때문이다. 오직 하느님과 당사자인 자신만 제외하고는 누구도 알 수 없는 일이다. 배운 사람이든 배우지 못한 사람이든 간에, 언제 두려움으로 인해 자신이 고통을 받을 것인지에 대하여 알 수 없는 법이다. 그러니, 내가 여러분에게 하려는 조언을 받아들이기를 바란다. 죄가 당신을 버리기 전에, 당신 안의 죄를 버릴지니.

여관 주인이 의사와 면죄부 판매자에게 한 말

우리의 여관 주인은 미친 듯이 욕설을 퍼부으며 말하길,

"아이고 정말이지, 주님의 몸에 박힌 못과 피를 두고 맹세하건대, 이런 거짓말쟁이, 나쁜 재판관 같으니라고. 이런 재판관과 그의 추종자 놈들에게는 생각해 낼 수 있는 가장 수치스러운 죽음이 내려져야 합니다. 아이고 어쨌든 이 죄 없는 여인이 죽고 말았으니! 아이고, 그녀는 아름다움의 값을 너무 비싸게 치렀습니다. 내가 항상 얘기하듯이, 운명의 여신과 자연의 여신 선물은 많은 사람에게 죽음의 원인이 되었지요. 지금 내가 말한 두 종류의 선물 때문에 인간은 득보다는 해를 더욱더 자주 입어왔지. 그러나 정말이지, 선생님, 이는 듣기에 너무나도 슬픈 이야기였답니다. 그러나 어쩔 수 없는 일, 더 이상 개의치 마십시오. 제가 주님께 기도를 드리죠, 당신의 훌륭한 육신을, 그리고 당신의 소변기며, 당신의 당밀이며 약으로 가득 찬 모든 상자를 보살펴 주시도록 말입니다. 이 모든 것에

축복을 내려주소서, 주님 그리고 우리의 성모 마리아님이시여. 아마 제가 보기에, 당신은 진지한 사람 같은데, 로난 성인[4]을 두고 말하건대, 고위 성직자처럼 보입니다!

제가 제대로 말하고 있는 건지요? 당신이 사용하는 전문 용어를 사용해 말할 수는 없지만, 당신은 정말 제 마음을 감동하게 해서 제 심장이 충격을 받은 기분이었답니다. 주님의 뼈를 두고 말하건대, 제가 약을 먹지 않는다면, 혹은 신선하고 맥아가 들은 에일 맥주 한 잔을 마시지 않는다면, 혹은 즉각 즐거운 얘기를 듣지 않는다면 이 여인이 불쌍해서 제 마음이 터질 것만 같습니다."

그가 계속해서 말하길,

"저기 면죄부 판매자 친구여, 우리에게 즐거운 얘기나 농담을 당장, 빨리 들려주시게."

그가 응답하길,

"로난 성인을 두고 맹세하건대, 그렇게 하지요."

계속해서 그가 말하길,

"그러나 먼저, 이곳이 술집이니 술과 케이크를 먹은 뒤에 이야기할까 합니다."

그러자 곧바로 여러 점잖은 사람들이 소리치길,

"아니 될 말이요, 저자가 우리에게 추잡한 얘기를 하지 못하도록 해야 하오. 우리가 지혜를 얻을 수 있는 교훈적인 얘기

---

4) 로난 성인은 잉글랜드 서남부 콘월과 프랑스 브르타뉴 등지에서 추앙받는 성인이다.

를 하도록 하시오. 그렇다면 우리는 기꺼이 이야기를 듣겠소."

그가 말하길,

"좋습니다, 그러나 먼저 술을 한잔하는 동안 점잖은 얘기를 생각해 내지요."

면죄부 판매자의 이야기

면죄부 판매자의 서시

그가 말하길,
"여러분, 교회에서 설교할 때,
나는 큰 소리로 말하려고 애쓰는데,
그 소리는 종소리처럼 울려 퍼진답니다,
왜냐하면 나는 말할 것을 모두 외워서 하기 때문이지요.
나의 이야기의 주제는 항상 같은 것으로
악의 근원은 탐욕[5]이라는 것입니다.
먼저 나의 출생지에 대해 말하고
그런 다음 주교의 위임장 모두를 보여 준답니다.

---

5) 신약성서 「디모데전서」 6장 10절에 나오는 "돈을 좋아하는 것은 모든 악의 근원"에서 인용된 것이다.

주교의 인장이 찍혀 있는 내 위임장을 먼저 보여 주는데,

이는 내 신분을 보전하기 위한 것이며,

신부이든 교회 서기든 간에 누구도

내가 하는 그리스도의 성스러운 일을 감히 방해하지 못하게 하기 위한 것이지요.

그런 다음에 이야기를 시작합니다.

교황들이며, 추기경들, 대주교들,

그리고 주교들이 준 위임장들을 보여 주고,

라틴어 몇 마디를 말하는데,

이는 내 설교에 양념을 치고,

청중에게 경건한 마음을 불러일으키기 위해서랍니다.

그런 후 나는 유리로 만든 긴 상자들을 보여 주는데,

그 안은 천 조각과 뼈다귀로 가득 채워져 있답니다.

사람들 모두는 이것들을 유물로 생각한답니다.

쇠로 만든 상자 안에 어깨뼈를 가지고 다니는데,

그것은 성스러운 야곱의 양의 뼈랍니다.

그러고는 이렇게 말하지요.

"여러분, 내 말을 잘 들으십시오.

이 뼈를 우물에 씻은 물로,

벌레를 잘 못 먹어서, 혹은 뱀에게 물려 부어오른

젖소, 수소, 암소, 양이나 황소에게 먹이고, 그 혀를 씻어 주면, 곧 상처가 치유된답니다.

게다가 양이 이 우물물을 마시게 되면

천연두, 옴, 그리고 모든 상처가 치료된답니다.

내가 하는 이야기를 잘 들으시기 바랍니다.
가축을 기르는 주인이 일주일에 한 번
성스러운 야곱이 가르친 대로,
닭이 울기 전에 단식하면서 이 물을 마시게 되면
그의 가축과 재산이 늘어날 것입니다.[6]
여러분, 또한 이것은 의처증도 치료해 준답니다.
어떤 남자가 의처증에 빠져 있다면
이 물로 만든 뼈 국물을 마시게 하십시오.
그러면 비록 부인 죄의 진실을 알고 있으며,
비록 그녀가 두세 명의 신부들과 관계를 맺었을지라도,
다시는 그 사람은 자기 부인을 의심하지 않을 것입니다.
여러분이 보다시피 여기 장갑 한 짝이 있습니다.
이 장갑에 손을 넣는 사람은 누구든지
그리고 헌금을 조금 내기만 한다면,
보리든 밀이든 간에 씨를 뿌렸을 때,
수확을 곱절로 거둘 것이요.
여러분께 한 가지 경고하건대,
만일 지금, 이 교회에 있는 사람들 가운데
무서운 죄를 짓고도
창피해서 고해하지 못하는 사람이나,
혹은 젊거나 나이가 들었거나,
다른 남자와의 관계로 자기 남편을 욕되게 만든 여자,

---

6) 「창세기」 39장 37절에서 39절 내용이다.

이러한 사람들은 이 장소에서
나의 유물에 봉헌할 권리나 은총이 없답니다.
그리고 그러한 죄가 없는 사람은 누구나
앞으로 나와 하느님의 이름으로 봉헌하면,
교황님의 위임장에 의해 나에게 부여된
권한으로 나는 그 사람의 죄를 사하여 줄 것입니다."
이러한 속임수로 나는
면죄부 판매자가 된 이래 매년 100마르크씩 벌었답니다.
나는 설교단에 성직자처럼 서서
배우지 못한 사람들이 자리에 앉게 되면
지금 여러분이 들은 대로 설교한답니다.
그리고 수백 가지 거짓말을 늘어놓기도 하지요.
그런 다음 헛간에 앉아 있는 비둘기처럼
나는 목을 쭉 뻗어
동서 좌우의 청중을 향해 고개를 흔들어 댄답니다.
손과 혀를 그토록 빠르게 움직이는 나의 모습을
지켜보면 재미있을 것입니다.
내 설교의 내용은 탐욕과 그러한 악덕에 관한 것인데,
그것은 그들을 관대하게 만들어
그들이 특히 나에게 돈을 내놓도록 하기 위한 것입니다.
왜냐하면 내 유일한 목적은 남의 죄를 고쳐 주는 것이 아니
라, 돈을 뜯어내는 데 있기 때문이지요.
그들이 땅에 묻혔을 때 그들의 영혼이 지옥을 헤맬지라도
나는 절대 개의치 않을 것입니다.

분명 많은 설교들은
종종 악한 의도에서 나오는 것이지요.
위선으로 출세하기 위해,
일부는 사람들을 즐겁게 하고 아부하기 위해 이루어지며,
일부는 허영과 증오 때문에 이루어지기도 한답니다.
내 동료나 내가 모욕당했는데,
이에 대하여 별다른 싸울 방도가 없을 때,
설교를 통해서 나는 그에게 따가운 독설을 퍼붓지요.
그렇게 되면 그는 모욕을 피할 수 없게 됩니다.
비록 그의 이름을 언급하지 않더라도
표시나 다른 상황들을 통해서 사람들은 그가 누군지를 알
아차리게 되지요.
우리를 괴롭히는 사람들에게 그런 식으로 보복한답니다.
겉으로는 성스럽고 진실하게 보이나,
이러한 성스러운 가면을 쓴 채 독기를 내뿜는 거죠.

간단히 나의 의도를 말하겠습니다.
나의 설교는 오직 탐욕에서 비롯된 것이며,
그 주제는 항상 변함없이
악덕의 근원은 탐욕이라는 것입니다.
내가 사용하는 그 죄악,
다름 아닌 탐욕에 대하여 그렇게 설교한답니다.
그러나 나 자신이 그 죄를 범하고는 있지만,
탐욕으로부터 다른 사람들이 멀어지고 깊이 반성하도록 만

들기도 합니다.

그러나 그것이 나의 주된 의도는 아니랍니다.

오직 탐욕을 위해 나는 설교합니다.

이 점에 대해선 이 정도로 충분할 것 같습니다.

그런 다음 나는 교훈이 되는

오래된 많은 옛날이야기를 들려준답니다.

배우지 못한 사람들은 오래된 이야기를 좋아하기 때문이
지요.

그러한 것들을 그들은 외우고 기억한답니다.

내가 설교하고 가르쳐서 돈을 벌 수 있는데,

의도적으로 여러분은 내가 가난하게 살 거라고 생각합니까?

아니죠, 정말로 아니고말고요.

나는 여러 곳에서 설교하고 구걸하지만,

내 손으로 육체노동을 하거나

바구니를 짜서 생계를 유지하지는 않습니다.

왜냐하면 구걸로 살아갈 수 있기 때문이지요.

나는 사도들을 모방하고 싶지는 않습니다.

나는 돈이며, 털옷이며, 치즈며, 밀가루를 얻을 수 있답니다.

아무리 가난한 시종이나

마을에서 가장 가난한 미망인에게서조차,

심지어 기아로 그녀의 모든 자식이 굶어 죽어 가더라도

나는 그들에게서 이 모든 것을 얻어 낸답니다.

말도 안 되고말고요. 나는 포도주도 즐긴답니다.

그리고 모든 도시에 예쁜 여인들을 거느리지요.

자, 여러분, 들어 보세요. 결론적으로,
여러분은 내 얘기를 듣고 싶어 할 것입니다.
자, 나는 한 잔의 독한 에일 맥주를 마셨습니다.
하느님을 두고 맹세하건대, 여러분이 마땅히 좋아할
이야기를 하고자 합니다.
비록 나 자신이 나쁜 사람이긴 하나,
도덕적인 이야기를 할까 합니다.
돈을 얻어 내기 위해서 늘 하는 설교이지요.
자, 조용히 하십시오. 내 이야기를 시작합니다.

면죄부 판매자의 이야기

옛날 플란데런에 한 무리의 젊은이들이 있었는데, 그들은 난잡한 모임이며, 노름, 계집질 등을 일삼고 다녔다. 여관에서 그들은 밤낮으로 하프, 기타, 피리에 맞추어 춤추고 노래하면서 시간을 보냈으며, 또한 지나칠 정도로 먹고 마시기도 하였다. 이같이 소름이 끼칠 정도로 방탕한 생활 방식으로 그들은 악마의 사원 안에서 악의 제사를 바쳤다. 그들의 맹세는 매우 불경스럽고 저주스러운 것이어서, 듣기에 섬뜩하였다. 그들은 우리 주님의 육신을 갈기갈기 찢어 놓았다. 유대인들이 그분의 몸을 다 찢지 않았다는 듯이 말이다. 그리고 그들 모두는 서로의 죄를 보고 웃기도 했다. 그리고 그곳으로 우아하고 날씬한 춤추는 여인들, 과일 파는 젊은 아가씨들, 하프를 지

닌 가수들, 포주들, 과자 장사들, 다름 아닌 이런 악마의 수행
원들이 들어와 욕정의 불을 붙여 놓는데, 그것이 탐욕과 연결
되었다. 성서를 증거로 삼아 보면, 욕정이란 술과 술에 취함에
기인하는 것이다.

보라, 어떻게 술에 취한 롯이 자신도 알지 못한 채 자연의
섭리를 거역하고 자신의 두 딸과 동침하였는가를. 그는 너무
취해 자신이 한 행동을 알지 못했다. 이야기를 읽은 사람은 잘
알듯이, 자신의 연회에서 술에 만취한 헤로데는 바로 그 자리
에서 명령을 내려 아무런 죄가 없는 세례자 요한을 죽인다.

세네카의 다음 말은 의심할 것 없이 옳은 이야기이다. "이
성을 잃은 사람과 술에 취한 사람과는 아무런 차이가 없다."
차이가 있다면 광기가 취기보다 오래 지속될 뿐이라는 것이
다. 오, 저주받아 마땅한 탐욕! 그리스도가 그의 피로 우리를
다시 구원하시기 전까지. 오, 우리를 망하게 하는 최고의 악!
오, 우리를 타락시키는 시초. 보라, 간단히 말하자면, 그 저주
받은 죄악으로 인해 얼마나 큰 대가를 치렀는지. 모든 세계가
탐욕으로 인하여 타락했다.

우리의 아버지인 아담과 그의 부인 역시 낙원에서 쫓겨나
서 노동하고 고생하게 된 것은 의심할 것 없이 바로 그 죄 때
문이다. 내가 읽은 바에 의하면, 아담이 단식하는 동안 낙원에
서 살았는데, 그가 금단(禁斷)의 열매를 먹게 되자 곧 고통과
슬픔의 세계로 쫓겨나게 되었던 것이다. 아, 탐욕, 너에게 우리
가 불평하는 것은 마땅한 일! 아, 얼마나 많은 병이 지나침과
탐욕에서 비롯되는지를 사람들이 안다면 식탁에 앉아 음식을

먹을 때 좀 더 절제할 텐데. 아이고, 짧은 목구멍에 부드러운 입 때문에, 한 사람의 대식가가 동서남북, 땅, 물, 그리고 공중을 다니면서 최상의 음식과 술을 찾기 위해 얼마나 힘을 쏟던가. 내 생각에 사도 바울이 이 문제를 제대로 다루었는데, 사도 바울에 의하면,

"배 속의 고기와 고기를 삼킨 배 또한 주님은 모두 파괴한다."

아이고, 진실로 이런 말을 하는 것도 더러운 일인데, 백포도주와 붉은 포도주를 마셔 대는 이 같은 저주받을 만한 지나친 행동으로 인해 자기 목구멍을 화장실로 만드는 행동을 하는 것은 더욱더 추잡한 것이다.

사도는 눈물을 흘리며 슬프게 말했다.

"내가 너희에게 많은 사람을 언급하였다. 울며, 슬픈 목소리로 나는 이 말을 하는데, 그들은 그리스도 십자가의 적들이며, 그들의 종말은 죽음이며, 그들의 신은 배이니라!"

오, 위. 오 배, 오 더러운 자루, 똥과 타락으로 가득 찬 곳! 양 끝에서 더러운 소리가 나며, 너희를 먹여 살리기 위해 얼마나 많은 노동과 비용을 치르던가! 요리사들은 부수고, 거르고, 갈아서 너희의 까다로운 입맛을 충족시키기 위해 본질을 다른 것으로 어떻게 변화시켰던가! 단단한 뼈에서 그들은 골수를 뽑아내는데, 왜냐하면 그들은 부드럽고 달콤한 목구멍을 통하여 내려갈 어떤 것도 버리지 않기 때문이다. 잎사귀며, 나무껍질, 그리고 뿌리에서 추출한 향로로 소스의 맛은 더욱 좋아지며, 이는 그의 식욕을 더욱더 새롭게 만들어 준다. 그러

나 틀림없이, 그러한 기쁨에 빠진 사람은 그러한 악 속에서 살아가는 동안 죽어 있는 것이다.

술은 음탕한 짓을 유발하며, 취기는 싸움과 나쁜 짓으로 가득 채워져 있다. 아, 술에 취한 사람, 당신의 일그러진 얼굴! 당신이 숨 쉴 때 쉰내가 나고, 껴안기에 더러운 당신! 그리고 당신의 술에 취한 코에서 나오는 소리는 마치 "삼손, 삼손"이라고 말하는 것처럼 들리지. 도살된 돼지처럼 당신이 곯아떨어졌을 때, 당신의 혀는 어디로 갔는지, 그리고 당신의 자존심도. 왜냐하면 술에 취함이란 인간의 지혜와 분별의 무덤 바로 그 자체이기 때문이다. 술을 가누지 못하는 사람이 비밀을 유지하지 못한다는 것은 의심한 바 없는 사실이다. 자, 이제 여러분도 백포도주와 붉은 포도주를 멀리하시기를 바라며, 특별히 피쉬가(街)와 치프사이드에서 팔리는 레페산 백포도주를 멀리하기를 바란다.[7] 스페인산 술은 교묘하게 근처에서 생산되는 다른 술과 섞이게 되는데, 그 술에서는 독한 냄새가 풍기며, 이 술을 석 잔 마시는 사람은 자신은 집이 있는 이스트 치프사이드에 있다고 생각하나, 그는 로셀이나 보르도가 아닌 스페인의 레페 도시에 있게 될 것이다. 그리고 "삼손, 삼손" 하며 소리치게 될 것이다.

그러나 여러분, 한마디만 들어 다오. 감히 말씀드리건대, 전

---

7) 케디즈 가까이에 있는 스페인의 한 도시로 값싼 포도주를 수출하는 것으로 유명하다. 지금처럼 당시도 프랑스 포도주에 비해 스페인의 포도주는 값이 매우 싼 편이었다. 특히 피쉬 거리는 초서의 아버지가 포도주 장사를 한 템스 거리와 통한다.

지전능하신 주님이 이루신 구약성서에 기록된 모든 훌륭한 행동들과 승리들은 절제와 기도로 이루어진 것이다. 성서를 보면 알 수 있을 것이다.

위대한 정복자, 아틸라[8]를 보라, 수치스럽고 불명예스럽게 그는 술에 취하여 코에 피를 흘리면서 자기 잠자리에서 죽었다. 지휘관은 술을 마시지 말아야 한다. 그리고 무엇보다 르무엘에게 명한 계명을 잘 생각해 보기 바란다. 내 말은 사무엘이 아니라 르무엘이다. 성서를 보면, 법을 집행하는 사람에게 술을 제공하는 것에 대하여 말하고 있다.[9] 이에 대해 더 이상 말하지는 않겠다. 충분하다고 생각해서이다.

지금까지 폭식과 폭음에 대하여 말했으니, 이제 금해야 할 노름에 대하여 말하겠다. 노름은 다름 아닌 거짓말, 사기와 저주받아 마땅한 위증의 어머니이며, 그리스도의 모욕, 살인, 시간과 재산의 낭비이다. 게다가 상습적인 노름꾼이라고 불리는 것은 수치스럽고 불명예스러운 일이다. 그런 사람은 지위가 더욱더 높아지더라도 그만큼 더 추락하는 것이다. 만일 군주가 노름한다면 모든 통치와 정책에서 대중은 그를 덜 존중하게 될 것이다.

지혜로운 사신인 스틸본이 동맹을 맺기 위하여 매우 장엄한 모습으로 스파르타에서 코린토스로 보내졌다. 그가 도착했을 때, 그 나라의 모든 고관대작이 노름하는 것을 그는 우연

---

8) 훈족 최후의 왕이다.
9) 「잠언서」 31장 4절에서 50절까지의 내용을 참고.

히 발견했다. 그래서 가능하면 빨리 다시 본국으로 몰래 돌아와서 말하길,

"저는 제 이름을 잃고 싶지 않으며, 전하를 노름꾼들과 동맹을 맺도록 하는 그러한 불명예를 범하고 싶지 않으니, 다른 현명한 사신을 보내소서. 맹세코 전하를 노름꾼의 무리와 동맹을 맺도록 만들기보다는 죽는 편이 나을 듯합니다. 명예를 영광스럽게 생각하는 전하가 진정, 제가 맺는 조약에 의해 노름꾼들과 동맹을 맺게 되는 일은 없을 것입니다."

그 현명한 철학자는 이렇게 말했다. 또한 책[10]에서 우리가 알 수 있듯이, 파르티아의 왕이 노름을 즐겼던 드미트리우스 왕에게 한 쌍의 황금으로 만든 주사위를 멸시의 표시로 보내준 것을 보라. 이 때문에 그는 영예나 명예, 혹은 평판에 대하여 조금도 개의치 않았다. 소일하기 위하여 왕들이 명예롭게 할 수 있는 다른 놀이가 있다.

옛 책들이 다루고 있듯이, 이제 크고 작은 다른 죄에 관하여 한두 마디 하고자 한다. 대단한 맹세는 혐오스러운 것이며, 더욱이 거짓 맹세는 비난받아 마땅한 일이다. 마태복음에서 볼 수 있듯이, 전능하신 주님은 맹세를 금하셨다. 그러나 특히 예레미야 성인은 맹세에 관하여 말하길,

"맹세는 진실하여야 하며, 거짓되어서는 안 되며 정당하고

---

10) 토머스 베킷 성인의 비서였던 솔즈베리의 존이라는 사람이 쓴 『폴리크라티쿠스』를 말하고 있다.

또한 공정하게 되어야 한다. 헛된 맹세는 죄가 되는 것이다.”

전능하신 주님이 명하신 십계명의 처음 부분에는 그분의 두 번째 계명이 다음과 같이 쓰여 있다.

“내 이름을 함부로 사용하지 마라.”

보라, 살인이나 수많은 저주받을 만한 행동보다 그러한 맹세를 금하신다. 말하지만, 명령대로 이루어진 것인데, 그분의 계명을 이해하는 사람은 그것이 주님의 두 번째 계명이라는 사실을 알고 있다. 게다가 확실히 말하지만, 맹세를 허무맹랑하게 하는 사람은 결코 보복을 피할 수 없다.

“주님의 고귀하신 심장을 걸고!,”

“그분의 손톱을 걸고!”

“헤일스 성당에 모셔져 있는 그리스도의 피를 걸고, 나의 수는 행운의 7이고, 너의 수는 5 그리고 3이야!”

“주님의 팔을 두고 맹세하건대, 만일 네가 속이려 든다면 이 칼이 너의 심장을 꿰뚫을 거야!”

이 두 개의 저주받은 뼛조각에서 나오는 결과는 위증, 분노, 속임수, 그리고 살인이다.

자, 이제 우리를 위해 돌아가신 그리스도의 사랑을 위하여 크고 작은 맹세를 하지 말도록 하자.

자, 여러분, 지금부터 내 얘기를 시작하겠다.

아침 9시를 알리는 첫 교회 종이 울릴 때까지 술집에 앉아서 술을 마시고 있었던 세 명의 난봉꾼에 관한 이야기이다. 그들이 앉아 있을 때 종이 울리는 소리를 듣게 되는데, 이는 무

덤으로 옮겨지는 관 앞에서 나는 소리였다. 그러자 그들 중 한 명이 자기 종자를 불러 묻기를,

"얼른 가서 여기를 지나가는 저 시체가 누구의 것인지 즉각 알아보고, 그의 이름을 나에게 확실히 말해 주거라."

이 소년이 응답하길,

"주인님, 그러실 필요가 없습니다. 두 시간 전에 주인님이 여기 오시기 전에 제가 들었습니다. 정말이지 그분은 주인님의 옛 친구로서, 갑자기 어젯밤에 칼에 찔려 죽었는데, 술에 취해 자신의 의자에 똑바로 앉은 채로 있었답니다. 죽음이라 불리는 도둑놈이 은밀히 와서 이 나라의 모든 사람을 죽이고 말죠. 그리고 자신의 창으로 죽음은 그 사람의 심장을 두 조각을 낸 후, 아무런 말 없이 떠나 버린답니다. 흑사병이 창궐하는 동안 죽음은 수천 명의 목숨을 앗아 갔답니다. 그러니 주인님, 죽음과 대면하시기 전에 제가 생각하기에, 그러한 적을 조심해야 할 필요가 있습니다. 죽음과 항상 대적할 준비를 갖추어야 한다고 제 어머니는 저에게 일러 주셨습니다. 더 이상 드릴 말씀은 없습니다."

술집 주인이 말하길,

"성모 마리아를 두고 맹세컨대, 소년의 얘기가 옳습니다. 여기에서 1마일 떨어져 있는 큰 마을에서 죽음이라는 놈이 남자, 여자, 어린이, 일꾼 그리고 시종들 할 것 없이 죽였답니다. 그놈이 그곳에 살고 있다고 믿습니다. 사람들은 그놈에게 변을 당하기 전에 조심하는 것이 가장 현명한 일이지요."

이에 난봉꾼들 가운데 하나가 말하길,

"그래, 정말이지 그놈과 대적하는 것이 그처럼 위험한 일인 가? 주님의 고귀한 뼈를 두고 맹세하지, 모든 길을 다 뒤져서라도 그놈을 찾고 말겠어. 들어 보게나, 여보게, 우리 세 명은 하나가 되어 각자가 서로의 손을 잡고, 서로의 형제가 되는 거야, 그래서 그 나쁜 배반자인 죽음을 죽여 버리는 거지. 오늘 밤이 지나기 전 그렇게 많은 사람을 죽인 그놈은 주님의 위엄 앞에 맹세하건대 살해될 것이야."

세 사람은 마치 친형제들처럼 함께 살고 함께 죽기로 맹세하였다. 분노에 찬 상태에서 술에 취한 그들은 벌떡 일어나, 술집 주인이 말한 그 마을을 향해 갔다. 그리스도의 축복받은 육체를 갈기갈기 찢어 가며, 그들은 많은 무시무시한 맹세를 하였는데, 그들에게 잡히기만 하면 죽음은 끝이라고 말하기도 하였다. 반 마일도 채 가지 못해서 울타리를 넘으려는 바로 그때 그들은 가난한 노인을 만나게 되었다. 노인이 그들에게 매우 공손하게 인사를 건네며 말하길,

"주님의 보살핌이 있기를, 여러분께."

세 난봉꾼 가운데 가장 거만한 녀석이 대꾸하길,

"이게 뭐야, 기분 나쁜 늙은이라니, 얼굴을 빼고 온몸을 싸맨 이유가 뭐요? 그 정도의 나이까지 오래 사는 이유가 뭐요?"

노인이 그의 얼굴을 유심히 바라보며 말하길,

"내가 인도까지 가 보았으나 어느 도시, 어느 마을에도 내 나이와 청춘을 바꾸겠다는 사람을 찾을 수 없었기 때문이지요. 그래서 하느님이 원하시는 이런 오랫동안 나는 여전히 늙

은 모습을 하는 것입니다. 아, 죽음도 내 목숨을 원하지 않아요. 그래서 휴식 없는 죄수처럼 걷고 있는 거라오. 그리고 나의 어머니의 문인 대지를 지팡이로 일찍 혹은 늦은 시간에 두드리며 말하였지요. '사랑하는 어머니, 나를 들여보내 주세요. 보십쇼, 내 육체, 피, 그리고 피부가 시들어 가고 있어요. 아, 언제야 내 뼈가 휴식을 취할 수 있단 말입니까? 어머니, 내 방에 오랫동안 간직해 온 금궤를 나의 몸에 걸칠 천과 제발 바꾸어 주십시오.' 그러나 그녀는 내 청을 들어주지 않았답니다. 그 때문에 나의 얼굴은 창백하게 시들어 갔습니다. 그런데 당신들에게 말에서나 행동에서 잘못하지 않은 노인에게 무례하게 말하는 것은 예의가 아니지요. 성서[11]에서도 볼 수 있어요, '머리가 하얀 노인 앞에서 일어서는 법'이라고 말입니다. 여러분에게 내가 충고 한마디하지요. 당신들이 오래 살게 되어 나이 들었을 때, 다른 사람들이 당신들에게 해를 끼치는 것을 원하지 않는다면 당신들이 젊었을 때 노인에게 해를 끼치지 말기를 바라오. 어디 가든 주님이 여러분과 함께하길, 나는 가야 할 길을 가야겠소."

"이 늙은이야, 그렇게는 안 돼," 라며 또 다른 난봉꾼이 즉각 응답했다.

"요한 성인의 이름을 걸고 너는 그렇게 쉽게 빠져나갈 수 없어! 이 마을에서 우리의 많은 친구를 죽인 그 배반자 죽음에 관하여 조금 전에 언급했지. 분명 너는 그의 첩자임이 틀림없

---

11) 「레위기」 19장 32절 참고.

어. 말해 봐, 그가 어디에 있는지, 그러지 않으면 주님과 성사를 두고 맹세하건대 분명 너는 대가를 치르게 될 테니! 분명히 너는 그놈과 짜고 우리 젊은 사람들을 죽이려는 거야, 이 나쁜 도둑놈아."

그가 답하길,

"여러분, 진정 죽음을 찾고자 한다면 이 구부러진 길을 따라 올라가 보시오. 사실 그 숲에서 나는 그와 헤어졌으니 말이요. 나무 아래 그가 머물러 있을 거요. 당신들의 허풍에 어디 숨지는 않을 거요. 저기 참나무가 보이지요? 바로 저기에서 그를 찾을 수 있을 것이오. 인류를 구해 주신 주님이 당신들을 보호하고 지켜주시길 빌겠소."

단번에 이들 난봉꾼 모두는 그 나무가 있는 곳까지 달려갔으며, 그곳에서 그들은 금으로 만든 동전들을 발견하게 되는데, 그들이 생각할 때 거의 여덟 되는 되어 보였다. 그들은 더 이상 죽음을 찾으려 들지 않았다. 황금 동전들은 매우 아름답게 반짝거렸으며, 그 광경에 그들 각각은 너무 즐거워하며 이 소중한 보물 옆에 앉았다. 그들 가운데 가장 악한 놈이 말하였다.

"여보게, 내가 하는 말을 잘 들어 보게나. 농담도 하고 장난질도 하지만 나는 상당히 머리가 좋은 편이라네. 즐거움과 환희 속에서 우리가 살 수 있도록 행운의 여신이 우리에게 이 보물들을 주셨네, 그리고 쉽게 얻어지는 것은 쉽게 쓰는 법이지. 지엄하신 주님이여, 누가 오늘 우리가 이처럼 훌륭한 은총을 얻으리라 생각했겠는가? 그런데 이 돈을 이 장소에서 내

집 혹은 자네들 집으로 옮길 수 있다면! 왜냐하면 자네들도 잘 알고 있듯 이 금은 우리 것이니 말일세. 그렇게만 되면 우리는 매우 행복하게 살게 될 걸세. 그러나 낮에 이 일을 할 수 없지 않겠나. 사람들이 우리를 흉악한 도적으로 생각할 테고, 보물 때문에 목매달아 죽을지도 모른다네. 이 보물은 밤에 현명하고 비밀스럽게 옮겨야 해. 그러니 우리가 모두 제비뽑기를 해서 누구에게 걸리나 보세. 걸리는 사람은 즐거운 마음으로 서둘러 읍내로 달려가 빵과 술을 은밀하게 가져오는 걸세. 나머지 둘은 이 보물들을 빈틈없이 지키고, 그가 늦지만 않는다면 우리가 생각할 때 가장 적합한 곳으로 의견 일치를 보아서 이 보물들을 밤에 옮길 수 있을 걸세.”

그런 다음 그들 가운데 한 명이 제비를 뽑고 나머지 두 사람에게 뽑도록 한 후, 누구에게 떨어지는가를 지켜보았다. 그것은 그들 가운데 가장 젊은 사람에게 떨어졌으며, 그는 즉시 읍내를 향해 갔다. 그가 떠나자 그들 가운데 한 명이 다른 상대방에게 말했다.

“너도 잘 알고 있듯이 너는 나의 맹세한 형제라네. 자네 이익에 대해 말하겠네. 우리 동료는 가고 없네, 그리고 금이 여기에 있고, 그것도 아주 많은 양일세. 우리 세 명이 나누어 가질 걸세. 그런데 내가 일을 꾸며서 우리 두 명이 나누어 가지면 어떻겠는가. 내가 자네에게 호의를 베푸는 것이 아니겠는가?”

상대방이 대답하길,

“어떻게 그것이 가능한지 난 모르겠네. 금이 우리에게 있다는 것을 그가 알고 있다네. 어떻게 하자는 건가? 그에게 무어라 말한단 말인가?"

먼저 말한 악당이 응답하길,

"비밀을 지킬 수 있겠나? 몇 마디로 우리가 무엇을 해야 하는지, 그리고 무엇을 필요로 하는지 말해 주겠네."

상대방이 답하길,

"약속하지. 절대 난 자네를 배반하지 않을 거네."

먼저 말한 악당이 말하길,

"자, 우리는 두 사람이고, 두 사람은 한 사람보다 강한 법이지. 자, 그가 돌아와 여기에 앉게 되면, 그와 장난을 치는 것처럼 일어나 자네가 그와 장난치며 뒤얽히고 있을 때 나는 그의 옆구리를 찌를 걸세. 그리고 자네도 칼로 똑같이 하면 되는 거야. 여보게, 친구, 그다음 이 모든 금은 자네와 나 둘이 나누면 되지. 그렇게 되면 우리는 우리의 모든 욕망을 채울 수 있을 걸세. 마음껏 노름도 할 수 있다고."

지금까지 들은 대로, 이 두 명의 악당은 세 번째 친구를 죽이기로 합의했다.

읍내에 내려간 가장 젊은 악당은 마음속으로 계속해서 번쩍이며 새로 찍어 낸 금전들의 아름다움을 곰곰이 되새겼다.

그가 말하길,

"오, 주님, 나 혼자 이 모든 보물을 다 가질 수 있다면, 주님의 권좌 아래 사는 사람들 가운데 나보다 즐겁게 살 수 있는 사람은 아무도 없을 텐데요."

그리고 결국 우리의 적인 악마가 그의 생각에 파고들게 되어 그는 독약을 사게 된다. 두 동료를 죽이기 위해서 말이다. 왜냐하면 악마는 그러한 그의 삶을 좋아했기 때문에 그를 비극으로 이끌 주님의 허가를 갖고 있었던 것이다. 두 명을 죽이고, 절대로 회개하지 않는 것이 명백한 그의 의도였다.

지체하지 않고, 그는 읍내 약방으로 가서 쥐를 박멸할 수 있는 약을 줄 것을 약제사에게 간청하였다. 또한 그의 뜰에 족제비가 있어서, 수탉들을 죽이고 있다고 말했다. 그리고 할 수만 있다면 그를 밤마다 괴롭히는 해충들을 없애고 싶다고 말했다.

약제사가 이에 답하길,

"주님, 우리의 영혼을 구해 주소서, 밀알 한 톨만큼의 양이라도 이 약을 마시거나 먹게 되면 세상 어떤 생명체의 목숨이라도 그 자리에서 즉시 잃게 할 수 있는 그런 것을 당신에게 주겠소. 암, 그렇고말고요. 이 독약은 강력하고 독해서 당신이 1마일을 채 걷기도 전에 그는 죽고 말 겁니다."

저주받아 마땅한 그놈은 약상자를 받아든 후, 다음 거리에 사는 한 남자에게로 달려갔다. 그리고 그에게서 세 개의 큰 병을 빌려 두 병에 독약을 부어 담았으며, 세 번째 병은 자신이 마시기 위해 깨끗이 해 놓았다. 왜냐하면 밤새 그 장소에서 금을 옮길 일을 그가 마음속에서 준비하고 있었기 때문이다. 그리고 흉악한 이 난봉꾼은 세 개의 큰 병에 술을 담아 그의 동료들에게로 향하였다.

더 이상 말할 필요가 있을까? 그들은 전에 그의 죽음을 모의한 대로 그를 곧장 죽여 버렸다. 이 일이 끝난 뒤 그들 가운데 한 명이 말했다.

"자, 앉아서 술을 마시며 즐기세, 그런 다음 시신을 땅에 묻자고."

이렇게 말한 후, 그는 우연히 독약이 든 술병을 집어 들어 마셨고, 그의 동료에게도 마실 것을 주었다. 그 결과 두 명은 그 자리에서 죽고 말았다.

그러나 분명 이븐 시나가 자신의 책[12]의 어느 부분에서도 죽기 전 두 명의 악당에게 나타났던 놀라운 중독 증상을 절대 기록하지 않았다. 그렇게 살해하려 했던 두 명은 죽게 되었고, 사악한 독살자 또한 죽임을 당하였다.

오, 저주받아 마땅한 죄들 가운데 가장 사악한 죄여! 오, 배반적인 살인, 오 흉악한 죄여! 오, 탐욕, 사치, 그리고 노름! 습관과 자만에서 나오는 대단한 맹세와 함께, 그리스도를 중상모략하는 악한 이들이여! 아, 인간이여! 어떻게 너희를 만든 창조주에게 그리고 소중한 피로서 너희를 구원해 주신 그분께 어찌 그리 잔인하고 거짓될 수 있는가!

자, 여러분, 주님이 당신들의 죄를 용서해 주시고, 탐욕의 죄로부터 당신들을 보호해 주시길 빕니다. 당신들이 금전이나 은전, 혹은 은 브로치, 수저, 반지 등을 봉헌하면 나의 신성한 면죄부가 당신 모두를 구원할 것입니다.

---

12) 아비시나(Avicenna, 980-1037). 아라비아의 철학자이며 과학자이다. 여기서 언급한 책은 『의학정전』이다.

이 성스러운 위임장에 머리를 숙이시오! 부인들, 앞으로 나와 옷감을 헌납하시오! 당신의 이름이 나의 명단에 오르게 되고, 당신은 즉시 하늘나라의 축복 안으로 들게 될 것입니다. 나는 봉헌한 사람의 죄를 나의 지고한 능력을 통하여 태어날 때의 깨끗한 모습으로 사하여 줄 것입니다.

여러분, 이게 내가 설교하는 방식이랍니다. 그리고 우리 영혼의 의사이신 예수 그리스도께서 당신들이 그분의 면죄부를 받을 수 있도록 허락하시길 빕니다. 속이려는 것이 아닙니다. 그분의 면죄부는 최고이기 때문이지요.

맺음말

"그러나 여러분 한 가지 내 이야기에서 빼놓은 것이 있습니다. 나는 내 자루에 유물과 면죄부를 가지고 있는데, 로마의 교황께서 나에게 손수 주신 것으로서 영국 누구의 것보다 훌륭하답니다. 신심에서 우러나 여러분들 가운데 봉헌하고 나의 죄 사함을 받고자 하는 분은 즉시 앞으로 나와 여기 무릎을 꿇고 공손하게 나의 면죄부를 받으시기 바랍니다. 혹은 여행하면서 1마일을 갈 때마다 매번 새롭고 신선하게 면죄부를 받으시면 됩니다. 그때마다 새롭게 계속해서 금전과 은전을 봉헌하시면 됩니다. 여러분이 여러 지역을 두루 여행할 때 혹시 무슨 일이라도 생기게 되면 나처럼 능력을 갖춘 면죄부 판매자와 함께한다는 것이 여기 있는 여러분에게 영광이지요.

혹시 한두 사람이 말에서 떨어져 목이라도 부러질지 모르는 일이지요. 누군가가 죽게 되었을 때, 지위가 높으나 낮으나 여러분의 죄를 용서해 줄 수 있는 내가 여러분과 동행한다는 사실이 여러분 모두에게 얼마나 안전한 일입니까. 우리 여관 주인부터 시작하는 것이 좋을 듯합니다. 죄로 둘러싸여 있는 사람이기 때문이지요. 자, 여관 주인 양반, 앞으로 나와 먼저 봉헌하고 유물 하나하나에 키스하시길. 동전 한 닢이면 됩니다. 어서 지갑을 푸시지요."

그가 응답하길,

"안 돼, 안 됩니다. 그리스도의 저주를 받는 편이 낫겠습니다! 그만둬요. 맹세코 난 하지 않을 것입니다. 당신 엉덩이의 더러움이 묻어 있는 그것을 성인의 유물이라고 거짓말을 해가며, 나더러 오래된 그 바지에 키스하라고 하다니. 헬레나 성인이 찾아낸 참 십자가를 두고 맹세하건대, 성궤에 있는 유물보다는 당신의 고환을 내 손으로 잡고 싶군요. 그리고 그것을 잘라내어 당신이 들고 다니도록 만들 것이며, 그것을 돼지 똥 속에 모셔지게 할 것입니다."

면죄부 판매자는 아무런 말도 하지 않았습니다. 너무 화가 나서 말하지 못한 것입니다.

여관 주인이 말하길,

"자, 이제 더 이상 당신같이 화난 사람과 농담하고 싶지 않습니다."

모든 사람이 웃는 것을 보고, 훌륭한 기사가 즉시 말하길,

"이제 그만합시다. 그 정도면 충분합니다. 면죄부 판매자 양

반, 기분 풀고 웃으세요. 그리고 나의 친구, 여관 주인 양반, 면
죄부 판매자와 키스하기를 바랍니다. 그리고 면죄부 판매자
여, 이리 가까이 와서 전처럼 웃고 놉시다."

그들은 즉시 키스하였고, 계속해서 여행했답니다.

7장

선장의 이야기

생드니[13]라는 곳에 한 상인이 살고 있었는데, 그는 부자였고, 이런 이유로 사람들은 그를 현명하다고 여겼다. 그에게 부인이 있었는데, 미모는 출중했고, 사교적이었으며 놀기 좋아했다. 이러한 것은 축제나 무도회에서 사람들이 여자들에게 바치는 관심이나 공경심보다 더욱더 큰 비용을 치르게 만드는 법이다. 그러한 공경심이나 예의는 벽에 비친 그림자처럼 이내 사라지고 마는 것이지만 모든 비용을 지급해야만 하는 사람에게는 근심거리인 셈이니! 돈을 지급하는 사람은 불쌍한 남편이며, 그는 자신의 명예를 세우기 위해서 우리 여성들에

---

13) 파리 북쪽에 있는 도시로 당시 상업과 금융의 중심지였으며 상인들이 살기에 적합했던 곳이다.

게 화려하게 옷을 입혀 주고 치장해 주는데, 그러한 옷을 입고 우리는 즐겁게 춤을 춘다.[14] 만약 남편이 그렇게 하지 않는다거나, 그러한 것이 낭비이며 손실이라고 생각하여 그러한 비용 지출을 감당하려고 하지 않는다면, 그 비용에 대하여 다른 남자가 지급하거나, 우리에게 돈을 빌려주게 되는데 그것은 위험한 일이다.

이 고귀한 상인에게는 훌륭한 저택이 있었는데, 놀라울 정도로 많은 사람이 그 집을 찾았다. 그 이유는 그가 후한 사람이었고 그의 부인 또한 아름다웠기 때문이었다. 내 이야기를 들어 보시라. 방문객 가운데 잘생기고 대담한 수도승이 있었는데, 내 생각으로는 서른 살쯤 되어 보였으며, 항상 그곳에 왔다. 잘생긴 얼굴의 이 젊은 수도승은 집주인과 친분을 맺은 이후로 집주인과 매우 친하게 지내 왔으며, 친구에게 베풀어지는 친숙함을 그 집에서 누렸다.

집주인과 내가 말한 이 수도승은 공교롭게도 같은 마을 출신으로, 수도승은 집주인을 사촌으로 여겼고, 그 역시 그를 마다하지 않았다. 오히려 아침에 만난 새처럼 그는 이를 기뻐했으며 이는 그의 마음속 커다란 기쁨이었다. 결국 그들은 영원한 유대 관계를 맺게 되었는데, 그들이 살아 있는 동안 그들 각자는 서로에게 형제애를 지키기로 다짐하게 되었다.

수도승 존은 그 집에서 씀씀이가 후하고 너그러운 사람이

---

14) 초서는 이 이야기를 원래 바스의 여장부가 하는 이야기로 삼고자 했던 듯싶다. 그러나 선장이 하는 이야기로 마음을 정한 뒤, 초서는 바스의 여장부에게 어울리는 이와 같은 내용의 몇 행을 간과했던 것 같다.

었고, 사람들의 환심을 사며 큰 비용을 지출하는 데 매우 열심이었다. 그 집에 가장 미천한 시종에게조차 돈을 주는 것을 잊지 않을 정도였는데, 그 집을 방문할 때면, 신분에 따라 주인에게 그리고 그 집 하인들에게도 선물을 주었다. 그 이유로 그들은 그의 방문을 반겼으니, 마치 태양이 떠오르는 것을 새들이 반기듯이 말이다. 이것으로 충분할 것 같으니, 지금 더는 이 이야기를 하지 않겠다.

어느 날, 상인이 물건을 사기 위해 브뤼허[15]로 여행을 떠날 채비를 하고 있을 때, 파리로 즉각 전갈을 보내 그가 브뤼허로 떠나기 전에 수도승 존이 생드니로 와서 자신, 그리고 자기 부인과 함께 하루 혹은 이틀을 지낼 수 있기를 바랐다. 내가 말하는 이 고귀한 수도승은 사려가 매우 깊을뿐더러 수도원에 딸린 넓은 농장과 곡간을 보살피는 책임자이기도 해서, 그가 원할 때 수도원장으로부터 허가를 받을 수 있었다. 그처럼 예절 바른 우리의 사촌 존만 한 환영을 받을 사람이 그 누가 있을까? 여느 때처럼 그는 한 병의 달콤한 백포도주와 또 한 병의 이탈리아산 고급 백포도주 그리고 들새들을 가져왔다. 자이제 나는 상인과 수도승이 하루 혹은 이틀 동안 먹고 마시고 즐기도록 내버려 두려고 한다.

삼 일째 되던 날, 상인은 일어나서 필요한 일들을 신중히 생각했으며, 회계실(會計室)로 올라가 그 해 장사가 어떻게 되

---

15) 중세 시대 옷 제작으로 잘 알려져 있던 도시이며 무역과 금융의 중심지다.

었고, 물건을 사는 데 얼마나 지출했으며, 이에 따라 재산이 불었는지 그렇지 않은지 계산해 보았다. 많은 장부와 돈주머니를 그는 자신 앞에 있는 계산대 위에 얹어 놓았다. 그의 재산은 엄청나게 많았는데, 이런 이유로 그는 회계실 문을 단단히 걸어 잠갔으며 누구도 그가 회계 처리하는 데 방해하지 않기를 바랐다. 그렇게 그는 오전 9시까지 앉아 있었다. 수도승 존 또한 아침 일찍 일어나 정원을 이리저리 걸으며 경건하게 기도를 외우고 있었다. 상인의 아내가 은밀히 그가 조용히 걷고 있던 정원으로 들어와, 여느 때와 같이 그에게 인사를 했다. 그녀가 원하는 대로 조정하고 통제할 수 있는 어린 시녀가 그녀와 동행하고 있었다. 여주인이 말하길,

"존, 무슨 걱정이라도 있으세요, 왜 이리 일찍 일어나셨어요?"

그가 답하길,

"다섯 시간 자는 것만으로 충분하지요. 그러나 결혼한 사람들이나 나이가 들고 겁에 질린 사람들의 경우, 크고 작은 사냥개에 놀라서 풀 속에 앉아 있는 지친 토끼처럼 침대에 누워 있기 마련이지요. 그런데 당신 얼굴이 어째서 그리도 창백한 것이요? 내 생각으로는 분명 그 친구가 지난밤 당신을 너무 못살게 한 것 같은데 얼른 휴식을 취해야 할 것 같소."

이렇게 말하며 그는 즐겁게 웃었고 이 생각에 그의 얼굴이 붉게 변했다.

이 아름다운 부인이 머리를 설레설레 흔들며 말하길,

"하느님은 다 알고 계십니다. 저는 그렇지 못해요. 저에게

영혼과 생명을 주신 하느님을 두고 맹세컨대, 프랑스 전 지역을 다 뒤져 봐도 그 어떤 부인도 저보다 재미를 덜 보는 사람은 하나도 없을 거예요. '아이고' 내가 왜 이렇게 되었단 말인가 하며 노래라도 부를 수 있을 것 같아요. 하지만 누구에게도 저의 이러한 상황을 말할 수는 없어요. 이곳을 떠날까도 생각해 보고 삶을 그만둘까도 생각해 보았는데, 정말이지 너무 무섭고 괴로워요."

수도승이 그 부인을 쳐다보며 말하길,

"아이고, 슬픔이나 두려움 때문에 목숨을 끊으려고 하다니 절대 그래서는 안 됩니다. 하지만 나에게 당신의 슬픔이 뭔지 말해 보시오. 아마도 당신의 슬픔에 대해 내가 조언이나 도움을 줄 수 있을 것 같소. 그러니 비밀로 할 테니 당신의 모든 근심거리를 나에게 말해 보시오. 나의 성무일과서(聖務日課書)를 두고 맹세컨대, 내가 사는 동안 싫든지 좋든지 절대 당신의 비밀을 누설하지 않겠소."

그녀가 말하길,

"저도 똑같이 말하고 싶어요. 하느님과 이 성무일과서를 두고 맹세컨대, 사람들이 저를 갈기갈기 찢어 죽일지라도, 그리고 제가 지옥으로 떨어질지라도 저는 절대 당신이 저에게 한 얘기를 누설치 않을 것이니, 이는 사촌이기에 혹은 어떤 관계 때문이 아니라 사랑과 신뢰 바로 그 때문이지요."

그렇게 둘은 맹세하고 서로에게 입맞춤한 뒤, 그들 각자는 서로에게 하고 싶은 이야기를 했다. 그녀가 말하길,

"존, 지금은 그렇고, 더욱이 이 장소에서는 그렇지만, 시간

이 된다면 제가 살아온 이야기를 들려드리고 싶어요, 제 남편의 부인이 된 이후 제가 어떤 고통을 겪어 왔는지 말이에요. 그는 당신의 사촌이니까요."

수도승이 말하길,

"말도 안 돼요. 하느님과 마르틴 성인[16]을 두고 말하건대, 그는 나와 사촌지간이 아니랍니다, 저 나무에 걸려 있는 잎사귀가 그렇지 않은 것처럼 말입니다! 내가 그를 그렇게 부르는 것은, 프랑스의 수호성인 드니[17]를 두고 말하건대, 분명히 모든 여성보다 내가 특별히 사모해 온 당신과 더욱더 친하게 지내고 싶어서였습니다. 내 성직을 두고 이를 맹세해 드릴 수 있답니다. 그가 내려오기 전에 당신의 슬픔을 말해 보세요. 그리고 서둘러 당신은 들어가야 하니까요."

그녀가 말하길,

"나의 사랑, 나의 존이여, 나의 비밀을 감추고 싶지만 말씀드려야겠어요. 더는 참을 수가 없어요. 세상이 시작한 이래로 어느 남편보다 제 남편은 저에게는 최악의 남자였답니다. 저는 그의 부인이기 때문에, 잠자리에서나 다른 장소에서 우리의 비밀을 다른 남자에게도 말한다는 것은 온당치 않다고 생각해요. 주님의 은총을 걸고 저는 그것을 말할 수 없어요! 남편의 명예를 위해서라도, 제가 알기로 부인은 자기 남편에 관하여 결코 이야기해서는 안 되는 거잖아요. 그러나 지금 당신께

---

16) 한때 로마의 병사였으나 군대를 떠나 수도승이 된 후 투르의 주교가 된 인물이다.
17) 프랑스의 수호 성인이며 파리의 주교이다.

말씀드리지요. 아이고 정말이지, 그는 파리만큼도 가치가 없는 인간이랍니다. 그러나 무엇보다 나를 고통스럽게 한 것은 그의 인색함입니다. 당신도 잘 알다시피, 여자들은 자연적으로 저처럼 여섯 가지를 바라는데, 남편이 용감하고, 현명하고, 부자이고, 후하고, 부인 말에 복종하고, 잠자리에서 즐겁기를 원한답니다. 우리를 위하여 피를 흘리신 주님을 두고 맹세하건대, 남편의 명예를 위하여, 나 자신을 치장하기 위하여 다음 주일에 100프랑을 지급해야 해요. 그러지 못하면 저는 끝장이에요. 불명예스럽거나 악한 행동을 할 바에 제가 태어나지 않는 편이 더 나았겠어요.

제 남편이 알기라도 한다면 큰일이에요. 그러니 제발 저에게 이 돈을 빌려주세요. 그러지 않으면 저는 죽어요. 존, 저에게 100프랑을 빌려주세요. 정말이지 제 청을 들어주기만 하면 당신에 대한 고마움을 절대 잊지 않을게요. 기일을 지켜 갚을 것이며, 당신이 원하는 것, 제가 할 수 있는 모든 즐거움과 봉사를 당신께 바치겠어요. 만일 제가 그렇게 하지 않는다면 하느님께서 프랑스의 가늘롱[18]에게 내리셨던 최악의 벌을 저에게 내리실 겁니다."

이 멋진 수도승은 다음과 같이 대답했다.

"나의 사랑하는 부인, 당신을 너무나 동정하니 당신의 남편이 플란데런로 떠난 뒤, 당신께 진정 맹세하건대 당신의 그 근

---

18) 가늘롱은 샤를마뉴의 군대를 배반한 인물로서 사나운 말에 의해 사지가 찢겨 나가는 처벌을 받게 된다. 그에 관한 내용은 12세기 『롤랑의 노래』에 기록되어 있다.

심을 덜어 주겠소. 당신께 100프랑을 가져다주겠소."

그렇게 말하고 그는 그녀의 허리를 잡아 강하게 포옹하며 그녀에게 몇 차례 입을 맞추었다. 그가 말하길,

"자 조용히 가서 식사합시다. 내 해시계에 따르면 9시가 되었소. 자 가서 서로 약속을 지키도록 합시다."

그녀가 답하길,

"그렇게 하지 않는다면 하느님께서 벌을 내리실 거예요."

그녀는 까치처럼 즐겁게 가서, 다들 그 즉시 식사할 수 있도록 요리사에게 서두르라고 독려하였다. 그런 뒤 부인은 남편에게 올라가 그의 회계실 문을 대담하게 두드렸다.

"누구요?"라고 그가 묻자, "아이고, 저예요."라고 그녀가 답했다.

"대체, 식사하지 않으실 생각이에요? 얼마나 오랫동안이나 더 계산하고, 장부며 그러한 것들을 만지작거려야 해요? 악마의 저주를 받을 그놈의 계산들! 정말이지 당신은 하느님이 보내 주신 복을 충분히 가지고 있어요. 오늘은 그만 내려오세요. 돈주머니일랑 두고 말이에요. 존 수사님도 온종일 식사하지 못하고 계시는 것이 미안하지 않나요? 미사를 드리고 식사하러 가요."

남편이 답하길,

"부인, 우리가 하는 귀찮고 걱정 많은 사업을 당신은 알지 못하오. 우리같이 장사하는 사람들의 경우, 주님과 이브 성인이라 불리는 분의 도움을 받는다손 치더라도, 열둘 가운데 두 사람[19]도 계속해서 죽을 때까지 사업에 성공하기가 어려운 법

이오. 명랑하고 보기 좋은 얼굴을 해 가며, 세상이 어떻게 되든 견디어 나가며, 죽을 때까지 우리의 재산을 비밀로 해 두는 거라오. 그렇지 않으면 순례하든지 아니면 어디론가 사라질 수도 있겠지. 우리 같은 사람은 이 미묘한 세상을 파악하는 것이 매우 필요한 법인데, 그 이유는 사업하는 데 항상 위험과 운명에 직면해야 하기 때문이오.

내일 난 브뤼허로 떠날 것이오, 가능한 한 빨리 돌아오겠소. 부인 바라건대 모든 사람에게 유순하고 상냥하게 대하길 바라고, 재산을 잘 보살피고, 집을 잘 관리하기를 바라오. 검소하게 생활하면 부족함이 없을 정도로 모든 면에서 당신에게 충분할 것이오. 당신에게 옷이 부족하지 않고 식량 또한 부족함이 없으니. 당신 지갑에 돈이 부족할 일도 없을 테고 말이오."

이렇게 말하고 그는 회계실 문을 닫고, 더는 지체하지 않고 아래로 내려왔다. 서둘러 미사가 이루어졌고, 급히 식사가 준비되었으며, 그들 모두는 서둘러 식사했으며, 상인은 그 수도승에게 고급 음식들을 대접했다.

식사를 마친 후, 수도사 존은 엄숙한 표정으로 상인을 불러내어 비밀스럽게 말했다.

"여보게 사촌, 자네가 내일 브뤼허로 떠날 예정이라는 것을

---

19) 당시 상인들은 자신들이 벌어들이는 이득을 정당화하기 위해 사업의 위험을 강조했다.

나는 알고 있네. 하느님과 아우구스티누스 성인이 자네를 보살펴 주고 인도해 주길 기원하네! 여행 잘하길 빌겠네. 이 같은 더위에는 식사를 절제해야 할 것이네. 우리 둘 사이에 격식 있는 예절이 필요하지 않을 것 같으니, 잘 다녀오게나. 하느님께서 자네를 근심으로부터 보호해 주길 기원하네! 밤이나 낮이나 자네가 나에게 요청하는 바가 있다면, 그리고 그것이 내 힘과 능력으로 할 수 있는 것이라면 자네가 뜻하는 대로 그 일이 이루어질 걸세. 자네가 떠나기 전에, 가능하다면 한 가지 청을 하고 싶은데. 나에게 100프랑을 한두 주 동안 빌려줄 수 있겠나. 우리 농장에 몇 마리 가축을 사 넣어야 할 것 같아서 말일세. 그 농장이 자네 것이라면 얼마나 좋겠나! 정한 날짜를 어기지 않겠네. 1000프랑이라도 조금도 날짜를 어기지 않을 걸세. 그러나 이 일을 비밀로 해 두길 바라네. 오늘 밤 가축들을 사야 하기 때문일세. 친애하는 나의 사촌, 잘 다녀오게나. 자네가 베푼 비용과 환대에 감사하네."

이 훌륭한 상인은 점잖게 곧바로 답변하길,

"존, 나의 사촌이여, 이는 분명 아무것도 아닌 부탁일세. 자네가 요구하면 내 돈은 자네 것이며, 내 돈뿐만 아니라 내 재산도 마찬가지일세. 원하는 모든 것을 가지게나. 주저하지 말게나. 자네도 알다시피 상인에게는 한 가지 원칙이 있는데, 상인에게 돈이란 경작지와 같다는 것일세. 평판이 있을 때 우리는 돈을 빌릴 수 있지만, 우리에게 돈이 없다는 것은 웃을 문제가 아니라네. 자네가 편할 때 갚게나. 내 힘이 닿는 한 자네를 기쁘게 하고 싶네."

그는 100프랑을 꺼내다가 존에게 은밀하게 건네주었다. 상인과 존을 제외한 세상 누구도 돈을 주고받은 일을 알지 못했다. 그들은 함께 술을 마셨고, 담소를 나누었으며, 걷기도 하고 즐긴 뒤 존은 수도원으로 떠났다.

다음 날 아침이 되자 상인은 플란데런을 향해 떠났고, 그의 도제(徒弟)는 그가 브뤼허에 기쁘게 도착할 때까지 그를 안내했다. 상인은 서둘러서 부지런히 자신의 용무를 보았으며, 물건을 사들이기도 하고 돈을 빌리기도 했다. 그는 춤도 노름도 하지 않았으며, 간단히 말해 상인답게 그는 처신했던 것인데, 여기서 그에 관한 이야기는 멈출까 한다.

상인이 떠난 다음 일요일에, 머리와 수염을 말쑥하게 깎은 채 존은 생드니로 왔다. 온 집안사람들 누구도 존이 다시 돌아온 것을 반기지 않는 사람이 없었는데, 심지어 어린애까지도 그를 반겼을 정도였다. 요점만 간단히 말하자면, 이 아름다운 부인은 100프랑을 받는 대가로 존의 품 안에서 밤새도록 지내기로 그와 합의를 보았고, 실제 이러한 합의는 실행되었다. 날이 샐 때까지 이들은 밤새도록 즐겼다. 날이 새자, 존은 집안 식구들에게 "잘들 계시오!"라고 인사를 하고 길을 떠났다. 그들 가운데 누구도, 아니 이 도시의 누구 하나 존을 의심하지 않았다. 그런 뒤 존은 수도원으로 혹은 그가 원하는 곳으로 가 버렸는데, 그에 관한 이야기는 더는 하지 않을까 한다.

업무를 끝내고, 상인은 생드니로 돌아와 부인과 함께 만찬을 하며 즐거워했고, 값비싼 물건이 많아 돈을 빌려야 했으며,

이에 따라 그는 2만 프랑을 즉시 갚아야 할 법적 책임을 지게 되었다고 그녀에게 말해 주었다. 이러한 이유로 상인은 파리로 가서 그가 아는 친구들에게서 돈 일부를 빌린 뒤 그가 가진 돈에 보태려고 했다.

그가 도시에 도착하자, 대단한 우정과 친절함으로 그는 존과 함께하기 위하여 그에게 먼저 갔다. 돈에 대하여 그에게 요청하거나 묻기 위해서가 아니라, 그의 근황을 알고 그를 보고 싶어서였으며, 친구들이 서로 만나면 흔히들 하듯이, 자기 장사 이야기를 그에게 들려주려고 했던 것이었다. 존은 만찬을 베풀어 그를 즐겁게 해 주었으며, 하느님께 감사하게도 다행히 얼마나 모든 물건을 잘 구매했고, 최상을 위해 어떤 방법으로든 돈을 빌리기만 하면 기쁨과 휴식을 누릴 수 있다고 상인은 다시 그리고 특별히, 그에게 설명해 주었다.

존이 대답하길,

"건강하게 돌아와서 정말이지 나는 기쁘다네. 하느님의 축복으로 내가 부자라면 자네에게 2만 프랑이 부족하진 않았을 텐데, 자네는 지난날 친절하게도 나에게 돈을 빌려주지 않았던가. 그리고 내가 할 수 있는 한 하느님과 제임스 성인을 두고 말하건대 자네에게 고맙게 생각하네. 어쨌든 집에 있는 자네 부인에게 같은 액수의 돈을 맡겨 두었네, 자네 책상 위에 말일세. 틀림없이 그녀는 그것을 알고 있을 걸세, 내가 몇 가지 증거를 그녀에게 말할 수도 있다네. 실례하겠네, 더는 지체할 수가 없다네. 수도원장이 도시 밖으로 출타할 예정인데, 그와 함께 내가 같이 가야만 한다네. 나의 친애하는 사촌이여, 자네

부인에게 안부 전해 주게나, 다시 만날 때까지 잘 지내게."

매우 조심스럽고 현명한 상인은 돈을 빌려 파리에서 일부 롬바르디아 사람들[20]에게 현금으로 즉시 빌린 돈을 갚았고, 그들로부터 채무증서를 되돌려 받았다. 그런 뒤 그는 앵무새처럼 즐거운 마음으로 집에 돌아왔는데, 그 이유는 그가 여행에서 모든 지출을 제외하고도 1000프랑을 벌었다는 사실을 잘 알고 있기 때문이었다.

그의 부인은 문 앞에서 그를 맞을 준비를 하고 있었는데, 아마도 이는 오래전부터 해 오던 관습이었다. 그날 밤새도록 그들은 즐겁게 사랑을 나누었는데, 이는 그가 부자가 되었을 뿐더러 빚을 깨끗이 청산했기 때문이었다. 날이 새자 상인은 부인을 다시금 껴안고, 그녀의 얼굴에 입 맞추고, 그녀 위에 올라가 자신의 욕구를 줄기차게 충족시켰다.

그녀가 말하길,

"그만 해요, 아이고, 할 만큼 했잖아요!"

그리고 그녀는 남편과 음탕하게 놀았다. 마침내 상인이 말하길,

"그렇게 하고 싶지는 않으나 여보, 당신에게 조금은 화가 나오. 왜인지 아오? 당신이 나와 나의 사촌, 존 사이를 이간질해 놓은 것 같소. 현금으로 분명히 그가 당신에게 100프랑을 갚았다고 내가 떠나기 전, 당신은 나에게 말해 주었어야 했소.

---

20) 구체적으로 말해서 롬바르디아 사람들은 여기서 롬바르디아 은행업자 내지 은행가를 말한다.

내가 그에게 돈을 빌려 달라고 하자 그가 불편해하는 것 같았는데, 그의 표정이 그러했소. 하늘에 계신 왕이신 하느님을 두고 맹세하건대, 나는 그에게 그러한 것을 물으려는 생각은 전혀 없었소. 부인, 제발 더는 그렇게 하지 마오. 내가 없는 사이 어떤 채무자가 당신에게 빚을 갚았다는 사실을 내가 당신 곁을 떠나기 전에 항상 나에게 말하기를 바라오, 그러지 않으면 당신의 부주의로 인하여 이미 갚은 돈을 다시 갚으라고 내가 요구하게 되는 꼴이 되기 때문이오."

그 부인은 놀라지도 두려워하지도 않은 채 오히려 대담하게 즉시 응수하길,

"마리아여, 그놈의 거짓 성직자, 존에게 따지고 싶어요! 그가 준 영수증이라니요. 그가 나에게 돈을 준 것은 사실이나, 아이고! 그놈의 저주받아 마땅한 놈 같으니라고! 의심할 여지 없이, 그가 나에게 돈을 준 것은 당신 때문에 또한 사촌지간으로서 그리고 이 집에서 그가 지금까지 누려 왔던 환대에 대한 보답으로 나의 명예를 위해 그리고 당신에게 금전적 이익을 주기 위한 것으로만 나는 알았지 뭐예요. 이런 상황에서 간단하고 명료하게 당신에게 말씀드리지요. 나는 빌린 돈을 갚지 않고 질질 끄는 사람이 아닙니다! 당신에게 그날그날 즉시 갚을 것이며, 만일 그렇지 못하다손 치더라도 나는 당신의 아내잖아요. 내 이름으로 달아 놓으시면 가능한 한 빨리 갚겠어요. 사실대로 말하건대, 옷을 사는 데 그 돈을 사용했기 때문에 낭비한 것은 전혀 아니랍니다. 그리고 정말이지, 당신의 명예를 위해 그것을 잘 사용한 것이니 화내지 말고 웃고 즐기

세요. 당신은 나의 이 멋진 몸을 담보로 삼으세요. 하느님을 두고 맹세컨대 잠자리에서 당신에게 그 빚을 갚겠어요! 나의 사랑스러운 남편이여, 용서하세요. 이리로 돌아누워 즐겨 보세요."

다른 방도가 없고, 이것에 대해 책망하는 것 또한 어리석은 일로, 전혀 고쳐지지 않을 것임을 상인은 깨닫게 되었다. 그가 말하길,

"여보, 당신을 용서할 테니 나를 위해 더는 돈을 함부로 쓰지 마오. 당신에게 맡길 테니 내 재산을 잘 지켜 주시오."

내 이야기는 이렇게 끝이 납니다, 하느님이 우리에게 우리 목숨이 다할 때까지 충분한 신용을 내려주시길.

아멘.

여기에서 선장의 이야기가 끝난다.

선장과 수녀원장에게 여관 주인이 한 말

여관 주인이 말했다.

"성체를 두고 말하건대[21] 이야기 잘하셨습니다. 선장 양반, 오래오래 바다에서 항해 잘하길 바랍니다!

---

21) 실제 'corpus dominus(the Lord's Body)'가 아니라 'corpus domini'이어야 옳은 표현이나 여관 주인이 학자가 아닌 점을 초서가 고려한 것인지는 알 수 없다.

그 수도승 놈에게는 액운이 몽땅 내리길! 아하! 그러한 사기를 조심들 하시오! 아우구스티누스 성인을 두고 얘기하건대, 그 수도승 놈이 상인과 그 부인마저 속여 버렸습니다! 집 안에 수도승일랑 절대 들이지 말아요. 자 이제 다음으로 넘어가서, 누가 또 다른 이야기를 들려줄지 찾아봅시다."

여관 주인은 아가씨처럼 얌전히 말을 이어 갔다.

"실례하지만 수녀원장님, 당신께 거슬리지 않는다면, 그리고 괜찮다면 다음이 당신이 이야기할 차례임을 알려 드립니다. 수녀원장님, 그렇게 해 주시겠습니까?"

"기꺼이 하지요."라고 그녀는 답한 뒤 다음과 같이 이야기했습니다.

수녀원장의 이야기

수녀원장의 서시

'여호와, 우리 주여'(「시편」8편)
"오, 주여, 우리의 주님이시여, 얼마나 놀랍게도
이 넓은 세상에 당신의 이름이 퍼졌습니까.
당신에 대한 영광스러운 찬미가
고귀한 분들에 의해 이루어졌을 뿐만 아니라,
어린이들의 입을 통해 당신의 박애가
찬미되었기 때문인데, 아이들은 젖을 빨면서도
때때로 그들은 당신에 대한 찬미를 보여 준답니다.
그래서 제가 할 수 있는 한 최대한,
당신과 당신을 낳아 주셨고
영원히 동정녀이신 하얀 백합화 마리아를 찬미하기 위하여
이야기하고자 합니다.

저는 그분의 영광을 더하지 못할지도 모릅니다,

왜냐하면 그분 자신이 바로 영광이며 박애의 근원이시고,

그분의 아드님 다음가는 영혼의 구원자이기 때문입니다.

오 동정녀이신 어머니, 오 동정녀이시며 우아하신 어머니!

오 모세의 눈앞에서 타오르나, 다 타 없어지지 않은 숲이여,

당신의 겸양(謙讓)을 통해 신성(神聖)으로부터

성령을 받아들이신 당신,

당신의 덕으로 인하여, 성령이 당신에게 내려왔을 때,

아버지(성부)의 지혜를 잉태하신 분이여,

저를 도와 당신에게 영광을 돌릴 수 있는 이야기를 할 수

있도록 도와주소서!

마리아 님, 당신의 자비, 당신의 우아함,

당신의 덕, 그리고 당신의 위대한 겸양을

말로써는 결코 표현할 수 없답니다.

마리아 님, 때때로, 당신께 기도를 드릴 때,

당신의 인자하심으로 저희에게 먼저 빛을 주시옵고,

당신 기도를 통하여, 소중한 당신 아드님께로 인도하는

빛으로 저희를 이끌어 주시옵소서.

오 축복 가득한 여왕이시여, 저의 지혜는 미약하여

당신의 훌륭한 가치를 선포할 수 없어

그 무게를 제가 감당할 수 없사옵니다.

말 한마디 제대로 하지 못하는

열두 달이 채 안 된 아이와 같은 제가,

당신께 비오니

당신에 관하여 노래할 수 있도록 제 노래를 이끌어 주소
서."

수녀원장의 이야기

아시아의 한 큰 기독교 도시에는, 오래전부터 유대인들이
사는 구역이 있었습니다. 그 구역은 영주에 의해 관리되었으
며, 그들은 그리스도와 그리스도인들이 증오하는 사악한 고리
대금업을 하고 있었습니다. 그 길은 누구나 자유롭게 다닐 수
있을뿐더러 양 끝이 터져 있어서, 말을 타거나 걸어서 다닐 수
있는 곳이었답니다.

그 길 한쪽 끝에는 기독교 신자들이 다니는 작은 학교가
하나 있었는데, 그 학교에서 그리스도의 믿음을 물려받은 어
린아이들이 매년 배워 왔듯이 관례로 그곳에서 교육받아 왔
습니다. 말하자면 노래 부르고 책을 읽는 가르침을 받았던 것
으로, 그러한 것은 그 나이 어린아이들이 배우는 것들이랍니
다. 어린아이들 가운데 한 과부의 아들이 있었는데, 일곱 살
먹은 어린 학생으로 습관적으로 그는 매일 학교에 가는 길에,
그리스도의 어머니상(像)을 볼 때면 항상 관례로, 그리고 배
운 대로 무릎을 꿇고 「아베 마리아」를 부르고는 갈 길을 가곤
하였답니다. 그렇게 그 과부는 자신의 어린 아들에게 축복 가
득한 우리의 동정녀이시며 소중한 그리스도의 어머니를 항상
숭배하도록 가르쳤고, 아이는 그것을 기쁨으로 여겼는데, 행

복한 아이는 항상 배우고 경청했습니다. 그 아이를 생각할 때면 언제나 제 마음속에 니콜라스 성인이 떠오르는데, 그도 그처럼 어린 나이에 그리스도를 숭배했기 때문이랍니다.

기초 수업 시간에 그 어린아이가 조그마한 책을 배우고 있을 때, 다른 아이들이 답창(答唱)으로 부르는 「구원자이신 어머니」[22]를 듣게 되었답니다. 그 아이는 담대하게 그곳으로 더욱더 가까이 다가가 노랫말과 선율을 다시 듣게 되었고, 결국 그 노래의 첫 구절을 외우게 되었답니다. 아직은 어린 나이였기에 이 라틴어가 무엇을 의미하는지 그는 알지 못했답니다. 어느 날 그 아이는 친구에게 그 노래를 번역해 주기를, 왜 그 노래가 불리는가에 대하여 말해 줄 것을 간청했답니다. 그는 그 친구에게 노래를 번역하고 설명해 주기를 몇 번이고 무릎을 꿇고 간청했답니다.

그보다 나이가 위인 그 아이가 그에게 말하길,

"내가 알기로는, 이 노래는 축복 가득한 우리의 자비로운 동정녀에 대한 것으로, 그녀를 공경하고 우리가 죽었을 때 우리에게 위로와 도움이 될 수 있도록 그분께 간청하기 위한 것이야. 더는 나도 설명할 수 없단다. 노래는 부르지만 라틴어 문법을 나도 많이는 모르거든."

"아, 이 노래가 그리스도의 어머니를 숭배하기 위해 만들어진 거란 말이지?" 하고 이 순진한 소년은 말했답니다.

---

22) 그리스도 강림절에 부르는 노래이다.

"크리스마스가 오기 전에 부지런히 그 노래를 다 배워 볼 테야. 기초 수업 시간에 책망을 듣고 한 시간에 세 차례나 매를 맞을지라도, 우리의 동정녀를 찬양하는 노래를 난 배우고야 말겠어."

그의 친구는 집으로 가는 길에 비밀리에 그에게 매일 노래를 가르쳐 주었고, 결국 그는 노래를 외울 수 있었으며, 그런 뒤 그는 악보에 맞추어 한 마디 한 마디 매우 씩씩하게 잘 불렀답니다. 매일 두 번씩 노래가 그의 목에서 나왔는데, 한 번 학교로 갈 때, 또 다른 한 번은 학교에서 집으로 갈 때였습니다. 그리스도의 소중한 어머니께 그의 온 마음이 빼앗겨 있었답니다. 제가 말씀드렸다시피 이 어린 소년은 유대인 지역을 오가며 매우 명랑하게 노래를 불렀고 계속해서 "오 구원자이신 어머니"를 외쳤답니다. 그리스도 어머니의 달콤함을 마음속 뼈저리게 느꼈기 때문에 그 아이는 길을 가는 도중 그분께 찬미해 드리는 일을 멈출 수 없었답니다.

유대인의 마음속에 성질을 잘 내는 말벌의 둥지를 가진 우리 인류 최초의 적, 뱀과 같은 사탄이 화가 잔뜩 나서 말하길,

"아, 히브리 사람들이여, 아이고! 이것이 될 법이나 한 얘기입니까, 그러한 소년이 걸어가면서 자기가 하고 싶은 대로 여러분을 모욕하고, 여러분의 신성한 율법에 거스르는 문구를 읊조리는 것이 말입니다?"

그때부터 유대인들은 공모하여 이 순진한 어린아이를 이 세상에서 없애 버리려고 했답니다. 살인자 한 사람을 고용하였으며, 그 살인자는 골목에 몸을 숨기고 있다가 어린아이가

그곳을 지나가자, 이 저주받은 유대인은 어린아이를 붙잡고 단단히 묶은 다음 목을 잘라 구덩이 속에 던져 버렸답니다. 말하건대 이들 유대인이 자기 창자를 비우는 오물 구덩이에 그 소년을 버렸답니다. 새로이 태어난 저주받은 헤로데의 무리여,[23] 너희의 사악한 의도가 무슨 도움이 되겠는가? 기필코 살인은 드러나기 마련이며, 특히 하느님의 영광을 알리기 위한 것이라면 피는 저주받아 마땅한 너희의 행동을 소리쳐 알리고 말 것이다.[24]

오, 동정(童貞)과 완전히 결합한 순교자여, 자 이제 당신은 노래하며, 천상의 흰 양과 하나 되어 영원히 함께할지어다. 흰 양에 대해서는 위대한 복음사가인 요한이 파트모스에서 기록하길 여자의 육체를 경험한 적 없는 사람이 흰 양 앞에 나가서 새롭게 노래를 부르게 된다고 했습니다.

불쌍한 과부는 밤새도록 아이를 기다렸으나, 그 아이는 돌아오지 않았답니다. 그 때문에 날이 새자마자 두려움과 걱정스러운 생각으로 창백한 얼굴을 한 채 그녀는 학교며 이곳저곳 아이를 찾기 위해 헤매다가, 누군가가 유대인 거리에서 아이를 마지막으로 보았다는 것을 마침내 알게 되었답니다. 가

---

23) 유대인들의 왕인 헤롯은 유대인의 새로운 왕으로 어린아이가 탄생할 것이라는 예언자의 말에 따라 베들레헴과 인근 지역 두 살 아래 어린아이들을 죽이라고 명령한다.
24) 성서 속 살해당한 아벨의 피가 지하로부터 울부짖었다고 전해진다.(「창세기」 4장 10절)

슴속 슬픔을 간직한 어머니로서, 반은 정신이 나간 채로, 그녀가 추측하기로 자신의 어린 자식을 찾을 수 있을 것 같은 장소로 가게 되었는데 유순하고 친절하신 그리스도의 어머니를 그녀는 외쳤고, 결국 성모님은 답해 주셨답니다. 그녀는 유대인 지역에서 자기 아들을 찾게 되었던 것입니다.

그 지역에 사는 모든 유대인에게 자기 자식이 지나가는 것을 보았는지 물어보았고, 말해 주기를 애타게 애원했지만 그들은 "아니오."라고 말했답니다. 그러나 은총의 그리스도께서는 얼마 지나지 않아 곧 그녀가 아이가 던져진 구덩이가 있는 곳에 가서 자기 아들을 불러 봐야겠다는 생각이 들도록 만들었답니다.

오, 위대하신 하느님이시여, 순진무구한 사람들의 입을 통해 당신의 영광을 드러내시는 분이시여, 당신의 권능을 보시옵소서! 이 정절의 보석, 에메랄드, 그리고 또한 반짝이는 순교의 루비를 보시옵소서. 그곳에 목이 잘린 채로 똑바로 누워 그는 "오 구원자이신 어머니"를 노래하기 시작했는데, 모든 곳에 울려 퍼질 정도로 그 소리는 매우 컸답니다. 거리를 오가던 그리스도인들은 몰려와 이 광경에 놀라워했답니다. 그들은 서둘러 집정관을 부르기 위해 사람을 보냈고, 그는 지체하지 않고 즉시 왔으며, 천상의 왕이신 그리스도와 인류의 영광이신 그분의 어머님께 찬미를 올린 뒤, 유대인들을 묶도록 명령하였답니다.

애처로운 탄식 속에 계속해서 노래를 부르는 그 아이는 들어 올려졌고, 경의를 표하는 엄숙한 행렬에 의해 가까운 수도원으로 옮겨졌답니다. 아이의 어머니는 아이의 관 옆에서 실신하였는데 이 두 번째 레이철[25]을 아이의 관에서 사람들은 결코 떼어낼 수 없었답니다.

살인을 알게 된 집정관은 각각의 유대인들은 고통과 수치스러운 죽음으로 즉시 종말을 맞을 수 있도록 명령했답니다. 그러한 저주를 받아 마땅한 죄를 그는 용서할 수 없었기 때문입니다.

"악은 합당한 벌을 받아야 한다."

따라서 그는 이들을 거친 말에 끌려다니도록 만들었고 이후 법에 따라 이들을 교수형에 처했답니다.

미사가 진행되는 동안 이 순진한 아이가 누워 있는 관은 재단 위에 놓였고, 그런 뒤 수도원 모든 수도승과 수도원장은 서둘러 아이를 매장하려고 했답니다. 그들이 아이에게 성수를 뿌리고 성수가 그의 몸에 닿자 아이는 말하며, "오 구원자이신 어머니!"를 노래했답니다. 수도승들이 그러하듯이, 혹은 모든 수도승이 그래야만 하듯이, 성스러운 사람이었던 수도원장은 이 어린아이에게 간청하여 묻기를,

"얘야, 성 삼위일체의 은총을 두고 너에게 간구하노니, 내가 보기에 너의 목이 잘려 나갔는데도 노래를 부르는 이유를 나에게 말해 줄 수 있겠느냐?"

_____

25) 「마태복음」 2장 18절에 나오는 내용으로 레이철은 야곱의 어머니이며 요셉과 벤저민의 어머니이다. 자식을 잃은 슬픔을 무엇으로도 위로받을 수 없는 성서 속 어머니 레이철과 아이의 어머니를 동격으로 놓고 있다.

아이가 답하길,

"저의 목은 뼈 있는 데까지 잘려 나갔으며, 자연의 법칙에 따라 저는 오래전에 이미 죽었어야 할 것입니다. 그러나 책에도 쓰여 있다시피, 예수 그리스도께서는 당신의 영광을 오래 지속되도록 만드시며 마음속에 간직할 수 있도록 하시는데, 그분의 소중한 어머니를 숭배하기 위하여 아직도 저는 "오 어머니시여"라며 청명하고 큰 소리로 노래한답니다.

자비의 샘이신, 사랑스러운 그리스도의 어머니를 제가 알고 있는 대로 항상 사모하였습니다. 제 목숨을 잃게 되었을 때, 그분께서 저에게 오셔서 당신이 들으신 이 노래를 죽는 순간에도 부르라고 저에게 명하셨는데, 제가 노래할 때 제 생각으로 그분께서 제 혀에 알갱이 하나를 놓아주신 것 같습니다. 제 혀에서 알갱이가 거두어질 때까지, 은총으로 가득하신 자비로운 동정녀께 영광을 돌리기 위하여 저는 노래를 하고, 해야만 합니다. 그런 뒤 그분께서는 저에게 말씀하시길, '아가야, 이 알갱이가 너의 혀에서 거두어질 때, 나는 너를 데리고 가겠노라. 두려워 말라; 나는 너를 버리지 않을 것이니라.'"

성스러운 수도승, 제가 말씀드린 수도원장이 그의 혀를 잡고 알갱이를 꺼내자 그의 영혼은 부드럽게 승천하게 되었답니다. 수도원장은 이 경이로운 모습을 보자, 소금 가득한 눈물을 빗물처럼 흘리며 바닥에 납작 엎드린 채 거기에 묶여 있는 것처럼 움직이지 않고 가만히 있었답니다. 다른 수도승들 또한 울면서 바닥에 엎드린 채로 그리스도의 소중한 어머니께 찬미를 드렸고, 그런 뒤 그들은 일어서서 앞으로 나가 관에서 순

교자를 들어 올려 깨끗한 대리석 무덤에 그의 조그맣고 사랑
스러운 육신을 안장시켰답니다. 그곳에 그가 누워 있으며, 하
느님께서는 우리가 그를 만날 수 있도록 허락해 주셨답니다!

오래전에 일어난 일이 아니어서 잘 알려진 이야기로, 저주
받아 마땅한 유대인들에 의해 역시 살해된 링컨의 젊은 휴
여,[26] 죄 많고 불안정한 우리 인간을 위하여 기도해 주옵소
서. 자비로 가득하신 하느님께서 우리에게 당신의 위대한 자
비를 충만히 베푸시도록 해 주옵소서. 그분의 어머니 마리아
를 경외하면서.
아멘.

_____

26) 1255년 유대인에 의해 살해되어 우물에 던져졌다고 전해지는 여덟 살
소년의 시신은 아이를 찾아 헤매던 엄마에 의해 발견된다. 그 소년의 삶은
『휴 경의 발라드』 혹은 『유대인의 딸』에서 기념되고 있다.

초서의 토파즈 경과 멜리비의 이야기

토파즈 경의 서시
여관 주인이 초서에게 한 유쾌한 이야기

이 기적 같은 이야기를 듣고, 모든 사람이
무슨 놀라운 일을 보기라도 한 듯 조용해지자,
우리의 여관 주인은 농담을 하기 시작했고,
처음으로 나를 바라보며 이렇게 말했다.
"당신은 무엇을 하는 사람이요?
토끼라도 찾듯이 계속해서 땅만 바라보고 있으니 말이요.
이리 가까이 와, 기운을 좀 내시오.
자, 여러분, 좀 비켜 주시오, 이분이 들어올 수 있게 말이요!
그 허리가 나만큼이나 잘 빠졌소이다.
작고 아름다운 얼굴을 가진 어떤 여자든
당신의 허리는 팔에 안기기에 인형처럼 딱 좋겠소.
얼굴을 보니 멍하게 보이는데,

누구와도 사교적이지 못하고 말입니다.

"다른 사람들이 이야기했으니 이제 뭔가 얘기 좀 해 보시오.
재미있는 이야기 하나 빨리 해 주시란 말입니다."

내가 대답했다.

"여관 주인이여, 실망은 마시오.
다른 이야기들은 모르고,
오래전에 배운 운문으로 된 이야기만 알고 있소."

이에 그가 응답하길,

"좋소, 좋아요,
저 사람 표정으로 보니 어떤 고상한 이야기를 들을 것 같소
이다."

초서의 토파즈 경 이야기

1

들어 보세요, 여러분. 진심으로 즐겁고 마음에 위안이 되는
이야기를 하나 말할까 합니다. 그 잘생긴 기사는 전쟁이든 마
상시합에서든 출중했고, 그의 이름은 토파즈 경이랍니다.

그는 먼 나라에서 태어났는데, 바다 건너 플란데런, 포페린
게[27]가 바로 그곳이랍니다. 그의 아버지는 매우 관대하신 분
으로 그 지역의 영주였습니다. 하느님의 은총 덕이었지요. 토

파즈 경은 씩씩했고 얼굴은 잘 빚은 흰 빵처럼 희고, 입술은 장미처럼 붉었으며 안색은 진하게 물들인 진홍빛 천과 같았고, 분명 말하건대 그는 멋진 코를 가졌답니다. 그의 머리와 수염은 사프란과 같았고, 허리 언저리까지 내려왔으며, 코도반 가죽의 구두, 그의 양말은 갈색의 브뤼허산이요, 그가 입은 옷은 값비싼 비단으로 만들어졌습니다. 거친 사슴 사냥을 잘하였고, 강을 따라 매사냥도 했는데 그의 손에 회색빛 매 한 마리를 데리고 말입니다. 게다가 활쏘기의 명수요, 씨름판에서 그를 당할 자가 없으니, 상금으로 숫양은 그의 차지였답니다. 규방의 많은 처녀는 그의 연인이 되고자 한숨짓고, 차라리 잠이라도 자는 것이 나을 것을, 그는 정숙하고 호색가(好色家)가 아니며, 빨간 열매를 맺는 들장미 꽃처럼 달콤한 분이었습니다.

그런데 어느 날 일이 일어났는데, 사실대로 말하자면 토파즈 경이 말을 타고 나갔답니다. 회색빛 말에 올라앉아, 손에는 짧은 창을 옆구리에는 긴 칼을 차고 있었답니다. 아름다운 숲으로 말을 달렸는데, 그곳에는 사슴이며 토끼 같은 여러 야생 동물이 있었습니다. 북동쪽으로 말을 몰다가 그에게 근심거리가 생기고 말았습니다. 그곳에는 크고 작은 초목이 돋아 있었고, 감초와 생강 뿌리, 그리고 많은 정향나무, 오래된 술, 새 술이든 간에 넣어 두거나 옷장에 놓아도 좋은 육두구(肉豆蔻)나무도 많았답니다. 새들, 새매와 앵무새는 듣기에도 즐거운 소리로 노래 불렀습니다. 티티새도 노래를 불렀고, 나뭇가지

---

27) 플랑드르에 있는 도시로 당시 옷감으로 유명하다.

위 산비둘기도 큰 소리로 명랑하게 노래했습니다. 티티새의 노래를 듣자, 토파즈 경은 사랑에 대한 갈망에 빠져 마친 듯이 말을 달렸답니다. 옷을 비틀어 짰을 때처럼 그의 준마는 땀을 흘렸고 양 옆구리는 피로 적셔졌답니다.

그의 용기는 그처럼 강했으나, 부드러운 초원을 달리던 토파즈 경 또한 지쳐 말에서 내려 말에게 휴식을 주고 좋은 목초를 주었답니다.

"오 축복을 내려 주소서, 마리아 성녀여! 사랑이 무엇이기에 저를 이처럼 고통스럽게 조이나이까? 밤새 꿈을 꾸었는데, 요정의 여왕이 나의 연인이 되어, 나의 외투에서 잠들었습니다. 진정, 나는 요정의 여왕을 사모할지니, 도시에서 본 이 세상 어느 여자도 내 짝이 될 만한 가치가 없으니, 모든 여자를 다 버리고 요정의 여왕을 찾아 골짜기, 언덕을 넘어가야겠습니다!"

그는 말안장에 즉시 올라 요정의 여왕을 찾아가기 위해 울타리와 돌밭을 넘어, 오랜 시간 말을 타고 비밀스럽고 외진 곳에 이르러 요정의 나라를 발견했습니다. 그 나라에는 사는 사람이 없어, 부인이고 어린아이고 간에 그에게 감히 다가오는 사람 하나 없었답니다. 이윽고 거인 하나가 나타났는데, 그의 이름은 엘리펀트 경으로, 매우 위험스러운 인물이었습니다.[28] 그가 말하길,

"여보게 기사, 사라센의 신을 두고 말하지만, 내 영역에서

---

28) 중세 시대 로맨스에는 기사의 용맹함과 힘을 보여 주기 위해 그가 대적하는 상대로 거인이나 괴물들이 자주 등장한다.

떠나지 않으면 즉각 네 말을 이 철퇴로 죽이고 말겠다. 이곳은 요정의 여왕이 사는 곳으로 하프와 피리, 그리고 음악이 있는 곳이란 말이다."

기사가 답변하길,

"맹세하지만 내일 당신을 다시 찾을 것인데, 갑옷을 갖추고 말이오. 바라건대 당신은 이 창에 당하게 되어 고통을 겪게 될 것이며, 당신의 배를 찌를 것이고, 아침이 되기도 전에 당신은 여기서 죽게 될 것이오."

토파즈 경은 재빨리 몸을 돌렸고, 거인은 투석기(投石器)로 그에게 돌을 쏘아 댔습니다. 기사 토파즈는 이를 잘 피해 나왔는데, 이는 모두가 하느님의 은총이며, 그의 용감한 태도 덕분이었답니다.

2

여러분 내 이야기를 들어 보세요. 나이팅게일보다 더 즐거운 이야기를 말이지요. 자 이제, 내가 어떻게 토파즈 경이 날씬한 허리로 언덕과 계곡을 지나, 도시로 다시 돌아올 수 있었는지를 말하려고 합니다. 그는 자기 부하들에게 명령하여 그를 위해 여흥을 베풀도록 하였는데, 그는 머리가 셋 달린 거인과의 싸움을 앞두고 있었기 때문입니다. 그것은 매우 아름다운 어떤 애인의 사랑과 행복을 위해서였답니다. 그가 말하길,

"나의 악사들이여, 이야기꾼들이여, 내가 갑옷을 차려입는 동안 왕에 관한 로맨스며, 교황이며 왕, 그리고 추기경 이야기

며, 연애 이야기를 들려다오."

그들은 먼저 그에게 달콤한 포도주를 가져왔고, 다음은 나무로 만든 그릇 가득 벌꿀 술을, 고급 과자며 생강이 든 빵, 그리고 최고의 설탕으로 만든 감초와 이집트산 열매 커민을 가져왔습니다. 그런 다음, 부하들은 하얀 살결 위에 곱고 깨끗한 무명으로 만든 바지와 속옷을 걸치고, 그 위에 누비질한 외투를 걸친 뒤 그 위에 가슴을 보호해 줄 갑옷을 입혔습니다. 그위에 유대인이 만든 훌륭한 갑옷을 걸쳤습니다. 아주 단단한 철판으로 만들어졌으며, 백합화만큼이나 하얀색인 그 갑옷위에는 문장이 새겨져 있었는데, 이런 복장으로 그는 싸움에나갈 작정이었답니다.

그의 방패는 온통 붉은색 금으로 되어 있었고, 거기에는 수퇘지 머리, 보석이 달려 있었습니다. 그는 술과 빵을 걸고 무슨 일이 있어도 그 거인을 죽일 것을 맹세했습니다. 그의 다리 보호대는 단단한 가죽으로 되어 있었고, 그의 칼집은 상아로 만들어져 있었으며, 그가 쓴 투구는 번쩍이는 구리요, 그의 말안장은 태양만큼, 혹은 달빛만큼 반짝였습니다. 그의 창은 좋은 삼나무로 만들어져, 날카로운 창끝은 평화가 아닌 전투를 예고하였습니다. 그의 말은 얼룩진 회색으로, 걸음걸이는 조용하고, 부드러웠답니다.

자, 여러분, 2부가 끝났습니다! 다들 더 원하신다면 이야기해 드리지요.

3

자, 제발 조용히 좀 하세요, 관대하신 기사 그리고 숙녀 여러분, 제 이야기를 들어 보세요. 전쟁과 기사도, 그리고 아가씨들의 열정적인 사랑에 관한 것으로 즉시 여러분께 들려드리겠습니다.

사람들은 훌륭한 로맨스들을 이야기합니다. 호른 왕과 히포티스 경, 베비스 경, 가이 경, 리뷔 경과 플랭다무르 경 등, 그러나 토파즈 경이 고귀한 기사도의 꽃이랍니다.[29]

준마를 타고, 통나무에서 불꽃이 뛰듯 미끄러지듯이 길을 달렸고, 그의 투구 끝은 탑 모양으로, 거기에는 백합화가 꽂혀 있었는데, 주여, 모든 수치스러운 것으로부터 그를 보호해 주소서! 모험을 즐기는 편력 기사라서 그는 집에서 잠을 자지 않고, 두건을 덮고 잠을 청하였으며, 그의 번쩍이는 투구는 베개가 되었고, 그 옆에서 그의 준마는 밤새 양질의 좋은 풀들을 뜯어 먹었답니다. 그리고 그는 샘물을 마셨는데, 갑옷을 입고 그처럼 훌륭했던 기사 퍼시벌[30]이 그러했듯이, 그날까지 그러했답니다.

---

29) 여기에 언급되어 있는 기사들은 중세 로맨스에 등장하는 대표적인 인물들로 힘과 용기를 두루 겸비한 이상적인 기사의 모델이다.
30) 아서왕의 이야기 속에서 원탁의 기사 모두가 성배를 찾아 나서게 되는데 이를 찾게 되는 인물이 바로 퍼시벌이다.

초서의 멜리비에 관한 이야기

멜리비의 서시

여관 주인이 초서의 이야기를 중단시킨다.

여관 주인이 말하길,

"제발 그만하시오!

내가 당신의 바로 그 어리석음에 지쳐

하느님께 진정으로 내 영혼의 축복을 빌고 싶은 정도요,

내 두 귀가 당신의 그 쓸데없는 이야기 때문에 아플 지경

이요. 그런 운문은 귀신이나 지껄이는 것이지!

이건 순전히 엉터리입니다."

내가 대답했습니다.

"왜 그러십니까? 내가 할 수 있는 한 최고의 시를 읊었다고

생각하는데, 다른 사람들보다 내가 하는 이야기를 어찌하여

그렇게 강하게 방해하는 것입니까?"

그가 말하길,

"정말이지, 간단히 말하겠습니다.

당신의 그 보잘것없는 시는 한 줌 똥만큼의 가치도 없소!

당신은 순전히 시간만 낭비한 꼴이요.

한마디로 말하겠습니다. 더는 시를 읊지 마시오.

무공(武功) 이야기나 들려주든지

아니면 산문으로 된 이야기나 들려주는 것이 어떻겠소,

즐거움이나 교훈을 줄 수 있는 것으로 말입니다."

내가 대답했습니다.

"좋습니다. 하느님의 수난을 두고 맹세하건대 그렇게 하겠소! 내 추측하건대 당신이 좋아할 만한 산문체

이야기를 하나 들려주겠습니다.

좋아하지 않는다면 틀림없이 당신이 까다로운 것입니다.

내가 하려는 이 이야기는 매우 도덕적인 이야기로,

가끔 다양한 방법으로 다양한 사람들에 의해 이야기되었습니다.

이야기 내용은 다음과 같습니다.

아시다시피 예수 그리스도의 고난을 전하는 복음서의 저자들이

동료 저자가 하는 대로 모든 것을 다 같이 전하지는 않지요.

그러나 본질적인 의미는 진리 그 자체이며,

이야기의 본질은 일치하나,

그들이 이야기하는 방법에 있어 차이가 있을 뿐입니다.

가슴 아픈 예수의 수난을 전하는 데 있어

그들 가운데 일부는 이야기를 더 하는가 하면, 일부는 덜
하는 예도 있는 법이지요.

마가, 마태, 누가, 그리고 요한이 바로 그들인데,

분명 그들의 요지는 하나랍니다.

그러니 여러분, 간청하건대,

내 이야기에 변화가 있다고 생각될지라도,

만약 전에 여러분들이 들었을 때보다

내 이야기의 효과를 증대시키기 위하여

이 간단한 이야기에서

더 많은 속담을 내가 말할지라도,

내가 여러분이 들었던

똑같은 단어를 사용하지 않을지라도,

여러분 모두에게 바라건대

나를 나무라지는 마십시오.

이야기의 본질에 있어 내 이야기의 출처인

그 조그마한 이야기책과 비교하여

아무런 차이도 발견하지 못할 것입니다.

자, 이야기할까 하니,

내가 말하려는 이야기에 귀 기울여 주시기 바랍니다."

초서의 멜리비 이야기

힘이 좋고 부유한 멜리비[31]라는 젊은 사람에게는 푸르덴

스라는 부인과 소피라는 딸이 하나 있었다. 어느 날 멜리비는 들판으로 즐기러 나갔다. 그의 아내와 딸은 집에 머물고 있었고, 그의 집 문들은 단단히 걸어 잠겨 있었다. 그러나 그의 오랜 적들 가운데 세 사람이 상황을 엿본 뒤, 담벼락에 사다리를 대고 창문을 통해 집으로 침입했다. 그런 뒤 이들은 그의 아내를 때렸고 딸에게는 다섯 군데 치명적인 상처를 입혔다. 다시 말해, 그녀의 발, 손, 귀, 코, 그리고 입에다 그랬던 것이다. 그런 뒤 그들은 그녀가 죽은 줄 알고 도망쳐 버렸다.

멜리비가 집으로 돌아와 이 모든 불행을 보았고 그는 미친 사람처럼 옷을 찢어 가며 울부짖기 시작했다. 그의 아내 푸르덴스는 감히 할 수 있는 한 그를 달래서 울부짖음을 멈추게 하려고 애썼으나 오히려 그는 더욱더 소리 내 울 뿐이었다. 고귀한 성품의 푸르덴스는 오비디우스의 사랑의 묘약에 관한 내용을 기억해 내었는데, 그 책에서 오비디우스는 다음과 같이 말했다.

"자식의 죽음으로 인하여 울고 있는 어머니를 말리는 사람은 바보와도 같으니, 마음껏 울도록 내버려 둔 뒤, 일정 시간이 지난 뒤 따뜻한 말로 그녀를 위로해 주고 그녀가 눈물을 그만 흘리도록 기도해 주도록 애써야 한다."

이런 이유로 이 고귀한 부인 푸르덴스는 고통을 견디며 그녀의 남편이 한동안 소리쳐 울도록 내버려 두었다. 그러고는

---

31) 멜리비는 로마의 시인 베르길리우스의 첫 번째 전원시에 등장하는 목동들 가운데 한 사람이다. 소피는 초서가 별도로 추가한 이름으로 보인다.

기회를 엿본 뒤 남편에게 다음과 같이 말했다.

"아이고, 여보, 왜 그리 바보처럼 행동하셔요? 정말이지, 그렇게 슬픔을 보이는 것은 현명한 사람이 할 짓이 아니지요. 당신 딸은 주님의 은총으로 치유되어 건강을 되찾을 거예요. 설령 우리 아이가 지금 죽는다손 치더라도 이 때문에 당신 자신을 해쳐서는 안 될 말이지요. 세네카는 이렇게 말했지요. '현명한 사람이라면 자식의 죽음을 너무 슬프게 받아들여서는 안 되며, 인내하면서 자기 육신의 죽음을 기다리듯이 견뎌내야 한다.'"

멜리비가 이에 대답하길,

"울어야 할 만한 이유가 있는 사람이 어떻게 울음을 멈출 수 있단 말이요? 우리의 주님 예수 그리스도께서도 그분의 친구인 라자로의 죽음[32]에 눈물을 흘리지 않았소."

푸르덴스는 다음과 같이 대답했죠.

"실제 슬퍼하는 모든 사람에게 적당하게 우는 것은 금지되어 있지 않고, 오히려 울도록 허락되어 있습니다. 사도 바울이 로마인들에게 다음과 같이 썼답니다. '기뻐하는 사람들과 기뻐하고, 슬퍼하는 사람들과 함께 슬퍼하라.' 적당한 슬픔은 허용되나 지나친 슬픔은 분명 금지되어 있답니다. 세네카의 가르침에 따라 슬픔이 조절되어야 하는 거지요. 세나카가 말하길, '너의 친구가 죽었을 때, 너의 눈을 눈물로 적시지 말고 눈물이 마르게도 하지 말라. 눈물이 너의 눈에 솟아오를지라

---

32) 성서 「요한복음」 11장 35절 참조.

도, 그 눈물이 떨어지지 않도록 하라.' 친구를 잃게 되면 새로운 친구를 사귀도록 노력하라. 이것이 죽은 친구로 인하여 우는 것보다 더 현명한 일일지니, 그 이유는 울어야 아무런 소용이 없기 때문이다. 그러니 지혜롭게 자신을 조절하여 당신 마음속 슬픔을 떨쳐 버리시지요. 시라크의 예수 아들이 한 이런 말을 기억하시지요.[33] '마음이 기쁘고 즐거운 사람은 번성할 수 있으나 슬픈 마음은 뼈마저 고갈시키고 만다.' 그는 또한 슬픔이 많은 사람을 죽인다고까지 말했지요. 양모 속의 좀이 옷을, 조그만 벌레가 나무를 망쳐 놓듯이 슬픔이 마음을 좀먹는다고 솔로몬도 말했답니다. 그러니 재산을 잃었을 때나 자식을 잃었을 때나 우리는 참고 견뎌야 하는 법이지요. 참을성 많았던 욥을 기억하시지요, 그는 자식과 재산을 잃고 육체적 고통을 당하고 많은 슬픔을 감내하면서 다음과 같이 말했습니다. '주님이 주시고, 주님이 가져가시는 것, 주님의 이름에 축복이 함께하길.'"

이에 멜리비가 자기 아내인 푸르덴스에게 말하길,

"당신 말이 모두 옳고 유익하오. 그러나 너무 슬픔에 겨워 내가 무엇을 어떻게 해야 할지 모르겠소."

푸르덴스가 대답하길,

"그러면 당신의 진실한 모든 친구와 현명한 친척들을 부르세요. 그들에게 당신의 고통을 말하고 그들의 조언을 들어 보

---

33) 시라크의 예수는 집회서의 저자이나 실제 뒤이어 인용된 내용은 집회서가 아닌 구약성서 「잠언」 17장 22절에 나오는 구절로 초서가 잘못 알고 있었던 것으로 보인다.

세요. 그런 뒤 그들의 충고에 따라 처신하세요. 솔로몬은 다음과 같이 말했어요. '남의 충고에 따라 일하면 결코 후회하는 일이 없을 것이다.'"

아내 푸르덴스의 조언에 따라 멜리비는 나이와 관계없이 많은 무리의 사람들을 불러들였다. 그 가운데는 외과, 내과 의사들이며, 멜리비의 오랜 적이었으나 그와 화해한 사람들도 있었고, 흔히 있는 일이지만 멜리비를 사랑해서라기보다 그가 두려운 나머지 그를 존경했던 이웃들도 있었다. 또한 말 잘하는 아첨꾼들도 많이 있었으며, 법률에 능통한 현명한 변호사들도 있었다.

이 모든 사람이 다 모이자, 슬픈 표정으로 멜리비는 자신의 고통을 말했다. 그가 말하는 태도로 보아 그의 마음에 사나운 분노가 자리하고 있으며, 그의 적에게 복수할 준비가 되어 있고, 그들과 곧 일전을 벌이고 싶어 한다는 느낌이 들었다. 그런데도 멜리비는 이 문제에 관하여 그들의 조언을 구했다. 그러자 참석한 모든 현명한 사람들의 허락을 받은 외과 의사가 자리에서 일어나 멜리비에게 다음과 같이 말했다.

"우리 의사들이 할 일은 할 수 있는 한 최선을 다해 모든 사람을 치유하는 것이며, 우리를 찾아오는 환자들에게 해를 입히지 않아야 합니다. 흔히 일어나는 일이지만, 두 사람이 서로에게 상처를 입혔을 때 의사는 둘 다 치료해 준답니다. 둘 사이에 싸움을 조장하거나 어느 한쪽을 지지하는 일은 우리 의사의 직분에 맞지 않는 것이지요. 분명 당신 딸의 경우, 치명적인 상처를 입었을지라도 매일 밤낮으로 우리가 정성을 기울인다면 하느님의 은총으로 다시금 건강해질 것입니다."

거의 똑같은 말로 내과 의사들도 대답했는데, 다만 그들은 추가로 다음과 같이 말했다.

"병이란 그 역(逆)에 의해 치유되듯이, 사람도 복수를 통해 싸움을 해결할 수 있다."

시기심으로 가득 찬 그의 이웃들, 겉으로만 그와 화해한 거짓 친구들, 그리고 아첨꾼들은 우는 시늉을 하며, 멜리비의 힘과 권력, 재력, 그리고 친구들을 들먹이고 적들의 힘을 깎아내리고 멜리비를 칭찬하면서 문제를 더욱 크게 만들었다. 그리고 직설적으로 즉시 싸움을 벌여 적들에게 보복해야 한다고 말했다. 그때 현명한 사람들의 권고와 허락을 얻은 한 현명한 변호사가 자리에서 일어나 말하길,

"우리가 여기에 모인 목적은 중대하고 심각한 것입니다. 이미 잘못과 악행이 행해졌고, 또 이에 따라 얼마나 더 큰 재난이 닥쳐올지 모르기 때문이지요. 게다가 양쪽 모두 많은 재산과 힘을 지니고 있고요. 이러한 이유로 이 문제에 실수라도 하게 되면 매우 위험해질 수 있습니다. 그러니 멜리비여, 이것이 우리의 판단이오. 무엇보다 지체하지 말고 감시와 경계가 부족하지 않을 정도로 당신의 신변을 보호할 방도를 취할 것을 권고하는 바입니다. 그리고 당신 자신만큼이나 당신의 저택이 제대로 보호될 수 있을 정도로 저택 주위에 충분한 경비원을 두기를 권고하는 바입니다. 사실대로 말하자면, 갑자기 보복하기 위하여 싸움을 시작하는 일과 관련해서 그러한 행동이 유익한 일인지 그렇지 않은지는 이처럼 짧은 시간에 판단할 수

는 없습니다. 시간을 두고 그 문제에 대해서는 더 신중히 생각하기를 바라는 바입니다. '결정이 빠르면 후회도 빠르다.'라는 속담이 있지 않습니까. 그뿐만 아니라 사건을 빨리 이해하고 이에 관한 판단을 천천히 내리는 사람이 현명한 재판관이라고 사람들이 생각하지 않습니까. 기다리는 것이 고달픈 일이긴 하나, 올바른 판단을 내리거나 복수해야 하는 문제에 있어서 기다리는 것이 충분히 합리적이라면 그렇게 하는 것이 책망받을 일은 아니랍니다. 우리의 주님 예수 그리스도께서도 몸소 보여 주시지 않았습니까. 주님께서 그 여인을 어떻게 처리하게 할 것인지 알아보려는 의도에서 간통을 범한 여인을 그분의 얼굴 앞에 데려왔을 때, 그 여인을 어떻게 처리할 것인지 그분은 잘 알고 계셨으나 즉시 답변하지 않고 곰곰이 생각한 후, 고개를 숙여 바닥에 두 차례 글씨를 쓰셨지요. 이러한 이유로 우리는 시간을 두고 심사숙고할 것을 권고하는 바이며, 차후 가장 유익한 길이 무엇인지 주님의 은총으로 당신께 권고하겠습니다."

그러자 모든 젊은 사람들이 즉시 자리에서 일어나 그 나이 들고 현명한 사람의 조언을 비웃었다. 그리고 소리치며 말하길, "쇠도 뜨거울 때 내리쳐야 하는 법이듯이, 분노가 식기 전에 복수도 해야 하는 거요." 그러고는 "싸워라, 싸워라." 하고 큰 소리로 외쳤다.

그때 나이 먹은 현명한 사람들 가운데 한 사람이 일어나, 조용히 하라고 손짓하며 주의를 집중시키며 말하길, "여러분, 전쟁을 제대로 알지도 못하는 많은 사람이 '싸워라, 싸워라!' 하고 외쳐 대고 있습니다. 전쟁이란 처음에는 원하는 모두가 들어가기에 충분할 정도로 그 문은 높고도 넓어, 모든 사람이 쉽게 전쟁을 찾을 수 있습니다. 그러나 전쟁의 종말이 어떻게 될 것인지 알기란 쉽지 않습니다. 왜냐하면 일단 전쟁이 시작되면, 이에 따라 세상에 태어나지 않은 많은 아이가 엄마의 자궁 안에서 죽거나, 태어난다손 치더라도 슬픔 속에서 태어나 불행하게 죽고 말 것입니다. 그래서 전쟁이 시작되기 전에 충분한 조언을 받아야 할뿐더러 심사숙고한 뒤에 행동으로 옮겨야 할 것입니다."

이 노인이 여러 이유를 들어 가며 자신의 주장을 설파하려 하자, 거의 모든 젊은 사람이 자리에서 일어나 그의 이야기를 중단시키려고 했고, 이야기를 그만 멈출 것을 그에게 강요했다. 실제 귀를 가지고 있으나 들으려 하지 않는 사람들에게 설교하는 사람은 자신을 귀찮은 존재로 만들 뿐이다. 시라크의 예수도 다음과 같이 말한 적이 있다.

"한물 지난 이야기는 우는 사람에게 들려주는 음악과 같다."

다시 말해서, 듣기 싫어하는 사람에게 말하는 것은 우는 사람에게 노래를 들려주는 것과 같이 부질없는 일이라는 것이다. 이 현명한 사람이 자신의 이야기를 들어줄 사람이 없다는 사실을 알자, 매우 혼란스러워하며 자리에 다시 앉았다. 솔로몬은 다음과 같이 말했다. "네 말을 들어 주는 사람이 없다면 그만 말을 멈춰라."

그 현명한 사람은 말하길,

"이제 알 것 같아, '꼭 필요할 때 훌륭한 조언이 부족하다.' 라는 속담이 얼마나 사실인지."

그 가운데에는 멜리비에게 사적으로 이야기할 때와, 공개적으로 이야기할 때 상반된 의견을 내는 사람도 많았다.

그에게 조언한 대부분의 사람이 전쟁을 옹호하자, 멜리비는 즉시 그들의 권고를 받아들여 그들의 판단을 따르기로 결심했다. 남편이 전쟁을 통해 복수를 감행할 것이라는 사실을 안 푸르덴스는 때를 보아 매우 공손한 태도로 그에게 말했다.

"여보, 진정 당신에게 바라건대, 이 문제를 너무 서두르지 말아요. 제 얘기를 좀 들어 보세요. 피에로 알폰스[34]가 말했지요. '어느 한 사람이 당신에게 선을 베풀거나 악을 행하였을 때, 서둘러서 이를 갚으려고 하지 마라. 그렇게 하면 친구는 더 오랫동안 친구로서 남을 것이요, 적은 더 오랫동안 너를 두려워할 것이다.' 또 다음과 같은 속담도 있습니다. '현명하게 기다리는 것이 오히려 서두르는 일이다.' 어리석게 서둘러서 이득이 될 것이 하나도 없답니다."

이에 멜리비는 아내인 푸르덴스에게 말했다.

"여러 가지 이유로 인해 나는 당신의 조언을 따르지 않기로 마음먹었소. 실제로 모든 사람이 나를 바보 취급할 것이오. 무슨 말이냐면, 당신의 조언을 따라 많은 현명한 사람들이 권고

---

34) 피에로 알폰스는 당시 인기 있었던 『교회 규율』의 저자로 잘 알려져 있으며, 이 책은 서른세 편의 우화와 이야기들로 구성되어 있다.

하고 확인된 사항들을 변경한다면 말이오. 두 번째로, 모든 여자는 악이며 전혀 도움이 되지 않는단 말이오. 어떤 설교자가 말한 적이 있소, '봐라, 하나하나 다 헤아려 보아도 단 하나도 찾지 못했느니, 1000명 가운데 한 명의 선한 남자는 있으나, 1000명의 여자 가운데 한 명도 선한 사람이 없으니.' 그리고 분명 내가 당신의 조언 때문에 통제를 받게 되면, 사람들의 눈에 마치 내가 당신에게 지배권을 물려준 것으로 비치게 될 것이오. 그렇게 되는 것을 하느님께서도 금하였답니다. 시라크의 예수가 말하길, '남편을 지배하는 여자는 분노와 거만함 그리고 질책으로 가득 채워질 것이다.' 솔로몬 또한 말했지요. '아들과 아내, 형제와 친구에게 네가 살아 있는 동안 권력이나 재산을 넘겨주지 말라. 그렇게 되면 후회할 것이며 너 또한 다시 똑같은 것을 애원하게 될 것이니. 네가 이 세상에 살아 숨 쉬는 동안 그 누구에게도 (힘과 권력을) 넘겨주지 말아라. 네가 그들이 베풀어 주길 바라는 것보다 그들이 너에게 베풀어 달라고 요구하게 하는 것이 더 좋은 것.' 또한 당신의 조언에 따라 내가 행동하게 되면, 분명 적당한 때가 될 때까지 나의 계획이나 의견을 비밀로 해야 할 것인데, 그렇게는 될 수 없는 법이지요. '여자는 세상 무엇이든 다 지껄여 비밀이 없다.'라고 글에 쓰여 있기도 합니다. 게다가 한 철학자는 다음과 같이 말하기도 했습니다. '악한 것을 조언하는 데 남자는 여성을 따르지 못한다.' 바로 이러한 이유로 나는 당신의 충고를 따를 수 없다는 것이오."

매우 다정스럽게 인내하면서 남편의 모든 이야기를 다 들

은 뒤, 푸르덴스가 그에게 허락을 얻어 말하길,

"여보, 당신이 제시한 첫 번째 이유에 대해 기꺼이 대답해 드리지요. 상황에 바뀌고, 처음과 다른 이유가 생겼을 때, 조언을 무시하는 것이 어리석은 행동이 아니라고 말씀드리고 싶습니다. 아울러 어떤 일을 당신이 하기로 맹세했다 하더라도, 합당한 이유가 있어 실행을 거부한다고 해서 사람들이 당신을 거짓말쟁이로 말하지는 않아요. 책에도 쓰여 있다시피, 현명한 사람이 더 좋은 것을 위해 처음 목적을 변경했다고 해서 거짓말을 했다고 말할 수는 없는 법이지요. 비록 수많은 사람이 지지하여 결정된 일이라도 당신이 원치 않으시면 할 필요가 없답니다. 제각기 소리치고 재잘대는 수많은 군중 속 더욱 현명하고 이성적인 몇 사람들 사이에서 진리와 유익함이 나오는 법이랍니다. 정말이지 군중은 믿을 바가 못 된답니다. 모든 여자가 악이라며, 여자를 멸시한다고들 당신은 말했는데, 이 두 번째 이유에 대하여 말씀드리지요. 책에도 쓰여 있다시피, '모든 것을 멸시하는 사람은 모든 것에 의해 멸시당한다.' 세네카도 말한 적이 있지요. '지혜를 구하려는 사람은 누구도 무시해서는 안 되며, 누구나 오만이나 불손함을 삼가면서 할 수 있는 한 지식을 남에게 전해 주어야 한다. 그리고 모르는 것이 있을 때, 자신보다 못한 사람에게 물어 배우는 것에 대해 창피함을 느껴서는 안 된다.' 여보, 또한 세상에는 많은 선한 여자들이 있다는 사실이 쉽게 입증될 수 있답니다. 만약 모든 여자가 악이라면 분명 우리 주 예수 그리스도께서 여자의 몸에서 절대 태어나지 않았을 것입니다. 그 후에도 여자 안에 있는 미덕 때문에 죽은 후 부활하시어 예수 그리스도께서는 제자들이 아닌 여자에게 나타나신 것입니다. 뭇 여자들에게서 선을 결코 발견한 적이 없다는 솔로몬의 말이 모든 여자가 사악하다는 것을 의미하지는 않지요. 솔로몬이 선한 여자를 본 적이 없을지라도, 많은 다른 남자들은 선(善)과 진(眞)을 겸비한 많은 여자를 만나 왔습니다. 혹은 지고한 덕을 갖춘 그러한 여자를 본 적이 없다는 것이 솔로몬 말의 의미인지도 모르겠습니다. 다시 말해서, 복음서에 기록된 대로 하느님을 제외한 그 누구도 지고의 선과 가치를 지닌 사람은 아무도 없답니다. 창조주이신 하느님의 완벽함에 비교해서 조금이라도 부족함이 없을 정도의 그러한 선함을 지닌 피조물은 세상에 없기 때문이지요.

당신의 세 번째 이유는 이것이었지요. 제가 하는 조언에 따라 당신이 행동한다면, 당신이 마치 저에게 지배권을 양도한 것처럼 보일 수 있다고 말씀하셨는데. 여보, 정말이지 그렇지는 않아요. 만일 자신을 지배하는 사람들의 권고만을 받아들여야 한다면 그렇게 빈번히 남의 조언을 듣기 원하는 사람은 없을 것입니다. 어떤 일에 조언을 구하는 사람에게는 그가 받은 조언에 따라 일을 실행할 것인지 그렇지 않을 것인지를 선택할 자유가 있답니다. 당신이 지적한 네 번째 이유에 관한 것인데, 여자의 수다스러움은 자신이 알고 있는 것을 감추지 못하고, 자신도 모르는 사이에 누설해 버리고 만다고 말씀하셨는데, 그런 말씀은 악하고 수다스러운 여자에게나 해당하는 것이랍니다. 남자를 집에서 쫓아내는 세 가지로, 연기, 집에

물이 새는 것, 그리고 사악한 아내가 있다고 남자들은 말합니다. 그러한 여자에 대하여 솔로몬도 말했습니다. '넓은 집에서 재잘거리는 여자와 사는 것보다는 지붕의 한구석에서 사는 편이 오히려 낫다.' 여보, 당신께 진정으로 말씀드리지만, 저는 그런 여자가 아니에요. 침묵을 지키는 제 능력과 인내력을 당신은 지금까지 시험해 오지 않았나요. 그리고 제가 비밀로 해야 할 문제들을 어떻게 지켜왔는지 알지 않아요. 정말이지, 당신의 그 다섯 번째 이유에 대한 것인데, 나쁜 조언을 하는 데 있어 여자는 남자를 능가한다고 당신은 말씀하셨는데, 그 이유는 정말 맞지 않아요. 당신이 만일 어떤 나쁜 일을 하기 위해 조언을 구한다면, 그리고 당신이 나쁜 일을 하려는 의지가 있다면, 당신의 아내는 그러한 당신의 나쁜 목적을 저지할 것이고 이성과 참된 조언으로 당신의 뜻을 누를 것인데, 그 경우 분명 당신의 아내는 책망을 듣기보다는 칭찬을 받아야 할 것입니다. 그러니 악한 조언을 하는 데 있어 부인이 남편을 앞선다는 철학자의 말을 이렇게 해석해야 합니다. 당신이 모든 여자와 그들의 이성적인 판단을 무시하니, 저는 많은 예를 들어 가며 당신에게 많은 여자가 착하고, 그들의 조언 또한 건전하고 유익하다는 것을 보여 드리겠어요. 사실 여자의 조언이 너무 비싸기도 하고 너무 싸기도 하다고 일부 남자들이 말합니다. 행실이 나쁘고, 사악하고 가치 없는 조언을 하는 여자도 많으나, 남자들에게 매우 현명하고 신중한 조언을 하는 착한 여자들도 많답니다. 야곱을 보세요, 그의 어머니 레베카의 조언을 따랐기에, 그의 아버지 이삭의 축복을 받았고 모든 형제를 다스릴 수 있는 지배권을 얻을 수 있었습니다. 유딧은 훌륭한 조언으로 자신이 살던 베투리아를 포위하고 파괴하려는 홀로페르네스의 손아귀에서 고향을 구하기도 하였답니다. 아비게일은 자기 남편을 죽이려는 다윗 왕으로부터 남편 나발을 구해 냈으며, 그녀의 기지와 충고로 왕의 분노를 누그러뜨리기까지 하였죠. 에스더 또한 자신의 훌륭한 조언으로 아하수에로 왕의 통치하의 하느님의 백성들을 번성하게 만들기도 하였답니다. 이와 같은 훌륭한 조언을 한 많은 착한 여자들이 세상에는 있답니다. 게다가 우리 주님께서 우리의 조상인 아담을 창조하셨을 때, 그분께서는 다음과 같이 말씀하셨습니다. '남자 혼자서는 좋지 않으니, 그에 맞는 보조자를 만들어 주겠노라.' 당신의 말대로, 여자가 착하지 못하고, 여자의 조언 또한 좋고 유익하지 않다면, 하늘에 계신 우리 주님께서 여자를 만들었을 리 없을 것이며, 여자를 남자를 도와주는 사람이 아닌 남자를 혼란스럽게 만드는 사람으로 불렀을 것입니다. 어떤 학자는 두 줄로 이렇게 읊었습니다. '황금보다 좋은 것이 무엇인가? 벽옥(碧玉)이요. 벽옥보다 좋은 것이 무엇인가? 지혜요. 지혜보다 좋을 것이 무엇인가? 여자라. 그리고 여자보다 좋은 것이 무엇인가? 아무것도 없느니.' 여보, 다른 많은 예를 통해서 당신도 아시겠지만, 여자는 착하고 그들의 조언도 유익하고 좋은 것이랍니다. 그러니, 여보, 만일 당신이 제 충고를 신뢰하신다면, 저는 당신 딸을 건강하고 온전하게 회복시킬 것입니다. 게다가 이 문제에서 당신이 명예롭게 벗어날 수 있도록 당신을 위해 많은 것을 하겠어요."

푸르덴스가 하는 이야기를 듣고 난 뒤 멜리비가 말했다.

"나도 솔로몬의 말이 옳다고 생각하오. '좋은 말은 영혼에 기쁨을 주고 육체에는 건강을 주는 꿀과 같은 것이다.' 부인, 당신이 하는 그 좋은 말을 들었고, 당신의 지혜와 신의를 이미 시험해 보아 내가 잘 알고 있으니, 난 모든 일에 있어 당신의 조언대로 따르겠소."

푸르덴스가 대답하길,

"자, 여보, 당신이 내 조언을 따르기로 했으니, 당신에게 조언해 주는 사람을 어떻게 골라야 하는지부터 말씀드리지요. 모든 일에 있어, 먼저 하느님이 당신의 조언자가 될 수 있도록 공손하게 기도를 올리세요. 그리고 토비가 그의 아들에게 가르친 것처럼 그분께서 당신에게 조언과 위안을 주실 수 있도록 그렇게 당신 스스로 행동하셔야 해요. 토비는 이렇게 말했지요. '너의 주님이신 하느님을 축복하라, 그리고 그분이 너의 길을 인도해 주시길 기도하고, 오직 하느님에게서만 충고와 조언을 구하라.' 제임스 성인 또한 이렇게 말씀하셨습니다. '지혜가 부족한 자여, 주님께 간구하여라.' 그러고 난 다음, 당신 스스로 생각하고, 혼자 심사숙고하여 무엇이 당신에게 가장 유익한 것인지를 검토해 보세요. 그때 올바른 조언을 그르치게 하는 다음 세 가지를 당신의 마음에서 몰아내셔야 해요. 그것은 분노요, 탐욕이요, 그리고 성급함이랍니다.

무엇보다 자기 안에서 조언을 얻고자 하는 사람은 분노로부터 자유로워야 하며, 이렇게 되어야 하는 데는 많은 이유가 있답니다. 첫 번째 이유는 자기 안에 분노가 자리하고 있는 사람은 자신이 할 수 없는 일을 할 수 있다고 항상 생각하는 법입니다. 둘째로, 분노가 가득한 사람은 올바르게 판단할 수 없으며, 올바르게 판단할 수 없는 사람은 올바르게 충고할 수 없는 법이랍니다. 셋째로, '분노한 사람은 남을 꾸짖고 책망하는 말만 하게 된다.'라는 세네카의 말 그대로입니다. 따라서 분노한 사람의 사나운 말은 다른 사람을 그와 같은 상태로 만드는 법이지요. 그리고 여보, 당신의 마음속에서 탐욕을 몰아내야 해요. 사도께서 말씀하셨듯이, '돈을 좋아하는 것은 모든 악의 근원'이기 때문이지요. 정말이지 탐욕으로 가득한 사람은 사물을 올바르게 판단하지 못할뿐더러 탐욕을 더욱 충족시킬 생각밖에 없으므로 올바르게 생각하지 못한답니다. 그리고 부자가 되면 될수록 더 큰 부에 대한 욕망이 더욱 커지기 때문에 탐욕스러운 사람은 결코 어떤 일도 성취할 수 없는 법이랍니다.

그리고 여보, 당신의 마음 안에서 성급함을 몰아내세요. 당신의 마음에서 나온 성급한 생각이 당신에게 분명 최상의 것이 될 수 없으니, 그것을 몇 번이고 생각하셔야 해요. 왜냐하면 당신도 들은 적이 있으시지요. '서둘러 결정하는 사람은 곧 후회하게 된다.'라는 속담을 말입니다. 당신의 기분이 언제나 같지는 않아요. 어떤 때는 당신에게 좋게 보이던 것도 어떤 때는 이와는 완전히 반대로 보이기도 한답니다. 혼자 궁리하고 심사숙고하여 판단한 것이 최상의 것이라고 여겨진다면, 그것을 비밀로 하시길 바랍니다. 그 누구에게도 당신의 의도를 발설하지 마세요. 발설로 인하여 당신의 위치가 유지되도록 도

움을 줄 수 있는 사람이라면 몰라도 말입니다. 시라크의 예수
께서 말씀하시길, '친구든 적이든 간에 너의 약점이나 비밀을
발설하지 말라. 네 앞에서는 경청하는 듯하나 때가 되면 너
를 비난하게 될 것이다.' 또 다른 학자는 '비밀을 끝까지 지키
는 사람은 세상에 하나도 없다.'라고 말하기도 했답니다. 책에
도 이렇게 쓰여 있죠. '마음속에 비밀을 간직하는 동안 비밀
은 감옥에 가두어 둔 셈이며, 그것은 누군가에게 발설하게 되
면 너 자신을 감옥에 가두어 두고 있는 것과 같다.' 그러니 누
군가에게 당신의 생각을 발설한 뒤, 그것을 누구에게도 말하
지 말고 비밀로 해 줄 것을 그 사람에게 부탁하는 것보다 당
신 마음속에 당신의 생각을 감추고 있는 편이 더 좋은 것이
랍니다. 세네카도 이렇게 말했지요. '자기 스스로 비밀을 지키
지 못한다면 어떻게 남에게 비밀을 지켜 주기를 바랄 수 있단
말인가?' 그렇지만 당신의 비밀을 누군가에게 발설하여 당신
의 처지에 도움이 된다면, 그때는 그것을 말하되 이렇게 하세
요. 먼저 당신이 원하는 것이 평화인지 전쟁인지, 이것인지 저
것인지 그 사람에게 당신의 결정과 의도를 보이지 마세요. 정
말이지 조언자들은 대체로 아첨꾼들인데, 특히 위대한 군주
에게 조언하는 사람들은 그렇답니다. 진실하고 유익한 말보다
이들은 군주의 욕구에 맞는 기분 좋은 말을 하기 위해 노력하
는 법이랍니다. 그래서 부유한 사람들은 자기 안에서 조언을
얻지 않는 한 다른 사람들로부터 좋은 조언을 좀처럼 얻기 어
렵다고 사람들은 말하지요. 그다음에는 당신의 친구들과 적
들을 생각해 보세요. 그 가운데 누가 제일 당신에게 충실하며

현명하고, 연장자이며, 좋은 조언자가 될 자격을 갖추고 있는 가를 따져 보세요. 그러고 나서 필요할 때 그들로부터 조언을 구하세요. 우선 진실한 친구를 불러 상의하시라는 말씀이에 요. 솔로몬은 이렇게 말했지요. '감미로운 풍미가 마음에 기쁨을 주듯이 진실한 친구의 조언은 영혼에 달콤함을 준다.' 또한 이렇게도 말했지요. '세상 어느 것도 진실한 친구와 비길 만한 것이 없다. 금이나 은도 진실한 친구의 선의보다 나을 것이 없기 때문이다.' 그는 이런 말도 했지요. '진실한 친구는 강력한 방어막이니, 그러한 친구를 가진 사람은 커다란 보배를 가진 것과 같다.'

그러니 당신의 친구들이 신중하고 현명한 사람들인지 생각해 보아야 할 것입니다. 책에도 이렇게 쓰여 있지 않나요. '현명한 사람들과 모든 일은 상의하라.' 이와 같은 이유로, 당신은 어느 정도 나이가 차고 많은 것을 보고 경험했을 뿐만 아니라 의논 상대로서 자격이 입증된 사람들을 불러 의논을 해야 할 것입니다. 왜냐하면 책에도 이렇게 쓰여 있기 때문이지요. '나이 든 사람에게 지혜가 있고, 오랜 시간에서 신중함이 나온다.' 툴리우스도 이렇게 말했습니다. '위대한 것은 힘이나 육체적 활동으로 이루어지는 것이 아니라 훌륭한 조언, 사람의 권위, 그리고 지식에서 비롯된다. 아울러 이러한 것이 나이가 들수록 감퇴하는 것이 아니고 날이 갈수록 증대되어 간다.' 당신은 이것을 언제나 규칙으로 삼으세요. 먼저, 몇몇 특별한 친구들을 불러 조언을 구하세요. 솔로몬이 이렇게 말했어요. '너에게 많은 친구가 있다손 치더라도 1000명 가운데 한 사람만을 너의 조언자로 선택하여라.' 비록 처음에는 몇 사람에게만 당신의 비밀을 토로하겠지만, 차후 필요에 따라 다른 사람에게도 말할 수 있는 법이랍니다. 그러나 항상 당신의 조언자가 되기 위해서는 다음 제가 언급하는 세 가지 조건을 갖추어야 할 것입니다. 그들은 진실해야 하며, 현명해야 하고, 경험이 많아야 합니다. 그리고 한 사람의 조언에 따라 항상 행동해서는 안 되는데, 때로는 많은 사람의 조언을 받는 것이 좋을 수 있기 때문입니다. 솔로몬이 말하길, '많은 조언자가 있는 곳에서 일이 처리된다.'

지금까지 어떤 사람들의 조언을 받아야 하는지 당신께 말씀드렸으니, 이제 당신이 어떤 사람들의 조언을 물리쳐야 하는지 알려 드리겠어요. 먼저, 바보들의 조언을 멀리하세요. 솔로몬도 말하길, '바보의 조언을 구하지 마라. 바보는 자신의 욕망과 애착에 부합하는 말 이외에 어떤 것도 조언하지 못하기 때문이다.' 모든 사람의 결점을 쉽게 들춰 낼 뿐만 아니라 자신의 장점 또한 쉽게 과신하는 것이 바보의 천성이라고 책에도 쓰여 있답니다. 당신에게 진실을 말하기보다는 당신을 칭찬하는 아첨꾼들의 조언을 멀리하세요.

툴리우스가 말했지요. '우정을 해치는 가장 악독한 병이 바로 아첨'이라고 말입니다. 그렇기에 다른 어떤 사람들보다 아첨꾼들을 멀리하고 두려워해야 할 필요가 있는 것입니다. 진실을 말하는 친구의 말보다는 아첨꾼의 달콤한 말을 피해야 한다고 책에도 쓰여 있답니다. '아첨꾼의 말은 순진한 사람을 함정에 빠뜨리는 그물과 같다.'라고 솔로몬도 말했답니다. 그는 또한 '친구에게 달콤한 말을 하는 사람은 친구를 잡기 위해 그의 말 밑에 그물을 치고 있다.'라고 했지요. 툴리우스 키케로가 말하길, '아첨꾼이 하는 말에 너의 귀를 기울이지 마라. 그리고 그의 조언을 받아들이지 말라.' 카토가 한 말도 있어요. '잘 생각하여, 감언이설을 피하라.' 그다음으로는, 당신과 화해한 옛 적들의 조언을 멀리하세요. 책에도 옛 적의 호의를 그대로 받아들이지 말라고 쓰여 있답니다. 이솝은 이렇게 말했지요. '당신과 싸웠거나, 당신과 반목이 있었던 사람들을 믿지 말며, 그들에게 너의 의도를 말하지 말라.' 세네카는 그 이유에 대하여 이렇게 말하고 있습니다. '큰불이 오래 지속된 곳에 뜨거운 김이 완전히 사라질 수는 없다.' 당신의 적이 당신과 화해하여 겉으로 당신에게 겸손하게 보이며 고개를 숙일지라도 절대 그를 신뢰해서는 안 됩니다. 당신을 좋아해서가 아니라 자신의 이득을 위해 겸손한 척할 뿐이기 때문이지요. 그렇게 가장해서 싸움이나 전쟁에서 얻지 못했던 승리를 당신으로부터 얻어 내기 위해서 그러는 거랍니다. 피에로 알폰스가 이렇게 말했습니다. '옛 적과 친하게 지내지 마라. 그들에게 호의를 베풀면, 그들은 그것을 악하게 이용할 것이다.' 그다음으로, 당신의 하인들로서 당신을 크게 존경하는 사람들의 조언을 멀리하세요. 당신을 사랑해서가 아니라 당신을 두려워하는 나머지 그들은 당신께 이야기할 것입니다. 한 철학자가 이렇게 말했지요. '두려워하는 사람에게 완전하게 충성을 바칠 수 있는 사람은 없다.' 툴리우스도 말했지요. '아무리 강력한 힘을 가진 황제일지라도, 그 힘이 백성의 사랑에 근거하지 않고 두려움에 근거한다면 그 힘은 오래갈 수 없다.' 또한 술 주정뱅이의 조언을 멀리하세요. 그들은 비밀을 지키지 못하기 때문입니다. '술주정뱅이가 있는 곳에 비밀이란 존재하지 않는 다.'라고 솔로몬은 말했지요. 사적으로는 이런 이야기를 하며 많은 사람이 모인 자리에서는 이와는 다른 이야기를 하는 사람들의 조언을 당신은 멀리하셔야 합니다. 카시오도루스[35]의 말에 따르면, 사적으로는 이 말을 하고 공개적으로는 이와는 다른 말을 하는 사람은 당신의 일을 방해하려는 술책을 쓰고 있는 것입니다. 또한 당신은 사악한 사람들의 말을 믿어서는 안 됩니다. '사악한 사람들의 조언은 거짓으로 가득 차 있다.' 라고 책에 쓰여 있기 때문이지요. 악한 사람들의 조언을 따르지 않는 사람은 복을 받을 것이라고 다윗을 말했습니다. 또한 젊은 사람들의 말을 따르지 마세요. 그들의 판단이 아직은 미숙하기 때문입니다.

이제까지는 어떤 사람의 조언을 얻고 따라야 하는가를 말씀드렸는데, 이번에는 툴리우스의 이론에 따라 당신이 조언을 어떻게 받아들여야 하는지에 대하여 당신께 알려 드리겠습니다. 당신에게 조언하는 사람들을 검증하는 데 있어 많은 것들을 당신은 고려해야 할 것입니다. 먼저 당신이 목적하는 바

---

35) 카시오도루스는 아우구스티누스, 보에티우스, 바실리우스와 동시대 로마의 작가이며 철학자로 예술과 미의 가치와 의미를 강조하였다.

와 당신이 필요로 하는 바에 대하여 생각하시고 오직 그것들을 사실대로 말씀하셔야 합니다. 거짓말을 하는 사람은 자기 일에 대하여 조언을 받을 수 없는 법이랍니다. 그다음, 당신에게 조언하는 사람들의 의견에 비추어 당신이 하고자 하는 일이 합리적인지, 당신의 능력이 그것에 부합하는지, 그리고 당신에게 조언하는 대다수 사람이 그것에 동의하는지를 고려하셔야 합니다. 그런 다음 조언에 따라 행동했을 때 따라올 것이 무엇인지 당신은 생각해 보아야 할 것입니다. 증오인지, 평화인지, 전쟁인지, 명예인지, 이익인지, 손해인지, 여러 가지 모든 것을 말입니다. 이들 가운데 최상의 것을 선택하시고 그 나머지는 버려야 할 것입니다. 그런 다음 당신의 문제가 발생한 근원이 무엇이며, 이에 따라 어떠한 결과가 초래될 것인지 곰곰이 생각해 보아야 할 것입니다. 당신은 또한 이 모든 문제가 발생하게 된 이유를 생각해 보셔야 해요. 지금까지 말씀드린 방법대로 검토한 다음, 어느 것이 당신에게 좋고 유익한 것인지, 또 나이가 있고 현명한 많은 사람이 찬성하는 것이 무엇인지 결정한 다음, 당신이 이 일을 끝까지 잘 진행할 능력이 있는지 생각해 보셔야 해요. 끝까지 해낼 수 있는 일이 아니라면 시작하지 말아야 해요. 자신의 힘에 겨운 무거운 짐을 진 사람은 그 짐을 견딜 수 없는 법이지요. '너무 많은 것을 껴안은 사람은 제 손에 넣을 수 있는 것이 없다.' 카토는 이렇게 말했습니다. '네 능력에 맞는 것을 하여라. 그렇지 않다면 그 일의 중압감으로 인해 네가 시작한 일을 중도에서 그만두게 될 것이다.' 그리고 당신이 어떤 일을 해야 할지 의심이 든다면 시작하기보다는 참는 편을 선택하세요. 피에로 알폰소는 이렇게 말했지요. '할 능력은 있으나 하고 난 뒤에 후회할 거라면 '예' 보다는 '아니요'라고 말하는 것이 좋다.' 다시 말해서, 말하기 보다는 침묵을 지키는 편이 더 좋다는 말입니다. 당신이 하실 수 있는 일이지만 하고 난 뒤에 후회할 일이라면, 참고 시작하지 않는 것이 더 낫다는 것을 당신은 이해해야 합니다. 어떤 일을 해야 할지 말아야 할지 의심이 들 때 그러한 일을 막는 사람의 태도는 올바른 것입니다. 지금까지 제가 당신에게 말씀드린 대로 상세히 검토한 다음, 당신이 목표한 바를 성취할 수 있다는 확신이 생긴다면 끝까지 그 일을 밀고 나가세요.

자, 지금부터는 언제 어떤 이유로 비난받지 않으면서 당신의 결심을 바꿀 수 있는지에 대하여 당신에게 알려 드리겠습니다. 실행할 이유가 소멸하거나 새로운 조건이 생겼을 경우 계획이 변경되는 법이지요. 법에도 쓰여 있다시피, 새로운 조건에 맞는 새로운 결심이 필요한 법이지요. 세네카는 이렇게 말했습니다. '너의 계획이 적의 귀에 들어가게 된다면 너의 계획을 변경하라.' 실수나 다른 이유로 해서 일을 실행함으로써 해가 따른다면 당신은 당신의 계획을 변경할 수 있는 것입니다. 또한 당신의 계획이 정당하지 못하거나 온당하지 못한 동기에서 비롯된 것이라면 당신의 계획을 바꾸세요. 법에 '온당하지 못한 약속은 무효다.'라고 적혀 있습니다. 계획이 실현 불가능하거나 제대로 실행될 수 없는 것이라면 그 계획 또한 변경될 수 있습니다. 이것을 일반적인 규칙으로 삼으세요. 다시 말해서, 확고히 세워진 결심이기에 어떠한 상황에서도 바꿀 수 없다면 그러한 결심은 나쁘다는 것을 말씀드립니다."

푸르덴스의 말을 다 듣고 난 뒤, 멜리비는 그녀에게 다음과 같이 말했다.

"여보, 당신은 지금까지 어떤 사람의 조언을 받아들이고 어떤 사람의 조언을 물리쳐야 하는지 일반적인 방법으로 기꺼이 나에게 알려 주었소. 자, 이제 구체적인 것에 대하여 나는 당신의 이야기를 듣고 싶소. 당면한 상황에서 우리가 이미 선택한 조언자들이 당신의 마음에 드는지, 그리고 이들이 당신에게 어떻게 보이는지 나에게 말해 주시오."

그녀가 말하길,

"여보, 제가 당신의 기분을 상하게 하는 말을 하더라도 제 의견에 고의로 반대하거나 화를 내지 말아 주길 간청합니다. 정말이지, 저는 당신에게 최상의 이익이 되고 당신의 명예에 도움이 되기 위해 드리는 말씀입니다. 그러니 인자한 마음으로 참고 들어 주기를 바랍니다. 이 문제에 대한 조언은 조언이라고 할 수 없으며, 제대로 말씀드리자면 단지 어리석은 행동 그 자체라고 말할 수 있습니다. 당신은 많은 것에서 실수를 범하셨어요. 무엇보다 먼저, 당신에게 조언을 줄 수 있는 사람들을 모으는 방법에서 실수하셨어요. 당신은 먼저 몇 사람만을 불러 상의한 다음 필요한 경우 더 많은 사람을 불러 상의했어야만 했어요. 그러나 실제 당신은 이야기를 듣는 데 짐이 될 뿐만 아니라 지루하게 만들 정도로 많은 사람을 갑자기 불러 상의했던 것입니다. 또한 당신의 진실한 친구들로 나이 들고 현명한 사람들을 불러 상의했어야 했는데, 많은 낯선 사람들과 젊은 사람들, 거짓 아첨꾼들, 당신과 화해한 적들, 그리고 당신을 사랑하기보다는 두려워하는 사람들을 불러들인 것이 당신이 범한 실수이지요.

당신이 범한 또 다른 실수는 조언을 구하는 당신의 마음에 분노, 탐욕, 그리고 성급함이 있었다는 것입니다. 이러한 세 가지는 건전하고 유익한 논의를 하는 데 방해가 됩니다. 당신에게나 당신에게 조언하는 사람들에게나 이것들을 물리쳐 없애 버리셔야 했어요. 당신은 또한 당신의 뜻을 조언자들에게 내비쳤고, 전쟁을 통해서 복수하겠다는 당신의 욕망을 그들에게 보이는 실수를 범했습니다. 이에 따라 그들은 당신이 하는 이야기에서 당신이 원하는 것을 알게 되었던 것이지요. 그렇기에 그들은 당신에게 도움이 되기보다는 당신의 욕구를 충족시키기 위하여 당신께 조언을 했던 것입니다. 또한 당신이 실수한 것은 그때 모인 사람들과만 상의하고 깊이 생각하지 않은 점입니다. 그처럼 크고 중대한 사안의 경우, 더 많은 상대와 의논하고 그 일을 행하는 데 더 오랫동안 심사숙고했어야 했어요. 또한 앞서 말씀드린 방법대로 당신의 의도를 검토해 보지도 않았고, 그러한 것이 요구하는 절차에 따라 생각해 보지도 않았던 것입니다. 또 다른 실수는 당신에게 조언해 주는 사람들을 구분하지 않은 점입니다. 다시 말해서, 당신에게 진실한 사람과 거짓된 사람을 구분하지 못했다는 것입니다. 아울러 당신은 당신에게 진실한 친구들로서 나이 들고 현명한 사람들의 의견을 듣지 않으셨어요. 또 그들의 모든 의견은 뒤

섞여 흘려 버리고 당신의 마음은 다수의 사람에게 기울어지고 말았답니다. 당신도 알고 있듯이 세상에는 현명한 사람보다는 바보가 더 많은 법이라서, 개인의 지혜보다는 다수가 더 큰 힘을 발휘하는 그러한 모임에서 바보가 우세한 위치를 차지한다는 사실을 당신은 잘 아셨을 것입니다."

멜리비가 그녀에게 다시 답변하길,

"내가 실수했다는 것을 시인하오. 그러나 당신이 이미 나에게 말했듯이 어떤 상황에서나 합당한 이유가 생길 경우, 조언자를 바꾸더라도 책망받을 일이 아니라고 했소. 당신의 의견에 따라 나는 내 뜻을 바꾸기로 했소. '실수는 인간이 하는 것이며, 그 죄를 지속해서 범하는 것은 악마의 소행'이라는 속담도 있지 않소."

이 말에 푸르덴스는 다음과 같이 대답했다.

"당신에게 조언해 준 사람들을 검토하여, 그들 가운데 누가 가장 이치에 맞는 이야기를 했으며 당신에게 최상의 조언을 해 주었는지 생각해 봅시다. 먼저 이 문제에 대해 말한 외과 의사와 내과 의사의 경우, 그들의 직분에 맞게 현명하게 말하였습니다. 모든 사람을 명예롭게 치유하고 모두에게 도움이 되고 누구에게도 해를 입히지 않는다는 그들의 직분에 알맞은 말을 그들은 했어요. 그들의 직분은 그들의 보살핌을 받는 사람들의 병을 부지런히 고쳐 주는 것이지요. 여보, 그들은 현명하고 신중하게 대답하였으니, 그들의 고상한 답변에 대한 충분한 보상이 그들에게 주어져야 한다고 저는 생각해요. 또한 그들은 우리 딸의 치료에 더 많은 정성을 쏟을 거라고 생각해요. 아무리 그들이 당신 친구라고 해도 아무런 보상도 없이 그들에게서 봉사를 기대해서는 안 되고, 그들에게 보상하고 당신의 너그러운 마음을 그들에게 보여 주세요. 문제를 논하는 데 있어서 외과 의사들이 병이란 그 반대로 치유된다고 말했는데, 당신의 이 말을 어떻게 이해했는지 당신의 의견을 알고 싶습니다."

멜리비가 대답하길,

"나는 그것을 이렇게 이해했소. 그들이 나에게 상처를 입힌 것처럼 나 또한 그들에게 그 같은 상처를 입혀야 한다고 말이오. 그들이 나에게 보복을 가하고 해를 입힌 것처럼 나 또한 그들에게 보복을 가하고 해를 입혀야 한다고 말이오. 그때야 비로소 나는 역(逆)을 또 다른 역으로 고치는 셈이 되는 것이라오."

이에 멜리비가 말하길,

"그것 보세요, 남자들은 자신의 욕구와 쾌락에 따라 너무 쉽게 치우치는 경향이 있어요. 외과 의사의 말을 그런 의미로 해석해서는 안 됩니다. 왜냐하면 악은 악의 역이 아니고, 복수는 복수의 역이 아니며, 부정은 부정의 역이 아니라 이것들은 다 같은 것이랍니다. 따라서 복수는 또 다른 복수로 치유될 수 없듯이, 부정은 또 다른 부정으로 해소될 수 없는 것이에요. 오히려 하나는 또 다른 하나를 더욱더 크게 악화시킬 뿐이지요. 따라서 외과 의사의 말은 다음과 같이 해석해야 합니다. 선과 악, 평화와 전쟁, 복수와 용서, 반목과 화해, 그리고 다른 많은 것들이 서로 반대랍니다. 분명히 악은 선으로 치유되는 것이며, 반목은 화해로, 전쟁은 평화로, 그 밖의 다른 것들도 마찬가지이지요. 이 문제에 관하여 사도 바울이 여러 곳에서 말씀하셨습니다. '악을 악으로 갚지 말며, 사악한 말을 사악한 말로 갚지 말라. 너에게 해를 입힌 자에게 대접을 잘해 주고 너에게 나쁜 말을 한 사람을 축복하라.' 그리고 여러 곳에서 사도께서는 평화와 화해를 강조했습니다.

이번에는 변호사들과 현명한 사람들이 당신에게 한 조언을 검토해 보겠습니다. 그들이 공통으로 말하길 무엇보다 먼저 당신의 신변과 가옥을 지키는 데 힘을 쓰라고 말한 것을 당신은 들었을 것입니다. 또한 이 일에 대하여 많이 생각하고 충분히 여러 가지를 검토해야 한다고도 했어요. 당신의 신변에 관한 것부터 먼저 말씀하겠어요. 전쟁을 치르는 사람은 언제나 유순하고 경건한 마음으로 예수 그리스도께 기도를 드려, 무엇보다도 그분의 자비로 보호받고 어려움에 부딪혔을 때 도움을 주실 것을 기원해야 합니다. 이 세상 누구도 우리 주 예수 그리스도의 도움 없이는 어떤 조언으로도 보호될 수 없습니다. 예언자 다윗은 이에 동의하는 말을 했지요. '주님이 이 도시를 지켜주지 않는다면 야경꾼이 깨어 있을지라도 헛된 일이다.' 그리고 여보, 당신의 신분을 지켜 주는 일을 당신의 진실한 친구들에게 위임하는 데 있어, 그 친구들은 당신이 잘 알고 있을뿐더러 신의가 입증된 사람들이어야 합니다. 당신은 그들에게 당신의 신변 보호를 요청해야 합니다. 왜냐하면 카토가 이런 말을 했기 때문이지요. '도움이 필요하면 친구에게 부탁하라. 진실한 친구와 같은 좋은 의사는 없다.' 그런 다음 당신은 모든 낯선 사람들과 거짓말쟁이들을 멀리하고 그들과 함께하는 것을 경계해야 합니다. 피에로 알폰소가 이렇게 말했지요. '좀 더 오래 사귀기 전에는 낯선 사람을 친구로 삼지 말라. 그리고 우연히 너의 동의 없이 낯선 사람과 동행하게 되면 은근하게 그와 대화하여 그의 과거 삶을 물어보라. 그리고 너 자신의 목적지를 밝히지 마라. 그가 만일 창을 들었다면 네 왼편에 그를 세우고, 그가 칼을 들었다면 네 오른편에 그를 세워라.' 이제 당신은 현명하게 지금까지 제가 말한 그런 부류의 사람들을 멀리하시고, 그들의 조언을 물리쳐야 할 것입니다. 당신은 또한 당신의 힘을 믿고 적들을 무시하거나 적들의 힘을 과소평가해서 당신 신변을 위험에 처하게 해서는 안 될 것입니다. 왜냐하면 모든 현명한 사람들은 자기 적을 두려워하기 때문이죠. '다른 모든 사람을 두려워하는 사람은 번영한다. 이와는 반대로 마음의 용기와 육체적 힘을 믿고 자신을 과신하는 사람은 재난을 면할 수 없다.'라고 솔로몬도 말했습니다. 또한 당신은 언제나 복병이나 첩자를 경계하셔야 해요. 세네카는 이렇게 말했지요. '위험을 두려워하는 사람은 위험을 피하고, 재난을 피하는 사람은 재난을 당하지 않는다.' 비록 안전한 장소에 계실지라도 항상 경계해야 해요. 다시 말해서 큰 적뿐만 아니라 작은 적으로부터 당신을 보호하는 일을 소홀히 해서는 안 됩니다. '신중한 사람은 가장 보잘것없는 적조차 두려워한다.'라고 세네카는 말했습니다. '작은 족제비 한 마리가 황소뿐 아니라 사슴도 죽인다.'라고 오비디우스 또한 말했지요. 책에도 쓰여 있기를 '작은 가시 하나가 제왕에게

상처를 입힐 수 있고, 사냥개 한 마리가 산돼지를 제압한다.'
그러나 당신이 두려워할 이유가 없는데도 두려워하는 겁쟁이
가 되라는 말은 아닙니다. 책에 이렇게 쓰여 있답니다. '일부
사람들은 남을 무척이나 속이고 싶어 하나 그 사람들 또한 속
는 것을 두려워한다.' 그러나 당신은 독살을 주의하셔야 합니
다. 그리고 남을 조롱하는 사람들을 멀리하셔야 합니다. 책에
쓰여 있기를, '남을 조롱하는 사람들과 친교를 맺지 말라, 그
리고 그들이 하는 말은 독이니 피하라.' 자, 다음으로 당신의
현명한 조언자들이 당신에게 가택을 수비할 것을 말했는데,
그들의 말을 당신은 어떻게 이해하고 계시는지 당신의 의견을
알고 싶습니다."

멜리비가 답변하길,

"나는 그 말을 다음과 같이 이해했소. 성과 같이 탑으로,
다른 구조물과 무기와 투석기 등으로 집을 경계해야 한다고
말이오. 그런 수단을 동원해서 내 집을 감히 적들이 넘보지
못하도록 나 자신과 집을 지켜야 한다고 말이요."

이러한 그의 판단에 푸르덴스는 말했다.

"높은 탑을 세우고 커다란 구조물을 세우는 것은 자존심의
표시랍니다. 그리고 높은 탑과 거대한 구조물을 짓는 데는 큰
비용과 수요가 필요하며, 그것들이 다 세워진다 하더라도 나
이가 들고 현명한 당신의 진실한 친구들이 이것들을 방어하
지 않는 한 이 모든 것은 한 푼의 가치도 없답니다. 부자가 자
신과 자기 재산을 지킬 수 있는 가장 강력한 수단은 그의 신
하와 이웃의 사랑이라는 사실을 당신은 아셔야 해요. 툴리우

스가 말하길, '누구도 이겨 낼 수 없으며, 괴롭힐 수 없는 수비가 있으니, 그것은 바로 군주를 따르는 백성의 사랑이다.'

자, 여보, 세 번째 것으로, 나이 들고 현명한 당신의 조언자들이 당신에게 이 문제를 행하는 데 갑자기 서둘러서는 안 되며, 매우 부지런히 그리고 매우 신중하게 이 문제에 대하여 당신 스스로 준비하셔야 한다고 했는데, 제 생각으로는 이들의 말은 매우 현명하고 진실한 것이라고 여겨집니다. 툴리우스는 이렇게 말했어요. '무슨 일을 하든 간에 일을 시작하기 전에 빈틈없이 준비하라.' 복수하든지, 전쟁을 치르든지, 방어를 준비하든지, 일을 하기 전에 철저히 준비하여 신중히 해야 한다고 당신께 말씀드립니다. '신속한 승리는 오랜 준비의 결과다.'라고 툴리우스는 말했습니다. 그리고 카시오도루스 또한 이렇게 말했지요. '오랫동안 준비된 수비는 더욱더 강하다.'

자, 이제 당신의 이웃들이 당신께 한 조언에 대하여 말하겠습니다. 이들은 당신은 사랑하지 않으면서 존경을 표하는 사람들이며, 화해한 당신의 옛 적들이고, 사적인 장소와 공적인 장소에서 서로 다른 얘기를 하는 아첨꾼들과 즉시 보복하여 전쟁을 치러야 한다고 조언한 젊은 사람들입니다. 분명한 것은 제가 당신에게 말씀드렸다시피 그러한 사람들을 불러들여 조언을 얻으려 한 것이 당신이 범한 큰 실수입니다. 이 사람들이 의논 상대로서 적합하지 않은 이유에 대해서는 이미 당신에게 말씀드렸지요.

이제 좀 더 구체적으로 말씀드리겠어요. 당신은 먼저 키케로의 가르침에 따라 일을 진행해야 해요. 이 문제의 본질에 대해 더는 길게 논의할 필요가 없습니다. 당신에게 해를 입히고 못된 짓을 한 사람들이 누구인가 그리고 얼마나 많은 사람이 피해를 봤고, 어떤 방식으로 그들이 당신에게 해를 입혔는가에 대해서 우리는 이미 잘 알고 있기 때문이지요. 그런 뒤 툴리우스가 말한 두 번째 조건을 검토해 보셔야 해요. 툴리우스가 합치(合致)라고 부른 것인데, 그가 의미하는 바는 조급하게 복수를 서두르는 당신의 뜻에 동의한 사람들이 누구이고, 그 수가 얼마나 되며, 무엇을 하는 사람들인지 알아보는 것입니다. 또한 당신의 적과 뜻을 같이하는 사람들이 누구이며, 그 수가 얼마나 되며, 무엇을 하는 사람들인지 생각해 보아야 해요. 첫째 당신의 성급한 뜻에 동의한 사람들이 누구인지 당신은 잘 알고 있어요. 당신에게 서둘러 전쟁을 벌여야 한다고 조언한 사람들은 당신의 진실한 친구들이 아니랍니다. 그러면 당신의 신변을 든든하게 지켜 줄 만한 친구들이 누구인지 생각해 보세요. 비록 당신이 힘이 있고 부유할지라도, 당신이 혼자인 것만은 사실이에요. 당신에게 자식이라고는 딸밖에 없지 않아요. 당신의 적들이 당신을 계속해서 괴롭히고 당신을 멸망시키는 것을 삼갈 정도로 두려워할 형제도 사촌도 당신에게는 없을뿐더러, 당신에게는 가까운 친척도 없습니다. 당신의 재산이 많은 사람에게 나누어지리라는 것을 당신은 잘 알고 계실 것입니다. 당신의 원수를 보복하는 데 힘을 쓴 사람들에게 재산을 나누어 주게 된다면 각자 작은 몫을 받게 될 것입니다. 그러나 당신의 적은 세 사람이고, 그들에게는 많은 자식과 형제, 사촌, 그리고 다른 가까운 친척들이 있습니다. 비록 당신이 그들 가운데 두 사람 혹은 세 사람을 죽일지라도, 그들 죽음에 대한 보복으로 당신을 살해할 수 있는 사람은 충분히 남아 있지요. 비록 당신의 친척들이 당신 적들의 친척들보다 충성스럽고 지조가 있는 사람들일지라도, 당신과 당신 친척들과는 서로 촌수가 멀지만, 당신 적들의 친척들은 촌수가 서로 가까운 사이입니다. 그런 점에서 당신의 조건보다 그들의 조건이 분명 유리한 것은 사실입니다.

이번에는 당신에게 즉시 복수할 것을 권고한 사람들의 조언이 이치에 맞는지 생각해 보겠습니다. 그것에 대한 대답이 '아니오'라는 것을 당신은 분명 알고 계실 것입니다. 세상에 복수할 권한을 가진 사람은 재판관 외에 아무도 없으며, 복수를 실행해야 할 때 재판관은 법에 따라 서두르거나 서서히 자기 재량에 맞게 실행하지요. 툴리우스가 말한 합치라는 면에 있어서, 당신의 힘과 권력이 당신과 당신에게 조언해 준 사람들의 의지에 부합하는지 당신은 생각해 보아야 할 것입니다. 그것에 대해서도 당신은 '아니오'라고 대답해야 할 것입니다. 분명히 말씀드리자면, 우리가 할 수 있는 일이란 정당하게 할 수 있는 것을 제외한 그 어떤 것도 없습니다. 실제 당신은 당신의 권한으로 정당하게 복수할 수 없어요. 그러니 당신의 권력으로는 당신의 의지를 정당하게 실현할 수 없다는 사실을 알 것입니다.

다음 세 번째로 툴리우스가 '결과'라고 부르는 것에 대하여 검토해 보지요. 당신이 목표로 하는 복수가 어떤 일의 결과라는 사실을 당신은 알고 계실 것입니다. 그것으로부터 지금 우리가 인식하지 못하는 또 다른 복수와 재난과 전쟁, 그리고 피해가 헤아릴 수 없이 뒤따를 것입니다. 툴리우스가 '동기'라고 부른 네 번째 관점으로, 당신에게 가해진 위해(危害)는 당신의 적들이 당신을 증오해서 비롯된 것임을 당신은 아셔야 해요. 그 위해로 인한 복수는 또 다른 복수를 낳고, 그로 인해 제가 지적했다시피 많은 비애와 부의 손실이 발생할 것입니다.

툴리우스가 '원인'이라고 부른 점을 마지막으로 생각해 보겠습니다. 당신에게 가해진 위해에 어떤 원인이 있다는 것을 당신은 아셔야 하는데, 학자들은 이것들을 제1원인과 근인(近因)이라고 말하지요. 제1원인은 만물의 근원이신 전지전능한 하느님이고, 근인은 세 명의 당신의 적입니다. 우유적(偶有的) 원인은 증오요, 질료적(質料的) 원인은 우리 딸이 입은 다섯 군데의 상처입니다. 형식적인 원인은 그들이 사다리를 가져와 우리 집 창문으로 기어들어 온 것이랍니다. 목적인(目的因)은 우리 딸을 죽이려는 의도이지요. 그들이 이런 마음을 품자 지체하지 않고 행동으로 옮겼던 것이고요. 제1원인으로 말하자면, 그들의 종말이 어떻게 될 것인지, 혹은 이 일을 저지른 당신의 적들에게 결국 어떤 일이 생길 것인지 저는 판단할 수 없고, 단지 추측만 할 뿐이지요. 그들은 불행한 종말을 맞게 될 것이라고 여겨집니다. 교령서(教令書)에도 '사악하게 시작된 일이 좋은 결말을 가져오는 경우는 극히 드물다.'라고 쓰여 있기 때문이지요.

그리고 하느님께서 우리가 이러한 해를 왜 당하도록 하시는지 당신께서 묻는다면, 그에 합당한 대답을 당신에게 드릴 수 없습니다. '전능하신 우리 주 하느님의 지혜와 판단은 심오하기에 누구도 그것을 충분히 이해할 수 없다.'라고 사도께서 말씀하셨습니다. 그런데도 상상과 추측을 해 보건대 정의로우시고 공정하신 주님께서 우리가 이러한 해를 입도록 내버려 둔 것에는 정당하고 합당한 이유가 있다고 저는 믿습니다."

당신의 이름은 멜리비, 이는 꿀을 마시는 사람이라는 뜻이지요. 당신은 현세의 달콤한 부와 쾌락 그리고 명예를 너무나 많이 마셔서, 이제는 그것에 취했고 당신의 창조주이신 예수 그리스도를 잊었답니다. 당신은 마땅히 바쳐야 할 영광과 공경을 그분께 바치지 않으셨고, 오비디우스가 한 다음 말을 준수하지 않았어요. '육체에 즐거움을 주는 꿀에는 영혼을 죽이는 독이 숨겨져 있다.' 솔로몬도 말하길, '꿀이 있거든 충분히 먹되 너무 많이 먹지는 말라, 그러면 토할 것이며 다시 배고픔과 부족함을 느낄 것이니라.' 아마도 그리스도께서 당신을 미워하시어 당신으로부터 얼굴을 돌리고, 그분의 자비로운 귀를 닫아 버리셨는지도 모릅니다. 당신이 죄를 범한 것과 같이 그분께서 당신에게 벌을 내리시는지도 모르겠어요. 당신은 우리 주 그리스도께 죄를 지었어요. 인간이 범할 수 있는 세 가지 죄는 세속, 육체, 그리고 악마이며, 당신은 의도적으로 이것들이 당신 육체의 창문을 통하여 당신의 마음속으로 들어오도록 내버려 두었고, 이들 공격과 유혹을 충분히 막아 내지 못했기 때문에 당신 육체의 다섯 군데 상처를 입은 것입니다.[36]

---

36) 중세 사람들은 은유적으로 인간의 육체를 건물로 보았고, 유혹이 창문

말하자면 오감을 통하여 당신의 마음속에 들어온 일곱 가지 대죄라는 말씀이에요. 이와 같은 방법으로 우리 주 그리스도께서 당신의 집 창문으로 세 명의 적이 들어가 당신이 알고 있다시피 당신의 딸에게 상처를 입히도록 하신 거랍니다."

이에 멜리비가 말하길,

"당신은 내가 적들에게 복수하지 않게 하려고 여러 가지로 설명하고 있다는 것을 나는 잘 알고 있소. 그리고 복수로 인하여 야기될 수 있는 재난과 해악을 나에게 알려 주려고 애쓰고 있다는 것도 알고 있소. 그러나 복수함으로써 야기될 위험과 해를 생각한다면 복수를 감행할 수 있는 사람은 아무도 없을 것이며, 그것은 해가 될 수 있을 것이오. 왜냐하면 복수를 통해서만 악한 사람을 선한 사람으로부터 분리할 수 있기 때문이오. 또한 악한 일을 하려는 사람은 죄인에게 주어지는 벌과 응징을 보고 그들의 사악한 계략을 버리는 법이라오."

이에 푸르덴스가 대답하길,

"분명 복수로 말미암아 좋은 일도 많을 것이며 나쁜 일도 많을 거예요. 그러나 복수는 누구나 할 수 있는 것이 아니라 재판관과 죄인을 다스릴 수 있는 권한과 재판권을 가진 사람만이 할 수 있는 것이지요. 더 말씀드리자면, 다른 사람에게 복수함으로써 죄를 짓듯이 벌을 받아 마땅한 사람에게 복수하지 않으면 재판관 또한 죄를 짓게 되는 거랍니다. 세네카는

을 통하여 공격한다고 여겼기 때문에 건물의 창문을 굳게 닫아 유혹의 공격을 막을 수 있다고 보았다.

이렇게 말했지요. '악을 입증하는 사람은 훌륭한 군주이다.' 카시오도루스도 말하길, '죄가 재판관과 군주를 분노케 한다는 사실을 알면 누구나 악을 행하기를 두려워한다.' 또 다른 사람은 이렇게 말했지요. '명분을 지키는 일을 두려워하는 사람은 악인을 만들어 낼 뿐이다.' 사도 바울은 로마인들에게 보낸 편지에서 '재판관이 창을 가진 것은 그에 대한 합당한 이유가 있는데, 그것은 악인과 죄인들을 벌하고 착한 사람들을 보호하기 위한 것이다.'라고 말하고 있습니다. 그러니 만일 당신 적들에게 복수하고 싶다면, 이 문제를 그들을 재판할 권한을 쥐고 있는 재판관에게 가져가면, 재판관이 법이 정하고 요구하는 바에 따라 그들을 벌할 것입니다."

멜리비가 말하길,

"아, 이와 같은 복수는 내 마음에 들지 않소. 운명의 여신이 내가 어렸을 때부터 나를 어떻게 돌보아 주었으며, 많은 어려움을 극복할 수 있도록 나를 도왔는지 나는 기억하고 있소. 나는 이것에 주목하고 있소. 그리고 다시 운명의 여신을 시험해 볼 것이며, 하느님의 도움을 얻어 운명의 여신이 나의 치욕을 복수하는 데 도움을 줄 것이라고 믿고 있소."

푸르덴스가 응답하길,

"제가 드린 충고에 따라 행동하신다면 당신은 운명의 여신을 시험할 필요가 없습니다. 운명의 여신에게 고개를 숙일 필요도 없고요. 세네카도 이렇게 말했기 때문입니다. '운명의 여신을 믿고 어리석게 행한 것들의 결과는 좋을 수 없다.' 세네카는 또한 '운명의 여신의 빛이 더욱 선명하고 눈부실수록 그것은 그만큼 변덕스럽고 부서지기 쉬운 것이다.'라고 말했지요. 운명의 여신을 믿지 마세요, 일관되거나 안정적이지 못하기 때문이지요. 당신이 운명의 여신이 주는 도움이 더욱 확실하다고 믿는 순간, 그녀는 당신을 속이고 실망하게 할 것입니다. 운명의 여신이 어린 시절부터 당신을 보살폈다고 말씀하셨는데, 바로 그래서 운명의 여신과 그녀의 지혜를 믿어서는 안 된다는 것이에요. 세네카도 이렇게 말했지요. '운명의 여신에 의해 양육된 사람을 운명의 여신은 바보로 만든다.' 자, 이제 복수하고 싶으나 법에 따라 재판관이 하는 복수는 당신이 원치 않고, 운명의 여신을 믿고 시도하려는 복수 또한 위험할 뿐더러 불확실한 거라면, 모든 죄인과 그들의 죄에 대하여 보복해 줄 수 있는 재판관에게 호소하는 것 이외에 어떠한 방법도 없습니다. 그는 당신을 대신하여 보복해 줄 것이고, '복수는 나에게 맡겨라, 그러면 내가 대신해 주겠노라.'라고 할 것입니다."

멜리비가 말하길,

"만일 나에게 해를 입힌 사람들에게 보복하지 않으면 나에게 해를 입힌 사람들이 나에게 또 다른 해를 입히도록 유도하는 꼴이 될 거요. 책에는 이렇게 쓰여 있소. '과거에 당한 해에 대하여 복수하지 않으면 너의 적들은 너에게 또 다른 새로운 해를 입힐 것이다.' 또한 내가 참게 되면, 더 이상 내가 견디고 지탱할 수 없을 정도로 사람들이 나에게 보다 많은 악한 짓을 범하게 될 것이고, 나는 그 치욕을 견뎌야 할 거요. '너무 많이 참으면 너무나 많은 일이 생길 것이고 결국은 참을 수 없게 될 것'이라고 사람들은 말하지요."

푸르덴스가 대답하길,

"맞아요, 너무 많이 참는 것은 좋지 않아요, 그러나 남에게 해를 입은 사람 누구나 꼭 복수해야 한다는 것은 옳지 않아요. 그것은 재판관이 할 일이며, 그들만이 죄와 해악에 대한 벌을 줄 수 있기 때문이지요. 지금 당신이 인용한 두 가지 말은 모두 재판관들을 두고 한 말이랍니다. 만일 재판관들이 해악과 범죄에 대하여 벌을 내리지 않는다면, 그들은 새로운 범죄와 해악을 초래할뿐더러 이러한 것이 행해지도록 명령하는 셈이 되지요. 어떤 현명한 사람은 이렇게 말했습니다. '죄인을 교정하지 않는 재판관은 죄인이 다시 죄를 짓도록 명령하는 것이다.' 한 지역의 군주와 재판관이 죄인들에게 너무 많은 관용을 베풀게 되면 인내하고 시간이 지나는 동안 그들의 힘은 커져 재판관과 군주를 자리에서 밀어내게 될 것이고, 결국 그들의 지배권마저 빼앗게 되는 거지요. 당신이 지금 복수할 수 있는 허가를 가졌다고 가정해 보지요. 그러나 당신은 복수할 힘을 가지고 있지 않다고 저는 생각해요. 당신과 당신 적의 힘을 비교해 볼 때, 여러 가지 측면에서 제가 앞서 지적했다시피 그들의 상태가 당신의 상태보다 더 낫다는 것을 당신은 알 수 있을 거예요. 그러니 당신이 본 피해를 이번에는 참고 견디는 것이 좋습니다.

속담에 이런 말이 있지요. '자신보다 강한 사람과 싸우는 것은 미친 짓이요, 힘이 비슷한 사람과 싸우는 것은 위험한 짓이며, 자신보다 약한 사람과 싸우는 것은 어리석은 짓이다.' 이런 이유로 될 수 있으면 사람들은 싸움을 피하려는 것입니다. '소란과 싸움으로부터 자신을 멀리하는 사람은 명예롭다.'라고 솔로몬이 말했지요. 그러니 당신보다 힘이 센 사람이 당신에게 어떤 해를 끼칠 때는 상대방을 진정시키도록 힘쓰고 복수할 생각은 하지 않아야 해요. 세네카가 이렇게 말했지요. '자신보다 힘이 센 사람과 싸우는 사람은 자신을 큰 위험에 몰아넣게 된다.' 또 카토가 말하길, '만일 너보다 지위가 높고 힘이 센 사람이 너를 괴롭히거든 참고 견디어라. 한때 너를 괴롭히고 해를 입힌 사람이 다음에 너를 구하게 될 것이며 너를 도와주게 될 것이기 때문이다.' 그러나 비록 당신이 복수할 능력과 허가를 갖추고 있을지라도 당신이 보복하는 일을 억제하고, 어떤 일이 있어도 당신이 당한 일을 참고 견뎌야 할 많은 이유가 있습니다. 무엇보다 먼저, 당신이 지닌 여러 가지 결점을 생각해 보세요. 전에 말씀드렸다시피, 이러한 결점 때문에 하느님께서 당신에게 이와 같은 고난을 내리시는지도 모릅니다. 한 시인이 말하길, '우리가 생각하기에 우리에게 내려진 게 합당하다고 여겨지는 고난을 인내하며 견뎌야 한다.' 그레고리 성인도 말씀하셨지요. '자신의 많은 결점과 죄를 생각할 때, 자신이 겪게 되는 고통과 시련은 견디기에 더 가벼우며, 자신의 죄를 무겁고 중대한 것으로 생각하면 고통은 그만큼 더 가벼우며, 그만큼 마음 또한 더 편한 법이다.' 베드로 성인이 그의 편지에서 말씀하신 것처럼, 당신도 우리 주 그리스도의 인내를 마음에 새기고 본받도록 노력해야 해요. 사도 성인은 이렇게 말씀하셨지요.[37] '예수 그리스도께서는 우리를 위해 고통을 받으셨고 모든 사람이 본받고 따라야 할 모범을 보여 주셨다. 그분께서는 죄를 지은 적이 한 번도 없으며, 그분의 입에서 상스러운 말이 한마디로 나온 적이 없었다. 사람들이 그분을 욕할 때, 그분은 그들을 욕하지 않았고, 사람들이 그분을 때릴 때에도 그분께서는 그들을 위협하지 않으셨다.' 낙원에 계신 성인들이 이 세상에서 어떠한 합당한 이유나 죄 없이 당하신 고통을 참아 내며 보여 주신 인내력을 생각하면 당신도 참고 견뎌 낼 수 있을 거예요. 더욱이 현세의 고통은 잠시 있다가 지나가 버리지만 이에 따라 얻게 될 행복은 영원하다는 것을 생각하면 참아야 할 거예요. 사도께서 편지에서도 쓰시길, '하느님의 기쁨은 영원하다.' 다시 말해서 영원히 지속된다는 말이지요. 인내심이 없거나 인내하기를 원치 않는 사람은 양육을 제대로 받지 못했거나 교육을 제대로 받지 못한 사람임을 명심하세요. '한 사람의 지식과 믿음은 그 사람의 인내로 판단될 수 있다.'라고 솔로몬은 말했지요. 다른 장소에서 솔로몬은 또한 '인내하는 사람은 신중하게 처신할 수 있는 사람이다.'라고 말했지요. 이와는 반대로 '화를 잘 내고 분노하는 사람은 소란스러우나, 인내하는 사람은 소란을 줄이고 잠재운다.'라고 솔로몬은 또한 말했습니다. 계속해서 그는 '힘이 강한 것보다 인내할 줄 아는 것이 오히려 좋고, 자신의 마음을 통제할 수 있는 사람이 힘으로 많은 큰 도시들을

---

37) 여기서 사도 성인은 바울을 의미한다. 초서가 『캔터베리 이야기』 속에서 가장 자주 언급하고 있는 성인이다.

빼앗은 사람보다 더 큰 칭찬을 받아 마땅하다.'라고 말했지요. 제임스 성인도 그의 편지에서 이렇게 말했습니다. '인내는 완벽한 최고의 덕목이다.'"

멜리비가 말했다.

"맞아요, 인내가 완벽한 최고의 덕목이라는 사실을 나 또한 인정하오. 그러나 모든 사람이 당신이 추구하는 그 정도의 완벽함에 도달할 수는 없는 것이오. 나 또한 완벽한 인간이 아니오. 왜냐하면 복수하기 전까지 내 마음이 결코 평화를 찾을 수 없기 때문이오. 그리고 나의 적들이 나에게 해를 입히는 일이 위험한 것이었으나, 그들은 이러한 위험에 대해 신경을 쓰지 않고 그들의 목적을 실행하였소. 그러니 내가 이들에게 복수를 감행하는 데 있어 조금은 위험이 따를 수 있으나 누구도 나를 탓하지는 못할 것이며, 비록 내가 어느 한계를 넘어선다고 해서, 다시 말해 폭력을 폭력으로 보복한다고 하더라도 그러할 것이오."

푸르덴스는 이렇게 말했다.

"아, 당신은 당신이 원하시는 대로 하겠다는 말씀인데, 이 세상 누구도 복수하기 위해 한계를 넘어서 폭력을 행사해서는 안 되는 법이랍니다. 카시오도루스도 말하지 않았어요. '복수하기 위해 폭력을 행사하는 사람은 폭행을 한 사람과 마찬가지로 사악하다.' 따라서 당신은 한계를 벗어나 폭력이 아닌 법에 따라 정당한 방법으로 복수해야 해요. 만약 다른 방법으로 복수한다면 당신은 죄를 짓는 것이랍니다. 세네카는 '악은 악으로 갚아서는 안 된다.'라고 말했죠. 만일 당신이 정의는 폭력에 대항하여 폭력으로 맞서고, 싸움에 대항하여 싸움으로 맞서는 것을 요구한다고 한다면 당신 말이 옳아요, 그 싸움이 즉시 시간상으로 늦추어지지 않고 복수가 아닌 정당한 방어를 위해서라면 말이에요. 그리고 그러한 정당방어는 한계를 넘어섰다거나 폭력적이라는 비난을 받지 않도록 절제해야 할 것입니다. 그렇지 못할 경우 이치에 어긋나기 때문이지요. 당신도 아시다시피, 지금 당신은 당신 자신을 방어하는 것이 아니라 복수를 하려는 것이랍니다. 그리고 당신은 또한 절제할 의향이 전혀 없지요. 그래서 제가 당신에게 참고 견디는 편이 낫다고 말하는 거예요. 솔로몬도 말했지요. '인내할 줄 모르는 사람은 큰 재앙을 당할 것이다.'"

멜리비가 말하길,

"자신과 관련이 없고, 자기에게 속한 것도 아닌 것에 분노하고 참지 못하는 사람이 해를 당한다면 아무것도 놀랄 것이 없다는 사실을 나 또한 인정하오. 법에도 있듯이, '자신과 관계가 없는 일에 간섭하는 사람은 벌을 받아 마땅하다.' 또한 솔로몬도 말했소. '다른 사람의 싸움에 간섭하는 사람은 사냥개의 귀를 잡는 사람과 같다.' 낯선 개의 귀를 잡는 사람은 개에게 물리기 쉬운 것처럼, 자기와 아무런 관계가 없는 남의 싸움에 간섭하는 사람은 자신의 참지 못하는 성격으로 인하여 화를 입기 마련이요. 그러나 이 일, 즉 나의 슬픔과 고통은 당신도 알다시피 나와 밀접한 관계가 있지 않소. 따라서 내가 화를 내고 참지 못한다고 할지라도 그것은 놀랄 일이 아니오. 당신은 여러 가지로 그렇지 않다고 얘기했지만, 내가 원수를 갚는다고 해서 재난이 일어나리라고는 생각하지 않소. 왜냐하면 나는 적들보다 더 부자이고 힘이 더 강하단 말이오. 돈이 세상의 모든 것을 지배한다는 사실을 당신도 알고 있지 않소. '모든 것이 돈에 복종한다.'라고 솔로몬도 말하지 않았소."

자기 남편이 재산을 자랑하고 적의 힘을 과소평가하는 이야기를 듣고 난 후, 푸르덴스는 말했다.

"여보, 당신이 부자이고 힘이 있다는 것을 나 또한 인정해요. 그리고 그 재산을 정당하게 얻고 올바르게 사용하는 사람에게 재산은 좋은 것이지요. 인간의 육체가 영혼 없이는 살 수 없듯이, 세속적인 재산 없이도 살 수 없는 법이지요. 재산을 통해서 힘 있는 친구를 사귈 수도 있는 것이지요. 팜필리우스[38]는 이렇게 말했지요. '소를 기르는 사람의 딸일지라도 돈이 있다면 1000명의 남자들 가운데 배우자를 선택할 수 있다.' 왜냐하면 1000명 가운데 누구도 그녀를 버리거나 거절하지 않을 것이기 때문이지요. 그는 또 이런 말도 했답니다. '당신이 행복하다면, 다시 말해서 당신이 부자라면 당신에게 많은 친구와 동료가 있을 것이다. 운명이 바뀌어 당신이 가난하게 될 때 당신의 친구와 우정은 떠날 것이요, 당신에게 가난한 동료만이 남을 뿐 아무런 친구 없이 홀로 될 것이다.' 팜필리우스는 또 이렇게 말했지요. '노예의 혈통을 이은 사람도 재산만 있으면 귀족이 될 수 있다.' 부모로부터 많은 좋은 것이 나오듯이 가난으로부터 많은 좋지 않은 것이 나오지요. 가난

---

38) 12세기 라틴 코미디극 「사랑의 팜필루스」 속 영웅이다.

이 못된 짓을 하도록 만들기 때문이지요. 그래서 카시오도루스는 가난을 '파멸의 어머니'라고 불렀는데, 그 의미는 가난이 인간을 파멸시키고 타락시키는 모태가 된다는 것이지요. 피에로 알폰소도 말하길, '자유인으로 태어난 사람이 가난으로 인하여 자기 적이 주는 동냥에 의지하여 사는 것이 이 세상에서 가장 비참한 일들 가운데 하나이다.' 인노첸시오 3세[39]도 자신의 책에서 이와 같은 말을 한 적이 있지요. '가난한 거지의 처지는 슬프고도 불쌍하다. 구걸하지 않으면 굶어 죽기 마련이고, 구걸하자니 그 치욕은 죽음과 진배없다. 결국 그는 살기 위해 구걸하지 않을 수 없다.' 솔로몬도 말하길, '가난 속에 사는 것보다 죽는 편이 더 낫다.' 이러한 이유와 다른 많은 이유로 인해서, 저는 당신에게 재산을 올바르게 벌어, 이것을 제대로 사용할 줄 아는 사람에게 재산은 소중한 것이라고 말했던 것이에요.

이제 당신에게 재산은 어떻게 버는 것이며 어떻게 사용해야 하는지에 대하여 말씀드릴까 합니다. 먼저 돈을 버는 데 있어 어떤 큰 욕망을 가지시면 안 되며, 서서히, 그리고 점차 지나치지 않게 돈을 모으셔야 해요. 돈을 벌기를 너무나 열렬히 원하는 사람은 먼저 도둑질을 하게 되고, 그다음 온갖 죄를 다 짓게 되는 법이지요. 솔로몬은 이렇게 말했답니다. '부자가 되는 것을 지나치게 서두르는 사람은 죄를 짓지 않을 수

---

39) 인노첸시오 3세는 중세 교황 가운데 가장 강력하고 영향력 있는 교황 중 한 사람으로 『인간 불행론』의 저자로 잘 알려져 있으며, 여기에 인용된 구절 역시 이 책의 I. 14. 4~6에 해당한다.

없다.' 이런 말도 했답니다. '급하게 얻어진 재산은 쉽게 사라지며 그 주인을 떠나고 만다. 그러나 조금씩 모은 재산은 언제나 불어나고 커진다.' 그리고 당신의 노력과 지혜로 재산을 모으셔야 그것이 당신에게 이로운 것이 되며, 어떤 사람에게도 해나 부정을 입히지 않게 되는 법이지요. 법에도 쓰여 있듯이, '돈을 버는 과정에서 남에게 해를 입히는 사람은 부자가 될 수 없다.' 다시 말해 자연의 법칙은 남에게 피해를 주면서 재산을 모으는 일을 금하기 때문이지요. 툴리우스가 말하길, '세상 슬픔, 죽음에 대한 두려움, 그 어떤 것도 남에게 피해를 주면서 재산을 불리는 것만큼 자연의 법칙에 어긋나는 것이 없다. 위대한 인물들과 권세가들이 너보다 재산을 쉽게 모을지라도, 너는 쉬지 않고 부지런히 일하는 것이 너에게 이익이 될 것이다. 왜냐하면 그렇게 함으로써 너는 게으름의 악을 여러 가지 방법으로 피할 수 있기 때문이다. '게으름은 사람이 많은 나쁜 일들을 하도록 가르친다.'라고 솔로몬은 말했죠. 솔로몬은 또한 말하길, '부지런히 일하고 쉬지 않고 땅을 파는 사람은 빵을 먹을 것이다. 그러나 하는 일 없이 게으르고 직업이 없는 사람은 빈곤에 빠지고, 마침내 굶어 죽는다.' 게으른 사람은 이익이 될 만한 일을 할 적당한 시간을 찾을 수 없는 법이지요. 어떤 시인이 한 말처럼, '게으른 사람은 겨울에는 너무 춥다고 놀고, 여름에는 너무 덥다고 논다.'라는 것입니다. 이런 이유로 카토는 말했지요. '잠에서 깨어나라. 너무 오래 잠을 자지 말라. 지나친 휴식은 많은 악을 일으키기 때문이다.' 제롬 성인도 이렇게 말했지요. '우리의 적인 악마가 네가 아무것도 하는 일 없이 부질없이 하루를 보내고 있다고 생각하지 않도록 어떤 좋을 일을 하라.'"

그러니 돈을 버는 데 있어서 당신은 게으름을 피하셔야 해요. 그리고 당신의 노력과 지혜로 번 재산은 남들이 당신을 구두쇠네 인색하네, 혹은 어리석을 정도로 관대하네 하는 그런 이야기를 듣지 않도록 재산을 사용하셔야 해요. 사람들은 돈을 쓰는 데 인색한 사람에게도 욕을 하지만, 돈을 함부로 쓰는 사람에게도 똑같이 욕을 하기 때문이지요. 카토가 이런 말을 했답니다. '너를 가리켜 사람들이 악당이니 구두쇠니 부르지 않도록 네가 모은 재산을 사용하도록 하라. 왜냐하면 마음이 가난한 사람이 두둑한 지갑을 가지고 있는 것은 수치스러운 일이기 때문이다.' 그는 또한 이렇게도 말했죠. '절제해서 돈을 사용하라.' 다시 말해 돈을 절제해서 사용해야만 하는데, 자신이 얻은 재산을 어리석게 낭비하는 사람은 자기 재산을 다 쓰고 난 뒤 곧 남의 재산에 손을 댈 생각을 하기 때문이지요. 저는 당신에게 탐욕을 버리라고 말씀드리고 싶어요. 다른 사람들이 당신의 재산은 땅에 파묻혀 있지 않고 당신이 관리하고 있으며 당신 마음대로 쓸 수 있는 것이라고 말할 수 있도록 당신은 재산을 쓰셔야 해요. 다음 시의 두 구절에서 현명한 사람은 탐욕스러운 사람을 질책하고 있답니다. '언젠가 죽으리라는 것을 알면서도 사람들은 탐욕으로 인해 왜 재산을 땅에 묻어 두느냐. 현세에서 죽음이란 모든 사람의 끝이거늘.' 어떤 이유로 인간이 자기 자신을 재산에서 분리해 낼 수 없을 정도로 재산에 붙들려 있는지 알 수가 없답니다. 언젠가 죽고 나면 이 세상에서 가져갈 것이라고는 아무것도 없다는 것을 알고 있을 텐데 말이에요. 그래서 아우구스티누스 성인께서는 이렇게 말하지요. '탐욕스러운 사람은 지옥과도 같으니, 무엇이고 집어삼키면 삼킬수록 더 많은 것을 집어삼키려는 욕망이 생긴다.' 그리고 탐욕스러운 사람이니 인색한 사람이니 하는 이야기를 듣지 않도록 해야 하듯이, 낭비가 심한 사람이라는 소리를 듣지 않도록 절제하실 줄 아셔야 합니다. 툴리우스가 말하길, '너의 집 재산이 감추어져 있어서도 안 되지만, 동정심과 선의에 의해 그것이 열리지 않을 정도로 굳게 닫혀 있어도 안 된다.' 다시 말해 가난한 사람들에게 재산을 나누어 줘야 한다는 말이지요. '그러나 너의 재산이 모든 사람의 재산이 될 정도로 너무 열어놓아서도 안 되는 법이다.'라고 그는 말하였죠.

돈을 벌고 사용하는 데 있어 당신은 다음 세 가지를 명심해야 하며, 그것은 우리 주 하느님과 양심, 그리고 당신의 명성이랍니다. 먼저 당신의 마음속에 하느님을 되새겨야 할 것입니다. 당신의 창조주이신 하느님의 뜻을 거스르지 않도록 재산을 가지고 어떤 일을 하셔야 합니다. 솔로몬도 이런 말을 했지요. '하느님의 사랑과 함께 적은 재산을 가지고 있는 것이 많은 부로 인하여 하느님의 사랑을 잃는 것보다 더 낫다.' 예언자도 이와 비슷한 말을 했습니다. '세상의 부를 얻었으나 악인으로 여겨지는 것보다 부는 적으나 선인으로 여겨지는 편이 더 낫다.' 또한 재산을 모으는 일을 양심이 허락하는 범위에서 해야 합니다. '양심의 가책을 받지 않을 때 느끼는 기쁨보다 더 큰 기쁨은 세상에 없다.'라고 사도께서는 말하였습니다. '양심에 죄를 짓지 않은 사람은 그 본성이 선하다.'라는 현명한 사람의 말도 있지요. 그다음 당신이 재산을 모으고 쓸 때 당신의 명성이 유지되도록 최대한 노력해야 합니다. 솔로몬이 말하길, '사람은 재물보다 명성을 얻는 편이 더 낫다.' 이 외에 다른 곳에서 그가 말하길, '너의 친구와 너의 명성을 지키는 데 애써라. 왜냐하면 아무리 귀한 보배라도 이것들이 너의 곁을 더 오래 지켜 줄 것이기 때문이다.' 하느님과 자기 양심에 모든 것을 맡긴 채, 자신의 명성을 지키는 일에 애쓰지 않는 사람은 훌륭한 사람이라고 말할 수 없을 것입니다. 카시오도루스는 말했지요. '명성을 원하고 사랑하는 사람에게 고귀한 정신이 있다.' 이에 대하여 아우구스티누스는 이렇게 말했지요. '사람에게는 꼭 필요한 두 가지가 있는데, 너의 영혼을 위한 양심과 너의 이웃을 위한 명성이다.' 자신의 양심을 너무 신뢰한 나머지 자신의 명성에 대한 이웃의 생각을 중요하게 생각하지 않으며, 자신의 명성에 대하여 전혀 개의치 않는 사람은 보잘것없는 비천한 존재에 불과하다.

여보, 당신이 어떻게 재산을 모을 것이며 어떻게 재산을 사용할 것인가에 대하여 지금까지 말씀드렸어요. 그리고 당신의 재산에 대한 믿음으로 인하여 당신이 복수를 감행할 것이라는 사실 또한 잘 알고 있어요. 재산을 믿고 전쟁을 벌이지 말 것을 당신에게 권고드려요. 전쟁을 벌이기에 당신의 재산이 충분하지 않기 때문이랍니다. 어떤 철학자가 이렇게 말했지요. '항상 전쟁을 원하는 사람에게 돈이 충분할 수는 없는 법이다. 싸움에 이기고 존경받기 위해서 돈이 많으면 많을수록 더 많은 돈을 소비해야 하기 때문이다.' 솔로몬도 '돈이 많으면 많을수록 돈을 쓸데가 더 많아지는 법이다.'라고 말했지요. 당신에게 돈이 있어 따르는 사람이 많다는 것은 인정하나, 명예롭고 이득이 되는 평화를 얻을 방법이 있는데도 전쟁을 시작하려는 것은 당신에게 어울리지 않을뿐더러 옳지도 않은 일입니다. 이 세상에서 벌어진 전쟁의 승리는 인원수에 달린 것도 아니며, 전쟁에 참여하는 사람의 덕성에 달린 것도 아니랍니다. 그것은 오로지 전능하신 우리 주님의 손과 뜻에 달린 것이지요. 그래서 하느님의 전사인 유다스 마카베우스[40]는 수(數)에서나 힘에서 자신보다 앞서는 적과 싸울 때, 그는 자신의 왜소한 군대에게 다음과 같이 말하며 격려했습니다. '전능하신 우리 주께서는 수가 적은 쪽이든 많은 쪽이든 당신의 마음에 드시는 쪽에 승리를 내려 주시는데, 전쟁의 행운은 수에 달린 것이 아니라, 전적으로 하늘에 계신 우리 주 하느님에게서 오기 때문이다.' 이 세상 누구도 하느님이 반드시 자신에게 승리를 안겨 줄 것이라고 확신할 수 없고, 또한 세상 누구도 하느님의 사랑을 누릴 수 있는 자격이 있다고 확신할 수 없답니다. 그러니 솔로몬의 말대로, 누구나 전쟁을 시작하는 일을 크게 두려워해야 하는 법이랍니다. 또한 전쟁에서는 많

---

40) 유다스 마카베우스는 시리아의 왕과 대항한 유대인의 반란을 이끈 인물로 알려져 있다. 그의 업적은 성서 「위경」 편에 기록되어 있다. 그는 중세 아홉 명의 위대한 영웅들(세 명의 유대인, 세 명의 이도교인, 세 명의 기독교인) 가운데 하나로 추앙받던 인물이기도 하다.

은 위험한 일들이 우연히 발생하는 법이며, 전쟁에서는 또한 위대한 사람이나 하찮은 사람이나 쉽게 죽기 마련이죠. 「열왕기」[41] 2권에 쓰여 있기를, '전쟁에서 일어나는 일은 모두 우연한 것이어서, 확실한 것은 아무것도 없다. 너나 할 것 없이 누구나 쉽게 창으로 상처를 입을 수 있으니, 전쟁을 피할 수 있는 한 멀리하고 피해야 한다.'라고 했지요. 솔로몬도 '재난을 사랑하는 사람은 재난으로 망하게 된다.'라고 말하지 않았어요."

푸르덴스가 이렇게 말한 후 멜리비가 대답하길,

"푸르덴스, 당신은 당신의 말과 이성으로 전쟁을 찬성하지 않는다는 것을 말해 주었소. 그러나 이 상황에서 내가 어떻게 해야 하는가에 대한 당신의 권고를 아직 듣지 못했소."

그녀가 대답하길,

"당신의 적과 화해하시고 그들과 평화롭게 지내세요. 제임스 성인이 그의 서한에서 말씀하길, '평화와 화해는 적은 재화를 크게 만들어 주지만, 불화와 전쟁은 큰 재화를 소진하게 한다.'라고 하셨지요. 당신도 잘 알다시피, 세상에서 가장 위대하고 지고한 것은 단결과 평화랍니다. 그래서 우리 주 예수 그리스도께서도 제자들에게 이렇게 말씀하셨지요. '평화를 사랑하고 평화를 구하는 자는 행복하다. 그들이 하느님의 아들

___
41) 벌게이트 라틴 불가타 성경 「열왕기」 2권 속 내용으로 오늘날 사용되는 우리말 번역 성서로는 「사무엘기」에 이은 상하 두 권의 역사서에 해당한다.

들이기 때문이다.'"

멜리비가 말하길,

"아, 이제 알겠소, 당신은 내 위신이나 명예를 사랑하지 않는다는 것을 말이오. 당신도 알다시피 나의 적들이 이 싸움을 먼저 시작했고 그들의 폭행으로 인하여 이 싸움이 벌어졌다는 사실을 말이오. 그리고 당신도 잘 알고 있지 않소, 그들은 나에게 평화도 화해도 원하지 않는다는 것을 말이오. 그런데 나 스스로 그들 앞에 고개를 숙이고 그들의 자비를 구하란 말이오? 이는 내 명예상 절대 할 수 없는 일이오. '너무 친해지면 무례해진다.'라는 말이 있는데, 지나친 겸양도 마찬가지요."

이에 화를 내는 표정을 지으며 푸르덴스는 답변했다.

"여보, 정말이지 지금까지 그랬거니와 지금도 저는 당신의 명예와 이익을 나 자신의 것처럼 사랑하고 있어요. 당신뿐만 아니라 누구도 이에 이의를 제기하지는 못할 거예요. 제가 당신에게 평화와 화해를 추구하라고 말했다 해서 제가 잘못한 것이나 잘못 말한 것은 없어요. '불화는 남이 시작하지만 화해는 너 자신부터 시작하라.'라고 현자는 말했지요. 예언자 또한 말하길, '악을 피하고 선을 행하라. 평화를 추구하고 최대한 평화를 따르라.' 당신 적들에 앞서 당신이 그들에게 평화를 제안하고 따라야 한다고 말하지는 않았어요. 당신은 고집이 센 분이어서 저를 위해 어떤 일도 하지 않으리라는 것을 저는 알고 있기 때문이지요. '고집이 지나치게 센 사람은 마지막에 가서 불운을 겪게 된다.'라고 솔로몬도 말했고요."

푸르덴스의 화난 모습을 본 멜리비는 말했다.

"여보, 내가 하는 말에 기분 상하지 마오. 나는 지금 화가 나 있는 상태라는 것을 당신도 잘 알고 있지 않소. 그리고 이런 상태에 있는 것이 이상한 것은 없지 않소. 화가 나 있는 사람은 자신이 어떤 일을 하는지, 무슨 소리를 하는지 도무지 판단하지 못하는 법이오. 그렇기에 예언자가 이렇게 말하지 않았소. '화가 나 있는 사람의 눈에 선명하게 보이는 것이 없다.' 그러나 당신은 당신이 원하는 대로 말하고 나에게 충고해 주오. 당신 뜻대로 하리라. 나의 어리석음을 꾸짖으면 나는 당신을 더 사랑하고 칭송하리라. 솔로몬도 말하길, '사람의 어리석음을 질책하는 사람이 달콤한 말로 어리석은 사람을 속이는 사람보다 더 큰 은총을 얻는다.'"

이에 푸르덴스가 말하길,

"당신에게 도움을 주기 위해 제가 화를 내고 분노했던 거랍니다. 솔로몬이 말했지요. '어리석은 사람의 어리석은 행동을 비난하고 질책하는 사람이 어리석은 사람을 지지하고 칭찬하면서도 속으로는 어리석음을 비웃는 사람보다 더 가치 있는 사람이다.' 그는 또한 이렇게 말했죠, '남의 슬픈 모습, 다시 말해 남의 슬프고 무거운 안색을 보고 바보는 자기 행동을 고친다.'"

이에 멜리비가 말하길,

"당신이 나에게 보여 주고 말한 이치에 맞는 많은 훌륭한 이야기에 대하여 어떻게 답변해야 할지 모르겠소. 나에게 당신의 충고와 당신이 원하는 바를 간단히 말해 주오. 기꺼이 그것을 행하겠소."

푸르덴스는 그에게 자기 뜻을 밝히며 이렇게 말했다.

"무엇보다 하느님과 당신 사이에 평화가 함께할 수 있고, 하느님과 그분의 은총과 화해할 수 있도록 충고하는 바입니다. 말씀드렸다시피, 당신이 지은 죄로 인하여 하느님께서 당신에게 이 같은 고통과 불행을 내려 주신 거랍니다. 제가 말한 대로 당신이 하신다면, 하느님께서는 당신의 적들을 당신에게 보내 당신 앞에 무릎 꿇어 당신의 뜻과 명령에 복종하도록 만드실 거예요. 솔로몬이 말했지요. '우리가 하느님의 마음에 들게 되면, 그분께서는 우리의 적들의 마음을 변화시켜 그들이 우리에게 평화와 자비를 구하도록 만드신다.' 바라건대 당신의 적들과 제가 비밀스럽게 만나 이야기할 수 있도록 해 주세요. 그 만남이 당신의 뜻이나 당신의 동의로 이루어진 것이라는 사실을 그들은 알지 못할 것입니다. 그들의 목적과 의도를 파악한 다음, 당신에게 이보다 더 확실한 조언을 드리겠어요."

멜리비가 말하길,

"당신 좋을 대로 하시오. 나는 당신의 지시와 처분대로 따르겠소."

남편의 선의를 파악한 푸르덴스는 어떻게 하면 이 문제에서 좋은 결과를 낼 수 있을까 혼자 깊이 생각하고 연구하였다. 적당한 때에 그녀는 사람을 보내어 적들이 비밀스럽게 그녀에게 올 수 있도록 한 다음, 그들에게 평화로 얻을 수 있는 좋을 것들과 전쟁으로 인한 위험과 해악을 현명하게 보여 주었다. 그리고 그들이 멜리비와 자신, 그리고 자기 딸에게 입힌 상해에 대하여 뉘우쳐야 한다고 좋은 말로 타이르기도 했다. 푸르덴스의 따뜻한 말을 들은 그들은 놀라기도 했고 한편으로는 희열로 가득 차 말로 표현하기에 놀라울 정도였다. 그들은 말했다.

"아, 부인, 당신께서는 예언자 다윗의 말대로 '달콤함의 축복'을 우리에게 보여 주셨습니다. 후회와 겸양 속에서 우리가 먼저 요청해야 하지만 우리는 화해를 청할 가치도 없는 존재들입니다. 하나 당신께서 우리에게 당신의 선한 마음으로 보여 주셨습니다. 솔로몬의 지혜와 지식이 옳다는 것을 우리는 이제야 깨달았습니다. 솔로몬은 '달콤한 말은 친구를 많이 만들고, 악한 사람을 공손하게 만든다.'라고 말했지요."

계속해서 그들이 말하길,

"우리의 행동과 의견 그리고 주장을 전적으로 당신께 맡기는 바입니다. 그리고 멜리비 경의 말과 명령에 복종할 준비가 되어 있습니다. 그러니 우리가 할 수 있는 공경과 겸손을 다해 우리가 당신의 그 훌륭한 말씀을 행동으로 옮길 수 있도록 당신께 간청하는 바입니다. 우리가 헤아릴 수 없을 정도로 멜리비 경에게 해를 끼쳐 드렸고, 이에 따라 그분의 분노를 산 것을 알고 있습니다. 이는 우리의 힘으로 보상할 수 없을 정도로 큰 것이었기에, 우리 자신과 우리 동료들은 그분이 명령하는 대로 복종하겠습니다. 그러나 우리가 입힌 해로 인하여 그분의 분노가 상당하여 우리 힘으로는 도저히 감당할 수 없는 큰 벌을 우리에게 내리실지 모르겠습니다. 그러니 제발 여성스러운 동정심을 발휘하시어 우리와 우리 동료가 우리가 범한 어리석음으로 인하여 완전한 멸망과 파괴를 당하는 일이 없도록 도와주세요."

푸르덴스가 대답하길,

"분명 누구든지 자신의 모든 것을 전적으로 적의 조정과 판단에 맡긴다는 것은 어렵고 위험한 일일 것입니다. 솔로몬도 이렇게 말했지요. '나를 믿고 내가 하는 말을 믿어라. 너희 백성들, 그리고 신성한 교회의 신도들과 지도자들, 너희의 목숨이 다하는 그날까지 너희의 신체에 대한 권리와 지배권을 자식이나 아내, 친구 혹은 형제들에게 양도하지 말라.' 솔로몬은 친구나 형제에게조차 그 권리를 양도하지 말라고 했으니, 자기 적에게 양도하는 것을 금해야 한다는 것은 너무나 당연하지요. 그러나 저는 여러분이 제 남편을 오해하지 말아 주시길 바라는 바입니다. 그분은 원래 유순하고 인정 많고 너그러우며, 예의 바르고 재물을 탐하는 마음이 전혀 없는 분이라는 것을 저는 잘 알고 있답니다. 그분이 세상에서 바라는 것은 오로지 명예와 위신뿐이고, 그 외에는 아무것도 없답니다. 그리고 그분은 이 문제에 대해 저의 의견을 듣지 않고는 어떠한 결정도 내리지 않으시리라는 것을 저는 또한 잘 알고 있답니다. 그러니 저는 우리 주 하느님의 은총의 힘으로 당신들이 우리와 화해할 수 있도록 노력할 것입니다."

이에 그들은 한목소리로 말했다.

"인자하신 부인, 우리는 우리 자신과 우리의 재산을 전적으로 당신의 명령과 처분에 맡기겠어요. 우리는 당신이 정하시는 날에 다시 와서 우리의 의무와 약속을 굳건히 이행하겠으며, 당신의 뜻과 멜리비 경의 뜻을 따르도록 하겠습니다."

이들의 대답을 듣고 난 푸르덴스는 은밀하게 그들을 돌려보냈다. 그러고는 멜리비에게 돌아와 그의 적들이 크게 뉘우치고 있으며, 자신들이 범한 죄와 잘못을 인정하고 있을뿐더러 이에 대한 고통과 처벌을 받을 준비가 되어 있고, 자비와 동정을 간절히 바라고 있다는 사실을 멜리비에게 보고했다.

멜리비가 대답하길,

"자신이 범한 죄에 대하여 발뺌하지 않고 이를 시인하고 뉘우치며 용서를 구하는 사람은 죄에 대한 용서를 받을 자격이 있다오. 세네카가 '고백이 있는 곳에 용서가 있다.'라고 말하지 않았소. 다른 곳에서 또한 그는 이렇게도 말했소. '자신이 지은 죄를 부끄럽게 생각하고 이를 시인하는 사람은 용서받을 가치가 있다.' 그러니 나는 그들과 화해하는 것에 동의하는 바요. 그러나 우리 동료들의 동의와 충고에 따르는 것이 옳을 것으로 생각하오."

이에 푸르덴스는 매우 기뻐하며 말하길,

"잘 말씀하셨어요. 당신 동료들의 충고와 동의, 그리고 도움에 따라 복수할 것을 결심했듯이, 그들의 동의 없이 당신의 적들과 화해하고 평화를 맺어도 안 될 말이죠. 법에도 쓰여 있듯이, '묶여 있는 것은 묶은 사람 스스로 푸는 것이 이치로 보아 가장 좋은 방법'이오."

푸르덴스는 조금의 지체도 없이 멜리비에게 충실하고 현명한 친척과 친구들에게 사람을 보내어 이들을 불러오도록 한 다음, 멜리비 앞에서 앞서 얘기한 것과 같이 이 일에 관하여 자세히 설명하였다. 그러고는 이 상황에서 어떻게 하는 것이 최상의 것인지 그들에게 조언해 줄 것을 간청했다. 멜리비의 친구들은 이 일에 대하여 신중하게 논의하고 세심한 검토를 다 한 다음, 평화와 화해에 대해 완전한 동의를 하였으며, 이에 멜리비가 즐거운 마음으로 그의 적들의 죄를 용서해 주어야 한다고 그들은 조언했다.

남편 멜리비가 동의하고 그의 친구들의 조언이 그녀의 뜻과 의도에 부합한다는 것을 알고 푸르덴스는 마음속으로 너무나 기쁜 나머지 이렇게 말했다.

"'옛 속담에 오늘 할 수 있는 좋은 일은 오늘하고 내일로 미루지 말라.'라고 했소. 그러니 당신께서는 현명하고 신중한 사자(使者)들을 당신의 적들에게 보내어, 만일 그들이 당신과 평화와 화해를 원한다면 지체하지 말고 우리에게 오라고 하시오."

이는 즉시 이루어졌다. 죄를 범하고 뉘우친 사람들, 즉 멜리비의 적들은 사자의 말을 듣고 매우 기뻐하였고, 매우 유순하고 호의적으로 응답하며 멜리비 경과 그의 동료들에게 자비와 감사를 드렸다. 그리고 즉시 그 사자들과 함께 가서 그들의 주군인 멜리비의 명령에 복종했다. 곧이어 그들은 멜리비의 저택으로 떠났으며, 그들은 신의를 증명하고 볼모로 몇몇 진실한 친구들과 동행하였다. 멜리비의 앞에 이르자, 멜리비는 그들에게 다음과 같이 말했다.

"너희는 아무런 이유도 없이 나와 나의 아내 푸르덴스, 그리고 우리 딸에게 큰 해를 입혔고, 잘못한 것이 틀림없는 사실이다. 너희는 폭력적으로 우리 집에 침입하여 죽어 마땅한 흉악한 짓을 저질렀다. 그러니 나는 너희에게 묻겠는데, 너희가 범한 짓에 대한 처벌과 복수를 나와 나의 아내 푸르덴스에게 맡길 수 있겠느냐?"

이때 세 명의 적 가운데 가장 현명한 사람이 그들 모두를 대신하여 말하길,

"저희는 당신의 위대하고 훌륭한 군주의 저택에 감히 올 자격도 없음을 잘 알고 있습니다. 저희는 큰 잘못을 저질렀고, 거룩한 당신에게 해를 입혔기에 죽어 마땅합니다. 그러나 이 세상이 다 아는 당신의 뛰어난 선함과 친절에 기대어 저희는 당신의 온정과 훌륭함에 맡겨, 당신의 모든 명령에 복종하며, 잘못을 뉘우치고 있으며 겸허하게 당신의 명령에 복종하고 있습니다. 이러한 사실을 고려하여 당신의 자비와 동정을 간청하오니, 저희의 잘못을 사해 주실 것을 간청하는 바입니다. 저희는 위대한 당신에게 사악하고 저주받아 마땅한 못된 짓을 지은 것이 사실이나 당신의 자비와 은총이 저희의 사악한 죄를 능가하고도 남음이 있음을 잘 알고 있기 때문입니다."

그러자 멜리비는 공손하게 그들을 땅에서 안아 일으켰고, 그들이 선서와 담보로써 맹세한 그들의 의무와 책임을 받아들였다. 또 그가 내릴 판결을 받도록 하기 위하여 그들에게 그의 저택에 다시 올 날을 지정해 주었다. 그런 뒤 그들 각자는 집으로 돌아갔다.

기회를 보아 푸르덴스는 멜리비에게 이들에게 어떤 처벌을 내릴 것인지 물어보았다.

이에 멜리비가 대답하길,

"그들이 가진 모든 재산을 몰수하고 그들을 영구히 추방할까 하오."

푸르덴스가 말하길,

"그건 너무나 잔혹한 판결이며 이치에도 맞지 않아요. 당신은 부자이니 남의 재산이 필요하지 않아요. 그리고 이런 식으로라면 당신은 쉽사리 탐욕스러운 사람이라는 오명을 쓰게되는데, 그것은 나쁜 것으로 모든 착한 사람이 피해야 하는 것입니다. 사도께서도 '탐욕은 모든 죄악의 근원이다.'라고 말씀하셨지요. 그러니 이런 식으로 그들의 재산을 빼앗는 것보다 당신 자기 재산을 잃는 편이 나은 거예요. 명예롭게 재산을 잃는 편이 욕되고 수치스럽게 재산을 축적하는 것보다 더나은 거예요. 누구든지 좋은 평판을 얻기 위해서 노력해야 해요. 자신의 명성을 유지하기 위해 애써야 할 뿐만 아니라 그명성을 새롭게 할 수 있는 일을 끊임없이 해야 하는 법입니다. '오래된 좋은 명성도 새롭게 하지 못하면 곧 사라지고 마는 법이다.'라고 책에도 쓰여 있어요. 당신의 말대로 당신 적들을 추방하겠다고 한 것은 그들이 스스로 당신의 권한에 내맡긴 사실을 생각해 볼 때, 이치에 맞지 않을뿐더러 지나친 처사입니다. '자신에게 주어진 힘과 권력을 남용하는 사람은 그 특권을 잃어 마땅하다.'라고 책에도 쓰여 있지 않나요. 당신은 물론 법과 권리에 의해 그들에게 고통을 강요할 수 있지만 실제로 그렇게 하지는 못할 것인데, 그렇게 하게 되면 당신은 그전처럼 전쟁을 다시 하게 될 수밖에 없기 때문이지요. 그러니 그들이 당신에게 복종하게 만들고 싶으시면 좀 더 너그럽게 다루셔야 해요. 다시 말해 가벼운 판결을 내려야 해요. '가장 너그럽게 명령하는 사람에게 가장 잘 따르는 법이다.'라고 책에도 쓰여 있습니다. 그러니 이 상황에서 당신 마음을 다스릴 수 있도록 노력하세요. 세네카는 '자신의 마음을 극복할 수 있는 사람은 두 번 극복한다.'라고 말했지요. 툴리우스도 말하길, '위대한 군주에게 친절하며 유순하고 쉽게 마음을 다스릴 수 있는 것만큼 칭찬할 만한 것은 아무것도 없다.' 그리고 당신의 명성이 유지될 수 있도록 이 문제 때문에 복수할 생각은 그만하셨으면 합니다. 그러면 사람들은 당신의 동정심과 자비를 칭찬할 것이고 당신 자신도 당신이 하신 일에 대하여 후회하는 일이 없을 거예요. 세네카는 '부정적으로 정복한 사람은 자신의 승리를 후회한다.'라고 말했지요. 그러니 바라건대 전능하신 하느님께서 당신에게 최후의 심판 날에 자비를 베푸실 수 있도록 당신의 마음에 자비가 깃들길 바랍니다. 제임스 성인이 그의 편지에서 '자비를 베풀지 못한 사람은 자비를 받지 못한 채 심판을 받을 것이다.'라고 말하지 않았어요."

멜리비가 푸르덴스의 합리적인 주장과 그녀의 현명한 가르침을 듣자, 그의 마음은 아내의 의견으로 기울어지기 시작했고, 그녀의 진실한 의도를 생각하였다. 그리고 그는 아내의 의견대로 전적으로 그녀의 권고에 따라 일을 처리하는 데 동의했다. 그는 자신에게 이처럼 신중한 아내를 내려 주신 것에 대하여 모든 덕과 선의 근원이신 하느님께 감사를 드렸다.

그리고 그 앞에 그의 적들이 출두한 날, 그는 친절하게 그들에게 이렇게 말했다. "너희의 자만과 어리석음, 그리고 무지와 부주의로 인하여 너희는 잘못을 범했고 나에게 죄를 지었으나, 너희가 보여 준 겸손과 너희가 범한 죄를 뉘우치고 있다는 사실을 고려하여 나는 너희에게 자비와 은총을 베풀지 않을 수 없구나. 그러니 나는 너희를 용서하고, 나와 내 가족 그리고 재산에 입힌 모든 죄와 상해 그리고 잘못을 모두 사면해 주겠다. 그러면 무한한 자비를 지니신 하느님께서 우리가 죽는 날 이 죄 많은 세상에서 우리가 범한 죄를 용서해 주실 것이다. 우리의 주님 앞에서 우리가 범한 죄를 뉘우친다면 매우 너그러우신 하느님께서는 우리의 죄를 용서해 주실 것이고, 우리를 영원한 행복으로 이끌어 주실 것이다. 아멘."

여기에서 초서의 멜리비와 푸르덴스 이야기가 끝난다.

수도사의 이야기

서시: 사회자가 수도사에게 하는 말

내가 멜리비와 푸르덴스의 고운 마음씨에 대한
이야기를 마치자, 우리 사회자가 말했습니다.
"성 마드리안의 귀한 육신을 걸고 말하건대,
제가 본디 그리스도인으로서 신실한 사람입니다.
내 마누라가 맥주 한 통을 마시느니,
차라리 선행이 담긴 이 이야기를 듣게끔 했을 거라는 것이
지요.
마누라는 도무지 이 멜리비의 아내인 푸르덴스가 보여 준
인내심의 한 치도 보여 주지 못한답니다.
하느님의 뼈에 두고 맹세하건대,
내가 하인을 때릴 때마다 커다란 몽둥이를 가지고 와서는,
'어서 계속해요.'라면서

'이 개 같은 것들을 아예 죽여 버려요!
등뼈를 확 분질러 버리라고요!'라며 바락바락 외쳐 댑니다.
혹여 우리 이웃 가운데 누구라도
교회에서 마누라를 알아보지 못하거나,
비틀거리다가 그녀와 부딪치기라도 하면,
집에 도착하자마자 내 면전에 대고,
'이 빌어먹을 겁쟁이야. 당신 마누라 복수를 해야지!
몸뚱어리에 붙은 뼈를 걸고, 내가 당신 칼을 가질 테니,
당신은 내 실패나 들고 실이나 돌리라고.'라고 말합니다.
그러기를 밤낮을 가리지 않고, 또 이렇게 말하지요.
'내가 사는 게 이렇지.
이런 졸장부, 비겁한 남정네와 결혼을 해서,
자기 마누라를 지켜 주지도 못하는 주정뱅이와 함께 살다
니!'
이런 게 일상다반사이지요. 내 사는 꼴이 이렇습니다.
싸우지 않으려면 서둘러 문밖으로 나서야 합니다.
흉포한 사자처럼 미쳐 날뛰지 않으려면 말이지요.
언젠가 난 어느 이웃의 손에 죽게 될 겁니다.
나도 손에 칼을 쥐면 무서운 사람이지만,
그녀와 감히 맞설 엄두가 나지 않습니다.
마누라 팔뚝은 엄청나거든요.
여러분이 마누라 감정을 상하게 하거나
맞서기라도 할 때면 금방 깨달을 수 있을 겁니다.
하지만 그 얘기는 접어 두고 다음 이야기로 넘어가지요.

수도사님, 기운 내셔서

이제 진짜 이야기를 하나 해 주십시오.

봐요! 로체스터에 거의 당도했군요!

우리 놀이를 중단시키지 말고 어서 진행하십시오.

그런데 이제 보니 수도사님 성함도 모르는군요.

존 수도사님이라고 하셨던가요?

아니, 토마스 수도사님 아니면 알반 수도사셨던가요?

수도사님이 어느 교단에 속하셨더라?

하나님에 맹세코, 참으로 고운 피부네요!

수도사님이 오신 곳에 있던 목초지는 정말로 풍요로웠지요.

척 보기에도 수도사님은 참회나 고행으로

바짝 마른 귀신의 모습과는 거리가 먼 성당지기 아니면

수도원의 식료품 보관인 같은 관리인 분위기를 풍깁니다.

제 아비의 영혼을 걸고 말하건대,

제 사견으로는 수사님이 거처하는 곳에서는

새내기가 아니고 최고 선임자이지 않을까 싶습니다.

수도원에 틀어박혀 있는 가난한 수도사로 보이지도 않아요.

오히려 꾀가 많고 재주가 출중한 관리자 같아요.

수도사님 근육과 뼈를 보아하니, 누구보다도 잘생긴 분인데요,

하느님께서 당신 같은 분을 맨 처음 수사로 만든 사람을

혼란케 한 것이 틀림없습니다!

당신은 암탉을 아주 잘 요리했을 분입니다.

할 수만 있다면, 정력이 넘치는 인물로,

잠자리에서 실컷 즐거움을 맛볼 수 있었겠어요!

아이들도 많이 낳았겠어요.

아이고, 그 사제복은 왜 그리 통이 큽니까?

제가 교황이었다면, 수도사님뿐 아니라

체발(剃髮)하고 세상을 누비는 힘센 수도사들에게

아내를 갖도록 했을 겁니다.

세상엔 이제 아무런 희망이 없습니다!

교회가 씨를 뿌릴 수 있는 곡물이란 곡물은 모조리 거두어

갔으니, 평신도들은 한낮 구부러진 새우처럼 보잘것없잖아요.

허약한 나무에서 시원찮은 씨만 나오는 법이지요.

우리 후손들과 아이들은 모두 말라비틀어져서

제대로 애를 낳지 못하고, 그래서 우리 마누라들은

코프 외투를 걸친 성직자들에게 죽고 못 사는 것이지요.

그건 그들이 정부(情婦)에게 진 빚을

우리보다 더 잘 갚기 때문이지요,

그것도 가짜가 아닌 진짜 주화로 말입니다.

그러나 제가 한 말에 너무 노여워하지 마십시오,

우스갯소리 가운데 진실한 말들이 많이 담겨 있는 법이니

까요!"

이 말에 여태까지 꾹 참고 있던

그 허우대 좋은 수도사가 말했다.

"제 체면이 허락하는 한 한두 개이고, 세 개이고 간에

아는 이야기를 열심히 해 주겠소.

여러분이 제 이야기를 들어 주신다면,

고해신부인 에드워드 성인의 일생을 말씀드리지요.
그렇지 않으면 비극을 하나 말씀드리겠습니다.
우리 수도원에서 들은 이야기가 적어도
100개는 족히 되니 말입니다.
'비극'은 고대 서적에도 나와 있듯이,
높은 지위에서 영화롭게 살다가 큰 불행을 당해서
비참한 최후를 맞이하는 것을 뜻합니다.
이런 이야기들은 보통 육운각이라고
부르는 여섯 음절로 이루어집니다.
산문으로 되어 있기도 하고,
다른 운각으로 이루어진 것도 있습니다.
자 설명은 이 정도면 충분합니다.
그럼, 이제부터 제 말을 들어 주십시오.
그러나 우선 모든 일의 순서를 완벽하게 맞추지 못하더라도
이해해 주시길 바랍니다. 교황이건, 황제이건 간에
떠오르는 대로 어떤 것은 앞에, 어떤 것은 뒤에 설명할 테
니까요.
내가 기억하는 대로 바로 이야기하는 것을
무지의 소치로 보아 주시기 바랍니다."

수도사의 이야기

자 이제부터 내가 하는 말은 한때 높은 지위에 있던 이들

이 몰락한 이후, 그 곤경을 모면하기 위해 갖은 애를 썼지만 소용이 없었던 고난을 비극 형식으로 풀어낸 것이다. 운명의 신이 우리를 떠나려 하면 결코 그것을 잡을 수 없는 법이다. 그러므로 지금의 영화로움을 영원할 것이라고 믿어서는 안 되는 것이다. 여러분은 부디 이 이야기를 듣고 안이함에 빠지지 않고 정신 차리시기를 바라는 바이다.

루시퍼

천사이며 인간이 아닌 루시퍼에 관한 이야기를 먼저 하겠다. 천사는 운명의 여신에 의해 좌지우지당하지 않는 것이 사실이지만, 루시퍼는 자기가 저지른 죄로 인하여 상좌에서 지금 머무는 지옥으로 떨어지게 되었다. 아, 모든 천사 가운데 가장 눈부시던 당신은 지금 사탄이라는 새로운 이름으로, 스스로 옥죄인 그 불행의 늪에서 언제 헤어 나올 수 있을까.

아담

다마스쿠스의 들에서 하나님의 손으로 만들어진 아담이여, 인간의 부정한 정액의 소산이 아니라, 한 그루의 나무만 제외하고 낙원을 혼자서 지배하던 이여. 이 세상의 어느 인간도 아담과 같이 높은 영화를 누려 보지 못했다. 그러나 그런 아담도 과오를 범한 후 그지없는 영화에서 쫓겨나 고생과 지옥과 불행을 맛보게 되고 말았다.

삼손

그가 세상에 나기 훨씬 전에 천사의 전령이 있었고, 나서는 하나님에게 바쳐진 이가 바로 삼손이다. 그에게 시력이 있는 동안, 그의 모습은 고귀하기 이를 데 없었다. 체력과 기력으로 말하자면, 그를 당할 자 일찍이 찾아볼 수가 없었다. 그러나 결국 그는 자기 비밀을 아내에게 말한 대가로 비운의 최후를 맞이하게 되었다. 이 고귀한 삼손은 자신의 두 손 이외에는 어떠한 무기도 들지 않고 혼례를 올리기 위해 길을 가고 있었다. 도중에 그는 갑자기 덤벼든 사자를 만나게 되었는데 조금도 당황하지 않고 그 사자를 두 갈래로 찢어 버렸다. 갖은 방법으로 삼손을 유혹해서 그의 비밀을 캐낸 사악한 그의 아내는 적들에게 그 비밀을 고해바친 후, 부정하게도 다른 남편에게로 떠나 버렸다.

격노한 삼손은 여우 300마리를 잡아 그 꼬리를 한데 묶어서 끝에 불을 지르고, 꼬리 두 개에 횃불을 하나씩 매어 두었다. 그렇게 불붙은 여우 꼬리로 그 나라의 모든 곡식과 올리브, 포도나무를 불태워 버렸다. 그런 뒤 삼손은 사람들을 1000명이나 손으로 잡아 죽였는데, 그때에도 당나귀의 광대뼈 외에 이렇다 할 무기는 없었다. 사람들을 모두 죽이고 난 삼손은 갑자기 갈증이 엄습함을 느꼈는데, 그 강도가 너무 심해 정신을 잃을 정도였다. 하나님께 간절히 기도를 올린 삼손은 그에게 어떤 것이라도 마실 것을 주십사 빌었다. 그러자 그 때 손에 쥐고 있던 당나귀의 광대뼈 속의 어금니에서 샘물이 솟아나서 그것을 마음껏 마셨다. 「사사기」에 의하면, 하나님께서는 이런 방식으로 삼손을 도와주셨다.

어느 날 저녁 가사에서, 그 도시에 사는 블레셋 사람들의 계략에도 불구하고, 삼손은 성문을 뽑아 등에 지고 사람들이 다 볼 수 있는 높은 산 위로 올라갔다. 아, 사랑하는 삼손, 고귀하고 전능한 장사, 만일 그가 여인에게 자신의 비밀을 누설하지만 않았더라도 세상에 그를 능가할 장사는 없었을 것이다. 삼손은 독한 술이나 포도주를 입에 대는 적이 없었고 머리카락이 아무리 길다 해도 그것을 자르는 법이 없었다. 그 이유는, 삼손이 가진 힘의 모든 근원이 긴 머리카락에 있기 때문에 절대로 머리를 자르지 말라는 하나님의 계시가 있었기 때문이다. 그리하여 삼손은 정확히 이십 년 동안 이스라엘을 다스렸다. 그러나 뒤이어 그는 극심한 고통의 눈물을 흘릴 것이니, 그것은 바로 여인이 그를 불행으로 몰아넣을 것이기 때문이다. 삼손은 그의 애인 델릴라에게 그의 힘의 근원이 머리카락에 있다는 사실을 말해 주었다. 그 사실을 안 델릴라는 삼손의 적들에게 비밀을 알려 주었고, 자신의 품 안에서 자고 있던 삼손의 머리카락을 잘라 적들에게 넘겨 주었다. 적들은 머리카락이 잘려 나간 삼손을 결박한 후 그의 두 눈동자를 뽑아 버렸다. 머리카락이 잘리기 전에는 그를 결박할 수 있는 끈이 있을 수 없었으나, 이제 그는 포로가 되어 연자맷돌을 돌리는 신세가 되어 버렸다. 인간 가운데 가장 힘센 장사였던 위대한 삼손, 한때 부귀영화를 마음껏 누리던 삼손이 이제는 앞 못 보는 눈으로 눈물 흘리는 일밖에 할 수 없으니, 영화는 그를 떠났고 불행만이 남아 버렸다.

이 불쌍한 포로의 결말은 다음과 같다. 그의 적들은 하루 동안 잔치를 베풀고, 삼손을 끌어내다가 광대 놀음을 시켰으니, 그것은 바로 웅장한 사원 속에서의 일이었다. 그러나 결국 왕년의 영웅 삼손은 거기 모인 적들을 공포의 도가니에 몰아넣었다. 삼손이 큰 기둥 두 개를 흔들어 넘어뜨리자, 기둥이 받치고 있던 지붕이 무너져 내리며 거기 있던 삼손과 그의 적들을 모두 죽인 것이다. 다시 말해, 귀족들과 그곳에 모인 3000명 관객들이 큰 건물의 잔해더미에 깔려 죽은 것이다. 삼손에 대해서는 이제 더 할 말이 없으니, 오래되었지만 명백한 교훈을 남기는 이 이야기를 듣고 난 남성들은 자신의 몸뚱어리의 안전에 관한 비밀에 대해서는, 여자들이 아무리 졸라 대도 절대 알려 주지 말아야 할 것이다.

헤르쿨레스

고귀한 정복자 헤르쿨레스의 업적과 명성은 사해에 널리 알려져 있다. 한창때의 헤르쿨레스는 꽃다운 장사였으며, 사자를 죽여서 껍질을 벗기고, 반인반마의 괴물을 납작하게 만들었다. 또 용에게서 황금 사과를 빼앗고, 지옥을 지키는 사나운 개를 쫓아낸 일도 있다. 헤르쿨레스는 잔인한 폭군 부시리스를 죽여서, 그 시체를 자기 말에게 주어 살과 뼈를 먹게 했다. 그는 덤벼드는 독사를 죽이기도 했다. 아킬레우스의 뿔 두 개 가운데 하나를 분질렀으며, 돌의 동굴 속에서 카쿠스를 죽이고 거인 안타이오스를 죽였다. 그는 무시무시한 산돼지를 잡았고, 한동안 그의 어깨로 하늘을 떠받쳤다. 세상이 시작한 이래 그처럼 많은 괴물을 물리친 영웅은 일찍이 없었다. 헤르쿨레스의 명성은 온 세상에 퍼졌으며, 무적의 힘과 무한한 선심을 세상 곳곳에 사용했다. 그 힘이란 정말로 엄청난 것이어서 아무도 그를 막지 못했는데, 갈대아인 예언자 트로파에우스의 말에 의하면, 세상의 양극을 경계 짓는 기둥을 세웠다고 한다.

이 고귀한 역사적 영웅에게는 5월과 같이 아름다운 연인이 있었으니, 그녀 이름은 데이아네이라였다. 박식한 학자들의 말에 의하면, 데이아네이라는 헤르쿨레스에게 화려한 속옷을 보내 주었다. 아, 그 비운의 속옷, 그 속에는 아무도 모르는 독기가 숨겨져 있었으니, 그 속옷을 입은 지 반나절도 되지 않았는데도 그의 살점이 뼈에서 모두 녹아내렸다. 어떤 이들은 그 속옷을 만든 이가 네소스라는 인물이며, 데이아네이라가 아니라는 변명을 하기도 한다. 그러나 어찌 되었든 나로서는 데이아네이라를 고발할 생각이 없다. 다만 헤르쿨레스는 그 속옷을 몸에 걸쳤고, 그것 때문에 그의 몸뚱이가 독기로 새카맣게 타 버린 것이 애통할 뿐이다. 그리고 백약이 무효라는 사실을 깨달은 헤르쿨레스는 제 몸을 활활 타오르는 석탄불 속에 던져서 타 죽고 말았다. 독으로 죽기를 거부한 것이다. 위대하고 용감했던 헤르쿨레스는 이렇게 죽어 버렸다. 운명의 신이 던지는 주사위를 그 누가 피할 수 있겠나. 거센 세파를 좇아 살아가는 누구나 자기도 모르는 사이에 불행에 빠지게 되기 때문이다. 그러니 자신을 알고 있는 자가 현명한 것이다. 운명의 여신이 우리를 속이려 할 때는 우리가 조금도 눈치채지 못하는 방법을 써서, 결국은 우리에게 멸망을 주는 것이다. 그러니 늘 조심하라.

네부카드네자르

네부카드네자르 왕이 가졌던 강력한 왕위와 온갖 귀한 보물, 영광스러운 홀이며, 웅대한 위풍은 사람의 말로는 도저히 표현할 도리가 없다. 그는 예루살렘을 두 번이나 빼앗고, 사원의 제기(祭器)를 자기 나라인 바빌론으로 옮겨 갔다. 그리고 그는 자신만의 왕국에서 영광과 기쁨을 찾았다. 말하자면 이스라엘의 준수한 귀족 자제들을 거세하여 자기 노예로 삼았다. 그중에 다니엘이 있었으니, 다니엘은 거세당한 소년들 가운데 가장 총명했다. 그는 왕의 꿈을 해석하게 되었는데, 갈대아 사람으로서 왕의 꿈을 알아맞힐 수 있는 사람은 그밖에 없었다. 오만한 왕 네부카드네자르는 황금으로 조각상을 하나 만들어 놓았는데, 높이로 말하자면 육십 큐빗[42]이었으며, 넓이는 일곱 자나 되는 어마어마한 크기의 물건이었다. 그리고 왕은 그 나라의 남녀노소에게 그 상을 공경하고 절하라 했으며, 그 명을 어기는 사람에게는 붉은 불꽃이 너울대는 화덕에 불태워 죽는 벌을 받을 거라는 명을 내렸다. 그러나 다니엘과 그의 어린 두 친구들은 절대로 우상에 절하는 것을 거부했다.

왕 중의 왕이자 오만한 왕 네부카드네자르는 의기양양하기

---

42) 고대 이집트와 바빌로니아에서 사용된 길이 단위로 팔꿈치에서 손가락 끝까지의 길이를 기준으로 하며 17~21인치에 해당한다.

이를 데 없어, 거룩하신 하나님이라 할지라도 자신의 왕위를 빼앗지 못하리라 생각했다. 그러나 그는 별안간 그의 높은 지위를 잃고 스스로 자신을 짐승이라 생각하여 비를 맞으며 들에 난 풀을 뜯어 먹고, 들판에 누워 잤다. 그러고는 다른 짐승들과 함께 거닐기를 상당 기간 계속했다. 그의 머리털은 독수리 털처럼 길게 자라고, 그의 손톱은 새의 발톱을 닮아 갔다. 그런지 수 년 후, 하나님은 다시 그에게 정신을 돌려주셨다. 그는 하나님에게 감사하고, 두 번 다시 과오나 죄를 범할까 두려워하며 살다가 죽어서 관 속에 들어갈 때까지 하나님의 권능과 자비를 받아들였다.

벨사살

네부카드네자르가 죽은 후, 그의 왕위를 이은 자는 바로 그의 아들 벨사살이었다. 부친의 잘못된 행위로부터 어떤 깨달음도 얻지 못했고, 선왕의 행동을 좇아 행동거지가 옳지 못하고 마음과 몸가짐이 선왕 못지않게 오만했다. 그리고 변함없는 우상 숭배자였다. 그는 오만한 나머지 자신의 높은 신분을 과시했다. 그러나 운명의 신에 의해 몰락의 골짜기에 떨어져서, 그곳에서 고민하는 동안 그 나라는 두 조각으로 갈라졌다. 벨사살은 한때 그의 귀족들을 위해 성대한 향연을 베풀어 맘껏 즐기라고 했다. 그러고는 관리들을 불러 다음과 같이 말했다.

"선왕께서 영화를 누린 시절에 예루살렘의 사원에서 빼앗아 놓으신 제기들을 이 자리로 가지고 오거라. 그리고 우리 선조들이 우리에게 물려주신 큰 명예에 대해서 위에 계신 신들께 감사를 드리도록 하자."

그의 아내와 귀족들과 소실들은 그들의 식욕이 허락하는 한 계속 술을 마셨는데, 그때의 술잔이 바로 예루살렘에서 가져온 제기였다. 그런데 벨사살 왕이 눈을 벽으로 돌렸을 때, 팔 없는 손이 불쑥 나타나서 재빠르게 글씨를 쓰는 것을 보았다. 왕은 무서워서 벌벌 떨며 한숨을 쉬었다. 벨사살을 그렇게 놀라게 한 그 손이 쓴 내용은 '메네 메네 데겔 우바르신'이 전부였다. 그 나라에는 이 글의 뜻을 설명할 수 있는 마술사가 한 명도 없었다. 그러나 다니엘이 곧 그 뜻을 풀어 설명했다.

"전하, 하느님은 선왕에게 영광과 명예, 왕국과 보배와 큰 수입을 주셨습니다. 그러나 그분은 오만하여 하느님을 두려워하지 않았기 때문에 하느님께서는 그에게 큰 불행을 내리셔서 그의 나라를 빼앗았습니다. 그는 인간 사회에서 쫓겨나 들짐승들과 생활하고, 햇빛이 비칠 때나 비가 올 때 짐승같이 풀을 뜯어 먹으며 살았습니다. 그러다 마침내 은혜와 이성에 의해 세상의 모든 나라와 생물은 천국의 하느님이 다스리신다는 것을 깨닫게 되었습니다. 그때 하느님은 그에게 연민을 느끼시고 그의 왕위와 원래 형상을 되돌려 주셨습니다. 그의 아드님이신 전하께서도, 역시 오만하고 이 모든 것을 다 알고 계시면서도 하느님을 거역하여 하느님의 적이 되었습니다. 더구나 전하께서는 무모하게도 하느님의 성스러운 그릇을 잔 삼아 술을 마시고 계십니다. 또한 왕비와 소실들도 역시 그 제기로 술을 마시는 무례를 범하고 있습니다. 그뿐입니까. 전하는 저주받은 우상을 숭배하십니다. 그렇기에 전하에게는 큰 불행과 고통이 닥칠 것입니다. 그 손이 하느님께서 보내신 손이라는 것은 의심할 여지가 없습니다. 뜻을 해석하면 다음과 같습니다. 메네는 하느님이 이미 왕의 나라의 시대를 세어서 그것을 끝나게 하셨다 함이요, 데겔은 왕을 저울에 달아 보니 부족함이 보였다 함이요, 우바르신은 왕의 나라가 나뉘어 메디아와 페르시아 사람에게 주겠다 함입니다. 전하의 왕국은 이제 분단되어 메디아와 페르시아 사람들에게 돌아갈 것입니다."

왕은 그날 살해되었고, 다리우스가 그의 왕위를 차지했다. 다리우스는 왕위를 요구할 만한 어떠한 법적 권한이 없는 자였다. 여러분, 이것으로 미루어 세상의 권력은 결코 안전하지 않다는 교훈을 얻을 수 있을 것이다. 운명의 여신이 우리를 해하려 맘먹으면 왕국과 재물 그리고 신분의 높낮이에 상관없이 모든 친구들을 모조리 앗아갈 수 있다. 행운의 여신이 맺어 준 친구는 고난이 닥치면 언제든지 적으로 돌변할 수 있다. 이 속담은 사실이고 정말로 맞는 말이다.

제노비아

제노비아라는 이름의 여왕이 팔미라를 다스렸는데, 페르시아 사람들이 전하는 말을 들어 보면, 세상 누구도 군사력에서 그녀를 당할 자가 없었고, 힘과 가문과 그 외 여러 가지 고귀한 성품에 있어서 그녀를 따를 만한 사람이 없었다. 그녀는 페르시아 왕의 혈통이었고, 나는 그녀가 세상에서 으뜸가는 미인이었다고 말하지는 않겠으니, 그녀의 아름다움에는 사실

더 바랄 것이 없었다.

　제노비아는 어릴 때부터 여자의 일을 배우기를 거부하고, 숲으로 달려가 촉이 넓은 화살을 쏘아 많은 수사슴들을 맞혀 피 흘리게 하고, 쏜살같이 달려가서 활 맞은 사슴을 잡곤 했다. 그녀는 장성하면서 사자나 표범, 곰과 같은 맹수 잡는 것을 즐기고 그것들을 두 손으로 마음대로 조롱했다. 맹수들이 사는 동굴을 찾아다니며, 밤새도록 큰 산을 타고, 숲속에서 잠자기가 일쑤요, 힘이 장사여서 아무리 힘센 젊은 사나이라도 그녀와의 씨름에서 결코 이길 수가 없었다. 아무도 그녀의 완력을 당해 내지 못했다. 거기다가 제노비아는 어느 남자에게도 자신의 처녀성을 바치고 싶어 하지 않았고, 남편을 맞아 그에게 매여 살 생각은 꿈에도 없었다.

　그러나 마침내 그녀의 친구들은 오랫동안 완강히 버티던 그녀를 그 나라의 왕자인 오데나투스에게 시집보내는 데 성공했다. 오데나투스 또한 제노비아와 비슷한 생각을 가져서, 처음에는 결혼하는 것을 과히 달갑게 생각하지 않았다. 그러나 일단 혼인하고 난 다음에는, 그들은 기쁨과 행복을 나누었으니 그것은 그들이 서로를 극진히 사랑하게 되었기 때문이다. 그런데 여기에는 한 가지 조건이 있었으니, 그것은 남편 오데나투스와는 단 한 번의 잠자리를 허락한다는 것이었다. 거기에는 세상에 후손을 남기기 위해 아기를 가지겠다는 그녀의 뚜렷한 의도가 있었다. 그러나 첫 번째의 동침으로 아기를 갖지 못한 것을 안 경우에는 이번에도 단 한 번만 남편에게 그가 원하는 욕정을 허락한다는 것이었다. 그리고 마침내 아기를 갖게 되면 꼭 사십 주일이 지날 때까지 남편과의 그 수작은 하지 않겠다는 것이었다. 이러한 조건부 결혼 생활에도 불구하고 그가 심한 욕정을 품었는지 아니면 온순하게 참아냈는지 알 수 없지만 그 이상 아내와의 재미는 보지 못했다. 왜냐하면 남자들이 다른 이유로 부인과 관계를 갖는 것은 부인 입장에서 봤을 때 음탕한 짓이며 치욕스러운 일이라고 제노비아가 생각했기 때문이다. 제노비아는 오데나투스와의 사이에서 아들 둘을 얻었다. 그리고 그들에게 미덕을 함양하고 학문을 배우게 했다.

그러나 이 이야기는 그만두고, 원래 이야기로 돌아가도록 하자. 세상천지를 다 찾아봐도 제노비아와 같이 현명하고 명예롭고, 관대하지만 쓸데없이 낭비하지 않으며, 정중하고 결의에 찬 눈빛과 불요불굴의 정신력으로 전쟁에 임하는 자는 없었다. 그녀의 호화로운 살림에 대해서는 적절히 표현할 도리가 없을 정도였다. 모아 놓은 보물이며 쌓이고 쌓인 의상들은 일일이 다 묘사할 수도 없었다. 몸에는 보석과 황금으로 수놓인 옷을 걸치고, 빈번한 사냥에도 불구하고 여가를 내어 여러 다른 나라의 말을 철저하게 배웠다. 그녀의 커다란 즐거움은 책으로부터 배우는 것인데, 그러한 책들은 어떻게 덕스러운 삶을 영위할 것인가에 대한 내용을 담고 있었다.

이야기를 간단히 하자면, 제노비아와 그의 남편은 무적의 용사였으므로 동방의 많은 거대한 왕국들과 로마 황제가 통치하고 있는 많은 훌륭한 도시들을 정복했으며 번성하게 했

다. 오데나투스가 살아 있는 한 그들이 적 앞에서 도망친다는
것은 있을 수 없는 일이었다. 그녀가 페르시아의 샤푸르 왕과
그 외 많은 왕과 싸운 이야기이며, 그 싸움의 상세한 경위이
며, 그녀가 획득한 칭호이며, 그리고 나중에 그녀가 당한 불행
과 비애, 마침내 제노비아가 적의 포위망에 싸여 붙잡힌 이야
기 등 이런 것을 읽고 싶으면 우리 페트라르카 선생의 글을 읽
으면 된다. 페트라르카는 이 모든 것을 자세히 기록해 놓았다.

　오데나투스 사후에, 제노비아는 왕국을 그녀의 손아귀에
넣고 강력하게 다스렸고, 적들과는 무자비하게 싸웠다. 그래서
주변의 왕이나 군주들은 제노비아가 자신들의 영토를 침공하
지 않는다면 그것만으로도 커다란 행운이라고 생각했다. 그래
서 저마다 제노비아와 동맹 계약을 맺어 평화를 유지했으며
모든 일에 제노비아의 뜻을 따랐다. 로마의 황제 클라우디우
스도 이전 황제 갈리에누스도 감히 제노비아와 맞설 용기가
없었다. 아르메니아, 이집트, 시리아, 아라비아 등 어느 나라도
제노비아와 전장에서 대결하기를 원치 않았다. 그녀의 손에
살해당하거나 그녀의 대군에 쫓겨 도망치는 치욕을 당할까
봐 두려웠기 때문이다. 페르시아인들은 제노비아의 두 아들을
헤르만노와 티말라오라고 불렀는데, 그 두 왕자는 부왕의 뒤
를 이은 후계자로서 황실의 옷차림을 하고 돌아다녔다. 그러
나 행운의 꿀에는 언제나 쓸개즙이 섞여 있는 법이다. 제노비
아와 같은 당당한 여왕도 그 위세가 영원할 수는 없으니. 운명
의 여신에 의해 제노비아는 가장 높은 왕좌에서 떨어져, 비애
와 불행의 도가니 속으로 곤두박질쳤다.

로마의 통치권을 장악한 아우렐리아누스는 이 제노비아 여왕에게 복수할 것을 결심했다. 그래서 로마의 군대를 이끌고 제노비아로 진군해, 결론을 말하자면 제노비아와 그녀의 군대는 패주하게 되었다. 마침내 제노비아마저도 포로가 되어 그의 두 아들과 함께 족쇄를 차게 되었다. 아우렐리아누스는 제노비아의 왕국을 완전히 정복하고 다시 로마로 돌아갔다. 위대한 아우렐리아누스는 많은 노획품과 함께 금과 보석으로 장식한 제노비아의 전차를 로마로 가져와서 사람들에게 보여주었다. 그 로마 황제의 개선 행렬의 선두에는 금으로 만든 사슬을 목에 걸치고, 머리에는 그의 지위를 상징하는 관을 쓴 제노비아가 걸어갔으며, 그녀의 옷에서는 여전히 수많은 보석이 눈부신 빛을 발하고 있었다.

아, 속절없는 운명의 여신이여! 한때는 모든 왕과 황제를 벌벌 떨게 한 제노비아는 이제 적국 시민들의 멸시와 조롱의 대상이 되어 버렸다. 한때 전쟁에서는 머리에 빛나는 투구를 쓰고 강대한 성곽과 도시를 함락시켰던 그녀는, 이제 머리에 수수한 모자를 얹게 되었다. 꽃으로 화려하게 장식된 홀을 쥐었던 그녀의 손은 이제 실패를 들어야 했다.

스페인의 페테르 왕[43]

아, 훌륭하고 고귀한 페테르여, 스페인의 영광이여, 운명의

---

43) Peter(Pedro)(1334~1369). 스페인 카스티야의 왕으로 잔인함과 공정의 양면성을 지닌 자였다.

여신은 한때 그대에게 지극한 높은 지위를 주었으니, 우리는 그대의 비참한 최후를 슬퍼하지 않을 수 없게 되었다. 그대는 바로 그대의 형제에게 나라를 빼앗기고 쫓겨났다. 후에 그대는 계략에 빠져 배반당하고 포획되어 그의 막사에 감금되었다. 마침내 그 형제의 손에 잔인하게 학살되고 말았다. 그리고 그대를 죽인 그 형제는 그대의 왕위와 부를 다 차지하게 되었다. 이러한 사악한 일을 꾸민 자가 누구일까? 그는 바로 '흰 눈밭의 검은 독수리[44]'가 벌겋게 타오르는 석탄처럼 밝게 빛나는 붉은색 끈끈이를 바른 나뭇가지(함정)에 걸린 모습'이 그려진 문장을 걸친 자였다. 그자가 이 모든 사악한 흉계의 온상이었다. 그런데 그자는 언제나 명예와 충성을 소중히 한 샤를마뉴의 올리비에가 아니고, 뇌물에 눈이 어두워 이 훌륭한 왕을 계략에 빠뜨렸던 아모리칸의 가늘롱 올리비에였다.

키프로스의 페테르 왕[45]

오! 고귀한 키프로스의 페테르 왕이여, 그대는 뛰어난 전략으로 알렉산드리아를 정복하고 수많은 이교도에게 패배의 슬픔을 안겨 주었다. 그대의 부하들은 그대가 기사로서 얻게 된 업적과 명성을 시기하여 그대를 잠자리 속에서 하루아침

---

44) 베르트랑 뒤 게클랭(Bertrand Du Guesclin, 1320~1380)의 문장으로, 프랑스 서부 브르타뉴의 기사로서 '브르타뉴의 독수리'로 불렸다. 전투에서 페테르 왕을 동생의 텐트로 유인하여 그를 패망에 이르게 했다.
45) 피에르 1세(Peter, 1328~1369). 키프로스 왕국의 왕으로 군사적 업적을 이루었으나 세 가신에 의해 암살되었다.

에 살해해 버렸다. 운명의 여신은 이렇게 그의 운명의 수레바퀴를 돌리고 조종하여, 사람들에게 행복을 주는가 하면 곧 슬픔을 안겨 준다.

롬바르디아의 베르나보 비스콘티[46]

위대한 베르나보여, 그대는 일찍이 최상의 지위에 올랐던 밀라노의 자작이었고 환락의 신이었으며, 롬바르디아에는 재앙의 원흉이었다. 그러한 자네의 불행을 이야기하지 않을 수 있겠는가? 그대는 자네에게 충성을 맹세한 조카이자 사위이며 동시에 형제의 아들이 관리하는 감옥에서 목숨을 거두었다. 그런데 그대가 살해된 이유나 경위는 나로서도 알 도리가 없다. 단지 그대가 살해되었다는 사실만을 알고 있다.

피사의 우골리노 백작

피사의 우골리노 백작의 눈물겨운 고난은 너무나 가여워서 어떠한 말로도 표현할 수 없을 정도이다. 피사에서 가까운 교외에 한 탑이 있었는데 백작은 어린 세 아이와 함께 그 속에 갇혀 있었다. 가장 나이 많은 아이는 채 다섯 살도 되지 않았다. 아, 이 무슨 운명의 장난이란 말인가? 그 어린 새들을 그러한 철창 속에 가두어 두다니, 너무도 잔인한 일이 아닌가. 백작은 피사의 주교인 루기에리로부터 무고한 고발을 당하여 사형을 선고받고 탑 속에서 죽음을 기다리고 있었다. 피사의 시

---

46) Great Bernabo(1323~1385). 밀라노의 군주, 군인, 정치가이다.

민들은 주교의 말만 믿고 일제히 우골리노 백작에게 반대해 봉기했고, 그를 지금 이야기한 그 감옥에 가두었다. 감옥에서 받은 음식은 그 양이 너무도 적어 목숨을 부지하기 힘들었고, 그나마 도저히 입에 댈 수 없는 형편없는 식사였다.

어느 날, 그의 음식이 배달될 무렵이 되었는데 간수가 감옥의 입구 문을 닫아 버렸다. 이는 그날의 음식 배달이 없다는 뜻이었다. 문 닫는 소리가 매우 분명하게 들렸지만, 백작은 아무 말도 하지 않았다. 그러나 그의 적들이 자기를 굶겨 죽이려 한다는 생각이 곧 머리에 떠올랐다. 그래서 백작은, "아, 왜 내가 이 세상에 태어났을까." 하며 탄식했다. 그때 그의 눈에 눈물이 빗물처럼 쏟아져 내렸다.

세 살 먹은 가장 어린 아들이 이렇게 말했다.

"아빠, 왜 우세요? 간수가 언제 수프를 가져오나요? 아빠가 먹지 않고 남긴 빵 조각은 없나요? 아이, 난 배고파서 잠이 오질 않아요. 죽은 것처럼 영원히 잠을 잤으면, 그러면 배고픔도 느끼지 못할 거야. 지금은 온통 빵 생각밖에 없어."

어린 아이는 나날이 이런 식으로 울고 졸라 댔다. 그러다가 마침내 백작의 가슴에 몸을 파묻으며 이렇게 말했다.

"아빠, 안녕. 나 죽나 봐요."

아이는 아버지인 백작에게 키스하고 그날로 죽었다. 슬픔에 휩싸인 백작이 죽은 아기를 보았을 때 그는 비탄 속에 자기 팔을 물어뜯으며 울부짖었다.

"참으로 비참하구나! 아, 몹쓸 운명이여. 이 모든 고난과 비애가 모두 운명의 여신의 조작이로구나."

백작의 나머지 아이들은, 그가 팔을 물어뜯는 것은 슬픔이 지나쳐서 하는 행동인 줄 모르고, 배가 고파서 그러는 것으로 생각했다. 그래서 이렇게 말했다.

"아버지, 제발 그러지 마세요. 대신 저희 살을 드세요. 이 살을 아버지에게서 받았으니 이제 우리 살을 떼어서 드세요."

그들은 이렇게 이야기한 후, 하루이틀이 지난 후 백작의 무릎 위에 몸을 누인 채 죽음을 맞이했다. 백작 자신도 절망과 굶주림으로 곧 죽었다. 이렇게 해서 한때 당당한 권세가이던 피사의 영주의 한 많은 생애는 끝이 났다. 운명의 여신은 이 사람을 그의 높은 지위에서 몰아낸 것이다. 우골리노 백작의 비극은 이 정도면 족할 듯하다. 좀 더 자세한 것을 알고자 하는 사람은 위대한 이탈리아의 시인 단테를 읽어 보면 된다. 단테는 말 한마디 빼놓지 않고 자세히 자초지종을 설명해 놓았다.

네로

네로는 과연 지옥의 가장 밑바닥에 자리 잡은 악마와 같이 사악한 자였지만, 수에토니우스가 전하는 것을 보면 세계의 동서남북을 통째로 지배한 황제였다. 그리고 그는 보석을 굉장히 좋아해서, 옷이란 옷에는 루비며 청옥이며 진주와 같은 색색 보석으로 수를 놓아 입었다. 그보다 더 화려하고 값비싼 옷을 입은 황제는 없었고 그처럼 옷에 까다로운 황제도 없었다. 옷만 해도 한 번 입은 것은 두 번 다시 걸치려 하지 않았다. 네로는 로마의 테베레강에서 고기잡이를 즐겼는데, 그런

때는 금실로 만든 그물을 수없이 드리웠다. 그의 욕망은 그의 명령으로 곧 나라의 법이 되었고, 운명의 여신은 그의 편에 서서 이 폭군의 비위를 맞춰 주었다.

네로는 재미 삼아 로마에 불을 질렀다. 사람의 우는 소리와 비명을 듣기 위해 원로원 의원들을 살해했다. 그의 동생을 죽이고, 누이와 한 침대에 들기도 했다. 그는 자기 생모를 비참한 상태로 빠뜨렸는데, 자기가 잉태되었던 자궁을 보기 위해 그 생모의 배를 갈라 놓기까지 했다. 아, 생모를 그렇게 대접한 남자가 세상에 또 어디 있을까. 그러고도 그의 눈에서는 눈물 한 방울 흐르지 않고, 그저 이렇게만 말했을 뿐이다.

"그래도 한때는 어여쁜 여인이었어."

제 어미의 배를 가른 그가 어떻게 죽은 생모의 아름다움을 판단할 심정이 되었는지 도무지 알 수 없는 일이다. 그는 그 자리에서 술을 가져오라고 해서 마음껏 마시고, 슬퍼하는 기색은 조금도 보이지 않았다. 권력과 잔인함이 연합하면 그 독이란 끝없이 밑바닥을 파고드는 법이다.

이러한 폭군에게도 젊었을 때는 한 스승이 있어서 그에게 글과 예절을 가르쳐 주었으며, 책이 거짓말을 하지 않는다면 그는 지혜를 겸비한 도덕의 귀감이었다. 이 스승이 네로의 교육을 맡고 있는 동안에는 그는 지적이고 유순했다. 횡포와 죄악이 그의 마음을 사로잡은 것은 훨씬 후의 일이었다. 지금 이야기한 네로의 스승은 세네카였다. 세네카는 네로가 잘못을 저지르면 체벌을 사용하지 않았지만 신중한 말로 즉석에서 항상 혼내 주곤 했기 때문에 네로는 그의 스승을 매우 두려워했다.

"폐하, 황제는 덕스러워야 하며, 폭압을 삼가야 합니다."라고 스승은 말하고는 했다. 이에 네로는 스승의 양쪽 팔의 정맥을 잘라 그가 목욕탕 속에서 피 흘려 죽게 했다. 또 네로에게는 젊을 때부터 그의 스승에게 반항하는 버릇이 있었는데, 그때의 불만과 응어리를 가슴에 품었다가 마침내 그처럼 무참하게 자기 스승을 살해한 것이다. 그러나 현명한 세네카는 더 무서운 고문치사를 피해 목욕탕 속에서 죽어 가는 쪽을 선택했다. 그러나 네로는 경애하는 그의 은사를 죽이는 큰 죄를 범했다. 그러나 때가 도래했으니 운명의 여신은 더 이상 네로의 오만함이 커지는 것을 묵과할 수 없었다. 비록 네로가 강했으나 운명의 여신은 더욱 강했다. 운명의 여신은 이렇게 생각했다.

'원, 세상에, 내가 너무 어리석은 거야. 저렇게도 사악한 자를 황제라고 부르는 최고로 높은 지위에 머물게 하다니. 정말이지 이제 저자를 그의 자리에서 몰아내야 해. 전혀 예기치 못할 때 순식간에 떨어지게 해야 해.'

어느 날 밤, 백성들은 그의 악정에 항거하여 일어섰다. 백성의 봉기를 본 네로는 홀로 성문을 살며시 빠져나가 도움을 줄 것으로 생각한 지인들의 집 문을 두드렸다. 하지만 그의 도움을 요청하는 절박한 소리가 커지면 커질수록 그들의 문은 더욱 굳게 닫혔다. 그는 자신이 망상에 빠져 헛짓거리를 하고 있다는 것을 깨달았다. 그러자 더 이상 도움을 청할 용기를 내지 못했다. 사방천지가 백성들의 외치는 소리로 가득했고, 네로는 자기 귀로 백성들이 외치는 소리를 들었다.

"그 빌어먹을 폭군 네로는 어디에 있느냐?"

네로는 공포에 사로잡혀 거의 넋을 잃고 처량하게 그가 믿는 신들에게 도움을 청했다. 그러나 그는 아무런 도움도 얻지 못했다. 두려움으로 반쯤 죽은 상태가 된 네로는 몸을 숨기기 위해 주위의 한 정원으로 들어갔다. 그 정원 속에서 그는 시뻘겋게 타오르는 커다란 불 옆에 앉아 있는 두 명의 천민을 보았다. 네로는 이들에게 자기의 머리를 쳐서 죽여 달라고 간청했다. 그렇게 되면 그가 죽게 된 후 그의 시체에 가해질지 모를 치욕적인 굴욕을 피할 수 있으리라고 생각했던 것이다. 그러나 달리 더 나은 방도가 없자 그는 결국 스스로 목숨을 끊었다. 그러자 운명의 여신은 자신이 한 일을 보고 웃었다.

홀로페르네스

한창때의 홀로페르네스는 그 어떤 왕의 장수와도 비교할 수 없을 정도로 많은 왕국을 정복했다. 전장에서 그보다 더 강대하며 긍지와 자부심에 차 있고, 뛰어난 무공을 달성한 장수는 찾아볼 수 없을 것이다. 운명의 여신은 이러한 홀로페르네스를 무척 좋아해서 그를 감싸면서 마음대로 조종했다. 그러나 그는 자기도 모르는 사이에 머리가 댕강 잘려 나갔다. 온 세상 사람들이 재물과 자유를 잃을 것을 걱정하여 홀로페르네스를 두려워하였다. 또한 그는 사람들로 하여금 자신들의 믿음을 저버리도록 강요했다. 그는 말했다.

"네부카드네자르는 신이다, 다른 신을 섬겨서는 안 되느니라."

세상에 그 명령을 어길 자가 하나도 없었는데, 엘리아김이라는 사제가 살고 있던 강한 도시 베툴리아에서만은 사정이 달랐다.

이제 홀로페르네스의 죽음을 보도록 하겠다. 그는 밤에 헛간만큼이나 큰 천막 속에서 군사들과 함께 술을 마시고 취한 채 잠들었다. 그러자 유딧이라는 여자가 등을 세우고 잠들어 있는 홀로페르네스의 목을 쳤다. 그리고 그녀는 그 적장의 목을 들고 몰래 천막을 빠져나와 자기 고향으로 돌아갔다.

유명한 안티오코스 왕[47]

안티오코스 왕의 높은 위엄과 오만함 그리고 그가 행한 악행의 진상을 모두 말할 필요는 없을 것이다. 하여간 그와 같은 왕은 세상에 다시 없었으니 말이다. 마카베오[48]에 등장하는 그가 어떠한 인물이었는지, 또한 그의 오만한 말들과 그가 어떻게 최고의 권좌에서 추락했는지, 그리고 어떻게 산비탈에서 비참한 최후를 맞이했는지 등을 읽어 보기 바란다.

그는 운명의 여신의 총애를 받아 자만심이 극에 달한 나머지, 정말 사방 별들의 높이에 도달할 수 있고 모든 산의 무게를 달 수 있으며, 바다의 모든 파도의 흐름을 저지할 수 있다

---

47) 헬레니즘 시대에 알렉산드로스 대왕의 영토로서, 헬레니즘의 계승국 중 하나인 셀레우코스 왕조의 창시자이다.
48) 「마카베오서」는 기원전 175년부터 134년까지의 마카베오 가문의 독립 전쟁을 거쳐 이어온 하스몬 왕조의 역사를 다룬다. 9장에서 셀레우코스 왕조에 대항하는 마카베오 가문의 투쟁 이야기가 다루어진다.

고 믿게 되었다. 무엇보다 그는 하느님의 사람들을 제일 미워했다. 그는 하느님이 그의 자만심을 꺾을 수 있으리라 생각하지 않고, 하느님의 백성을 고통과 고난 속에 죽였다. 한때 나카노르와 디모테오가 유대인들에게 크게 패한 일이 있어서, 그는 유대인들을 대단히 미워했다. 안티오코스는 그의 전차들을 황급히 준비시켜 그 원수를 갚기 위해 즉각 예루살렘으로 진격할 것을 맹세하고 호언장담했다. 극한의 잔인함으로 그곳에 그의 분노를 퍼부을 예정이었다. 그러나 그의 계획은 곧 좌절되었다.

예루살렘을 치고자 하는 안티오코스의 위협적인 태도를 보신 하느님께서는 보이지 않는 불치의 병으로 그를 치셨다. 그 병은 안티오코스의 창자를 파고 들어갔으며, 그 고통은 도저히 참을 수 없을 정도로 심했다. 그러나 안티오코스는 그러한 고통을 받아도 마땅한 인물이었다. 그 자신이 많은 사람들의 창자를 도려 냈기 때문이다. 그러나 그는 그러한 고통을 받으면서도 사악하고 저주받을 그 악행을 멈추려 하지 않았다. 오히려 그는 군사들에게 곧 진격 채비를 갖추라고 명했다. 그러나 그가 알아채기도 전에, 하느님께서는 그의 자만심과 호언장담을 졸지에 꺾어 버리셨다. 안티오코스는 별안간 전차에서 떨어져 팔다리와 살에 깊은 상처를 입게 되었다. 그래서 그는 걷지도 못하고 말도 타지 못하게 되었다. 온몸에 멍이 들고 상처투성이여서 사람들이 떠받는 의자에 실려서 이동하게 되었다. 하느님께서 내리신 천벌은 너무도 참혹해서, 그의 몸에는 흉악한 벌레들이 기어 다니기 시작했다. 그와 함께 고약한 냄새가 나서, 그가 깨었거나 잠들었을 때 그를 호위하고 돌보는 부하들조차 그 악취를 견뎌 낼 수가 없었다. 이러한 고통 속에서 안티오코스는 울고 한탄하면서 비로소 하느님이 만물의 주인이심을 깨닫게 되었다. 그의 썩어 문드러진 살에서 나는 악취는, 자신은 물론 전 군사들을 구역질 나게 할 정도여서 그를 이동시킬 수가 없었다. 그는 산속에 남아 악취와 무서운 고통 속에서 비참하게 죽어 갔다. 이리하여 악행을 저지른 살인자로서 많은 무고한 사람들에게 고통과 눈물을 안겨 주었던 안티오코스는 그 오만함의 대가를 치렀다.

알렉산드로스

알렉산드로스의 이야기는 너무나도 잘 알려져서 조금이라도 교양이 있는 분들이라면, 그가 겪은 흥망사의 전부 혹은 적어도 일부는 들은 적이 있을 것이다. 간단하게 말하자면, 알렉산드로스는 무력으로 넓은 세상을 정복했다. 그의 엄청난 명성을 듣고 기꺼이 그와 화해하여 평화롭게 살기를 원했던 사람들에게는 예외적으로 무력을 사용하지 않았다. 그는 세계의 어디를 가든지 인간과 짐승의 오만함을 꺾어 버렸다.

그와 비견할 만한 정복자를 생각할 수가 없을 정도였다. 왜냐하면 온 세계가 그를 두려워하며 벌벌 떨었기 때문이다. 그는 너그러움과 기사도의 귀감이었으며, 운명의 여신은 그녀의 명예를 이어받을 후계자로 그를 지목했다. 그는 사자와 같은 용맹함을 지녔기 때문에, 술과 여자를 제외하면, 이 세상의 그 어떤 것도 무용(武勇)을 통한 위업을 달성하고자 하는 그의 야망을 꺾을 수 없었다. 그가 정복하고 멸망케 한 다리우스 왕과, 그 외 수백 수천의 용맹스러운 왕과 왕자들, 또한 귀족들과 공작, 그리고 후작들에 관해 이야기한들 그것이 그를 칭송하는 데 무슨 소용이 되겠는가. 세상 사람이 갈 수 있는 모든 곳이 그의 세상이었으니 더 이상 무엇을 말하리오? 내가 그가 성취한 기사도의 무용을 말하고 글로 남긴다 한들 결코 충분하지 못할 것이다.

「마카베오기」에 의하면 그는 십이 년을 통치했다. 그는 그리스 영토의 첫 번째 왕인 마케도니아의 필리포스 왕의 아들이었다. 아, 고매하고 뛰어난 알렉산드로스여, 그대 백성의 손에 독살되는 불행이 그대에게 발생하다니! 행운의 여신과의 주사위 게임에서 행운의 여신은 그대가 쥔 최고의 주사위 패를 최악의 패로 바꿔 버렸다. 그런데도 행운의 여신은 눈물 한 방울 흘리지 않았다.

세상을 왕국같이 통치했지만, 여전히 만족하지 못했던 이 고귀하고 관대한 자의 죽음에 대해 한탄하고 슬퍼할 눈물을 제공할 자가 누구란 말인가? 그의 마음은 항상 원대하고 고귀한 야망으로 가득 차 있었다. 아아! 슬프도다, 누가 이 배반을 일삼는 행운의 여신과 독을 탓하는 데 동조할 수 있단 말인가? 이 둘이야말로 바로 이러한 불행의 원인이라고 내가 탓하고 있지 않은가?

율리우스 카이사르

정복자 율리우스는 시작은 미천했지만 지혜와 용맹 그리고 엄청난 노력으로 결국에는 왕위에 오르게 되었다. 그는 협상과 조약을 통해 또는 무력을 동원하여 땅 바다 할 것 없이 전 서방 세계를 정복하였고, 그 국가들을 조공을 받치는 속국으로 만들었다. 그는 행운의 여신이 그에게 등을 돌릴 때까지 로마의 황제로 군림했다.

아, 강대한 카이사르여, 그대는 장인인 위대한 폼페이우스에 대항하여 테살리아에서 전투를 벌였다. 폼페이우스로 말할 것 같으면, 그는 떠오른 태양이 비추는 동방의 모든 지역의 군대를 호령했던 대장군이었다. 카이사르는 무사의 무용을 발휘하여 폼페이우스와 도망친 몇 명의 적군을 제외하고 나머지를 모조리 죽이고 살아남은 자들은 포로로 사로잡았다. 그리하여 그대는 전 동방을 공포의 도가니로 몰아넣었다. 행운의 여신에게 감사를, 이 모든 것이 운명의 여신 덕택이었으니 그대에게는 모든 것이 만사형통이었다.

나는 여기에서 잠시 로마의 고귀한 통치자였던 폼페이우스의 최후를 애도하고자 한다. 폼페이우스는 그 싸움에서 몸을 피하기는 했으나, 그의 부하들 가운데 사악한 배반자가 있었다. 그 배반자가 율리우스의 총애를 받기 위해 폼페이우스의 목을 잘라 율리우스에게 가져다 바쳤다. 운명은 동방의 정복자였던 폼페이우스에게 그처럼 비참한 최후를 가져다주었다. 율리우스는 월계관을 높이 쓰고 승리의 대열을 갖추고 로마로 다시 돌아갔다. 그러나 시간이 흐르자, 율리우스의 명성과 위대한 업적을 시기해 오던 브루투스 카시우스가 은밀하게 율리우스를 죽일 교묘한 음모를 꾸몄다. 브루투스는 율리우스

의 높은 지위를 시기해서, 교묘하게 율리우스를 죽일 계획을
세웠다. 그리고 율리우스가 이제부터 이야기하는 것과 같이
칼을 맞고 죽을 장소를 골라 두었다. 어느 날, 율리우스는 보
통 때와 같이 카피톨리노 신전으로 갔다. 그곳에서 브루투스
와 그의 흉악한 공모자들은 그를 붙잡아 칼로 온몸을 수없이
찔렀다. 그들은 치명적인 상처를 입고 쓰러진 율리우스를 그
곳에 그대로 버려 두었다. 그러나 율리우스는, 전해오는 이야
기가 거짓이 아니라면, 첫 번째 아니면 기껏해야 두 번째 찔린
다음부터는 고통의 신음을 전혀 내지 않았다.

율리우스는 남자다운 기상이 넘쳤으며 명예와 신을 지극히
존중했으므로 치명적인 상처의 아픔에도 불구하고 사람들이
자신의 국부를 볼까 두려워하여 망토를 벗어 엉덩이 부분을
감쌌다. 넋을 잃은 채 죽어 가고 있을 때 그는 자신의 죽음을
직감했지만 지켜야 할 예의와 위신을 기억했던 것이다. 나는
여러분들이 이 이야기를 더 자세히 알고 싶다면 루카누스와
수에토니우스, 발레리우스를 읽어 볼 것을 권고한다. 이들은
그 두 위대한 정복자의 영광과 최후를 그렸으며, 이들이 한때
운명의 여신의 친구가 되었다가 나중에는 적으로 돌변한 것을
잘 기록하고 있다. 운명의 여신의 총애는 결코 오래 믿을 것이
못 되니, 항상 경계심을 지니고 그녀를 잘 살펴야 한다. 한때
강대했던 이 두 정복자의 사례에서 배우기를 바란다.

크로이소스

옛날 부유했던 크로이소스는 리디아의 왕이었는데 페르시

아의 키루스가 두려워할 정도로 강대했다. 하지만 크로이소스는 그의 영화와 자만이 극에 달했을 때 사람들에게 붙잡혀 화형에 처하게 되었다. 그때 하늘에서 엄청난 폭우가 쏟아져 불길을 꺼 버렸다. 그 틈을 타 크로이소스는 죽음을 면하고 자리를 피할 수 있었다. 자만하지 말라는 경고성의 은혜였는데 그는 이를 무시하고 마음대로 행하였다. 마침내 운명의 여신은 그를 위한 교수대를 준비했다.

화형 직전 목숨을 구한 크로이소스는 뉘우친 바 없이 다시 싸움을 시작하기로 마음먹었다. 그는 운명의 여신이 비를 내려 목숨을 구해 준 것을 알고, 적에게 두 번 다시 죽임을 당하지 않을 것을 확신하게 되었다. 그리하여 어느 날 밤에 꾼 꿈에서 큰 기쁨을 얻고 자만에 차 복수를 결심하게 되었다. 그 꿈은 이러했다. 크로이소스가 어떤 나무 위에 올라가 있었는데, 거기서 주피터가 그의 등과 옆구리를 씻어 주었고, 태양의 신이 몸을 닦을 아름다운 수건을 가져다주었다. 그래서 크로이소스의 자존심은 하늘 높은 줄 모르고 치솟았다. 크로이소스는 늘 지혜롭다고 생각한 딸에게 그 꿈의 해석을 부탁했다. 그러자 딸은 그 꿈을 다음과 같이 해석했다.

"나무는 교수대를 뜻하고, 주피터는 눈과 비를, 깨끗한 수건을 가져온 태양의 신은 햇볕을 각각 가리킵니다. 아버지는 분명 교수형을 당하실 것입니다. 비는 아버지의 몸을 씻고, 태양은 씻은 몸을 말려 줄 것입니다."

딸은 이렇게 명백하게 크로이소스에게 경고해 주었는데 그 딸의 이름은 파냐였다. 결국 그 오만하던 왕 크로이소스는 정말 교수형을 당했다. 그의 왕의 권좌도 아무 소용이 없었다. 비극이란 오만함으로 가득 찬 왕국을 운명의 여신이 갑자기 공격하여 몰락시키는 것을 슬픈 곡조로 읊는 것에 불과하다. 사람들이 그 운명의 여신을 믿기 시작하면, 그녀는 구름으로 그녀의 빛나는 얼굴을 가리기 시작한다.

여기에서 기사가 수도사의 이야기를 가로막는다.

신부의 이야기

신부의 서시
수도사 이야기에 관한 기사의 말 참견

기사가 말하길,
"제발, 더는 이야기하지 마시오! 멈추시오!
정말이지, 당신이 지금까지 이야기한 것만으로도 충분하며,
그 이상일 겁니다. 내 추측으로는 조금 가벼운 이야기가
많은 사람에게 좋을 것이라고 여겨집니다.
대단한 풍요와 안락함을 누리던 사람이
갑작스럽게 망하는 이야기를 듣는 것은, 아이고, 정말이지
내 경우에 있어, 몹시 불편하답니다.
이와는 반대로, 가난한 신분에 처해 있던 사람이
신분이 올라 점차 부자가 되어
풍요로운 삶을 살게 된다는 이야기를 듣는 것이야말로
즐겁고도 대단히 만족스러운 일일 것입니다.

내 생각에, 그러한 것은 듣기에도 좋을 뿐만 아니라,

말하기도 좋을 겁니다."

우리의 여관 주인이 말하길,

"성 바울 교회의 종을 두고 말하건대, 맞습니다.

당신이 제대로 말했습니다. 수도사가 요란스럽게 이야기했지요. 구름에 덮인 인간의 운명에 관하여 그가 말했는데,

나는 그 의도를 알지 못하겠어요. 게다가 여러분이 지금 들은 비극에 관해서 말인데 정말이지,

이미 일어난 일 때문에 울고 불평한다고

해결책이 있는 것도 아니고,

게다가 당신이 말했다시피, 심각한 이야기를 듣는 것은

고통일 따름이지요.

제발 부탁이니! 수도승 양반, 이야기를 그만하시오.

당신의 이야기가 우리 모든 동료를 괴롭히고 있답니다.

그러한 이야기는 나비만큼의 가치도 없는 것으로,

이야기 안에 기쁨이나 재미가 없기 때문이지요.

그러니 수도사 양반, 베드로 그것이 댁의 이름이라면,

제발 다른 이야기를 우리에게 들려주십시오.

정말이지, 당신의 발 고삐 양쪽에 달린

종소리만 들리지 않았다면,

우리를 위해 돌아가신 하늘의 왕을 두고 맹세하건대,

그전에 나는 잠에 빠져,

진흙탕이 그리 깊지는 않지만, 그곳에 떨어지고 말았을 겁니다.

당신은 지금껏 헛되이 이야기했을 뿐이지요.

저자들의 말을 빌리자면, 듣는 사람이 없을 때,

교훈을 말한들 아무런 소용이 없다는 것은 틀림없는 사실
이지요.

그 어떤 것이 잘 전해질 때, 잘 전해지기만 한다면

듣는 자의 몫인 잘 듣고 이해해야 한다는 것을 잘 알고 있
습니다. 그 의미를 이해하는 것은 나에게 달려 있다는 것을
나는 잘 알고 있습니다.

수도사 양반, 바라건대, 사냥과 관련된 이야기나 들려주시
지요."

수도사가 대답하길,

"됐소. 장난할 기분이 아니오.

나는 이야기했으니, 다른 사람을 시키시오."

거칠고 대담한 목소리로 우리의 여관 주인은

즉시 수녀원 신부에게 말을 걸었는데,

"가까이 오세요. 신부님, 앞으로 나오세요. 당신이 존이지
요!

우리 마음을 즐겁게 해 줄 그러한 이야기를 들려주시지요.

노쇠한 말을 타고는 있지만, 기운을 내세요.

당신의 말이 보잘것없고 말랐지만 무슨 상관입니까?

당신에게 그 역할만 제대로 해 준다면, 조금도 문제가 되지
않습니다.

항상 마음을 즐겁게 가지세요."

그가 말하길,

"맞습니다. 정말 맞습니다. 여관 주인 양반,
나는 그렇게 하려고 노력한답니다.
내 마음이 즐겁지 않다면 비난받아 마땅하겠지요."
그는 즉시 이야기를 시작했고,
우리 모두에게 자신의 이야기를 들려줬는데,
이 명랑한 신부, 이 다정한 사람의 이름은 존이었다.

신부의 이야기

옛날 나이 든 가난한 과부가 조그만 오두막집에 살았는데,
그 집은 숲 근처 계곡에 있었다. 과부가 되고 난 후 그녀는 매
우 가난한 삶을 감내하면서 살았는데, 그 이유는 그녀의 재산
과 수입이 적었기 때문이다. 하느님이 그녀에게 내려주신 것은
조심스럽게 관리하면서 그녀는 자신과 두 딸을 보살폈다. 세
마리의 큰 암퇘지, 세 마리의 소와 '몰리'라는 이름의 양 한 마
리를 길렀다.

그녀의 집과 거실은 매우 더러웠고, 그곳에서 그녀는 보잘
것없는 음식을 먹었다. 그래서 그녀에게 톡 쏘는 양념이 조금
도 필요치 않았다. 그녀의 목구멍으로 고운 음식이 넘어간 적
이 없으며 그녀의 음식 습관은 오두막집과 어울리는 것이었
다. 과식으로 아픈 적이 없었으며, 절제된 음식 습관, 운동, 그
리고 마음의 만족이 그녀의 모든 치료약이었다. 응혈이 그녀
가 춤추는 것을 방해한 적도 없고, 뇌졸중이 그녀의 머리에

해를 입히지도 않았다. 그녀는 흰색이든 붉은색이든 포도주를 마시지 않았으며, 그녀의 식탁은 흰색과 검은색 음식으로 제공되었는데, 우유와 갈색 빵은 부족함이 없었으며, 그릴에 구운 베이컨과 한두 개의 달걀이 전부였다. 정말이지 그녀는 낙농업 관련 일을 하는 사람같이 보였다.

그녀의 집에는 마당이 하나 있었는데, 막대기로 울타리가 쳐져 있었으며, 그 너머에는 물이 말라 버린 도랑이 있었고, 그 안에서 그녀는 챈터클리어라 불리는 수탉 한 마리를 기르고 있었다. 그 나라 어디에도 울음소리에 있어서 그 수탉에 견줄 만한 것이 없었다. 그 수탉의 목소리는 축제 때 교회에서 연주되는 오르간의 명랑한 소리보다 더 명랑했다. 그 수탉의 거처에서 들려오는 울음소리는 일반 시계나 대성당의 시계보다 더 정확했다.

본성적으로 수탉은 그 도시의 주야평분선(晝夜平分線) 각각의 오르내림을 알고 있었는데 15도[49]에 이르면, 정확히 그 수탉은 울었다. 그 수탉의 볏은 최고급 산호보다 더 붉었고, 성벽 모양으로 세워져 있었다. 부리는 검은색으로 흑옥처럼

---

49) 당시에는 시간을 정확하게 잴 수 있는 오늘날의 시계와 같은 도구가 없었기 때문에 사람들은 천구(天球)에 스물네 개의 선으로 나뉘어 있어, 한 개의 선은 15도 기울기이고 해가 15도 기울면 한 시간이 흘렀다고 보았다. 따라서 하루 이십사 시간의 흐름은 해가 360도 한 바퀴 회전한 것에 해당한다고 볼 수 있다. 몇 도가 오르고 내렸는지를 정확히 알려면 그때 역시 천문 관측기가 필요했다. 그러나 작품 속 챈터클리어는 도구도 필요없이 본능적으로 주야평분선의 오르내림, 즉 시간의 흐름을 정확하게 파악하고 제시간에 울었다는 내용이다.

빛났으며, 다리와 발가락은 하늘빛을 하고 있었고, 발톱은 백합보다 더 희고, 깃털은 황금빛으로 빛났다. 멋진 이 수탉은 자신의 지배 아래 그에게 온갖 즐거움을 제공하는 일곱 마리의 암탉을 두고 있었는데, 이들 모두는 그의 여동생들이며 아내들이었다. 놀랍게도 그 빛깔이 그 수탉과 같았으며, 그 가운데 목덜미에 가장 아름다운 빛깔을 지닌 암탉은 이름이 퍼텔롯이었다. 그녀는 예의 바르며 사려 깊고 우아하고 사교적이며, 너무나 아름다운 모습이어서 그녀가 태어나 칠 일째 되던 날부터 줄곧 챈터클리어의 마음을 완전히 사로잡았으며, 그 또한 그녀를 사랑했기에 모든 것이 순조로웠다. 밝은 태양이 떠오르기 시작할 때, 아름다운 합창으로 "내 사랑은 멀리 떠나갔네!"라는 그들의 노랫소리를 듣는 것은 여간 즐거운 일이 아니었다. 내가 알기로, 그 당시 동물들과 새들은 말도 하고 노래도 할 수 있었다.

어느 날 아침 해가 뜰 무렵, 챈터클리어가 그의 모든 부인과 함께 현관 마루에 있는 횃대에 앉았고, 챈터클리어 바로 옆에는 아름다운 퍼텔롯이 앉아 있었다. 그런데 챈터클리어가 앓는 소리를 내기 시작했다. 꿈 때문에 심히 고통받고 있는 사람처럼 말이다. 퍼텔롯이 그가 내는 앓는 소리를 듣고 놀라며 말하길,

"여보, 무슨 이유로 이처럼 앓는 소리를 내죠? 당신은 정말 잠을 잘 주무시는 분인데, 아휴, 창피하지도 않으세요!"

이에 그가 말하길,

"여보, 언짢게 받아들이지 마시오. 하느님을 두고 맹세컨대, 내가 무서운 위험에 빠진 꿈을 꾸었는데 지금까지 내 마음이 상당히 겁에 질려 있소."

그가 계속해서 말하길,

"주여, 내 꿈에서 벗어날 수 있도록 풀어 주소서! 내 육체를 흉악한 감옥에서 벗어나게 해 주소서! 꿈에서 내가 뜰을 배회하다가 개와 같은 모습을 한 짐승을 보았는데, 내 몸을 물어 나를 죽일 것만 같았소. 그 짐승의 색깔은 노란색과 빨간색의 중간이었고, 꼬리와 양쪽 귀는 검은색이었고, 나머지 털은 이와는 다른 색깔을 띠고 있었소. 그 짐승의 코는 작았고, 번쩍이는 두 눈을 가지고 있었소. 그 모습이 두려워 나는 죽을 것만 같은 느낌이 들었소. 이 때문에 내가 앓는 소리를 낸 것이 틀림없소."

그녀가 말하길,

"창피해요! 집어치우세요. 이 겁쟁이 양반아!"

그녀가 계속해서 말하길,

"아이고, 하늘에 계신 하느님을 두고 맹세컨대, 이제 당신은 나의 마음과 모든 나의 사랑을 잃고 말았어요! 정말이지 나는 겁쟁이를 사랑할 수 없어요! 어떤 여자가 뭐라고 말하더라도 확실한 것은 우리 여자들은, 그럴 수만 있다면, 용감하고 현명하며, 자비심이 있고 신중한 남편을 가지기를 원해요. 구두쇠나 바보를 원하지 않으며, 무기를 두려워하거나 하늘에 계신 하느님을 두고 맹세컨대! 허풍쟁이를 원하지 않아요. 어찌 당신은 창피스럽게도 당신이 사랑하는 나를 앞에 두고 그 어떤 것으로 인하여 당신이 두려움을 느낀다고 말할 수 있어요? 당신의 수염에 걸맞은 남자다운 마음이 없나요? 아이고! 어째서 꿈을 두려워하세요? 맹세컨대 꿈이란 환영으로 아무 것도 아니랍니다. 과식으로 인해 그리고 종종 체내의 가스나 혼합된 체액[50]으로 인하여, 체액이 너무 많은 사람의 경우 꿈을 꾸게 되는 거죠. 당신이 오늘 밤 꾼 꿈은 틀림없이 과식과 붉은 담즙에서 비롯된 것으로, 이에 따라 사람들은 꿈에서 화살, 불꽃, 사람을 물어뜯는 붉은 짐승, 싸움, 크고 작은 늑대 새끼들을 두려워하게 되는 거랍니다. 검은 담즙으로 인하여 사람들이 꿈에서 검은 곰이나 검은 황소를 보고 겁에 질려 소리를 지르거나, 검은 악마가 자신을 덮치려 한다고 말하기도 한답니다. 꿈에 사람들에게 심한 근심을 유발하는 다른 체액에 관하여 이야기할 수 있겠으나, 가능한 한 가볍게 지나치려 합니다. 그처럼 현명했던 카토를 보세요. '꿈에 개의치 말라.'라고 말하지 않았던가요?"

그녀가 계속해서 말하길,

"자, 서까래에서 내려가 정말이지, 완하제를 드세요. 내 영혼과 목숨을 걸고 말하건대, 제가 당신에게 최상의 조언을 할 테니, 거짓으로 하는 말이 아니고, 당신 몸에서 붉은 담즙과

---

50) 체액의 부조화로 인하여 인간이 꿈을 꾸게 된다는 것은 중세 의료 행위에 근거를 둔 것이다. 인간의 체액은 네 종류로서, 혈액, 담(痰), 붉거나 노란색의 담즙, 검은색의 담즙이 있는데, 이들은 각각 다혈질의 기질, 무기력한 기질, 화를 잘 내는 기질, 그리고 우울한 기질을 인체에서 만들어 낸다고 당시 사람들은 믿었다.

검은 담즙을 제거해 내세요. 그리고 지체해서는 안 되는 일이기에, 이 동네에는 약방이 없으니 당신의 건강과 원기 회복에 좋은 약초를 내가 가르쳐 주겠어요. 우리 뜰에서 찾을 수 있는 약초들은 당신의 위와 아래를 씻어 내릴 수 있는 특성이 있어요. 하느님의 사랑을 두고 맹세하건대, 이것만은 잊지 마세요! 당신은 담즙이 가득한 체질이에요. 태양이 떠올라 있을 때 뜨거운 담즙으로 속이 가득하지 않도록 조심하세요. 그렇게 되기라도 하면 당신은 삼 일마다 발병하는 열병을 앓거나, 당신을 죽음으로 이끌지 모르는 학질에 걸리게 될 거라는 사실에 나는 돈이라도 걸겠어요. 하루 이틀은 벌레로 만든 소화제를 드시고, 다음에는 여기에서 자라는 크리스마스로즈, 등대풀, 수레 국화풀, 현호색풀이나 등대풀이나 층층나무 열매며, 우리 마당에 잘 자라고 있는 담쟁이로 만든 완하제를 먹어 보세요.[51] 이런 것들이 자라는 곳으로 가서 이것들을 쪼아 입 안으로 삼키세요. 여보, 제발 기운을 내세요! 꿈같은 것은 두려워 마세요. 이제 그 이야기는 하지 않겠어요."

그가 말하길,

"부인, 당신의 충고에 대단히 감사하오. 그러나 지혜로 대단한 명성을 날렸던 카토 선생께서 '꿈을 두려워하지 말라.'라고 말하긴 했지만, 카토보다 더한 권위를 지닌 많은 사람이 쓴 오래된 책을 읽어 보건대, 정말이지 그의 말과는 정반대로 말하

---

51) 여기에 언급되고 있는 약초들은 거의 모두가 뜨겁고 건조한 성질의 것들로, 냄새 역시 역한 것들로 당시 설사 촉진제로 사용되었다.

고 있소. 오랜 경험에 의한 것으로, 꿈이란 우리가 이생에서 겪어야 할 기쁨과 시련을 예시해 준다는 것이오. 이에 대하여 논쟁할 필요는 없을 것 같소. 실제로 증거가 이를 말해 주기 때문이오. 사람들이 즐겨 읽는 권위 있는 작가들 가운데 한 사람이 이렇게 말했다오. 옛날에 어느 두 동료가 매우 훌륭한 의도를 가지고 성지 순례를 떠나 어느 한 도시로 오게 되었는데, 그곳에 너무 많은 사람이 모여 묵을 숙소가 부족해 둘이 함께 묵을 만한 오두막집마저 찾을 수 없었소. 어쩔 수 없이 그날 밤, 이들은 서로 헤어져 각자 자신의 거처를 찾아 되는 대로 자신의 숙소를 정해야만 했소. 그 가운데 한 사람은 뜰에서 떨어져 있는 외양간에서 소들과 같이 기거했고, 우리 모두를 일반적으로 지배하는 우연 때문인지 혹은 운이 좋아서였는지 다른 한 사람은 괜찮은 숙소에 기거하게 되었소. 날이 새기 오래전에, 한 친구가 자신이 누운 침대에서 또 다른 친구가 자신을 부르기 시작하는 꿈을 꾸었는데, 그가 말하길, '아이고! 소 외양간에서 오늘밤 내가 자는 동안 살해당하게 되었네! 그러니 여보게 친구, 나를 좀 도와주게, 그러지 않으면 나는 죽게 된다네. 급히 서둘러 나에게 오게나!'라고 그는 말했소. 두려운 나머지 이 친구는 잠에서 깨었지. 그러나 잠에서 깬 그는 뒤척이며 꿈에 대하여 주의를 기울이지 않았소. 자신이 꾼 꿈이 환상에 불과하다고 그는 생각했소. 그는 두 차례 꿈을 더 꾸게 되었는데 세 번째 꿈에서 그의 친구가 그에게 와서 다음과 같이 말하는 것을 들었는데, '나는 이제 살해당했다네. 내 깊고 넓은 피 흘린 상처를 보게나! 내일 아침 일찍 일어나 이 도시의 서쪽 문으로 가보게나. 분뇨를 가득 실은 수레를 자네는 보게 될 걸세. 그리고 그 안에 내 시체가 은밀하게 감추어져 있을 걸세. 그 수레를 꼭 붙잡게나. 사실을 말하자면 돈 때문에 내가 살해당한 거라네.' 그리고 매우 가련하고 창백한 얼굴로, 자신이 어떻게 살해되었는지를 그는 자세히 친구에게 설명해 주었소. 그가 꾼 꿈이 정확히 들어맞았는데, 다음 날 날이 새자마자 그는 자기 친구에게 갔소. 그리고 소 외양간으로 가서 그 친구의 이름을 부르기 시작했소. 여관 주인이 즉시 답하길, '여보시오, 당신 친구는 가 버렸다오. 날이 새자마자 이 도시를 떠났단 말이오.' 이 친구는 의심하게 되었고, 자신이 꾼 꿈을 기억하며 지체하지 않고 이 도시의 서쪽 문으로 향했고, 땅에 거름을 주기 위해 가고 있던 분뇨 수레를 발견하게 되었으며, 당신이 들었다시피, 죽은 친구가 말했던 대로 그 수레는 멈추어졌소. 그리고 용감하게 그는 살인에 대한 복수와 정의를 외치기 시작했소. '어젯밤 내 친구가 살해되었는데 이 수레 안에 똑바로 누워 있소. 이 도시를 보호하고 통치하는 치안 관리들에게 호소하는 바이오. 도와주시오! 아이고! 내 친구가 살해되어 여기 누워 있소!'

이 이야기에 대하여 뭘 더 말하겠소? 사람들은 밖으로 뛰어나와 그 수레를 뒤집어엎었고, 분뇨 한가운데서 그들은 최근에 살해된 그 사람을 발견하였소. 정의롭고 진실하며, 축복으로 가득하신 주님께서, 보십시오. 어떻게 살인을 드러내 보이시는지를! 매일 우리가 보다시피 살인은 드러나기 마련이오. 살인이란 정의롭고 합리적이신 주님에게는 너무나 가증스러운 것이며 혐오스러운 것이기에 그것이 일 년, 이 년 혹은 삼 년 동안 감추어져 있을지라도 영원히 감추어지는 것은 허용하지 않는 법이오. 살인은 탄로 나기 마련이라는 것이 나의 결론이오. 그리고 그 즉시 도시의 치안 관리들이 수레를 붙잡아 당사자들을 심하게 추궁한 결과, 그들은 자신들의 사악한 행동을 곧바로 시인했고, 교수형에 처해졌소.

여기에서 말하고 있듯이, 꿈을 두려워해야 한다는 말이오. 그리고 틀림없이 내가 읽은 똑같은 책의 다음 장에서 본 내용인데, 기쁘나 즐거우나 나는 허튼소리는 하지 않겠소. 어떤 이유로 인하여, 바다 건너 먼 나라로 두 사람이 항해를 떠날 예정이었는데, 바람이 불순하여 항구 옆에 자리한 도시에 그들은 머무를 수밖에 없었소. 그러던 어느 날 저녁 무렵, 바람의 방향이 바뀌어 그들이 원하는 대로 바람이 불기 시작했소. 기쁜 나머지 그들은 잠자리에 들어, 다음 날 일찍 항해를 떠나기로 마음먹었소. 그러나 들어 보시오! 그 한 사람에게 아주 놀라운 일이 일어나고 말았소. 그들 가운데 한 사람이 누워 잠을 자다가 날이 샐 무렵, 이상한 꿈을 꾸게 되었소. 그가 생각하기에 어떤 사람이 자신의 침대 옆에 서서 그에게 기다리라고 명령하고 다음과 같이 말했다는 것이지. '만일 당신이 내일 떠나게 되면 당신은 물에 빠져 죽게 될 것이오. 이것이 내 이야기의 전부요.' 잠에서 깬 그는 친구에게 자신이 꾼 꿈에 대하여 말해 주었으며, 그에게 여행을 연기할 것을 간청했소. 적어도 하루 더 그는 친구에게 머물기를 간청한 것이오. 침대 옆에 누워 있던 그 친구는 웃기 시작하며 그를 매우 심하게 조롱했소. 그 친구가 말하길, '어떤 꿈도 나를 놀라게 해서 내일을 포기시키지는 못할 걸세. 나는 자네가 꾼 꿈에 대하여 조금도 개의치 않는단 말일세. 꿈이란 한갓 허영과 어리석은 것들에 불과하거든. 사람들은 매일 올빼미며 원숭이며, 그 밖의 많은 놀랄 만한 것에 관한 꿈을 꾸지. 실제 있지도 않은 것에 대한 꿈을 꾼단 말일세. 자네는 여기에 더 머물러 시간을 허비할 작정인 것 같은데, 미안하지만 잘 지내게나!' 그런 뒤 그 친구는 그를 두고 길을 떠났소. 그의 여정의 반도 못 가서 어떤 이유 때문인지, 어떤 불행 때문인지는 몰라도 우연히 그 배의 밑바닥이 부서지면서, 함께 같은 시간에 항해하던 옆에 있던 다른 배들이 보는 앞에서 배며 사람이며 모두 물 아래로 잠기고 말았소. 그러므로, 사랑하는 퍼텔롯이여, 이러한 오래된 예들로 보아 꿈에 주의를 기울이지 않으면 안 된다는 사실을 당신은 배워야 하오. 정말이지 당신에게 말하지만, 심히 두렵게 여길 만한 꿈이 많기 때문이오. 내가 읽은 머시아의 고귀한 왕이신 케날푸스의 아들, 케넬름 성인의 전기를 보면, 케넬름이 꿈을 꾼 내용이 나온다오.[52] 어느 날 그가 살해되기 전에, 그는 꿈에서 자신을 살해한 자를 보았소. 그의 유모는 그에게 이 꿈에 대해 매우 자세하게 설명해 주었으며, 모반을 경계하여 몸조심하라고 그에게 이르기까지 했으나 그는 단지 일곱 살밖에 되지 않았고, 그의 마음 또한 대단히 성스러웠기

---

52) 케넬름은 일곱 살에 왕위를 계승하나 누이에 의해 죽임을 당한다. 무엇보다 중세 시대 그의 이야기는 사후 그의 삶과 기적 관련 이야기들로 당시 사람들에게 잘 알려졌다.

때문에 꿈에 대하여 조금도 주의를 기울이지 않았소. 하느님을 두고 맹세하건대, 나처럼 당신이 그에 관한 성인전(聖人傳)을 읽어 보았으면 좋았을 텐데……. 여보, 퍼텔롯, 진정 당신에게 말하건대, 아프리카에서 그 훌륭한 스키피오가 꾼 꿈에 관하여 쓴 마크로비우스[53]는 꿈을 입증하고 있으며, 꿈은 인간에게 미래에 일어날 일들을 경고해 준다고 말하고 있소. 게다가 바라건대 구약에 나오는 다니엘이 꿈을 환상으로 여겼는지 잘 보시오. 또한 요셉의 이야기를 읽어 보면, 거기에서 당신은 언제나 그런 것은 아니지만, 때때로 꿈이 후에 일어날 일들을 경고해 준다는 것을 알게 될 것이오. 이집트의 왕 파라오, 그의 요리사와 집사의 경우 또한 꿈에서 그들이 어떤 중요한 사실을 느끼지 못했는지 보시오. 다양한 국가의 역사를 읽다 보면 꿈에 관한 많은 놀라운 것들을 접할 수 있소. 리디아의 왕이었던 크로이소스를 보시오. 그가 나무 위에 앉아 있는 꿈을 꾸었는데, 그가 교수형을 당할 것임을 예언해 주지 않았소?

헥토르의 부인, 안드로마케를 보시오.[54] 헥토르가 목숨을 잃은 바로 그날 밤, 그녀는 꿈을 꾸게 되는데, 같은 날 헥토르

---

53) 『스키피오의 꿈』은 소실된 키케로의 『공화정에 관하여』의 한 부분이었지만, 마크로비우스가 비평과 함께 따로 책으로 제작한 덕분에 보존될 수 있었다. 이런 이유로 인하여 여기서처럼 이 작품의 저자를 마크로비우스로 잘못 알고 있는 경우가 많았다.
54) 안드로마케는 헥토르의 부인으로 헥토르가 전투에 나가 싸워 죽기 전날 남편이 죽는 예언몽을 꾸게 된다.

가 전장에 나가게 되면 그는 목숨을 잃고 말 것을 암시하였소. 그녀는 그에게 경고했으나 아무 소용이 없었소. 그런데도 그는 싸우러 나갔고, 아킬레우스에 의해 즉시 살해되고 말았소. 이 이야기를 다 하기에는 너무 길고, 날이 새고 있으니 지체할 수 없을 것 같소. 간단히 결론을 말하자면 나는 이 꿈으로 인하여 고통을 당하고 있는 것이오. 말하지만, 더군다나 완하제를 나는 가볍게 여기지 않소. 그것에 독이 있다는 것을 나는 잘 알고 있기 때문이오. 나는 그것을 먹지 않겠소. 나는 정말 그것을 좋아하지 않소! 이런 얘기는 그만하고, 자 이제 즐거운 이야기나 해 봅시다. 퍼텔롯이여, 축복을 받으려 하는지 한 가지에서 하느님께서 나에게 크나큰 은총을 내려 주셨소. 당신 얼굴의 아름다움을 볼 때마다 당신의 눈 아래는 붉은 장밋빛으로 변하는데, 이것이 나의 모든 두려움을 없애 준다오. 태초에 말씀이 있었나니,[55] '여자는 남자를 파멸시킨다.'[56]라는 것에는 진리가 있소. 이 라틴어는 여보, '여자는 남자의 기쁨이요, 남자의 모든 행복이라는 것'을 의미하고 있소. 그 이유는 밤에 내가 당신의 부드러운 옆구리를 느낄 때면 안타깝게도 우리의 횃대가 너무나 좁아 당신을 올라탈 수는 없지만, 난 기쁨과 위안으로 가득 차서 꿈이고 환상이고 다 거부하게 된다오."

---

55) 'In principio'는 진리의 초석이라고 할 수 있는 성경과 세례요한의 복음서를 시작하는 첫 마디이다.
56) 반페미니즘적 표현으로 라틴어책 『하드리아누스 황제의 회상록』에서 처음 사용되었으나, 당시 하나의 속담으로 빈번히 사용되었다.

날이 밝았기 때문에 이렇게 말한 뒤, 그는 서까래에서 내려와 앉았고, 그의 모든 암탉 또한 따라 내려와 앉았으며 '꼬끼오' 울음소리로 그는 그들을 부르기 시작했는데, 그 이유는 그가 뜰에 놓여 있는 곡식을 찾았기 때문이었다. 그는 왕처럼 위엄이 있어 보였고, 이제는 두려워하지도 않았다. 그는 퍼텔롯을 스무 차례나 깃털로 감싸 안았으며 오전 9시가 되기도 전에 수차례에 걸쳐 그녀와 관계를 맺었다. 그의 모습은 사나운 사자와 같았으며, 발가락으로 그는 뜰을 배회하고 다녔으나 여간해서 발바닥이 흙에 닿는 법이 없었다. 곡식을 찾기라도 하면 그는 '꼬끼오' 소리를 내었고, 그때 그의 모든 부인이 그에게로 달려가곤 했다. 궁 안에서의 왕자처럼 당당한 모습의 챈터클리어가 먹이를 먹도록 그대로 두고, 그에게 일어난 일이나 이야기할까 한다.

세상이 시작되고, 하느님이 최초로 인간을 창조하신 3월이 다 끝나고 지나갔을 때, 삼월이 지나고, 또 서른두 날이 지났으며, 챈터클리어는 의기양양한 모습으로 자신의 일곱 부인과 함께 걷다가 눈을 들어 반짝이는 태양을 바라보았다. 태양은 황소자리에서 21도보다 약간 더 진행되고 있었다. 그는 다른 어떤 가르침에서보다 본능적으로 9시라는 것을 알아차리고, 즐거운 목소리로 울어 댔다. 그가 말하길,

"태양이 하늘에 떠올라, 40도보다 약간 더 진행되었군. 이 세상 나의 축복인 페텔롯이여, 기쁨으로 가득한 새들이 노래하는 소리를 들어 보시오. 아름다운 꽃들이 피어나는 모습을 보시오. 나의 마음은 기쁨과 위안으로 가득 차 있소!"

그러나 갑자기 그에게 슬픈 사건이 벌어지고 말았는데, 기쁨의 끝은 슬픔이기 때문이다. 세속적인 기쁨은 이내 지나가고 만다는 것을 하느님께서는 알고 계시다. 한 수사학자가 글을 잘 쓸 수만 있다면 최고의 주목할 만한 사실로서 그 이야기를 연대기에 그럴듯하게 기술할 수 있을 텐데 말이다. 자, 모든 현명한 사람들은 내가 하는 이야기를 들어 보시오. 여자들이 상당한 존경을 표하는 란슬롯에 관한 책만큼이나 이 이야기도 실제로 있었던 일이다. 자 이제 이야기의 화제로 돌아갈까 한다.

신의 섭리로 운명처럼 숲속에서 삼 년 동안 살아온 교활하고 흉계로 가득한 여우 한 마리가 그날 밤 울타리를 부수고 넘어와 그 아름다운 챈터클리어와 그의 부인들이 자주 가던 뜰로 나오게 되었다. 챈터클리어는 여전히 양배추 더미를 침대 삼아 아침 늦은 시간까지 누워 있었고, 사람을 살해하기 위하여 기다리는 모든 살인자가 습관적으로 그러하듯 여우는 챈터클리어를 덮칠 기회를 엿보고 있었다. 동굴에서 숨어 기다리는 오, 사악한 살인자여! 오, 또 다른 이스카리옷이여, 또 다른 가늘롱이여, 거짓으로 가득한 사기꾼이여, 트로이에게 완전한 슬픔을 안겨 준 그리스의 시논이여![57] 오, 챈터클리어여, 네가 서까래에서 뜰로 내려앉은 그날이 저주스럽도다!

같은 날, 너의 목숨이 위태롭다는 것을 너의 꿈을 통하여

---

57) 이스카리옷은 예수를 배신한 가롯 유다이고(성서), 가늘롱은 롤랑을 배신한 자이다.(『롤랑의 노래』) 시논은 트로이 사람들이 목마를 시내로 들여놓도록 속인 그리스인이다.

너에게 확실히 경고했건만, 그러나 하느님께서 미리 알고 계시는 일은 꼭 일어나고야 마는 법, 일부 학자들의 견해 또한 그러하다. 그러나 어떤 완벽한 학자를 증인 삼아 입증하건대, 이 문제에 있어서 학파 사이에는 상당한 의견의 차이가 있었고, 수십만의 이르는 사람들을 끌어들였던 대단한 논쟁거리였다. 성스러운 학자이신 아우구스티누스나 보에티우스 혹은 브래드워다인 주교[58]처럼 곡식 알갱이와 겨를 선별할 정도로 하느님의 훌륭한 섭리가 나를 필연적으로 어떤 일을 하도록 강요한다거나, 내가 말하는 '필연적'이라는 것은 단순한 필연을 의미하는데, 혹은 비록 내가 행동하기 전에 하느님께서 그것을 미리 알겠지만, 자유의지에 따라 내가 같은 일을 행한다거나 행하지 않는다는 사실에 대하여 나는 제대로 알지 못한다. 혹은 조건적인 필요에 의한 것을 제외하고 신의 섭리가 제약을 주지 않는지, 나는 그러한 문제에 관하여 다루지 않으려 한다.

내 이야기는 여러분도 듣다시피, 수탉에 관한 것이며 그 수탉은 아내의 충고를 받아들여 안타깝게도 내가 여러분에게 이야기한 그 꿈을 꾼 다음 날 아침, 뜰을 걷게 된 것이다. 여자의 조언이란 항상 치명적인 것이다. 여자의 조언으로 우리 인류의 최초가 곤란을 겪었고 매우 행복하고 편안하게 살았

---

58) 옥스퍼드 신학자이며 캔터베리 대주교였던 브래드워다인은 '인간의 모든 것이 인간의 자유의지에 따라 움직인다.'라는 일부 진보 신학자들의 주장에 반하여 '인간은 잘 알지 못할지언정 신의 섭리에 따라 인간 만사가 이루어진다.'라고 믿었던 보수적인 정통 신학자였다.

던 낙원에서 아담이 추방되고 말았다. 내가 여자의 조언을 비난한다면 누구의 심기를 불편하게 할지 모르는 일이고, 장난으로 한 이야기이니 그만 넘어갈까 한다. 그러한 내용을 다루고 있는 권위자들의 글을 읽어 보면, 여러분들이 듣고자 하는 여자들에 관하여 그들은 이야기한다. 이 모든 것은 수탉이 한 말이지, 내가 한 이야기가 아니다. 여자에 대하여 나는 나쁜 마음을 품고 있지 않다.

태양을 바라보며, 퍼텔롯과 그녀의 모든 자매는 모래밭에서 즐겁게 일광욕을 즐기고 있었으며, 챈터클리어는 매우 자유롭게 바다의 인어보다 즐겁게 노래 부르고 있었다. (『동물학』에 의하면[59] 분명히 인어들은 노래를 즐겁게 그리고 잘 불렀다고 한다.) 그가 시선을 양배추에 앉아 있는 나비에게 던지자, 몸을 낮추고 있는 여우를 포착했다. 그러자 노래 부르고 싶은 마음이 그에게 들지 않았고, 즉시 "꼬끼오! 꼬끼오!" 소리를 치르며, 마음속으로 두려움을 느낀 사람처럼 펄쩍 뛰었다. 본능적으로 짐승이 적을 보게 되면, 비록 전에 눈으로 보지는 못했을지언정 적으로부터 달아나고자 하는 법이다. 챈터클리어가 그 여우를 보았을 때, 그는 도망치고 말았을 것인데, 여우가 즉각 챈터클리어에게 말하길,

"아이고, 선생님, 어딜 가시는 길이세요? 당신의 친구인 나를 왜 두려워하세요? 내가 당신에게 해를 입힌다거나 나쁜 짓

---

59) 당시 몇 개의 판본으로 독자들에게 읽힌 동물 관련 이야기로 이 안에는 실제 동물은 물론 상상의 동물, 예를 들어 신화에 등장하는 켄타우로스, 그리핀, 항해하는 선원을 유혹하는 세이렌에 관한 내용도 포함되어 있다.

을 하게 되면, 정말이지 나는 악마보다 나쁜 놈일 것입니다! 나는 당신을 염탐하기 위하여 온 것이 아니라, 사실 내가 온 이유는 단지 당신이 노래하는 것을 듣기 위해 왔답니다. 실로 당신은 하늘의 천사에 비길 만한 명랑한 목소리를 지니고 있어요. 게다가 당신의 노래에는 노래에 능했던 보에티우스만큼이나 더욱 감정이 들어가 있어요. 주여, 당신의 아버지, 하느님의 은총이 그의 영혼에 함께하길! 그리고 온화한 성품의 당신의 어머니 또한 대단히 만족스럽게도 내 집을 방문해 주셨답니다. 수탉님, 진정으로 나는 당신을 매우 기꺼이 만족시켜 드리고 싶어요. 노래하는 것에 대해 내가 할 이야기가 있는데, 내 두 눈으로 똑바로 본 것인데, 당신 말고 아침에 당신 아버지가 부르는 노랫소리에 버금갈 정도의 노랫소리를 들은 적이 없어요. 틀림없이 그가 노래하는 모든 것은 마음에서 우러나오는 것이었죠. 목소리를 보다 크게 내기 위하여, 그(당신의 아버지)는 두 눈을 감고, 동시에 발가락으로 서서, 목을 길고 가늘게 쭉 빼고서, 큰 소리로 노래를 부르려고 무척이나 애를 썼지요. 또한 그분은 매우 신중한 분이었고, 노래나 지혜에 있어서 그분을 능가할 사람은 이 지역에 누구도 없었답니다.

나는 『부르넬의 당나귀』[60]라는 책을 읽은 적이 있는데, 그의 이야기 가운데 한 수탉에 관한 내용이 있어요. 사제의 아들이 나이가 어리고 어리석을 때, 그 수탉의 다리를 발로 차

---

60) 이 작품은 12세기 코믹 우화이다. 일찍 일어나서 사제로 임명받고 성직을 수행해야 하는 사람이 있었는데, 한 영리한 수탉이 일부러 울지 않음으로써 그가 예전에 행한 잘못에 대해 복수한다는 내용이다.

고 말았는데, 이에 따라 그 수탉은 그 사제가 사제직을 잃도록 만들었죠. 그러나 분명한 것은 지혜나 분별력에 있어서 당신의 아버지와 이 수탉의 기지와는 비교가 되지 않을 것입니다. 자, 수탉님, 성스러운 자비를 베푸는 셈 치고 노래를 불러 보시오. 한번 봅시다. 당신의 아버지와 견줄 만한지?"

간계를 눈치채지 못한 사람처럼, 챈터클리어는 날개를 퍼덕거리며 그가 하는 아부에 황홀해지기 시작했다. 아이고, 여러 군주시여, 당신의 궁(宮) 안에는 많은 거짓 아부꾼과 아첨꾼들이 들끓고 있어 당신들에게 진실을 말하기보다는 진정 당신들을 더욱 만족시키려고만 하고 있다. 아부에 관한 내용의 전도서를 읽어 보시오. 그들의 배반을, 여러 군주여, 경계하시오. 챈터클리어는 발가락으로 높이 선 다음, 목을 쭉 빼고, 눈을 감은 채, 그를 위하여 큰 소리로 노래하기 시작했다. 그러자 여우 러셀경은 즉시 그에게 달려들어 챈터클리어의 목을 문 다음, 등에 그를 둘러메고 숲으로 향했는데, 그를 뒤쫓는 사람은 아무도 없었다.

오, 회피할 수 없는 운명이여! 아이고, 챈터클리어가 서까래에서 왜 내려왔던가! 아이고, 그의 부인이 꿈에 왜 주의를 기울이지 않았던가! 하필이면, 금요일[61]에 모든 불행이 발생하고 말았답니다. 오, 쾌락의 여신인 비너스여, 당신의 신하인 챈터클리어가 세상에서 자손을 번식하기보다는 쾌락을 추구하

---

61) 라틴어로 비너스의 날로 알려진 금요일은 예로부터 불운과 연관되어 있다. 그리스도가 십자가에 못 박힌 날일 뿐만 아니라, 아담과 이브가 에덴동산에서 쫓겨나고 대홍수가 금요일에 일어났다고 여겨진다.

는 데 온 힘을 다 바쳐 당신께 봉사했건만, 왜 하필이면 당신의 날에 그가 고통을 받아 죽도록 하십니까?

오, 최고의 스승인 제프리[62]여, 당신의 훌륭한 왕이신 리처드가 화살에 맞아 살해되었을 때, 당신은 그의 죽음을 마음 아프게 슬퍼했는데, 당신처럼 이 금요일을 비난할 수 있는 지혜와 학식이 왜 나에겐 없단 말입니까? 진정, 금요일 날, 그는 살해되었죠. (있기만 하다면) 챈터클리어의 두려움과 고통에 대하여 나의 애도를 당신께 보여 줄 수 있을 텐데. 분명 그렇게 애통한 울음소리는 트로이가 멸망했을 때, 그리고 『아이네이스』에 나와 있듯이, 피루스가 뽑아 든 칼로 프리아모스 왕의 턱수염을 잡고 그를 죽였을 때조차 여인들도 결코 내지 못했던 것으로, 챈터클리어의 모습을 보자 뜰에 있던 모든 암탉은 이처럼 소리를 냈다. 그러나 누구보다 큰 소리로 퍼텔롯 부인이 비명을 질렀는데, 그 소리는 남편이 목숨을 잃었을 때, 그리고 로마가 카르타고를 불태웠을 때 하스드루발[63]의 부인이 내었던 소리보다 더 컸다. 부인은 고통과 분노에 휩싸여 스스로 불 속으로 뛰어들어 경건한 마음으로 불타 죽었다. 네로가 로마시를 불태우고 죄 없는 원로원 의원들을 살해하자, 그들 남편이 목숨을 잃은 것에 대하여 의원 부인들이 울부짖었

---

62) 빈소프의 제프리는 초기 중세 문법 운동가이다. 그가 지은 대표적인 애도시인 「포이트리아 노바」는 리처드 1세의 서거에 관한 내용을 담고 있다.
63) 프리아모스가 아킬레우스의 아들인 피루스에 의해 죽는 장면은 『아이네이스』 2권에 묘사되어 있다. 하스드루발은 로마인들에게 파괴된 카르타고의 왕이다.

던 것 못지않게 오, 불쌍한 암탉들은 바로 그렇게 울부짖었다.

자 이제 내 이야기로 다시 돌아갈까 한다. 이 소박한 과부와 그녀의 두 딸 역시 암탉들의 비명과 근심 소리를 듣자 즉시 문밖으로 뛰쳐나왔고, 여우가 등에 수탉을 업은 채 숲으로 가는 것을 보자, "누가 좀, 도와줘요! 아이고! 아! 여우예요!"라고 소리치며 여우를 뒤쫓아갔다. 또한 막대기를 든 다른 많은 사람과 함께 개들, 콜, 탈보트, 그리고 개를란과 손에 실패를 든 매기도 함께 달리기 시작했는데, 개가 짖는 소리와 남자와 여자들의 외치는 소리에 놀란 소와 송아지, 돼지 또한 심장이 터질 정도로 달렸다. 그들은 지옥에서 악마가 외치듯이 소리를 질렀고 오리들은 사람들이 죽이려 할 때 내는 소리를 냈으며, 두려움에 질려 거위는 나무 위로 날아 올라갔고 벌집에서는 벌떼들이 뛰쳐나왔다. 하느님 맙소사! 그 소동은 너무 무시무시해서, 정말이지 잭 스트로우[64]와 폭동의 무리가 플란데런 사람들을 죽이려고 할 때 내었던 그 날카로운 외침도 그날 여우로 인하여 일어난 소리의 반도 채 되지 못했을 정도였다. 청동이며, 트럼펫, 회양목, 나팔과 뼈 따위를 가져와 불어대며, 고함치고 함성을 지르니, 하늘이 무너지는 것 같았다.

자, 여러분, 모두 내가 하는 이야기에 귀 기울여 주길 바란다. 보라, 행운의 여신이 갑작스럽게 자기 적이 품었던 희망과

---

64) 이 부분은 초서가 당시 사회적, 정치적 사건들을 직접적으로 언급한 유일한 예이다. 잭 스트로우는 농민 반란(1381)의 지도자 가운데 한 명으로 추정된다.

자부심을 뒤집어 버리는 것을 말이다! 여우의 등에 업혀 있던 수탉은 두려움에 떨며 여우에게 말을 건네길,

"여우님, 내가 당신이라면, 할 수만 있다면 뒤로 돌아보며 '이 바보 녀석들아! 너희 놈들 모두 저주나 받아라! 자, 나는 숲 가까이 왔으니 너희가 아무리 애써 봐도 수탉은 여기에 있을 것이고, 나는 그걸 맹세코 즉시 먹어 치우겠노라.'라고 말할 텐데요."

여우가 답하길,

"정말이지, 그렇게 될 거야."

그러자 수탉이 민첩하게 그의 입에서 떨어져 나와, 즉시 나무 위 높이 날아가 버렸다. 수탉이 날아가 버린 것을 본 여우가 말하길,

"아이고! 오, 챈터클리어, 아이고! 내가 당신을 잡아 뜰 밖으로 데리고 옴으로써 당신을 놀라게 한 것은 저의 잘못입니다. 그러나 수탉님, 나쁜 의도로 그렇게 한 것은 아닙니다. 이리 내려오세요. 그러면 내가 의도했던 바를 당신에게 말해 주겠어요. 진정으로! 당신에게 사실을 말하겠어요."

그가 답하길,

"그만둬요. 나는 우리 둘 모두를 저주하오. 만일 당신이 한 번 더 나를 속인다면 먼저 나 자신, 나의 피와 뼈를 저주할 것이오. 당신은 아부로 나를 노래하게 하고 눈을 감게 했는데 보아야 할 때 고의로 눈을 감는 사람은 하느님께서 잘되도록 허락하지 않으실 거요!"

여우가 답하길,

"그렇죠, 하느님께서는 그처럼 자제력이 부족하여 입을 다물어야 할 때 재잘거리며 이야기하는 사람에게 불행을 안겨 주지요."

보라, 부주의하고 방심하여, 감언이설에 넘어가는 결과가 이러하다는 것을. 그러나 이 이야기를 여우나 수탉, 그리고 암탉에 관한 어리석은 일로 여기는 사람들 모두는 교훈을 얻기 바란다. 바울 성인께서는 글로 쓰인 모든 것은 진정으로 우리를 가르치기 위하여 쓰였다고 말씀하셨다. 알맹이를 취하고 겨는 그대로 두기 바란다.

자, 선하신 하느님이시여, 당신의 뜻이라면, 나의 주교님께서 말씀하신 대로 우리 모두를 선하게 만들어 주소서. 그리고 우리를 당신의 높은 은총으로 이끌어 주소서!

아멘.

맺음말

우리의 여관 주인이 즉각 말하길,

"신부님, 당신의 엉덩이와 고환에 축복을 빌겠소! 챈터클리어에 관한 즐거운 이야기였습니다. 그러나 정말이지, 당신이 속인이라면 당신이 바로 능력 있는 수탉이 될 수 있을 텐데. 당신이 지닌 힘만큼이나 정신력을 가지고 있다면, 추측하건대 당신은 열일곱의 일곱 배가 넘는 암탉들이 필요할 것입니다. 보세요. 이 멋진 신부의 근육이며, 대단한 목이며 커다란 가슴을! 눈은 매의 눈을 닮았으며, 포르투갈산 붉은색 염료로 그의 얼굴빛을 칠할 필요도 없답니다. 자, 신부님, 당신의 이야기에 신의 축복이 있길 바랍니다!"

그런 다음, 그는 매우 즐거운 분위기에서, 여러분이 듣게 될 또 다른 사람에게 말을 건넸다.

8장

두 번째 수녀의 이야기

두 번째 수녀의 서시

죄악의 대리인이요, 터전이며 쾌락의 문지기인,
영어로 나태라고 부르는 것을 피하고 극복하기 위해서
우리는 그 정반대인 근면으로 맞서야 합니다.
또한 악마가 태만을 틈타 우리를 망치지 못하도록
우리는 온 힘을 다해 노력해야 합니다.
악마는 갖가지 교활한 수단으로 우리를 유혹하려고
끊임없이 노리고 있습니다.
그가 게으른 사람을 보기만 하면,
그는 아주 쉽게 그 게으른 사람을 그물로 잡을 수 있습니다.
하지만 잡힌 사람은 악마가 옷깃을 덥석 쥐고
낚아채는 그때까지 자기가 악마의 함정에
빠졌다는 것을 알지 못합니다. 그러니 우리는

열심히 일해서 태만의 죄를 범하지 말아야 합니다.

우리가 현세에 집착하여

설사 죽음을 전혀 두려워하지 않는다고 할지라도,

이치를 따져 보면, 태만이란

부패한 인간의 게으름을 말하는 것이니,

거기에는 아무런 이익도 좋은 일도 생길 수 없습니다.

나태는 게으른 사람들을 끈으로 묶어 두고

그를 자고 먹고 마시게 하며 남들이 노력해서 얻는 것을 먹게 합니다.

커다란 파멸의 원인인 게으름을 이겨 내기 위해서,

저는 당신의 영예로운 생애와 순교에 관한 이야기를

온 정성을 다해 옮겨 놓았습니다.

제가 말한 당신은 장미와 백합으로 만든 화환을

걸친 처녀요, 순교자인 성녀 체칠리아입니다.

성모에 대한 기도

먼저 저는 모든 처녀의 꽃이시며 베르나르도 성인이 그토록 글로 나타내기를 갈망했던 성모님께 기도드립니다. 우리 불행한 자들에게 위안을 주시는 성모님, 자신의 공덕으로 영원의 생명을 얻었고 악마와 싸워 이긴 당신의 처녀 중 한 분의 죽음에 대한 다음의 이야기를 제가 잘 전할 수 있도록 도와주소서.

동정녀이시며 어머니이신 당신, 당신의 거룩하신 아드님의 딸, 자비의 샘이며 죄 많은 영혼의 치유자이신 당신을 하느님은 선을 베풀기 위해 거하실 집으로 정하셨습니다. 모든 피조물 위에 높이 계시지만 자신을 낮추는 당신, 당신은 이제까지 인간의 본성을 무한히 고상하게 만드셨기 때문에, 인류의 창조자이신 하느님께서도 당신을 통해 그분의 아드님에게 피와 살이라는 인간의 옷을 입히시기를 마다하지 않으셨습니다.

영원하신 사랑과 평화이시고, 삼중(三重) 세계의 주인이시며 영도자이시고, 땅과 바다와 하늘이 찬양하기를 한시도 멈추지 않는 우리 주님은, 당신의 복된 몸 안에서 사람의 형태를 얻으셨습니다. 흠 없는 처녀이신 당신은 당신의 몸으로 모든 생물의 창조주를 낳으셨지만, 여전히 순결한 처녀로 남으셨습니다. 당신 속에서 숭고함은 자비와 선함과 연민과 결합하고, 미덕의 태양이신 당신은 당신에게 기도드리는 자들을 도우실 뿐 아니라, 사람들이 당신의 도움을 구하기도 전에 그들의 기도를 감찰하시어 무한히 자비를 베풀고 그들 생명의 치유자가 되어 주십니다.

유순하고 아름답고 축복받으신 동정녀 마리아님, 이 비통(悲痛)의 사막에 유배당한 저를 도와주십시오. 개들도 주인의 식탁에서 떨어진 음식 부스러기를 주워 먹는다고 말한 저 가나안 여인[65]을 상기해 주십시오. 비록 이브의 보잘것없는 후손이며 죄 많은 인간이기는 하지만 제 신앙을 받아 주십시오.

---

65) 「마태복음」 15장 27절에 나온다.

실행이 따르지 않은 신앙은 죽은 것이나 다름없으니, 가장 어두운 저곳으로부터 빠져나갈 수 있도록 제가 일할 수 있는 지혜와 기회를 베풀어 주십시오. 오, 아름답고 자비로우신 성모님, 신을 찬미하는 '호산나'가 끊임없이 울려 퍼지는 가장 높은 곳에서 저의 옹호자가 되어 주십시오.

그리스도의 모친이시며, 성 안나 소중한 따님이시여! 당신의 빛으로 옥에 갇힌 저의 영혼을 밝혀 주십시오. 저의 영혼은 이 육체의 나쁜 영향과 세속의 욕망과 헛된 애정의 중압에 큰 고통을 당하고 있습니다. 오, 환난을 당한 자의 피난처이시며 슬픔과 불행에 빠진 자들의 구원자이신 성모님, 이제부터 일을 할 저를 도와주십시오.

저의 글을 읽는 여러분은 이 이야기를 더욱 세련된 문체로 옮기기 위해 더 큰 노력을 기울이지 못한 저를 용서해 주시기 바랍니다. 왜냐하면 저는 그 성녀를 숭배하여 글을 쓴 저자의 말과 의미에 충실하여 성녀의 이야기를 옮겼기 때문입니다. 또한 부족한 부분이 있어 손볼 필요가 있다면 개선해 주실 것을 당부드리옵니다.

야곱 보레인 수사가 『성인전』에서 제의한 '체칠리아'라는 이름의 해석

누구든지 그녀에 관한 이야기를 읽으면 알 수 있겠지만, 저는 먼저 '체칠리아'라는 이름에 관해 설명하겠습니다. 영어로는 '하늘의 백합'이라는 뜻인데 이는 그녀가 너무나도 순결한 처녀성을 지녔기 때문입니다. 또 그녀는 '백합'이라고 불렸는데 이는 그녀가 순백(純白)의 명예, 푸른 양심, 감미로운 향취를 풍기는 훌륭한 명성의 소지자였기 때문입니다. 혹은 체칠리아는 '눈먼 사람들의 길'이라는 의미도 지니는데, 그것은 그녀가 좋은 가르침으로 만인의 모범이 되었기 때문입니다. 책에 쓰여 있는 것을 보면, 체칠리아라는 이름은 '하늘(heaven)'과 '레아(Leah)'의 결합인데, 여기서 '하늘'은 신성에 대한 그녀의 명상을 암시하며 '레아'는 그녀의 쉬지 않는 근면함을 뜻합니다. 체칠리아는 또 명철을 뜻하기도 하는데, 그것은 그녀의 예지적인 위대한 빛과 찬란한 덕성을 지칭하는 말입니다. 아니면 이 빛나는 처녀의 이름은 '하늘'과 '레오스(leos)'에서 오는 것인지도 모릅니다. 영어로 '레오스'는 '인간'을 뜻하기 때문에 사람들은 당연히 그녀를 '인류의 하늘'이라고 불러도 좋을 것입니다. 모든 선하고 현명한 행위의 모범이란 뜻이 되기 때문이지요. 사람들이 하늘 어디에서나 태양과 달과 별을 볼 수 있듯이, 사람들은 이 고귀한 처녀 속에서 믿음의 관대함과 지혜의 온전한 광휘(光輝)와 온갖 빛나는 덕행들을 정신적으로 볼 수 있습니다.

철학자들이 책에서 말했듯이, 하늘이 재빠르고 둥글고 불타고 있는 것과 같이 이 아름답고 순결한 체칠리아는 선행을 하는 데 언제나 재빠르고 근면했으며, 선한 인내에 있어서 둥글고 완전했으며, 자비의 빛나는 불길 속에서 끊임없이 불타고 있었습니다. 이것이 그 성녀의 이름에 관한 설명입니다.

두 번째 수녀의 이야기

읽은 바에 따르면, 눈부시게 아름다운 처녀 체칠리아는 로마의 귀족 집안에서 태어났고, 요람에서부터 그리스도의 믿음 속에서 자랐으며, 그리스도의 복음을 늘 마음속에 간직해 왔다. 책에 의하면, 그녀는 한시도 쉬지 않고 기도했으며, 하느님을 두려워하고 사랑했으며, 하느님이 그녀의 동정(童貞)을 지켜 주실 것을 빌었다. 이 소녀는 발레리안이라 불리는 청년에게 시집가기로 되어있었다. 결혼식 날이 되자, 경건하고 겸허한 마음으로 예식 준비에 임한 그녀는 너무도 잘 어울리는 금실로 짠 예복을 입었으며 안에는 털로 된 속옷을 걸쳤다. 오르간 소리가 울려 퍼지자, 그녀는 마음속으로 오직 하느님께 간구했다.

"오 하느님, 제가 부끄러움을 당하지 않도록 제 영혼과 몸을 흠 없이 지켜 주소서."

그녀는 십자가 위에서 숨을 거두신 주님을 사모하여 이틀 혹은 사흘에 걸쳐 단식하면서 애절한 기도를 드렸다. 드디어 밤이 되자 결혼식 관행에 따라 그녀는 남편과 함께 잠자리에 들어가야 했다. 그러나 그녀는 남편에게 이렇게 은밀히 말했다.

"오, 진정 사랑하는 남편이시여, 만일 당신이 들어주신다면, 제 비밀을 기꺼이 말씀드리고 싶어요. 그러나 당신은 그것을 절대로 누설하지 않겠다고 맹세해야 합니다."

발레리안은 즉시 맹세했다. 어떤 상황에서도 무슨 일이 닥친다 해도 그 비밀을 절대로 말하지 않겠다고 말이다. 그러자 체칠리아는 마침내 이렇게 말했다.

"저에게는 저를 너무나 사랑하기에 제가 잠들었거나 깨어 있거나 늘 제 몸을 밤낮으로 지켜 주는 천사가 하나 있습니다. 만일 당신이 제 몸에 손을 대거나 혹은 육욕적인 사랑을 한다면, 그것을 안 천사가 분명히 그리고 당장 당신을 죽일 것이며, 그렇게 되면 당신은 젊은 나이로 일생을 마치게 될 것입니다. 그러나 만일 당신이 정신적인 사랑으로 저를 지켜 주신다면, 그는 저를 사랑하듯 당신의 순결을 보아 당신을 사랑할 것이고, 당신에게 그의 기쁨과 빛나는 자태를 보여 주실 것입니다."

하느님이 원하신 대로 정결한 마음을 갖게 된 발레리안은 이렇게 답했다.

"내가 당신이 한 말을 믿으려면 당신은 나에게 그 천사를 보여 주고, 또 내가 그 천사를 자세히 살펴볼 기회를 주어야 하오. 만일 그가 진정 천사라면 나는 당신의 청을 들어주겠소. 그러나 당신이 만일 딴 남자를 사랑하는 거라면 맹세하건대 이 칼로 당신들 둘을 당장 죽여 버릴 거요."

그러자 체칠리아는 곧 이렇게 말했다.

"당신께서 그를 보기 원하신다면, 당신은 그리스도를 믿고 세례를 받아야 합니다. 그래야만 천사를 보실 수 있답니다. 여기에서 3마일 정도 거리에 있는 아피아 가도로 가세요. 그곳에서 제가 말씀드리는 대로 거기 사는 빈민들에게 말씀하세요. 그들에게 비밀스러운 용무와 선한 목적을 이루기 위해 체칠리아가 보내서 왔다고 말하고, 선하고 늙은 우르바노[66)]가 있는 곳을 알려 달라고 하세요. 우르바노 성인을 만나거든 제가 드린 이야기를 다시 하세요. 그러면 그 성인은 당신의 죄를 씻어 줄 것이고, 그러고 나면 당신은 그곳을 떠나기 전에 천사를 보게 될 거에요."

발레리안은 그곳으로 가서, 체칠리아가 말한 대로 거룩하고 연로한 우르바노를 찾았다. 우르바노는 성인들의 무덤 사이에 은거(隱居)하고 있었다. 발레리안은 주저하지 않고 체칠리아의 말을 전했다. 그랬더니 그의 말이 끝나자마자 노인은 손을 올려 기쁨을 표시하고 눈에는 눈물을 흘리며 이렇게 말했다.

"오, 전능하신 주님, 예수 그리스도여, 순결한 지혜의 씨 파종자, 인류의 목자시여, 당신께서 체칠리아에게 뿌리신 순결의 씨 열매를 당신께로 거두어들이십시오. 당신의 시녀인 체칠리아는 마치 근면한 벌과 같이 일체의 속임수도 부리지 않고 부지런히 일하며 한결같은 마음으로 당신을 섬기고 있습니다. 왜냐하면 체칠리아가 맞이한 남편은 사자와도 같은 사나운 사람이었으나 그녀가 이곳으로 보낸 그는 양과 같이 온순한 사람이 되었기 때문입니다."

그가 이렇게 말하자, 갑자기 흰색의 빛나는 옷을 입은 한 노인이 손에는 금자(金字)가 박힌 책을 들고 나타나 발레리안 앞에 섰다. 그를 본 발레리안은 두려움에 사로잡혀 죽은 사람처럼 그 자리에서 쓰러졌다. 그러자 그 노인은 발레리안을 안

---

66) 교황 우르바노 1세(Urbano 1세 재위 222-230년). 17대 교황이며 사후 성인으로 시성되었다.

아 올려서, 그 책을 보며 이렇게 읽어 내려갔다.

"하나의 주, 하나의 믿음, 한 분밖에 없는 하느님, 하나의 왕국, 모든 것, 모든 곳을 다스리시는 모든 사람의 아버지."

이 모든 말이 모두 금으로 새겨져 있었다. 글을 읽고 난 노인은 발레리안에게 물었다.

"너는 이것을 믿느냐 믿지 않느냐? 예, 혹은 아니요로 대답하라."

이에 발레리안이 답했다.

"저는 모든 것을 믿습니다. 감히 단언하건대, 누구도 하늘 아래 그보다 더 진실한 것을 상상할 수 없을 것입니다."

그러자 그 노인은 발레리안이 알 수 없는 곳으로 사라져 버렸다. 교황 우르바노는 그 자리에서 그에게 세례를 주었다.

발레리안이 집으로 돌아가자 그는 체칠리아가 자기 방에서 한 천사와 함께 서 있는 것을 보았다. 그 천사는 백합과 장미로 만든 화관 두 개를 손에 들고 있었다. 그리고 내가 알기로, 하나는 먼저 체칠리아에게 주고, 다른 하나는 그녀의 남편에게 주었다. 천사는 이렇게 말했다.

"순결한 몸과 결백한 생각으로 그 화관을 언제나 잘 지켜라. 나는 이것을 낙원에서 가져왔으며, 그 꽃은 절대 시들지 않을 것이며 달콤한 향기도 잃지 않을 것이다. 그리고 마음이 순결하지 않고 사악함을 미워하지 않는 자들에게는 절대 보이지 않을 것이니라. 그대, 발레리안은 좋은 충고를 재빨리 받아들였으니 원하는 것을 말하라, 그대의 청은 받아들여질 것이니라."

이에 발레리안이 답했다.

"저에게는 동생이 한 명 있습니다. 그리고 저는 그를 이 세상 누구보다 사랑합니다. 제가 이제 알게 된 진리를 그도 알 수 있도록 은총을 베풀어 주실 것을 간청합니다."

그러자 천사가 이렇게 말했다.

"너희 소원은 하느님을 기쁘게 해 드렸으니, 너희 둘은 다같이 순교의 영예를 지니고 하느님의 복된 잔치에 참여할 것이니라."

천사가 이렇게 말했을 때, 발레리안의 동생 티뷔르스가 들어왔다. 그리고 티뷔르스가 장미와 백합 향의 감미로운 향기를 맡았을 때, 그는 내심 매우 놀라며 이렇게 물었다.

"이런 계절에 내가 지금 맡고 있는 장미와 백합의 감미로운 향기가 도대체 어디에서 오는 것일까. 설사 그 꽃을 내 손에 쥐고 있다고 해도 이보다 더 강렬할 수가 없을 것이다. 내 가슴속을 파고드는 이 감미로운 향기는 나를 전연 딴 인간으로 만들어 버렸구나."

그러자 발레리안이 말했다.

"우리는 눈처럼 흰 화관과 장미처럼 붉은 화관을 가지고 있는데, 이 두 개의 화관이 밝게 빛을 내고 있지만 너의 눈은 그것을 볼 능력이 없단다. 네가 지금 그 꽃향기를 맡을 수 있는 것은 내가 기도를 드렸기 때문이란다. 나의 사랑하는 아우야, 만일 네가 참된 진실을 즉시 믿고 인정한다면 너는 그것을 볼 수 있을 거야."

그러자 티뷔르스가 대답했다.

"형님께서 실제로 저에게 그런 말씀을 하시는 겁니까? 아니면 제가 꿈속에서 이 말을 듣고 있는 것입니까?"

"아우야, 우리는 지금까지는 분명히 꿈속에서 헤매고 있었어. 그러나 이제 우리는 처음으로 진리 속에 거하게 되었단다."

"그것을 어떻게 무슨 방도로 알 수 있단 말입니까?"

"너에게 말해 주마. 만일 네가 우상을 버리고 순결해진다면, 하느님의 천사가 나에게 가르쳐 주신 진리를 너도 볼 수 있게 된다. 그렇지 않고는 달리 방도가 없어."

고귀하고 사랑받는 신학자인 암브로시우스 성인은 그의 글의 서두에서 이 두 화관의 기적에 대해 다음과 같이 엄숙한 찬양 조로 읊고 있다.

'하느님의 은총을 받은 체칠리아 성녀는 순교의 영예를 받기 위해 속세와 신혼의 침대를 버렸노라. 하느님께서는 관대함 속에서 그윽한 향기가 풍기는 화관 두 개를 할당하사 천사를 통해 발레리안과 티뷔르스에게 하사하셨으니, 그들의 개종을 목격할지어다. 그 처녀는 이들 두 사람을 천상의 행복으로 인도한 것이었노라. 그리하여 세상은 진실로 정신적 사랑에 대한 순결한 헌신의 가치를 배우게 되었노라.'

그런 다음 체칠리아는 우상은 말도 못 하고 귀도 멀었기 때문에 헛된 것에 지나지 않다는 것을 티뷔르스에게 명백하고 공공연하게 보여 주었다. 그러면서 티뷔르스에게 우상을 버리라고 말했다. 그러자 티뷔르스는 이렇게 말했다.

"정말이지, 당신의 말씀을 믿지 않는 자는 인간이 아니라 짐승입니다."

이 말을 들은 체칠리아는 티뷔르스의 가슴에 키스를 하고, 그가 진리를 보게 된 것을 매우 기뻐했다. 그리고 이렇게 말했다.

"오늘로 저는 당신을 동료로 삼겠어요."

이어서 복되고 사랑받는 이 아름다운 처녀는 이렇게 말했다.

"도련님, 그리스도의 사랑이 저를 당신 형님의 아내로 만든 것처럼, 저는 지금 이 자리에서 우상을 경멸하는 당신을 제 동료로 받아들이겠어요. 이제, 형님과 함께 가셔서 세례를 받으시고, 형님이 말씀하신 천사의 얼굴을 볼 수 있도록 자신을 깨끗이 정화하세요."

"형님, 우선 어디로 가서 누굴 만나야 하는지 말씀해 주십시오."

"누구를? 즐거운 마음으로 나를 따르렴. 너를 교황 우르바노에게로 데리고 갈 거야."

"우르바노라고요? 형님, 아니 저를 정말로 그곳으로 데려가시려고요? 그것 정말 놀라운 일이로군요. 아니, 설마 여러 번 사형 선고를 받고 이곳저곳 헤매며 굴혈이나 구석진 곳에 숨어 지내며, 사람들 앞에 얼굴을 내밀 수 없는 처지에 있는 바로 그 우르바노 이야기는 아니겠지요? 만일 그가 들키거나 혹은 누군가에 의해 발견된다면 그는 시뻘건 불에 태워 죽임을 당할 것입니다. 또 그와 함께 있는 우리마저 화형을 당할 거예요. 하늘에 은밀히 숨겨진 이 신(神)을 찾음으로써 우리는 어찌 되었든 현세에서는 화형을 당해야 할지도 모릅니다."

그러자 체칠리아는 그에게 담대하게 말했다.

"사랑하는 도련님, 만일 우리가 살고 있는 이 삶이 유일한 것이고, 다른 삶이 존재하지 않는다면, 우리가 생명을 잃는 것을 두려워하는 것은 지극히 당연합니다. 그러나 결코 두려워 마세요. 내세에는 이보다 더 나은 삶이 있고, 그 삶은 결코 잃어버릴 리 없습니다. 우리를 위해 하느님의 아드님께서 자비를 베푸셔서 우리에게 그것을 알려 주셨답니다. 천주의 아드님께서 이 세상의 만물을 창조하셨고, 하느님 아버지로부터 비롯된 성령님께서는 이성과 지성을 지닌 모든 생명체에게 영혼을 부여하셨습니다. 그분이 이 세상에 계실 때, 높으신 보좌에 앉으신 하느님의 아드님은 말씀과 기적을 통해 인간이 거할 수 있는 또 다른 삶이 있음을 말씀하셨습니다."

그러자 티뷔르스가 물었다.

"경애하는 형수님, 조금 전 하느님은 오직 한 분, 진실의 주님은 한 분밖에 없다고 하지 않으셨어요? 그런데 어떻게 이제 세 분이나 있는 것처럼 말씀하시지요?"

이에 성녀 체칠리아가 답했다.

"그것을 곧 설명해 드리겠어요. 한 인간에게 기억력, 상상력, 추리력과 같은 세 가지 능력이 있는 것처럼 한 분의 신성(神聖) 속에는 세 사람이 결합해 있답니다."

그런 다음 체칠리아는 그리스도의 재림과 그분이 당한 고통에 대해 그리고 그리스도의 수난에 얽힌 자세한 내용을 차근차근 설명했다. 또한 죄와 말할 수 없는 근심으로 묶여 있었던 인류를 구제하기 위해 하느님의 아드님께서 이 세상에 머무셨던 것을 말해 주었다. 체칠리아는 이 모든 것을 티뷔르스가 잘 알아들을 수 있도록 설명해 주었다. 그 후 성스러운 열망에 사로잡힌 티뷔르스는 형 발레리안과 함께 교황 우르바노를 찾아갔다. 우르바노는 하느님께 감사하고 기쁘고 즐거움 마음으로 티뷔르스에게 세례를 주었다. 그리고 그곳에서 그는 티뷔르스를 기독교 교리에 관한 온전한 지식을 갖춘 하느님의 기사로 만드셨다. 티뷔르스는 하느님의 은총을 입어 매일 정해진 시간에 하느님의 천사를 보았다. 그리고 무슨 일이든 하느님께 청한 것은 즉각 이루어졌다. 예수께서 이 세 사람을 위해 행하신 수많은 기적을 순서대로 말한다는 것은 매우 어려운 일이다. 그러나 이야기를 간단히 하자면, 로마의 관리들은 그들을 찾아내어 장관인 알마키우스 앞으로 끌고 갔다. 알마키우스는 그들을 심문해서 그들의 의도를 알아낸 다음 그들을 주피터 신상이 있는 제단으로 보냈다. 그러고는 다음과 같이 명했다.

"주피터 신에게 산 제물을 바치지 않는 자는 그의 목을 쳐라! 이것이 내 결정이다"

그러자 장관의 보좌관이던 막시무스라는 관리가 지금 내가 말하는 그 순교자들을 포박했다. 그러나 그들을 형장으로 끌고 가는 도중 막시무스는 그들이 너무 가엾어서 슬피 울었다. 막시무스가 이 성인들의 가르침을 들었을 때, 그는 사형 집행인들로부터 허락을 받아, 그들을 곧장 자기 집으로 모셨다. 그 성인들은 밤이 오기 전에 사형 집행인들과 막시무스와 그의 모든 가족에게 설교를 통해 그들을 거짓된 믿음에서 건져 내어 단 한 분의 하느님을 믿도록 개종시켰다. 밤이 되자, 체칠리아는 사제를 데리고 와서 그들 모두에게 세례를 베풀어 주었다. 그리고 새벽이 다가오자 엄숙한 표정으로 이렇게 말했다.

"그리스도의 참으로 사랑하는 기사들이여, 자, 이제 모든 암흑의 일들을 벗어 버리고, 빛의 갑옷으로 무장하십시오. 당신들은 진실을 위해 큰 싸움을 하셨고, 그 싸움은 끝이 났으며, 당신들은 믿음을 지켰습니다. 가서 시들지 않는 생명의 관을 받으십시오. 당신들이 섬기는 정당한 심판관은 그것을 받을 만한 가치가 있는 자에게 그 관을 주실 겁니다."

그러나 내가 지금 말한 이런 일들이 끝났을 때 로마 관리들은 그들을 끌고 가서 산 제물을 바치게 했다. 하지만 그들이 우상의 제단에 붙들려 왔을 때, 일어난 일들을 간략히 말하자면, 그들은 향을 피우거나 산 제물을 바칠 것을 완강히 거부하고, 겸허한 마음과 확고한 신앙심으로 무릎을 꿇고 앉았다. 이윽고 두 사람의 목이 그 자리에서 잘려 나갔다. 그리고 그들의 영혼은 자비의 왕에게로 올라갔다. 이 모든 것을 목격한 막시무스는 슬피 울면서 그들의 영혼이 화려한 빛을 발하는 천사들과 함께 하늘로 올라가는 것을 보았다고 즉시 알렸다. 그 말을 들은 많은 사람이 곧 예수를 믿게 되었다. 이 일로 인해 알마키우스는 막시무스가 죽을 때까지 납으로 만든 채찍을 맞도록 명했다.

체칠리아는 곧 막시무스의 시체를 받아 들고 그녀의 묘지에 있는 발레리안과 티뷔르스 옆에 있는 묘석 밑에 고이 안장했다. 그 후 알마키우스는 그의 관리들에게 황급히 명을 내려 체칠리아를 공개적으로 대령시키도록 했다. 그런 다음 자기가 보는 앞에서 체칠리아로 하여금 주피터 신에게 산 제물을 바치도록 하고, 향을 피워 올리도록 명했다. 그러나 체칠리아의 현명한 가르침을 받아 이미 기독교로 개종한 관리들은 슬피 울며 체칠리아의 말을 믿어 받들면서 계속해서 울부짖었다.

"예수 그리스도, 성자와 같은 훌륭한 분의 시중을 받으실 분, 하느님의 아드님이신 그분은 권세와 권능에 있어 하느님과 동등하시고 진정한 하느님이십니다. 설사 우리가 목숨을 잃을지라도 우리는 이 모든 것을 믿습니다."

이 모든 것을 들은 알마키우스는 체칠리아를 직접 보기 위해 그녀를 대령시키라고 명했다. 그리고 그녀에게 다음과 같은 첫 번째 질문을 던졌다.

"너는 어떤 여인이냐?"

"저는 귀족 가문의 여인입니다."

"너에게는 괴로운 일일지라도, 나는 너의 종교와 신앙에 관해서 물을 것이다."

"장관께서는 어리석은 질문을 시작하셨습니다. 우매하게도 한 가지 질문에 대해 두 개의 답변을 요구했기 때문입니다."

이러한 답변에 알마키우스가 말했다.

"어찌하여 너는 그렇게 무례한 말대꾸를 하는 것이냐?"

"어찌하여라니요? 저의 양심과 가식 없는 순전한 믿음에 바탕을 두고 하는 말입니다."

"너는 나의 권력을 두려워하지 않느냐?"

"당신의 권력 따위는 전혀 두려울 것이 못 됩니다. 왜냐하면 죽게 될 인간의 힘은 바람이 가득 찬 공기 주머니에 지나지 않기 때문입니다. 그것이 다 부풀려져도, 바늘 끝 하나만으로도 그 부풀려진 허영심을 오므라들게 할 수 있기 때문입니다."

"너의 생각은 시작부터 잘못되었고, 아직도 그 잘못을 고치지 않고 있다. 너는 우리의 고귀한 제왕들이 명을 내려 법을 제정한 사실, 즉 모든 기독교인이 기독교 신앙을 버리지 않으면 벌을 받을 것이고, 기독교를 버리면 그대로 방면된다는 것을 알지 못하느냐?"

"당신들의 제왕들이나 귀족들은 다같이 과오를 범하고 있습니다. 당신들은 황당한 죄목을 적용하여 우리에게 죄를 씌우고 있습니다. 하지만 사실인즉 우리에게는 죄가 없습니다. 당신은 우리에게 죄가 없음을 명백히 알면서도 우리가 그리스도를 공경하고 우리 자신을 기독교인이라고 부르기 때문에 우리에게 죄를 덮어씌우고 비난을 퍼붓는 것입니다. 그러나 그 '기독교인'이라는 명칭에는 큰 덕성이 깃들어 있음을 잘 알기 때문에 우리는 그 명칭을 저버릴 수 없습니다."

"다음 둘 중 하나를 선택하라. 제물을 바치거나 그렇지 않으면 기독교를 버려라. 그리하면 너는 목숨을 보전할 것이다."

이 말에 거룩하고 복된 아름다운 처녀 체칠리아는 웃음을 터뜨리면서 그 재판관에게 말했다.

"재판관님, 당신의 어리석음 속에서 혼란을 겪고 있군요. 저보고 순결을 버리고 악인이 되라는 것입니까? 보세요, 이 재판관은 만인이 보는 법정에서 사실을 호도하고 횡설수설하고 있습니다. 당신은 판결을 내리면서 미친 사람같이 눈을 부릅 뜨고 헛소리를 해 대고 있습니다."

이에 알마키우스가 소리쳤다.

"이 가련한 것아, 너는 내 권력이 얼마나 멀리 미치는지 모르느냐? 우리의 강대한 제왕들이 나에게 사람을 죽이고 살리는 권력과 권한을 주신 것을 모른단 말이냐? 너는 왜 나에게 이렇게 오만하게 대꾸하는 것이냐?"

"저는 오만하게 말하는 것이 아니고, 꿋꿋함으로 말하고 있습니다. 저는 오히려 우리 기독교인들은 오만이라는 죄를 지독히 미워한다고 말할 수 있습니다. 만일 당신이 진실을 듣는 것을 두려워하지 않는다면, 저는 당신이 이곳에서 가증스러운 거짓을 말했음을 공개적으로 또 명확히 보여 드리겠습니다. 당신은 당신의 제왕들이 당신에게 사람을 죽이고 살릴 수 있는 권한을 주었다고 하였습니다. 하지만 당신은 남의 생명을 빼앗을 수 있을 뿐, 그 외 힘이나 권한은 가진 것이 없습니다. 당신은 당신 제왕들로부터 단지 저승사자의 권한만을 부여받았다고 말할 수 있을 것입니다. 그 이상의 권한을 주장하면 곧 거짓이 되는 것입니다. 당신의 권력은 그와 같이 보잘것없는 것입니다."

화가 치민 알마키우스가 외쳤다.

"무례한 입을 닥치지 못할까! 이곳을 나가기 전에 우리의 신들에게 제물을 바쳐라. 네가 나에게 어떤 무례한 언사를 퍼부어도 나는 그것을 철학자처럼 참아 낼 것이다. 하지만 네가 여기서 우리의 신들을 비방한다면 나는 그것을 결코 묵과하지 않을 것이다."

체칠리아가 답했다.

"아, 어리석은 인간이여! 당신이 나에게 말을 시작하여 이제껏 말한 것은 단지 당신의 우매함을, 그리고 당신이 모든 면에서 무지한 관리이며 또한 어리석은 판관임을 보여 주었을 따름입니다. 당신의 육신의 눈은 완전히 닫혀 우리가 모두 돌로 보는 것을, 이는 누구나 다 아는 명백한 사실인데도 당신은 신(神)이라고 부르고 있습니다. 당신의 닫힌 눈으로는 그것을 볼 수 없을 것이니, 그 위에 손을 얹고 시험해 볼 것을 권합니다. 그러면 그것이 돌임을 알게 될 것입니다. 이에 사람들이 당신의 어리석음을 조롱하며 비웃을 텐데, 그것 또한 수치스러운 일이 아니고 무엇이겠습니까? 전능하신 하느님께서 높은 하늘에 계신다는 것은 만천하 사람들이 다 아는 사실입니다. 그런데 이러한 우상들은 당신도 잘 알다시피, 당신이나 그들 자신에게 아무런 이익도 가져다주지 못하며 그것은 동전 한 푼의 가치도 없습니다."

체칠리아는 이런 말과 함께 또 이와 비슷한 이야기를 했다. 화가 치민 알마키우스는 체칠리아를 그녀의 집으로 데려가라고 명했다. 그러고는 최후의 판결을 했다.

"자기 집에서 화염의 목욕통 속에서 타 죽게 하라."

그 명령은 곧 시행되었다. 형 집행인들은 체칠리아를 목욕통 속에 단단히 가두고, 밤낮으로 불을 땠다. 그러나 그 타오르는 불길과 목욕통의 뜨거운 열에도 불구하고 체칠리아는 그 긴 밤과 다음 날을 몸에 아무런 해도 입지 않고 시원하게 지냈다. 그 뜨거운 열을 받고도 땀 한 방울 흘리지 않은 것이다. 그러나 마침내 목욕통 속에서 목숨을 잃지 않을 수 없었으니, 사악한 마음을 품은 알마키우스가 전령을 보내 그녀의 목을 치게 했기 때문이다. 집행인은 체칠리아의 목을 세 번 내려쳤다. 그러나 아무리 해도 그녀의 목을 완전히 절단하지는 못했다. 당시에는, 목을 내려치는 힘의 강약을 불문하고 네 번째 목을 쳐서 죄인을 괴롭히는 것이 법으로 금해져 있었다. 그러므로 집행인은 감히 목을 더 이상 치지 못하고 목이 끊기어 반쯤 죽은 체칠리아를 그대로 두고 가 버렸다. 그러자 그녀 주위에 있던 기독교인들이 천 조각으로 정성껏 그녀의 출혈을 막았다. 체칠리아는 이러한 고통 속에서 사흘을 더 살면서, 그녀가 개종시킨 사람들에게 신앙을 계속해서 가르쳤다. 그녀는 사람들에게 설교를 계속하고, 자신의 물건과 재산을 나누어 주며, 교황 우르바노의 보호 속에 그들을 맡기면서 이렇게 말했다.

"저는 하늘에 계신 하느님께 단지 사흘만 더 이곳에 있게 해 달라고 빌었습니다. 그것은 제가 떠나기 전에 저들의 영혼을 당신께 맡기고 싶었기 때문입니다. 그리고 또한 저의 집이 영원한 교회가 되기를 바랐습니다."

성(聖) 우르반은 밤중에 부제들과 함께 남몰래 체칠리아의 시체를 성자들이 묻혀 있는 곳으로 옮겼다. 그리고 성스러운 예를 갖춰 성자들 사이에 그녀를 묻었다. 체칠리아의 집은 성 체칠리아 교회라고 명명되었고, 우르바노 성인은 합당한 의식에 맞춰 그 교회를 하느님께 바쳤다. 오늘날에도 그 교회에서는 그리스도와 그 성녀가 정중히 섬겨지고 있다.

두 번째 수녀의 이야기는 여기에서 끝이 난다.

성당 참사회[67] 위원의 자작농의 이야기

성당 참사회 위원의 자작농의 서시

체칠리아 성녀에 관한 이야기가 끝나고,
우리가 5마일도 채 가기 전에 보튼 언더 블린[68]에서
어떤 남자가 우리를 따라왔다.
그는 검은 옷을 걸치고 있었는데
안에는 흰 승복을 받쳐 입고 있었다.
그의 말은 얼룩덜룩한 회색이었고
보기에 놀라울 정도로 무섭게 땀을 흘리고 있었다.

---

67) 참사회는 주교를 선출하고 보좌하기 위한 업무를 수행하는 집단이었다. 참사회 위원은 교구 사제단을 대표하는 사제들로 구성되어 교구 행정 전반을 자문하였다.

68) 보튼 언더 블린은 잉글랜드 남동부 마을로 파버샴과 캔터베리 사이에 있다.

그는 3마일 정도를 전속력으로 달려온 것 같았다.

그를 보조하는 자작농이 타고 온 말도 마찬가지로

땀을 너무 많이 흘려서 움직이지 못할 지경이었다.

그 말은 목덜미 마구(馬具)까지 온통 거품으로 덮여 있었다.

그 남자는 온몸은 거품으로 얼룩져 까치 모양을 하고 있었다.

그의 말 엉덩이에는 가죽 가방이 접혀 놓여 있었다.

그는 몸에 걸친 것이 없는 가벼운 복장을 하고 있었는데

여름철에나 볼 수 있는 간소한 복장이었다.

나는 그가 무엇을 하는 사람일까 하고 내심 궁금하였다.

나는 그의 망토가 두건에 꿰매어 있는 모양을 보고

곰곰 생각하다 그가 성당 참사회 위원이라고 판단했다.

그의 모자는 끈에 매달려 등 뒤로 내려와 있었는데

그가 보통 걸음이나 총총걸음보다도

훨씬 빨리 말을 몰았기 때문이었으리라.

실제로 그는 미친 사람처럼 박차를 가해 말을 몰았다.

그는 두건 밑에 우엉 잎을 달았는데 이는 뜨거운 햇볕을 막아 머리가 열을 내지 않도록 하기 위해서였다.

그렇다고 해도 그의 땀 흘리는 모습은 보기에도 즐거웠다.

그의 이마에서는 마치 질경이나 쐬기풀이 가득 담긴 증류기처럼 땀방울이 비 오듯 뚝뚝 떨어졌다.

그가 우리에게 다가와서 외치기 시작했다.

"이 즐거운 순례자들에게 신의 가호가!

당신들과 같은 유쾌한 분들과 동행하려고 따라왔습니다."

그의 종자도 공손하게 말을 건넸다.

"반갑습니다. 저는 오늘 아침에

여러분이 여관에서 말을 타고 나오는 것을 보았기에

여기 계신 저의 주인님께 알렸습니다.

여러분과 함께하는 여행은 주인님께 매우 기쁜 일이고

또한 저의 주인님은 잡담하는 것을 즐기십니다."

그러자 여관 주인이 이렇게 말하였다.

"친구여, 하느님이 그대에게 행운을 주셨네그려!

자네 주인은 현명하신 분이 틀림없어.

그리고 내 추정컨대 무척 쾌활한 양반일 것 같아.

그래서 말인데 자네 주인이 재미난 이야기를

한두 개쯤 해 줄 수 있겠나? 그러면 우리가 상당히 즐거울

것 같은데."

"누구 말씀이시죠? 저희 주인님이요? 물론이지요.

주인님께서는 흥겨운 이야기에 정통하십니다.

필요 이상이긴 하지만요, 진짜입니다.

그리고 저만큼 주인님을 알게 된다면

그분이 얼마나 술수에 능하신지

그분이 하신 갖가지 일을 보면 무척 놀라실 겁니다.

주인님은 여러 가지 큰 사업도 맡으셨는데요,

여러분은 감당도 못 할 그런 일들이었답니다.

뭐 하는 방법을 배운다면 말이 달라지겠지만요.

여러분과 함께 평범하게 말을 타고는 계시지만

주인님을 아는 것만으로도 이득이 될 것입니다.

장담컨대 제 아무리 돈을 많이 준다 해도

주인님과의 친분을 저버리지는 않을 거예요.

이건 저의 전 재산을 걸고 말할 수 있는 것이지요.

주인님은 아주 신중하신 분입니다.

알려드리건대 저분은 뛰어난 분이십니다."

여관 주인이 물었다.

"그래, 그대에게 묻겠는데, 저분은 성직자인가?

아니면 무엇을 하는 분인지 말해 주길 바라네."

그러자 자작농인 종자가 답하였다.

"아니요. 확실히 주인님은 성직자보다 훌륭합니다.

간략히 주인님이 하시는 일을 알려 드리지요.

저희 주인님은 비범한 재주를 많이 갖고 계십니다.

하지만 저를 통해서 그걸 배우실 수는 없을 거예요.

그리고 저는 곁에서 주인님의 일을 도와드리고 있지요.

우리가 지금 말을 타고 가는 길 있지요? 캔터베리까지 가

는 길 말이에요.

주인님은 그 길을 온통 뒤엎어 놓고

금과 은으로 포장(鋪裝)할 수도 있답니다."

종자가 그렇게 말하자 그 말을 들은 여관 주인이 말했다.

"신의 가호가, 말도 안 돼! 이건 아주 놀라운 일이로군.

자네 주인이 그렇게 대단한 학자이자

사람들이 존경해 마지않을 인사라면

왜 자기 위신에는 저토록 신경을 쓰지 않는단 말인가?

그의 겉옷은, 저런 명사의 옷으로는

사실 동전 한 푼의 가치도 없네.

더럽고 누더기처럼 해어지기까지 했네.

왜 자네 주인은 저렇게 남루한 옷을 걸치고 있단 말인가?

당연히 더 훌륭한 의복을 갖출 수 있었을 텐데 말이야.

물론 그에 대한 자네의 말이 사실이라면 말이야.

말해 주게. 자네에게 원하는 일일세."

자작농인 종자가 답하였다.

"왜냐고요? 그걸 왜 저에게 물어보시는 것입니까?

맹세컨대, 주인님은 평생 신세가 피지 못할 거예요.

하지만 제가 한 말을 알리고 싶지 않아요.

그러니 부탁하건대 비밀로 지켜 주십시오.

사실 제가 믿는 바에 따르면 주인님의 재주는 너무도 출중하십니다. 하지만 지나친 것은 해가 된다는 옛 성현의 말이 있잖아요. 그래서 전 주인님이 무지하고 어리석은 분이라고 생각한답니다.

재주가 너무 많은 사람은 종종 그 지식을 잘못 사용하곤 하잖아요. 저의 주인님도 그런 예라고 볼 수 있어서 저의 가슴이 아픕니다. 하느님께서 도와주시길! 더는 할 말이 없습니다."

여관 주인이 말했다.

"여보게, 종자 양반, 그렇게 신경 쓸 거 없네.

자네는 자네 주인의 재주가 무엇인지 알고 있으니

부탁하건대, 그의 재주가 그렇게 비범하고 신출귀몰하다니

그가 어떤 일을 하는지 말해 주지 않겠나. 그리고 자네는

어디서 사는가?"

이에 종자가 답하였다.

"도시 외곽, 길모퉁이나 막다른 골목에 숨어 삽니다.

온갖 종류의 강도나 도둑놈들이 은밀하게 숨어 지내는 곳입니다.

자기 존재를 드러내는 것을 두려워하는 자들 말이지요.

솔직히 말해 우리도 그런 곳에 삽니다."

"그런가, 이제 다른 걸 하나 물어보겠네.

자네 얼굴은 왜 그렇게 변색되었는가?"

종자가 답하였다.

"베드로 성자시여!

하느님께서 제게 힘겨운 영광(榮光)을 주셨습니다.

저는 항상 불을 불어 댔는데 제 생각에는

그 때문에 얼굴색이 변한 것 같습니다.

저는 거울을 보고 꾸미는 데 익숙하지 않아서 말이지요.

하지만 저는 연금술을 배우려고 죽도록 일했습니다.

우리는 끊임없이 반복되는 실수 속에서

불 속에 여러 가지를 쏟아부었지만,

항상 욕망을 채우는 데는 실패했습니다.

성공적인 결과를 얻지 못했지요.

또 너무나 많은 사람에게 망상을 심어 주었습니다.

그러고는 한두 파운드 정도의 금을 빌렸지요.

그것이 열 파운드가 되고 열두 파운드가 되더니 나중에는 훨씬 더 많아졌습니다.

그리고 우리는 그들이 적어도 한 파운드의 금을

두 파운드 금으로 늘릴 수 있다고 믿게 했습니다.

하지만 그건 거짓말입니다. 그럼에도 우리는 희망을 잃지

않고 일의 성취를 위해 부단히 노력하지요.

그러나 연금술은 우리보다 너무나 앞서 있기 때문에

우리가 아무리 노력한다 해도 따라잡을 수 없고

눈 깜짝할 사이에 빠져나가 버리지요.

그리고 우리는 결국에는 알거지가 되고 말 것입니다.”

자작농이 이렇게 이야기하는 동안에

이 성당 참사회 위원은 가까이 다가와서

자작농이 말하는 것을 다 들었다.

이렇게 엿듣는 것은 그가 사람들이 하는 말에

의심하고 있었기 때문이었다.

카토도 말했듯이, 죄를 지은 자는

온통 자기 말을 하는 것 같다고 생각하는 법이다.

그래서 성당 참사회 의원도 그렇듯

가까이 와서 자기 종자가 하는 말을 들은 것이었다.

그리고 종자에게 이렇게 말했다.

“이제 그 입을 다물고 다시는 한 마디도 지껄이지 말아라.

그러지 않으면 참혹한 대가를 치를 것이니라.

너는 여기 이 사람들에게 내 험담을 늘어놓고

숨겨야 할 사실들을 발설하고 있느니라!”

그러자 여관 주인이 말했다.

“무슨 일이 일어나든 계속 말해 보게,

저런 협박 따위에는 눈 하나 까딱할 것 없네!"

이에 자작농이 말했다.

"사실이지 더 이상 조금도 신경 쓰지 않습니다."

참사회 의원은 종자가 자기 말을 듣지도 않고

자신의 비밀을 폭로하는 것을 보자 실로 비통해하고

수치심을 이기지 못하고 도망쳐 버렸다.

그러자 자작농이 말을 이었다.

"그럼, 이제부터 재미있겠군요.

제가 알고 있는 모든 것을 알려 드리겠습니다.

저의 주인이 떠나 버렸으니 악마가 그를 죽여 버릴 것입니
다!

약속하건대 아무리 돈을 많이 준다 해도

저자와는 두 번 다시 상종하지 않겠습니다.

저 인간이 처음에 저를 이런 나쁜 길로 끌어들였습니다.

저 작자가 죽기 전에 슬픔과 치욕을 받아야 할 텐데.

왜냐하면 그것은 실로 저에게 심각한 일이고,

남들이 무어라 지껄이든 저는 그것을 잘 느낄 수 있습니다.

제가 고통과 비탄, 슬픔과 고역, 불행을 겪었지만

저는 결코 그 일에서 손을 뗄 수가 없었습니다.

제가 하느님의 은총에 힘입어 그 기술에 관한

모든 것을 말할 재주가 있으면 좋으련만.

하지만 일부만 말해 드리겠습니다.

저의 주인도 떠나 버렸으니 아무것도 감추지 않고

제가 알고 있는 것을 말씀해 드리겠습니다."

성당 참사회의 자작농의 이야기

1

이 성당 참사회 위원과 나는 칠 년을 함께 살았다. 하지만 그의 기술에 대해서는 하나도 알지 못한 채 내가 가진 모든 것을 잃게 되었다. 하느님은 아실 것이다. 그런 사람이 나 말고도 많다는 사실을 말이다. 나도 한때는 화려한 옷과 값비싼 장신구로 치장하던 멋있고 유쾌한 시절이 있었다. 그런데 지금은 낡은 긴 양말을 머리에 써야 할 지경이다. 이 얼굴도 화색이 돌던 때가 있었지만 지금은 보시다시피 창백하고 납(鈉) 빛으로 변해 버렸다. 누구든 그따위 연금술을 하려는 자는 후회막심하며 슬픔을 맛보게 될 것이다. 너무나 고되게 일을 한 나머지 눈마저 침침해졌다. 자, 연금술이 내게 남긴 것을 보라! 그 요물 같은 기술 때문에 나는 알거지가 되어 버렸다. 사방천지 어디를 둘러봐도 내 것이라고는 찾아볼 수 없는 처량한 신세가 되어 버렸다. 게다가 전에 빌린 금들 때문에 빚더미에 올라앉아서, 아마 평생에도 갚지 못할 것이다.

부디 나를 보고 모든 사람이 조심하기를 바란다. 그리고 누구든 연금술 따위에 손을 대고 맛을 들인다면 그의 호시절은 다 간 셈이다. 하느님 도와주소서! 연금술을 하는 자는 아무것도 얻지 못하고, 텅 빈 지갑과 텅 빈 머리를 갖게 된다. 그러고는 광기와 우둔함에 빠져서 자기 재산을 날려 버리고 다른 사람들을 꾀어 대기 시작한다. 자신이 그랬듯 그들이 가진 것을 모조리 날려 버리게 한다. 사악한 자들에게는 그들의 동료가 고통을 당하고 불행에 빠지는 것을 본다는 것이 큰 기쁨이요, 위안이 되기 때문이다. 내가 어떤 학식 있는 분께 배운 바에 의하면 그렇다. 하지만 그건 그다지 중요한 일이 아니다. 어쨌든 간에 내가 해 온 일에 대해 말하겠다.

일단 그 신비스러운 기술을 실험하기로 한 곳에 들어서면 우리는 놀라우리만치 현명해 보인다. 우리가 쓰는 용어들이 유식한 척하고 기묘한 것들이기 때문이다. 나는 심장에 맞이 가 버릴 만큼 불을 붙어 댄다. 일에 필요한 재료의 배합률에 대해 내가 여러분께 일일이 나열할 필요는 없을 것이다. 5온스였나, 6온스였나? 아무튼 그 정도의 은(銀)을 조금 넣고, 음. 다른 것들은, 모든 재료를 말하려니 기억력이 달린다. 웅황(雄黃)[69]과 뼈 태운 것, 그리고 쇠에 슨 녹(綠)을 곱게 간 것 등이었다. 내가 말한 그 가루를 토기 속에 넣기 전에 소금과 후추를 첨가하고 그런 다음 그 위에 유리판을 덮는 일, 어떻게 항아리와 유리병을 밀봉하고 공기가 새지 않게 하는 것 등을 일일이 말하는 것이 무슨 소용이 있을까? 또한 화력의 강약을 조절하는 것, 질료를 승화시키면서 우리가 겪은 고통, 걱정, 비애, 좌절감 등을 여기서 늘어놓은들 무슨 소용이 있을까? 수은을 구워서 석회로 만들고, 아말감화(化)하는 것도 우리의 재주로는 결코 이룰 수 없는 것이었다. 그리고 반암판에

---

69) 웅황은 투명한 황색의 황화비소 광물이다.

웅황과 승화(昇華)된 수은 그리고 일산화납 일정량을 시험해 봐도 아무 소용이 없었다. 모두 수포로 돌아갔고 우리의 노력은 헛된 것이 되었다. 가스의 상승이나 용기 바닥에 굳어진 고체도 우리의 실험에 전혀 도움을 주지 못했다. 우리는 죽어라 고생했지만 마치 허깨비에 홀린 것처럼 우리가 투자한 경비는 송두리째 날아가 버렸다.

정말이지 우리 기술에 관해 말할 수 있는 것들이 많다. 하지만 그 모든 것을 일목요연하게 말할 수 없는 것은 다 내가 못 배우고 무식한 탓이다. 그러니 내 머릿속에 떠오르는 대로 말씀드리겠다. 종류에 따라 정리할 수는 없겠지만 말이다. 아르메니안 점토, 붕사(硼砂), 녹청(綠靑)과 여러 종류의 토기와 유리병, 소변기(小便器)와 증류기, 물약 병, 도가니, 승화기(昇華器), 시험관, 그리고 정화기와 그 외 잡다한 것들이 있지만 하등의 가치가 없는 것들이었다. 이런 것들을 일일이 다 설명할 필요가 없다. 붉은색 염료로 만들어진 물과 붉은색 물[70]과 황소의 쓸개, 비소, 염화암모늄, 황(黃) 말고도 내가 알려 줄 약초들이 많다. 쥐오줌풀, 짚신나물, 고사리처럼 여러 가지가 있지만 다 말하진 않겠다. 밤낮으로 켜 두는 등불이며, 하소(煆燒)와 물의 백화(白花)를 위해 준비한 화로며, 생석회(生石灰)와 백악(白堊), 달걀흰자, 온갖 분말, 재, 똥, 오줌, 찰흙과 밀봉된 조그만 자루, 초석(礎石), 황산, 여러 종류의 나무

---

70) 금을 만들기 위해 붉은색 염료를 녹여 생성되는 물을 말한다. 흰색 염료는 은을 만들 때 사용했다.

와 석탄으로 내는 불꽃, 염기성 금속, 소금, 탄산칼륨, 그리고 산화물과 응고물, 사람이나 말의 털과 섞어서 만든 사기 그릇과 주석 기름, 명반, 유리, 효모, 개쑥갓, 조주석(粗酒石), 계관석(鷄冠石), 흡수성이 있는 물질들, 혼합제, 담황색 은 시험, 그리고 접합시키고 발효시키는 일과, 우리가 사용한 수많은 도구와 시험 기기, 이런 것들을 나열하기 시작하면 끝이 없겠다. 고화(固化)와 발효를 비롯하여 응고물로 하는 실험 등 이루 말할 수 없을 만큼 많다.

내가 배운 바를 여러분께 알려 드리건대 네 개의 기(氣) 일곱 개의 체(體)에 대해 내 주인이 예전에 말한 순서대로 말씀 드리겠다. 첫 번째 기(氣)는 수은이며, 두 번째 기는 웅황(雄黃), 세 번째 기는 염화암모늄이고, 네 번째 기는 유황이다. 이제 일곱 체(體)에 대해 말씀드리겠다. 주지하다시피 태양은 금(金)이고 달은 은(銀)이다. 화성은 철이고 수은에 해당하는 것은 수성이다. 토성은 납(鈉)이며 목성은 주석이다. 그리고 금성은 구리이다. 이런 저주받은 기술을 배우려는 사람은 평생을 가도 돈이 모자랄 것이다. 거기에 쓰는 돈은 그저 잃어버린 거라고 보면 된다. 이것은 자신 있게 말씀드릴 수 있다.

여러분 가운데 혹시 자신이 바보라고 자랑하고 싶은 분이 있다면 연금술을 공부하라. 금고에 돈푼이나 있다는 자가 있다면 어디 나서서 연금술사가 되어 보라고 하라. 결과가 어떠할지 뻔한 일이다. 연금술이 배우기 쉽다고? 절대로 아니다. 신이시여! 수도사이건 탁발 수사이건 사제(師弟)이건 성당 참사회 의원이건 간에 밤낮없이 앉아서 책을 판답시고 이 요상하고 해괴망측한 재주를 연구한다면 결국에는 아무것도 건지지 못할 것이다. 모든 것이 허사(虛事)이고 정말이지 허사보다 더 나쁜 것이다. 일이 이러한데 무식한 자에게 그 난해한 재주를 가르친다, 에이, 이건 정말이지 말도 안 돼! 또 공부를 한 사람이건 아니건 간에 실제 결과는 똑같다. 구세주이신 하느님 앞에 맹세하건대 연금술을 공부한 결과는 똑같을 수밖에 없다. 할 수 있는 모든 것을 시도해 본다 한들 종국에는 실패하고 눈물짓게 된다는 말이다.

다른 재료들도 미리 말씀드렸어야 했는데 깜빡했다. 산성수와 쇠줄 밥, 물체를 부드럽게 하거나 강하게 하는 일, 기름과 세정수, 그리고 녹기 쉬운 금속들을 다 말씀드리려면 세상에 있는 어느 책보다 길어질 것이다. 그래도 중요한 것들은 말씀드린 바와 같으니 대충 충분하다고 생각된다. 이 정도면 아무리 흉악한 모습을 한 악마라도 깨우기에 충분할 것이다.

아, 잠깐만, 우리는 '연금약액(鍊金藥液)'이라 부르는 현자(賢者)의 돌을 열심히 찾는다. 그것만 얻으면 우리는 평안하게 살 수 있기 때문이다. 하지만 우리가 온갖 재주를 부려도 일을 마치고 나면 그것은 나타나 주지 않는다. 그 연금약액에 미친 나머지 내가 가진 걸 다 탕진해서 미쳐 버릴 만큼 슬프지만, 언제나 한 가닥의 희망이 우리 마음속에 스며들어 우리가 아무리 심한 고통을 당할지라도 결국 성공할 거라고 생각하게 된다. 하지만 이런 생각과 희망은 더욱 우리를 힘들고 괴롭게 한다.

그 약은 절대 얻을 수 없는 것이라고 여러분께 경고한다. 연금술을 믿고 덤비는 사람은 언젠가는 반드시 얻을 거라는 가 냘픈 믿음 때문에 가진 재산을 다 탕진하게 되는 것이다. 그런 데도 사람들은 그 짓에 미쳐서, 그것이 달콤쌉싸름한 것이어 서 그런지 몰라도 자신이 죽기 전에는 믿음이 가시지 않아 고 생 끝에 낙(樂)이 올 거라고 믿는다. 그래서 그들은 가진 전부 인, 밤에 덮을 천 쪼가리 하나와 낮에 입을 다 해진 망토 하나 라도 모조리 팔아 치워 연금술에 투자하는 것이다. 완전히 빈 털터리가 될 때까지 멈출 수가 없다. 또한 그들이 어디를 가든 몸에서 풍기는 유황 냄새 때문에 사람들은 그들이 연금술사 라는 것을 쉽게 알아차린다. 마치 염소처럼 악취를 내뿜거든. 그들의 냄새는 너무 독하고 강렬해서 1마일이나 떨어져 있는 사람도 연금술사가 근처에 왔다고 소리 지를 정도이다. 정말 이다! 그러므로 조금만 신경을 기울여 주위를 살펴본다면 고 약한 냄새를 풍기고 다 해진 옷을 입는 자들이 연금술사임을 알 수 있게 된다. 그리고 누군가가 그들에게 왜 그런 거지 같 은 차림이냐고 조용히 물으면 그들은 곧 귀에다 속닥거리면서 말할 것이다. 연금술사라는 자신의 신분이 발각되기라도 하는 날이면 사람들이 그 연금술 재주로 인해서 자신들을 살해할 것이라고 말이다. 그 인간들은 이런 식으로 무고(無辜)한 사람 들에게 사기를 친다.

　그만하고 내 이야기를 시작하겠다. 화로에 항아리를 올려 놓기 전에 내 주인은 일정량의 금속을 다룬다. 오직 나의 주 인만이 하는 일이다. 그는 일정량의 다른 재료와 함께 다양한 금속을 다룬다. 이제 내 주인이 가 버렸으니 아무 거리낌 없이 지껄이겠다. 사람들은 내 주인이 재주가 좋다고 말했다. 나도 뭐, 주인이 그런 정도의 명성을 지니고 있다는 것을 잘 안다. 그런 주인도 실수를 자주 저질렀다. 어떤 실수냐고? 자주 일어나는 일인데 그놈의 항아리가 산산이 부서져 버리는 것이다. 그러면 모든 것이 허사가 된다. 내가 말한 금속들은 매우 반응성이 강해서 작업실 벽이 그 폭발력을 견뎌 내지 못한다. 벽이 석회와 돌로 만들어지지 않는 한 금속 파편들은 그렇게 세게 튀어 나가 벽을 뚫어 버린다. 나머지 파편들은 바닥에 박힌다. 이렇게 해서 우리는 몇 파운드나 되는 금속들을 여러 차례 잃게 되었다. 일부는 바닥에 흩뿌려져 있고, 분명히 천장에도 조금 튀었을 것이다. 악마란 놈이 우리 앞에 나타나지 않았지만, 그 악당이 우리와 함께 있었음이 틀림없다. 악마가 왕이고 주인으로 행세하는 지옥에서도 우리가 느낀 슬픔과 원한, 분노를 찾을 수는 없을 것이다.

말씀드린 대로 일단 항아리가 깨지고 나면 모두 화가 나 서로 힐책하기 시작한다. 어떤 이는 불 조절이 잘못되었다고 말하고, 어떤 이는 그것이 아니라 불을 세게 땠기 때문이라고 한다. 그것은 내가 맡은 분야라 가슴이 철렁 내려앉곤 한다. 또 어떤 이는 "재료 때문이야! 이 바보 천치들아!"라고 소리를 지른다. "재료와 금속의 혼합이 적절하지 않았던 거야." 이제 네 번째 사람이 낄 차례이다. "아냐. 입 닥치고 내 말을 들어. 너도밤나무 장작을 쓰지 않았기 때문이야. 그게 원인이고 다른 이유가 없어. 그렇지 않으면 내 성(姓)을 갈아 버리겠어!"

이유가 무엇인지 알 수 없지만 확실히 알 수 있는 건 우리 사이에 커다란 분쟁이 일어났다는 것이다. 그러면 주인이 버럭 소리를 지른다.

"그만들 해! 어쩔 수 없잖아. 항아리에 금이 간 것이 확실한 것 같아. 당연한 결과니까 놀라 서 있지 말라고. 늘 하듯이 얼른 바닥을 쓸고, 기운들 내고 한 번 더 해봐."

우리는 바닥에 널브러진 쓰레기를 쓸어서 한데 모으고 두꺼운 천을 바닥에 깔았다. 그런 다음 모아 놓은 쓰레기를 체에 넣고 수없이 체질을 반복하여 걸러 내고 집어내기를 반복했다. 그러면 누군가 말한다.

"다행이야, 다 건지지는 못했지만 약간의 쇠붙이는 나왔어. 이번에는 수포로 되었지만, 다음번에는 잘될 거야. 우린 투자를 더 해야만 해. 장사도 위험을 감수해야 되거든. 말이야 바른말이지 장사꾼도 항상 장사가 잘되란 법이 없잖아. 장사를 하다 보면 때론 물건이 바다에 빠지기도 하고 때론 육지로 무사히 가져오기도 하잖아."

그러면 다시 주인이 말한다.

"자, 조용! 다음번에는 실험을 더 잘할 수 있어. 만약 다음에도 실패한다면 나를 욕해도 좋아. 이번에는 다소 실수가 있었어. 내 인정하지."

그러면 또 다른 녀석이 나서서 불이 너무 뜨거웠다고 말한다. 불이 뜨거웠든 차가웠든 간에 내가 말할 수 있는 것은 우리는 항상 나쁜 결과를 맞닥뜨렸다는 것이다. 우리는 원하는 것을 얻지 못하고 미쳐 날뛰며 헛소리만 지껄인다. 우리가 한 자리에 모이면 모두 솔로몬처럼 현명해 보인다. 그러나 내가 전에 들은 것처럼 반짝인다고 다 금이 아닌 것이다. 상인이 제 아무리 외치고 선전한다 해도 또한 눈에 그럴싸하게 보여도 진정한 사과 맛을 보여 주지는 못한다. 우리도 똑같다. 실험으로 입증되는데 우리 중 가장 똑똑해 보이는 자가 제일 멍청하다는 것이 드러난다. 그리고 가장 정직해 보이는 자는 도둑이다. 내가 여러분을 떠나기 전에 그리고 내 이야기가 끝날 무렵에 내 말이 옳다는 것을 알게 될 것이다.

2

우리 무리 중에 성당 참사회 의원 한 사람이 있었는데 어찌나 나쁜 인간인지 니네베(아시리아의 옛 수도)와 로마, 알렉산드리아와 트로이 그리고 다른 세 도시를 합친 것보다 더 큰 도시의 주민을 감염시킬 수 있는 자였다. 이 자가 부린 술수와 사기술은 무궁무진하여 그 누가 천년을 산다 한들 다 기록하지 못할 것이다. 사기술을 발휘하면 이 세상에 그와 대적할 자가 없었다. 왜냐하면 누군가와 일단 대화를 시작하면 하도 능수능란하게 화술을 엮어 가기 때문에 그와 같은 악독한 인간이 아니라면 상대방은 바보같이 행동하게 된다. 이전에도 그는 많은 사람에게 사기를 쳐 왔고 더 오래 산다면 더 많은 사람을 등쳐먹을 것이다. 그런데도 사람들은 그의 요사스러운 행위를 전혀 눈치채지 못하고 그와 친해지려고 십리 길을 마다하고 걷거나 말을 타고 그에게 온다. 들어 줄 용의가 있다면 지금부터 그의 악행을 고발하도록 하겠다.

대부분의 성당 참사회 의원들은 정의롭고 신심이 돈독하다. 그러나 존경스러운 성당 참사회 의원들께서는 내가 어떤 성당 참사회 의원의 이야기를 한다고 해서 그 종단 전체를 비난한다고 여기지 말아 주기 바란다. 어떤 교단이든 악당이 한둘은 있기 마련이니까. 하지만 하느님께서는 한 사람의 우매함으로 교단 전체가 비난받아서는 안 된다고 말씀하셨다. 나 역시 여러분을 욕할 생각은 추호도 없다. 단지 잘못된 것을 시정하려고 할 뿐이다. 그리고 이 이야기는 성당 참사회 의원뿐만 아니라 다른 사람들을 위한 것이다. 아시다시피 예수님의 열두 제자 가운데 가리옷 유다만이 배신자였다는 사실을 여러분은 잘 아실 것이다. 그렇다면 왜 죄 없는 제자들이 비난받아야 하나? 나는 성당 참사회 의원들께도 같은 말을 하고 싶다. 단 한 가지, 내 말에 귀를 기울이신다면, 여러분 중 유다와 같은 자가 있다면 내 충고를 받아들이시고, 여러분이 파멸과 불명예를 두려워하는 마음이 있다면 즉시 그를 파문해 버리라고 충고한다. 여러분께 간청컨대 언짢게 생각하지 마시고 내 이야기를 잘 경청해 주시기 바란다.

런던에 수년 동안 살면서 해마다 거행되는 미사에서 망자(亡者)들을 위한 성가를 부르는 신부가 한 분 있었다. 그분은 하숙집 아주머니를 잘 돕고 성격도 쾌활하여 주인집 아주머니는 방값도 받지 않고 식사와 옷도 잘 챙겨 드렸다. 그래서 신부는 충분히 쓸 정도로 여분의 돈이 있었다. 하지만 이것은 그다지 중요한 문제가 아니다. 이제부터는 그 성당 참사회 의원의 이야기를 하겠다. 어떻게 이 참사회 의원이 이 신부를 망쳐 놓았는지 들어 보라.

어느 날 이 사기꾼 성당 참사회 의원은 그 신부가 기거하는 방에 찾아가 곧 갚을 테니 돈을 좀 빌려달라고 했다. 그는 간청했다.

"1마르크를 사흘만 빌려주십시오. 약속한 날에 꼭 갚겠습니다. 제가 약속을 지키지 못하면 그다음 날로 제 목을 매달아도 좋습니다."

신부는 곧 그에게 1마르크를 빌려주었다. 그러자 성당 참사회 의원은 수없이 고맙다는 인사를 하고 갈 길을 떠났다. 삼 일째 되는 날 그는 돈을 가져와 신부에게 갚았다. 신부는 반갑고 기쁜 마음에 이렇게 말했다.

"무슨 일이 있더라도 제날짜에 정확히 돈을 갚는 정직한 사람이라면, 한두 푼이 아니라 내가 가진 것은 무엇이든 빌려줘도 괜찮다네. 그런 사람에게 어찌 '안 돼'라고 말할 수 있겠나."

이에 성당 참사회 위원이 소리를 질렀다.

"뭐라고요? 저를 믿지 않으셨단 말입니까? 정말이지 믿기 어려운 말이군요. 저는 한 번 한 약속은 죽어서 무덤에 갈 때까지 지킵니다. 신부님이 사도신경을 믿듯이 제 말을 믿으시기 바랍니다. 하느님께 감사드리고, 말이 나와서 말인데 제게 금이나 은을 빌려주고 못 받아 마음을 상한 자가 지금까지 단한 사람도 없었습니다. 제가 지금껏 나쁜 마음을 먹어 본 적이 없기 때문이지요. 그런데 신부님, 신부님이 제게 너무나 잘해 주시고 호의를 베풀어 주셔서 신부님의 친절에 보답하고

자 제 비밀을 알려 드릴 작정입니다. 배우시기를 원한다면 연금술에 관한 저의 기술을 확실히 보여 드리겠습니다. 자, 잘 보시기 바랍니다. 제가 이곳을 떠나기 전 멋진 재주를 신부님 눈앞에서 보여 드리겠습니다."

이에 신부가 말했다.

"자네, 그게 정말인가? 성모님께 맹세코 진정으로 바라니 꼭 보여 주게."

성당 참사회 위원이 답했다.

"그렇게 원하신다면 당장 하겠습니다. 아니면 하느님께서 노하실 테니까요."

이런, 도둑이 스스로 봉사하겠다고 나서는 꼴을 보라! 옛 성현의 말과 같이 스스로 자청한 봉사는 뭔가 구린내가 난다는 것이 확실하다. 나는 이 성당 참사회 위원의 예를 들어 입증해 보이겠다. 그의 마음은 사악한 생각으로 가득 차서 기독교인들을 파멸의 구렁텅이로 빠뜨리는 것에서 끊임없는 기쁨과 희열을 느낀다. 하느님, 우리가 이런 자의 사기술에 넘어가지 않도록 저희를 보호해 주시옵소서! 그 신부는 자기가 상대한 인간이 어떤 인간인지, 또한 자신에게 어떤 불행이 닥칠지 전혀 모르고 있습니다. 오, 어리석은 신부여! 오, 눈먼 순진함이여! 그대는 탐욕 때문에 눈이 멀었구나! 불운한 이여, 그대의 분별력은 방향을 잃어버렸고 이 여우 같은 인간이 그대를 잡기 위해 꾸며 놓은 속임수를 간파하지 못하는구나. 그대는 그의 간사한 술수를 빠져나가지 못할 것이니라. 불행한 자여, 그대 불행의 종말을 말하기 전에 내가 할 수 있는 한 그대의 우매함과 그 악당의 사악함에 대해서도 이야기하겠노라.

사회자 어르신, 이 성당 참사회 위원이 내 주인이라고 생각했나? 하늘에 계신 성모 마리아께 맹세하건대, 이 자는 내 주인이 아닌 다른 성당 참사회 위원이다. 그놈은 내 주인보다 백배나 더 교활한 인간이다. 그는 수없이 많은 사람을 속여 왔다. 그의 사기술을 말하자니 정신이 다 멍할 정도이다. 그가 저지른 사기 행각을 이야기할 때면 그놈에 대한 치욕으로 내 볼이 벌겋게 달아오른다. 어쨌든 달아오르기 시작한 것은 확실하나 내가 앞서 말한 갖가지 금속들의 열기가 내 얼굴의 혈색을 다 소진시키고 말았다. 자, 이 성당 참사회 위원의 사악함을 조심할지어다. 참사회 의원은 신부에게 말했다.

"신부님, 사람을 좀 보내어 수은을 사 오라고 하십시오. 당장 조금 필요합니다. 두세 온스 정도면 될 겁니다. 수은을 가지고 오면 신부님이 일찍이 한 번도 본 적 없는 기적을 목격하게 될 것입니다."

그러자 신부가 말했다.

"그렇게 하도록 하겠네."

신부는 하인에게 수은을 사오라고 시켰고 하인은 신부의 명에 태세를 갖추었다. 하인은 나간 지 얼마 되지 않아 수은을 가지고 돌아왔다. 간략히 이야기하자면 하인은 3온스의 수은을 성당 참사회 위원에게 건네었다. 그는 수은을 조심스럽게 내려놓고 일을 곧 시작할 수 있도록 석탄을 가져오라고 했다. 숯 역시 금방 준비되었고 성당 참사회 위원은 품에서 도가니 하나를 꺼내어 신부에게 보여 주더니 말했다.

"지금 보시는 이 기구를 손으로 잡으시고 수은 1온스를 부으십시오. 단언하건대, 이제 신부님은 연금술사가 되기 시작하는 것입니다. 제가 자진해서 이런 기술을 가르쳐 준 사람은 거의 없습니다. 저는 지금 신부님이 보는 앞에서 실험을 통해 한 치의 거짓도 없이 이 수은을 은으로 변화시키겠습니다. 그 은은 신부님이나 저의 지갑, 또는 어떤 다른 곳에 있는 은과도 같은 훌륭한 것입니다. 또한 두드려 펼 수 있도록 해 드리겠습니다. 만일 그렇지 못하면 저를 사기꾼이나 나쁜 놈이라고 불러도 좋고 다시는 사람들 앞에 나타나지 못할 놈이라고 간주해도 좋습니다. 여기에 아주 비싼 값을 주고 산 가루가 있습니다. 이것이 바로 제가 한 약속을 지키게 해 줄 행운의 가루입니다. 이 가루야말로 지금부터 제가 보여 줄 기술의 근원입니다. 하인을 내보내고 근처에 대령해 놓으십시오. 그리고 문을 닫고 우리가 이 은밀한 작업을 하는 동안 아무도 엿보지 못하도록 해 주시기 바랍니다. 연금술을 하는 동안 말입니다."

성당 참사회 위원이 말한 것이 모두 집행되었다. 하인이 곧장 나가자 신부는 문을 닫았고 그들은 신속히 일에 착수했다. 신부는 못된 참사회 위원의 요구를 들어 도가니를 불 위에 올려놓고 불을 불기 시작하며 열심히 일했다. 이때 참사회 위원은 도가니에 저도 무엇인지 모르는 가루를 뿌렸다. 석회 가루인지, 유리 가루인지, 아니면 다른 것인지는 모르지만 눈곱만큼의 가치도 없는 것이었다. 그저 눈속임하는 것이었다. 그러고는 신부에게 도가니 위로 석탄을 빨리 쌓으라고 시켰다. 그가 말했다.

"제가 신부님에 대한 사랑의 표시로서 지금 진행되는 모든 일의 과정을 신부님의 두 손으로 직접 하도록 해 드리겠습니다."

"고맙소."

신부는 이렇게 말하고는 기뻐서 참사회 위원이 말한 대로 숯을 쌓아 올렸다. 신부가 바쁘게 움직이는 동안, 이 사악하고 못된 참사회 위원, 악마가 잡아갈 놈은 품에서 너도밤나무로 만든 가짜 석탄 덩어리 하나를 꺼냈다. 그는 이 가짜 석탄에 교묘하게 구멍을 내어 그 속에 1온스의 은으로 된 줄밥을 쑤셔 넣고 그곳을 밀랍으로 막아 두었다. 이미 눈치챘겠지만, 이 치사한 계략은 즉석에서 만들어진 것이 아니라 전부터 준비된 것이었다. 참사회 위원이 지니고 다닌 다른 물건들에 관해서는 앞으로 차차 이야기하겠다. 참사회 위원은 미리 사기를 칠 계획을 짜고 신부와 헤어지기 전에 그를 속이고야 말았다. 그는 신부를 속이기 전까지는 편히 있을 수가 없었다. 이 참사회 위원의 이야기를 할 때면 정말이지 진저리가 난다. 방법만 알 수 있다면 그의 사악한 속임수에 보복해 주련만. 하지만 그는 한곳에 머물지 않고 이곳저곳을 헤집고 다닌다. 정말이지 신출귀몰한 작자이다. 여러분! 이제부터 잘 들어야 한다. 참사회 위원은 아까 말한 가짜 석탄을 꺼내 은밀하게 손에 감추었다. 그러고는 신부가 분주하게 석탄을 쌓고 있을 때 다음과 같이 말했다.

"신부님 지금 잘못하고 계십니다. 원래 방식대로 쌓이지 않습니다. 하지만 제가 곧 고쳐 드리죠. 제가 잠시 도와드리도록 하겠습니다. 신부님이 측은해 보입니다. 자일스 성인이시여! 정말 더워하시네요. 땀이 비 오듯 쏟아지는군요. 여기에 천이 있으니 좀 닦으세요."

신부가 땀을 닦는 동안 이 성당 참사회 위원은, 저주가 임하기를, 숨겨 놓은 석탄을 도가니 한가운데 올려놓고는 잘 불었다. 석탄이 잘 타도록 말이다. 그러고는 말했다.

"이제 마실 것을 좀 주시겠습니까? 장담하건대 이제 모든 것이 순조롭게 될 것입니다. 이제 앉아서 흥겹게 놀도록 합시다."

참사회 위원이 놓아 둔 가짜 너도밤나무 석탄이 불길에 타자 그 속에 있던 은줄밥이 도가니 안으로 흘러내렸다. 당연히 그렇게 될 수밖에. 석탄이 도가니 한가운데 놓여 있었으니까. 하지만 애석하게도 신부가 이런 사실을 알 리가 없었다. 신부는 석탄이 모두 똑같다고만 생각했을 뿐 속임수가 있으리라고는 생각하지 못했다.

적당한 때를 잡아 이 연금술사가 말했다.

"신부님, 일어나서 제 옆에 서 보세요. 주형(鑄型) 같은 건 갖고 있지 않으실 테니 얼른 나가서 석고 덩어리 하나만 가져오십시오. 운이 좋다면 제가 모양을 본떠서 주형 비슷하게 만들어 보겠습니다. 그리고 사발이나 냄비에 물을 가득 담아 오세요. 그러면 곧 우리의 작업이 얼마나 잘되었나 확인하실 수 있을 것입니다. 하지만 신부님이 안 계신 동안 저를 의심할지도 모르니 그러한 의심을 일소하기 위해 눈앞에 없는 것보다는 함께 나가서 같이 들어오도록 하겠습니다."

간단하게 이야기하겠다. 그들은 방문을 열고 나가 문을 닫고 일을 보러 갔다. 열쇠를 가지고 간 그들은 오래되지 않아 돌아왔다. 이런 이야기로 하루 종일 시간을 끌 필요가 없다. 참사회 의원은 석고를 가지고 모양대로 깎아 지금부터 설명할 주형을 만들었다. 이 참사회 의원은 소매를 뒤적거리더니 은판을 하나 꺼냈다. 지옥에 떨어질 놈 같으니! 얼추 1온스쯤 되는 물건인데 이것으로 사기 치는 꼴을 잘 보기 바란다. 그는 이 은판의 길이와 너비에 맞추어 주형의 틀을 만들었다. 이 일을 얼마나 교묘하게 했던지 신부는 전혀 알아차릴 수가 없었다. 그러고는 은판을 다시 소매에 숨겼다. 이어서 그는 재료들을 불에서 집어 그 주형 속에 넣고 그것을 다시 물 용기 속에 던졌다. 적당한 때가 이르자 그가 신부에게 말했다.

"안에 뭐가 있는지 손을 넣고 더듬어 보시지요. 그것이 은이 아니고 무엇이겠습니까? 바로 은입니다. 얇은 은판도 은이지요. 바로 은입니다."

신부는 손을 넣고 순은으로 된 판을 꺼냈다. 은을 본 신부는 너무나 기뻐했다.

"하느님과 성모 마리아께서 축복하시길. 또한 모든 성자의 은총이 자네에게 내리기를! 자네의 이 고귀한 기술과 심오한 지식을 가르쳐 준다면 모든 일에 있어서 내 성심성의껏 자네를 받들겠네. 그렇지 않다면 나는 성인들의 저주를 받을 걸세."

이에 성당 참사회 위원이 말했다.

"신부님이 자세히 볼 수 있도록, 그리하여 전문가가 될 수 있도록 한 번 더 실험을 보여 드리겠습니다. 그러면 제가 없더라도 언제든지 이 교묘한 기술을 사용할 수 있을 것입니다. 자그럼 말은 그만하고, 수은 1온스를 가져오십시오. 이제 은으로 된 수은과 같이 똑같은 공정을 진행해 보시기 바랍니다."

신부는 돈을 얻으려는 욕망에 성당 참사회 위원이 시키는 대로 열심히 불을 붙였다. 그러는 동안 이 성당 참사회 위원은 다시 한번 신부를 속일 만반의 준비를 갖추었다. 그는 겉치레로 속이 빈 지팡이를 지니고 다녔다. 이런 것을 조심해야 한다. 그런데 이 지팡이의 한쪽 끝에는, 전에 말한 가짜 석탄 속에 들어 있던 것과 똑같은 1온스의 은줄밥이 새어 나오지 않도록 밀랍으로 잘 봉해져 있었다. 신부가 일에 여념이 없는 동안 이 성당 참사회 위원은 신부에게 슬며시 다가가 전과 같이 분말 가루를 몰래 뿌려 넣었다. 제발 악마가 나타나서 사악한 행위의 대가로 그 인간의 껍질을 벗겨 버리기를 하느님께 기도합니다. 그 성당 참사회 위원의 생각과 행동은 온통 사기투성이였다. 그리고 그는 그러한 사기질을 하기에 적격인 그 지팡이로 속에 있던 밀랍이 열을 받아 녹아 흐를 때까지 도가니 위에 있는 석탄들을 휘저었다. 바보천치가 아닌 이상 그렇게 된다는 것을 누구나 알 수 있을 것이다. 이어 지팡이 안에 들어 있던 것이 흘러나와 빠른 속도로 도가니 속으로 떨어졌다. 여러분, 무엇이 이보다 더 완벽할 수 있을까? 모든 것이 진실인 줄로 착각한 신부는 이처럼 다시 속아 내가 말로 표현할 수 없을 정도로 기쁨에 들떠 즐거워했다. 그리하여 신부는 또다시 자기 몸과 재산을 그 성당 참사회 위원에게 바쳤다. 성당 참사회 위원이 말했다.

"제가 비록 가난하지만 재주가 있다는 것을 아실 겁니다. 하지만 아직 다 보여 드린 것이 아니라 또 있습니다. 구리를 좀 가지고 계십니까?"

그러자 신부가 말했다.

"있지, 암, 틀림없이 있을 걸세."

"없다면 당장 가서 좀 사 오세요. 자, 어서 서둘러 가세요."

신부는 나가서 구리를 사 왔다. 그것을 받아 든 성당 참사회 위원은 무게를 재어 1온스 정도를 떼어냈다. 내 지혜의 도구인 혀가 너무도 무력하여 악의 근원인 이 성당 참사회 위원의 이중성을 다 표현할 수 없다. 그는 잘 모르는 사람들에게는 친근하게 보였지만 생각과 행동이 악마와 같은 자였다. 그의 악행을 말하는 것만으로도 진저리가 난다. 그런데도 내가 계속 이야기를 하는 것은 사람들이 경계심을 갖도록 하기 위해서이다. 진심으로 다른 의도는 없다.

그는 떼어낸 1온스의 구리를 도가니 속에 넣고 곧 불 위에 얹었다. 다음으로 가루를 뿌리고 신부더러 불을 불도록 했다. 신부는 일을 하기 위해 이전과 같이 몸을 굽혀야만 했다. 하지만 그것은 모두 눈속임에 불과했다. 그는 신부를 마음대로 부릴 수 있는 자신의 놀잇감으로 만들었다. 성당 참사회 위원은 주형에 구리를 부어 넣고 마침내 그 주형을 물속에 담갔다. 그러고는 거기에 손을 집어넣었다. 그의 소매에는 내가 이미 말한 대로 은으로 된 판이 들어 있었다. 이 몹쓸 놈은 신부가 그의 사기술을 눈치채지 못한 틈을 이용해 그 은판을 살짝 꺼내어 그릇 바닥에 놓았다. 다음에는 손을 넣고 이리저리 휘젓다가 신부가 전혀 눈치채지 못한 틈을 이용해 감쪽같이 구리판을 집어서 숨겨 버렸다. 그런 다음 신부의 앞가슴을 붙들고 다음과 같이 놀리듯이 말했다.

"허리를 더 굽히세요. 이런! 일이 잘못되면 신부님 탓입니다. 제가 조금 전에 신부님을 도왔듯이 이제 저를 도우세요. 손을 뻗어서 뭐가 있는지 알아보십시오."

신부는 곧 은판을 꺼내 들었고 이것을 본 성당 참사회 위원은 다음과 같이 말했다.

"자, 우리가 만든 이 세 장의 은판을 금 세공인에게 가져가서 정말 가치가 있는 것인지 알아봅시다. 내 명예를 걸고 말하건대, 이것들은 질이 좋은 순은입니다. 당장 시험해 보면 알 일이지요."

그들은 은판 석 장을 금 세공인에게 가지고 가서 시험대에 올려놓았다. 불과 망치로 실험을 해 보았지만, 세상 누구도 그것이 은이 아니라고는 말할 수 없었다. 이 어리석은 신부보다 더 기뻐할 사람이 세상천지에 어디 있을까? 여명을 맞이하는 새도, 5월에 노래하는 나이팅게일도 신부보다 더 기쁘게 노래 부를 수 없을 것이며, 원무(圓舞)를 추며 노래 부르는 아가씨도, 사랑과 여성의 미덕을 노래하는 여인도, 또한 사랑하는 여인의 은총을 받기 위해 갑옷을 입고 용맹스러운 무용에 도전하는 기사도, 이 황당한 연금술을 배워 기뻐하는 신부보다 더 기쁠 수는 없었다. 신부는 성당 참사회 위원에게 말했다.

"우리를 위해 희생하신 주님의 사랑을 걸고 말하네. 만약 내가 자네로부터 이런 기술을 전수받을 가치가 있다면 얼마를 지급하면 되겠는가? 어서 말해 주게!"

이에 성당 참사회 위원이 말했다.

"성모 마리아님의 이름을 걸고 말하지만, 아주 비쌉니다. 왜냐하면 영국 전역을 통틀어 연금술을 터득한 자는 어떤 탁발수도사와 저뿐이기 때문입니다."

그러자 신부가 말했다.

"값은 상관없네. 제발 부탁이니 얼마를 내면 되는지 말해 주게. 부디!"

그러자 성당 참사회 위원이 말했다.

"참으로 비쌉니다. 딱 잘라서 말하겠습니다. 신부님이 정말 배우기를 원하신다면 40파운드를 내십시오. 이전에 신부님이 저에게 베푼 호의를 생각해서 그 정도로 해 드리는 겁니다. 그렇지 않다면 당연히 더 많이 내셔야 할 겁니다."

그러자 신부는 황금 주화 40파운드를 가져와서 그 비책을 받는 대가로 돈을 몽땅 주었다. 하지만 성당 참사회 위원이 한 짓은 모두 사기였고 눈속임이었다. 다시 성당 참사회 위원이 말했다.

"신부님, 저는 제 기술을 이용하여 명성을 얻을 마음이 전혀 없습니다. 차라리 몰래 간직하고 싶습니다. 그래서 말인데 신부님이 저를 아끼신다면 비밀로 해 주시길 바랍니다. 만약에 사람들이 제 기술을 알아 버린다면 제 연금술 때문에 저를 몹시 시기할 것이고, 오! 하느님, 저는 죽게 될 것입니다. 달리 방도가 없을 것입니다."

이에 신부가 외쳤다.

"하느님이 막아 주시길! 그런 말은 꺼내지도 말게. 자네가 그런 곤경에 처한다면 내 재산을 다 털어서 내놓겠네. 내 말이 사실이 아니라면 나는 미친 사람이나 다를 바 없을 것이네."

"신부님의 호의에 감사드립니다. 앞으로도 좋은 일만 있기를 기원합니다. 안녕히 계십시오. 고마웠습니다!"

성당 참사회 위원은 떠났고 신부는 그를 두 번 다시 볼 수 없었다. 이후 신부는 적당한 때에 그 비법을 실행해 보았으나, 아뿔싸! 일이 되지 않았다. 이렇게 신부는 조롱당하고 기만당한 것이다. 이런 식으로 성당 참사회 위원은 비법을 알리고 사람들을 파멸로 이끌어 갔다.

여러분, 심사숙고하기 바란다. 지위고하를 막론하고 사람들이 금을 얻으려고 사투를 벌이므로 금이 거의 남지 않게 되는 것이다. 많은 사람이 금속을 금으로 만든다는 연금술에 현혹되기에, 단언하건대 연금술이야말로 금이 그렇게 귀하게 되는 가장 큰 요인이 된다. 연금술사들은 너무나 모호하게 말하기 때문에 요즘 사람들이 아무리 지략이 뛰어나다고 한들 연금술에 대해 제대로 이해할 수 없다. 연금술사들은 갈까마귀처럼 수다를 떨고 열과 성을 다해 그들의 용어를 가다듬고 기쁨에 젖어 의기양양하지만, 그들의 목적에 결코 도달할 수 없다. 돈이 있는 자가 연금술을 통해 그 돈을 다 탕진하는 방법을 배우기는 무척 쉬운 일이다. 보라, 이 허황된 게임에 빠져 얻을 수 있는 결실이 무엇이지. 사람의 기쁨을 슬픔으로 변화시키고, 묵직한 돈지갑을 텅 비게 만들고, 종국에는 연금술 비용을 빌려준 사람들로부터 저주받게 만드는 이 연금술. 오! 창피한 일이로다. 어떻게 이런 일이. 불에 덴 사람은 왜 그 불의 모진 열을 피할 수 없었던 걸가? 연금술에 마음을 두고 있다면 단념할 것을 권한다. 전 재산을 탕진하기 전에 늦게나마 그만두는 것이 백배 낫다. 아무리 시간을 오래 끌어도 결코 성공할 수 없을 것이다.

아무리 세상천지를 헤매고 다녀도 결코 현자의 돌을 얻지 못한다. 연금술에 빠지면 눈먼 말 베이어드처럼 저돌적인 인간이 되어 위협은 생각하지도 않고 앞으로만 나아가게 된다. 그 말은 길가로 비켜 가면 될 텐데, 길 가운데를 달리다가 돌멩이에 부딪힌다. 연금술을 하는 사람들이 이와 똑같다. 만일 똑바로 볼 수 없다면 마음을 다잡아 그 시력을 잃지 않도록 해야 할 것이다. 왜냐하면 여러분이 제아무리 눈을 크게 뜨고 찾는다 해도 연금술로는 아무것도 얻을 수 없다. 겨우 움켜쥔 것을 다 잃을 뿐. 그러니 다 타 버리기 전에 불을 꺼라. 연금술 같은 그런 짓을 그만두란 말이다. 연금술에 빠진다면 재산은 완전히 날아간다. 나는 여기서 이 문제에 대해 실제 연금술사들이 한 말을 즉시 들려주겠다. 빌라누에바는 그의 『철학자의 명저 선집』이란 책에서 이렇게 말했다. '아무도 수은을 그의 형제인 유황의 도움 없이는 변형시킬 수 없다.' 그리고 그는 연금술의 시조는 헤르메스였다는 것과 '용은 동생과 함께 죽기 전까지는 결코 죽는 법이 없다.'라는 그의 말을 전했다. 여기서 용은 수은을 가리키고, 용의 동생은 유황을 말하는 것이다. 이것들로부터 금과 은이 나온다. 또 그는 말하길, '그런즉, 이 말에 주의를 기울일지어다. 연금술사들의 의도와 용어들을 이해하지 못하는 자들은 연금술을 추구해서는 안 된다. 그런데도 시도하는 자가 있다면 그는 정녕 무지한 자이다. 왜냐하면 이 지식과 기술은 비밀 중의 비밀이기 때문이다." 또 언젠가 플라톤의 제자 가운데 하나가 스승에게 질문을 했는데, 이는 연금술에 관한 그 제자의 책『화학 도표』에 기록된 내용이다. 제자는 스승에게 물었다. '스승님. '현자의 돌'의 이름은 무엇입니까?' 그러자 플라톤은 바로 대답했다. '사람들이 티타노스라고 부르는 돌을 구하라.' 그것은 또 무엇인지 묻는 제자에게 플라톤은 말했다. '그것은 마그네시아와 같은 것이다.' 제자가 말했다. '아, 그런가요, 알 수 없는 것을 더 알 수 없는 것으로 설명해 주시는군요. 간청컨대 스승님, 마그네시아가 무엇인지 알려 주십시오.' '그것은 네 가지 원소로 구성된 액체란다.' 플라톤의 대답에 제자가 또 질문하였다. '제발 부탁드리오니, 그 액체의 근본에 대해 알려 주십시오.' 그러자 플라톤이 말했다. '나는 절대 말하지 않을 것이다. 모든 연금술사는 아무에게도 그것을 말하지 않겠다고 맹세했고, 또 어떤 책에도 기록되어 있지 않다. 그것은 예수 그리스도께 너무도 귀하고 소중한 것이어서 그것이 세상에 알려지는 것을 원치 않으신다. 단지 하느님께서 어떤 부류의 인간들을 계몽하시기를 원하시거나 혹은 그것을 금하고 싶으실 때를 제외하고는 말이다. 이것이 전부이다."

자, 이야기가 결론에 이르렀다. 하늘에 계신 하느님께서는 연금술사들이 사람들에게 어떻게 하면 '현자의 돌'을 구할 수 있는지 말하기를 원치 않으신다. 그래서 내가 생각한 최고의 방법은 아예 시도조차 하지 않는 것이다. 평생을 연금술에 바쳐 스스로 하느님의 적이 되고 하느님의 뜻에 거역한다면 결코 번영할 수 없을 테니까. 이것이 내 이야기의 핵심이자 결말이다. 하느님께서 모든 선한 사람들의 역경을 치유해 주시길 빕니다.

아멘

여기서 성당 참사회 위원의 자작농의 이야기는 끝을 맺는다.

9장

식품 조달인의 이야기

식품 조달인의 서시

캔터베리로 가는 길목에 있는 블린이라는 지역 아래에
밥업앤드다운이라고 불리는
조그만 마을이 있다는 것을 여러분은 알고 있는가?
　그곳에 이르러 우리의 여관 주인은 농담과 장난을 치기 시
작하며 말하길,
　"자, 여러분! 말이 진흙탕에 빠졌습니다!
기도를 하든지 사람을 사서라도, 저 뒤에 처져 있는
우리 동료를 잠에서 깨울 사람 누구 없습니까?
도둑이 쉽게 그가 가진 것을 훔칠 수 있을 것 같소.
저 사람 조는 꼴 좀 보시오! 보세요. 정말이지,
말에서 금방이라도 떨어질 것만 같은데,
어처구니없군요. 저 사람이 런던의 요리사가 맞지요?

그를 앞으로 보내세요. 사죄 방법을 그가 알고 있을 터이니,

정말이지, 그가 이 자리에서 이야기하도록 할 것인데,

아무리 그 이야기가 조금의 가치가 없는 것일지라도 말입니다."

그가 소리치기를,

"자, 일어나 봐요, 요리사 양반. 안타깝기도 하지!

아침까지 잠을 자는 이유가 무엇이오?

밤새 벼룩에 시달리기라도 했소. 아니면 술을 마신 것이오?

아니면 밤새 매춘부와 놀아나기라도 했소?

당신 고개조차 들지 못하니 말이요?"

얼굴에 핏기도 없이 창백해 보이는 요리사가

우리의 여관 주인에게 말하길,

"아이고, 하느님 맙소사, 졸려 죽겠소.

나도 그 이유를 모르겠소, 치프사이드에서 파는 최고급 포도주를 한 통 마시기보다 잠을 자고 싶은 심정이오."

식품 조달인이 말하길,

"요리사 양반, 당신을 도울 겸,

여기 함께 여행하는 동료들만 괜찮다면

그리고 우리 여관 주인의 동의를 얻어서,

내가 요리사 대신 이야기 하나를 하겠소.

정말이지, 당신의 얼굴은 창백하기 이를 데 없고,

눈은 내가 보기에 풀려 있고, 입에서는 쉰내가 진동하는 걸 보니, 당신 상태가 좋지 않은 것 같소.

나는 당신에 대하여 그럴싸하게 말하진 못하오.

저 하품하는 꼴을 보라지. 주정뱅이 같으니,

우리 모두를 당장이라도 다 삼켜 버릴 기세구먼.

제발, 그 주둥아리 좀 닫게나!

지옥의 악마가 발이라도 그 안에 넣겠구먼!

자네의 더러운 입 냄새가 금방이라도 우리 모두를 오염시
킬 것 같네. 저리 꺼져 버리게,

고약한 냄새 나는 돼지 같으니라고!

악에 빠져 버리게!

자, 여러분, 이 건장한 친구를 보세요.

여보게, 창으로 과녁 찌르는 시합이라도 해 보겠나?

내가 보기에 자네는 그것에 적당한 자세를 갖추고 있어 보
이니 말일세!

원숭이가 될 정도로 자네는 술을 마셔,

지푸라기와 장난칠 정도밖에 되지 않아.”

이렇게 말하자, 요리사는 화를 내며 사나워지기 시작했고,

말은 하지 못한 채, 식품 조달인을 향해 머리를 흔들어 대며

말에서 떨어지고 말았는데,

다른 사람들이 그를 들어 올려 말 위로 다시 앉혀 놓기는
했지만, 그 정도가 요리사의 승마 실력이었다.

안타깝게도, 의지할 국자조차 그는 가지고 있지 않았다.

그가 다시 말안장에 앉을 때까지, 이리 밀치고 저리 밀쳐

보기에도 가련한 그를 말 위로 끌어 올릴 수 있었는데,

이 불쌍하고 창백한 귀신을 어떻게 할 수 없을 정도였다.

그때 우리의 여관 주인이 식품 조달인에게 말하길,

"술이 이 자를 완전히 통제하고 있으니,

내 생각에 그가 하는 이야기가 좋을 리 없습니다.

포도주를 마셨는지 아니면 오래되어 곰팡이가 낀 맥주를 마셨는지 몰라도,

그는 취해 있고, 콧소리로 말을 하고 있으며,

코를 골 뿐만 아니라 감기까지 걸린 것 같으니까요.

또한 그가 똑바로 앉고 말이 진흙탕에 빠지지 않게 하는 일만도 그에게는 보통이 아닐 것입니다.

게다가 말에서 다시 떨어지기라도 한다면,

무겁고 술에 취한 그 송장을 들어 올리는데

우리 모두 상당히 노력해야 할 것입니다.

당신 이야기나 해 보십시오. 물론 그는 이에 개의치 않을 것입니다.

그러나 식품 조달인 양반, 사실이지 당신은 현명하지 못한 것 같소. 그렇게 공개적으로 그의 잘못을 힐난했으니 말이오. 언젠가 그가 당신에게 앙갚음하기 위해 미끼를 던져 유혹할 거요. 사소한 어떤 일을 가지고 그가 말할 텐데,

예를 들면, 당신의 회계 처리의 문제점을 끄집어내,

만약 그것이 사실로 밝혀지기라도 한다면, 그것은 정직한 일이 아니지 않겠소."

이에 식품 조달인이 말하길,

"그렇고말고요. 좋을 리 없지요!

그가 나를 그러한 덫에 쉽게 빠지게 할 수 있을 겁니다.

그와 언쟁을 벌이기보다는

그가 타고 있는 말에 대한 비용을 지급하는 편이 낫겠소.

그가 화를 내지 않게끔 애쓰겠소!

내가 아까 한 말은 농으로 했을 뿐이요.

이것 알고 있소? 내 이 호리병에

잘 익은 포도주로 만든 술이 들어 있는데,

자 이제 당신은 재미있는 장난을 보게 될 것이오.

요리사에게 이 안에 들어 있는 술을 맛보게 할 테니,

제아무리 어쩐다 해도, 마시지 않겠다고 하진 않을 것이오!"

있는 그대로 말하자면,

아이고! 그 요리사는 호리병의 술을 들이켜고 말았다.

그럴 필요가 뭐 있겠는가? 이미 그는 술을 마실 만큼 마셨
는데 말이다.

그 호리병으로 나팔을 불고 나서야,

그는 식품 조달인에게 호리병을 다시 건네주었다.

그 한 모금의 포도주에 요리사는 매우 기뻐했고

그에게 극진한 감사를 표하였다.

우리의 여관 주인은 큰 소리로 웃기 시작하며 말하길,

"어디를 가든, 좋은 술을 가지고 다닐 필요가

있다는 것을 알게 되었소.

술은 반목과 불화를 화합과 사랑으로 바꾸어 주며,

많은 잘못 또한 없애기 때문이지요.

근엄한 일도 장난으로 바꿀 수 있는

오 바쿠스 신이여, 당신의 이름은 축복받을지어다!

당신에게 명예와 감사가 함께할지니!

그 일에 대해 나에게 더 이상 들을 것이 없소.

식품 조달인 양반, 당신 이야기나 해 보시지요."

그가 답하길,

"그러지요, 자 이제 내가 하는 이야기를 들어 보시지요."

식품 조달인의 이야기

옛날 책에 언급되어 있듯이, 포이베가 이 지상에 살았을 때, 그는 이 세상에서 가장 용감한 청년이었고 또한 최고의 궁사(弓士)였다. 그는 왕뱀 피톤을 죽였는데, 그때 피톤은 햇빛을 즐기며 잠을 자고 있었다. 책에서 읽을 수 있듯이, 활을 가지고 그는 다른 많은 고상하고 가치 있는 일들을 해냈다. 또한 그는 온갖 악기를 연주하고 노래하였는데, 그의 청명한 목소리는 대단한 가락이었다. 노래로 도시의 성을 쌓았다는 테베의 왕, 암피온조차 분명 그의 노래 실력의 절반도 되지 못할 것이다. 게다가 세상이 시작된 이래 과거나 지금이나 그보다 잘생긴 사람도 없을 것이다. 그의 이목구비를 묘사할 필요가 있을까? 세상 누구도 그만큼 잘생긴 사람은 없기 때문이다. 그는 또한 고귀함과 명예, 덕망으로 채워져 있는 완벽한 사람이었다. 관대함과 기사도 정신에서 젊은이들의 모범인 이 포이베는 이야기가 우리에게 말해 주듯이, 피톤에 대한 승리의 표시로 자랑 삼아 손에 활을 가지고 다니곤 했다.

포이베에게는 자기 집에서 오랫동안 키운 까마귀 한 마리가 있었는데, 그는 앵무새에게 말을 가르치듯 그것에게 말하는 법을 가르쳤다. 그 까마귀는 눈처럼 하얀 백조 같은 흰색이었으며, 원하는 어떤 사람의 말도 흉내 냈다. 게다가 세상 어느 꾀꼬리도 이 까마귀의 10만분의 1만큼도 즐겁고도 훌륭하게 노래하지는 못할 것이다. 그런 포이베에게 부인이 있었는데, 그는 자신의 생명보다 그녀를 더 사랑했다. 그녀를 만족시키기 위하여 그리고 경의를 표하기 위하여 밤낮으로 그는 매우 부지런히 노력했다. 오직 한 가지만 제외하면 말이다. 사실대로 말하자면, 그는 질투심이 있어서 그녀를 감시했다. 그러한 위치의 모든 남자가 그러하듯 그는 조롱당하기 싫어했기 때문이다. 모든 것이 헛된 일로서 아무런 소용이 없었다. 행실과 생각이 깨끗한 착한 부인이 속박되어서는 안 되는 법이다. 방탕한 여자를 지키는 일 또한 분명히 헛된 일이니, 이는 되지도 않을 일이기 때문이다. 부인을 감시하기 위해 애쓰는 짓은 완전히 미친 짓이라고 나는 생각한다. 옛날 글을 썼던 사람들도 그렇게 말하고 있다.

자, 이제 내가 처음 시작했던 요점으로 돌아가자. 이 훌륭한 포이베는 그녀를 만족시키기 위하여 모든 일을 다 했으며, 그러한 만족, 남자로서 자기 자질과 행동을 고려할 때 어느 남자도 자신에게서 그녀의 사랑을 앗아갈 수 없을 것이라고 여겼다. 그러나 하느님만이 알 수 있는 일이다. 본능이 인간 안에 심어 놓은 어떤 것을 제어할 수 있는 사람은 없는 법이다. 새 한 마리를 잡아 새장에 넣고, 상상할 수 있는 최상의 먹을 것과 마실 것으로 그것을 정성껏 기르고, 할 수 있는 한 새장을 매우 깨끗이 유지하기 위해 당신의 모든 열과 성의를 다 기울여 보라. 새장이 아무리 황금으로 멋질지라도 그 새는 어둡고 차가운 숲에서, 벌레와 그 모든 보잘것없는 것을 더 먹고 싶어 할 것이다. 가능하다면 새장을 벗어나 그 새는 자기 일을 하고 싶어 할 것이다. 그 새는 무엇보다 자유를 원할 것이다. 고양이 한 마리를 잡아 우유와 부드러운 고기를 먹여 키우고, 비단 잠자리를 만들어 주고, 벽을 타고 가는 쥐 한 마리를 보도록 해 보라. 고양이는 즉시 우유와 고기, 그 모든 것과 집 안의 호사스러운 것들을 다 버리고 욕구를 위해 쥐를 잡아먹을 것이다. 보라. 욕망이 고양이를 지배하고 있으며, 욕구가 이성을 제압하고 있는 것을. 암컷 늑대 역시 천한 본성을 지니고 있는데, 자신의 욕구를 채우고 싶을 때면 암컷 늑대는 거칠거나 혹은 평판이 나쁘거나 가리지 않고 수컷 늑대를 취하려 들 것이다. 내가 말하는 이 모든 예들은 부정한 남자에 관한 것이지 여자에 관한 것이 아니다. 남자란 자기 아내가 제아무리 예쁘고 정숙하고 유쾌하더라도, 자신의 부인이 아닌 더 저속한 것에서 재미를 맛보고자 하는 음탕한 욕망을 항상 가지고 있기 때문이다. 안타깝게도 육체적 욕망은 새로운 것에 따라 쉽게 변하기 때문에 덕스러움으로 이끄는 그 어떤 것에서도 우리는 오랫동안 즐거움을 누릴 수 없다.

이러한 간계를 생각지도 않았던 포이베는 그의 모든 자질에도 불구하고 속고 말았다. 그녀에게 다른 남자가 생긴 것인데, 그 남자의 명성도 보잘것없거니와, 포이베와는 비교도 안 되는 인물이라는 사실이 더욱 안타깝다. 그런 일이 종종 일어나 긴 하는데, 이에 따라 많은 해로운 일과 근심스러운 일이 초래 되는 법이다. 포이베가 집을 비운 사이, 그의 아내는 즉시 자 신의 정부(情夫)를 부르러 사람을 보냈다. 정부라? 정말이지 이는 천하고 천한 표현이다! 여러분께 바라건대, 용서해 주시 기 바란다.

여러분도 책에서 읽었겠지만, 현명한 플라톤은 말과 행동 은 일치해야 한다고 말했다. 어떤 것을 제대로 말하기 위해서 는 행동과 어울려야 하는 법이다. 이렇게 말하는 내가 저속한 사람일지 모르나, 육체가 부정한 높은 신분의 부인과 가난한 매춘부와는 다음 사실 외에 사실상 아무런 차이가 없다. 만 약 이들 둘이 잘못된 행동을 범하게 된다면 신분이 높은 귀 부인은 정부의 숙녀라 불릴 것이고, 가난한 여자는 그의 매춘 부 혹은 애인으로 불릴 것이다. 여러 형제 여러분, 하느님께서 는 잘 알고 있다. 귀부인이나 가난한 여자나 남자가 눕히는 것 은 같다는 사실을 말이다. 그리고 왕권을 찬탈한 독재자나 범 법자, 혹은 못된 도둑 사이에는 이와 똑같은 이치로, 아무런 차이가 없는 법이다. 어떤 사람이 알렉산드로스에게 다음과 같이 말했다. 많은 수의 부하들의 힘을 빌려 사람들을 죽이고 집을 비롯한 모든 것을 완전히 불태울 수 있는 독재자는 강력 한 힘을 지니고 있으므로 지도자로 불리는 것이며, 단지 적은 수의 부하를 거느리는 악당의 경우 그(독재자)만큼 해를 끼치 지 않았으며, 그처럼 대단한 고통을 국가에 입히지 않았기 때 문에 사람들은 그를 범법자 혹은 도둑이라 부르는 것이다. 그러나 나는 학문을 한 사람이 아니다. 따라서 책의 내용을 인용하여 말할 생각을 전혀 없으며, 내가 말하려 한 이야기나 계속하겠다. 포이베의 아내는 자신의 정부를 불렀고, 그들은 즉시 온갖 방탕한 짓을 다 벌이고 말았다. 새장 안에 있던 까마귀가 그들이 하는 모든 짓을 다 보게 되었으나 결코 아무 말도 하지 않았다. 그러고는 주인인 포이베가 집으로 돌아오자, 까마귀는 "구구, 구구, 구구!" 소리를 냈다. 이에 포이베가 묻기를,

"뭐야? 무슨 노래를 하는 것이냐? 너의 목소리를 듣는 것이 내 마음의 즐거움일 정도로 너는 즐겁게 노래를 부르지 않았던가? 도대체 무슨 노래란 말인가?"

그가 답하길,

"아이고, 제가 노래를 잘못 부르는 것이 아닙니다. 포이베여, 당신의 모든 가치와 아름다움과 고귀함에도 불구하고, 당신의 모든 노래와 시 읊기 그리고 온갖 감시에도 불구하고, 당신과 비교해서 정말이지 각다귀만큼이나 아무런 가치도 없으며 명성 또한 보잘것없는 사내에 의해 당신의 눈이 흐려지고 있어요. 당신의 침대에서 당신의 부인과 그가 관계 맺는 것을 보았어요."

무슨 말이 더 필요할까? 확실한 증거를 대며 대담한 말투로 어떤 식으로 그의 부인이 그와 음란한 행동을 했으며, 대단한 수치와 악행을 그에게 안겨 주었는지 까마귀는 즉시 그에게 말했다. 그는 눈으로 본 것을 반복하여 그에게 말해 주었다. 그런 다음 포이베는 발길을 돌렸는데 슬픔에 겨워 그의 마

음이 두 갈래로 찢어지는 듯했다. 그는 활을 당겨 화살을 놓은 뒤 화를 참지 못하고 자기 아내를 죽이고 말았다. 이것이 그 결과이며, 더 할 얘기가 없다. 슬픔에 겨워 그는 모든 악기, 하프며 류트, 현악기들을 부서뜨렸으며, 활과 화살까지도 부러뜨렸다. 그런 다음 그는 까마귀에게 말했다.

"전갈의 혀를 가진 배신자여, 네가 나를 파괴로 이끌고 말았구나! 아이고, 내가 왜 이 세상에 나왔을까! 왜 내가 죽지 않고 있단 말인가? 오, 나의 소중한 아내여! 오, 기쁨의 보석이여! 나에게 그처럼 진실하며 믿음직했던 당신이, 지금 창백한 얼굴빛을 하고 죽어 있다니. 맹세하건대! 당신에게는 아무런 죄가 없건만. 오, 성급한 손이여, 이처럼 일을 잘못 벌여 놓다니! 오, 이성을 잃은 마음이여, 오, 너무나 분별없는 분노여, 생각 없이 죄 없는 사람을 죽이고 말았구나! 오, 거짓된 의심으로 가득 찬 불신이여, 너의 이성과 분별력은 어디에 있단 말인가? 오 인간들이여, 성급함을 경계하고 확실한 증거도 없이 그 어떤 것도 믿지 말지니. 이유를 알기 전에 너무 일찍 결론을 내지 말 것이며, 질투심으로 인한 분노를 이기지 못해 어떤 행동을 취하기 전에 충분히 그리고 냉정하게 생각하라. 아! 성급한 분노로 인하여 수천의 사람들이 파멸되었으며 절망에 빠지지 않았던가. 아! 슬픔에 겨워 죽고 싶구나!"

그런 뒤 까마귀에게 말하길,

"오, 거짓 도둑놈아! 너의 날조된 이야기에 대하여 즉각 보복을 하겠노라! 너는 한때 꾀꼬리처럼 노래를 부르곤 했지. 이 거짓 도둑놈아, 이제 너는 노래를 할 수 없을 것이며, 너의 하얀 깃털 또한 모두 다 잃게 될 것이고, 평생 너는 말 또한 못하게 될 것이다. 그처럼 우리 인간은 배신자에게 보복한다. 너로 인하여 내 아내가 죽은 대가로 너와 너의 자손은 검은색을 띠게 될 것이며, 달콤한 소리도 결코 더는 내지 못하게 될 것이고, 대신 비바람을 맞으며 울부짖게 될 것이다."

포이베는 즉시 까마귀에게 달려들어 모든 하얀 털을 하나도 남김없이 뽑은 뒤, 까마귀를 검은색으로 만들고 그것의 노래하는 능력과 말하는 능력을 모두 빼앗고, 문밖으로 내던져 악마가 데려가도록 했다. 이에 따라 모든 까마귀가 검은색이 된 것이다.

여러분, 이 예를 통하여 여러분께 바라건대 내가 하려는 말에 주의를 기울여 주시기 바란다. 평생 누구에게도 다른 남자가 그의 아내와 잤다는 말을 절대로 하지 말라. 틀림없이 그는 당신을 죽도록 미워할 것이다. 지혜로운 스승들이 말하고 있듯이, 솔로몬 왕은 사람들에게 입을 조심하라고 가르쳤는데, 내가 말했듯이, 나는 많은 것을 알고 있는 사람이 아니다. 그러나 우리 어머니가 나에게 가르쳐준 것이 있다.

"얘야, 정말이지 까마귀의 우화를 기억하여 입을 조심하여 친구를 잃지 않도록 해라. 사악한 입은 악마보다 더 나쁜 것이란다. 얘야, 우리 인간은 자신을 스스로 악마에게서 벗어나 축복받을 수 있단다. 끝없이 선하신 주님께서 이빨과 입술을 가지고서 혀 주위에 담을 쌓아 주신 덕택에, 말하고자 하는 것을 인간은 먼저 생각하고 말하는 거란다. 얘야, 스승들이 가르쳐 주고 있듯이, 많은 사람이 말을 너무 많이 한 탓으로 죽는다. 그러나 일반적으로 적게 그리고 신중하게 말하는 사람은 해를 입지 않는 법이란다. 애야, 하느님께 명예를 돌리고 기도를 드릴 때를 제외하고는 언제나 너의 입을 조심해야 한단다. 만약 네가 알기를 원한다면 최고의 덕목으로 자기 입을 자제하고 조심하는 것을 들 수 있단다. ― 어릴 때, 아이들에게 그렇게 가르치도록 해라 ― 애야, 생각지도 않게 너무 많이 말함으로써 큰 피해가 온단다. 나는 그렇게 들었고 배웠단다. 말을 많이 하게 되면 죄는 많아지는 법이란다. 성급한 입이 어떤 역할을 하는지 너는 아느냐? 칼이 팔을 둘로 자르는 것처럼, 애야, 이와 똑같이 입도 우정을 둘로 벨 수 있는 것이란다. 말이 많은 사람은 하느님이 싫어한단다. 그처럼 현명하고 위대한 솔로몬의 글과 다윗의 『시편』, 그리고 세네카가 말한 내용을 읽어 보거라. 애야, 말은 하지 말고 고개만 끄덕이거라. 수다쟁이가 하는 위험한 말을 듣게 되면 귀먹은 행세를 하거라. 플랑드르 사람들이 말하는 이 말을 잘 배워 두거라. 적게 말함으로써 많은 행복을 누린다고 했다.

애야, 네가 나쁜 말을 하지 않는다면 배신당할까 봐 두려워할 필요가 없는 법이란다. 말하건대 말을 잘못해 버리면 그 사람은 자신이 한 말을 다시 되돌릴 수 없는 법이란다. 후회하든 싫든 좋든 간에 한번 말한 것은 말해진 것으로 그만 날아가 버리는 것이란다. 좋지 못한 이야기를 하는 사람은 이야기를 듣게 되는 사람의 노예가 된단다. 애야, 조심하거라, 그리고 소식이 사실이건 거짓이건 간에 그 소식을 처음 말하는 사람은 되지 말거라. 어디에 가든 지위가 높은 사람과 혹은 낮은

사람과 함께하든지, 네 입을 조심하고 까마귀가 주는 교훈을
생각하거라."

10장

시골 사제의 이야기

시골 사제의 서시

조달원이 이야기를 마쳤을 때는
이미 해가 서산으로 기울어 내가 보기에
그 높이가 29도도 채 안 되는 것 같았다.
내 계산에 아마 오후 4시쯤 되었던 것 같다.
왜냐하면 내 키는 6피트였는데 그때
내 그림자가 11피트 정도 되었기 때문이다.
더욱이 우리 일행이 어떤 마을에 들어설 무렵에도
달의 고도가 천칭자리에서 계속 오르고 있었다.
그래서 여관 주인은 이러한 문제에 관해 언제나
우리를 인도해 온 것처럼 다음과 같이 말했다.
"자, 신사 숙녀 여러분, 이제 한 분만 더 이야기하면 되겠습
니다.

여러분은 나의 모든 바람과 생각대로 잘해 주셨습니다.

우리는 모든 신분 계층으로부터 각각 한 가지씩

이야기를 들었지요. 내 계획대로 거의 다 이루어졌어요.

주님께서 모든 이야기의 대미를 장식하며

가장 재미있는 이야기를 해 주실 분에게

행운을 내려 주시기를 바랍니다."

이 말을 마친 후 잠시 숨을 돌린 후 여관 주인은 다시 입을 열었다.

"신부님, 신부님은 보좌 신부님인가요?

아니면 본당 신부님인가요? 자, 솔직히 말해 보세요.

당신이 어떤 분이든 상관은 없지만 우리의 흥을 깨지는 말아 주세요.

신부님을 제외한 모든 사람은 모두 한 가지씩 이야기를 했습니다. 당신의 보따리에 뭐가 있는지 보여 주세요.

자, 보따리를 풀어 보세요. 신부님의 얼굴을 보니

들을 가치가 있는 아주 묵직한 주제를 다루는

긴 이야기를 하실 것 같은데요.

자, 빨리 이야기를 하나 해 주세요."

이에 시골 사제가 즉시 말했다.

"여러분은 저에게서 어떠한 이야기도 듣지 못하실 것입니다.

왜냐하면 성 바울이 디모테오에게 쓰는 편지에서,

진리를 떠난 쓸모없는 이야기나 우화 같은

쓰레기를 말하는 사람들을 비난했기 때문입니다.

원한다면 밀을 심을 수 있는데, 왜 왕겨를 심겠습니까?

그러나 만일 여러분이 도덕적이고 더 교훈적인 이야기를 원한다면,

그리고 기꺼이 내 이야기를 들어 주려고 한다면

나는 그리스도를 공경하는 마음에서 내가 할 수 있는 한

기꺼이 여러분께 합당한 기쁨을 드리도록 노력하겠소.

그러나 나는 남쪽 사람이라서

운율을 정확히 사용할 자신이 없습니다.

두운을 쓸 수가 없습니다.

또한 나는 운율을 대단한 것으로 여기지도 않습니다.

그래서 여러분이 원한다면 애매모호한 말은 하지 않고

산문으로 된 재미있는 이야기를 해 드리지요.

그리고 이 게임에 종지부를 찍어야겠습니다.

자비로운 주님, 저에게 사람들이 거룩한 예루살렘이라고

부르는 이 완벽하고 영광스러운 순례 여행에서

이들의 안내자가 될 수 있는 지혜를 주소서!

여러분이 동의한다면 지체하지 않고 이야기를 시작하겠습니다.

그러니 여러분의 생각을 말해 주시오.

내가 다른 무슨 할 이야기가 있겠습니까?

그러나 나의 이 설교는 학식 있는 자들의 수정을 받을 수 있소.

나는 여러 권위 있는 경전에는 능통하지 못해서

있는 그대로의 핵심 내용만을 여러분에게 전할 것입니다.

이러한 이유로 엄숙히 단언컨대 내가 말한 내용은 수정될
수 있습니다.”

우리는 모두 곧 그의 말에 동의했다.

우리 생각에 신부에게 이야기할 수 있는 기회를 주어

교훈적인 내용으로 이야기를 맺는 것은

아주 이치에 맞는 일이었다.

그래서 우리는 여관 주인에게 우리 모두가

그의 이야기를 듣고 싶어 한다는 말을 전했다.

여관 주인이 우리의 대변인이 되어 입을 열었다.

“신부님, 행운이 가득하시길! 저희에게 설교해 주시지요.

그러나 서둘러 주세요. 해가 막 지려 합니다.

수확을 빨리 서두르시고 지체하지 마십시오.

주님께서 신부님이 이야기를 잘 해내도록 도우시기를.

원하시는 말씀을 하세요. 저희는 기쁘게 듣겠습니다.”

이에 시골 사제가 설교를 시작한다.

시골 사제의 이야기

‘너희는 길에 서서 보며 옛적 길 곧 선한 길이 어디인지 알
아보고 그리로 가라, 그러면 너희 심령이 평강을 얻으리라.’(「예
레미야」 6장 16절)

인간이 멸망당하는 것을 원치 않으며 모든 인간이 그를 아

는 지식에 이르러 영원한 축복을 누리기를 원하는 하늘에 계신 우리 주 하느님께서는 선지자 예레미야를 통해 우리에게 다음과 같이 가르치신다. "너희는 길에 서서 보며 옛적 길 곧 선한 길이 어디인지 알아보고 그리로 가라, 그러면 너희 심령이 평강을 얻으리라." 사람들을 우리 주 예수와 영광의 왕국으로 인도하는 영적인 길은 많다. 그러한 길 중에서 매우 고귀하고 적절한 길이 있는데 그 길은 죄를 지어 천상의 예루살렘으로 가는 바른길에서 벗어난 남녀를 구원해 주는 길이다. 그것은 바로 참회라고 불린다. 이 길에 관해 사람들은 온 맘을 다해 기꺼이 듣고 배워야 한다. 참회가 무엇인지, 왜 참회라고 불리게 되었는지, 참회를 실행하는 데는 몇 가지 방법이 있는지, 종류는 몇 가지가 있는지, 참회의 속성은 무엇인지, 참회에 필요한 것은 무엇인지, 또 참회에 방해되는 것은 무엇인지에 대해 알아야 한다.

암브로시우스 성인은 다음과 같이 말한다. "참회란 인간이 저지른 죄를 슬퍼하고 다시는 슬퍼한 일에 대해 어떠한 것도 저지르지 않겠다는 결심이다." 또 다른 신학자는 "참회란 자신의 죄를 슬퍼하고 그가 저지른 죄 때문에 자신을 책망하는 자의 한탄이다." 또 어떤 경우에서는 참회는 죄악 때문에 슬픔과 고통을 겪는 자의 진정한 후회이다. 진정으로 참회하는 자는 먼저 자신이 저지른 죄를 뉘우치고 말로써 고해하겠다고 마음으로 확고하게 작정해야 하며, 고행을 하고 다시는 비탄하거나 뉘우칠 일을 행하지 않으며 선행을 지속해야 한다. 그렇지 않으면 그의 참회는 소용없는 것이 된다. 이시도르 성인은 다음과 같이 말씀하셨다. "다시 참회할 일을 저지르는 자는 조롱자이며 거짓말쟁이이며 진정한 참회자가 아니다." 죄짓는 것을 그치지 않는다면 회개의 눈물도 소용이 없다. 그러나 사람이 죄를 지을 때마다, 물론 자주 그래서는 안 되지만, 주님의 은총을 입어 참회를 통해 다시 용서받기를 바라야 한다. 그레고리우스 성인은 "죄악된 습관의 짐을 지고 있는 자가 죄를 떨쳐 버리기란 매우 어려운 일이다."라고 말했다. 그러므로 죄를 떠나서 죄가 그들을 버리기 전에 먼저 죄를 버린, 회개한 자들은 성스러운 교회가 그들이 구원을 확신할 수 있도록 붙들어 준다. 그래서 죄를 지었지만 최후의 순간에 진심으로 회개한 자에 대해 성스러운 교회는 우리 주 예수의 크나큰 자비에 기대어 그의 구원을 소망하는 것이다. 그러나 이보다 더 확실한 길을 여러분에게 제시하겠다.

자, 지금까지 참회란 무엇인가에 대해 밝혔으니, 이제는 참회의 세 가지 효율성에 대해 알아볼 차례이다. 첫 번째는 죄를 지은 후에 세례를 받는 것이다. 아우구스티누스 성인은 "이전의 죄악된 생활을 참회하지 않는 자는 새롭고 깨끗한 삶을 시작할 수가 없다."라고 말씀하셨다. 진실로 자신의 옛 행위를 회개하지 않은 채 세례받는 자는 세례의 표시만 받을 뿐 진정한 주님의 은총이나 죄의 사면을 받는 것이 아니다. 두 번째는 세례를 받은 후에 치명적인 큰 죄를 지은 경우이다. 세 번째는 세례를 받은 후에 매일매일 사소한 죄를 짓는 것이다. 이에 관해 아우구스티누스 성인은 "선하고 겸손한 사람의 회개는 매일매일의 참회이다."라고 말씀하신 바 있다. 참회의 종류에는 세 가지가 있다. 첫째는 공개 참회, 둘째는 공동 참회, 셋째는 개인 참회이다. 공개 참회는 다시 두 가지로 나뉜다. 첫 번째는 아이들을 살해한 것과 같은 중죄를 지어서 사순절 기간에 성스러운 교회로부터 출교되는 경우이며, 다른 하나는 공공연히 죄를 지어서 교구 전체가 그 죄를 알고 있을 때, 성교회가 이 사건에 관한 판단을 내려 죄를 지은 사람이 공개적인 참회를 하도록 명령하는 것이다. 공동 참회는 사제가 특정한 경우에 여러 사람들에게 단체로 행하는 명령을 내린 것으로, 예를 들면 옷을 걸치지 않거나 맨발로 순례 여행을 하도록 시키는 것이다. 개인 참회는 지속적으로 죄를 지었을 경우, 그에 관해 은밀히 고해하고 개인적인 고행을 받는 것이다.

이제는 진실하고 완벽한 참회에 필수적인 사항들을 말하겠다. 이것은 세 가지 요소에 기반을 두고 있는데, 마음으로 뉘우치고, 입술로 고해하며, 참회의 고행을 하는 것이다. 이에 대해 요한네스 크리소스토무스 성인은 다음과 같이 말한다. "참회는 자신에게 부여된 모든 고통을 즐겁게 받아들이며 마음으로 뉘우치고 입술로 고백하며 참회의 고행을 할 것을 요구한다. 또한 참회하는 자는 그 모든 행위를 겸허한 마음으로 이행해야 한다." 또한 이것이 우리가 우리 주 예수를 노하게 하는 세 가지, 즉 생각으로 쾌락을 추구하고, 말에 주의하지 않으며, 행동을 악하게 하는 것에 대한 회개의 열매이다. 이러한 사악한 죄의 반대편에 참회가 존재하고 있으며, 참회는 나무에 비유될 수 있다. 이 나무의 뿌리는 뉘우침이다. 뉘우침은 나무의 뿌리가 땅속에 숨어 있는 것처럼 뉘우치는 자의 심장

속에 숨겨져 있다. 뉘우침의 뿌리에서 줄기가 나와 고해의 가지와 잎사귀가 돋고 고행이라는 열매를 맺는 것이다. 이에 관해 예수께서는 복음서에서 "회개에 합당한 열매를 맺어라."라고 말씀하셨다. 왜냐하면 사람들은 그들의 심장에 숨어 있는 뿌리나, 고해라는 가지나, 잎사귀에 의해서가 아니라 열매로 나무를 알아보기 때문이다. 그러므로 우리 주 예수께서는 "그가 열매로 알리라."라고 말씀하셨다. 또한 이 뿌리에서 은혜의 씨앗이 생겨난다. 이 씨앗은 구원의 원천이며 그래서 열정적이며 뜨겁다. 이 씨앗의 은총은 하느님으로부터 비롯된 것이며, 심판의 날과 지옥의 고통을 상기시킨다. 이 문제에 관해 솔로몬은 "하느님을 경외하게 되면 악에서 떠난다."라고 말했다. 이 씨앗의 열기는 하느님에 대한 사랑과 영원한 기쁨에 대한 동경에 근거한 것이다. 이 열기는 사람의 마음을 주님께로 이끌며 자신의 죄악을 미워하도록 한다. 진실로 아기에게 유모의 젖보다 더 맛있는 것은 없지만 이 젖에 다른 음식을 섞으면 그것보다 더 역겨운 것 또한 없다. 이처럼 자신의 죄악을 사랑하는 죄인에게는 죄가 그 무엇보다 달콤하지만, 그가 우리 주 예수를 열렬히 사랑하고 영원한 삶을 갈망하는 그 순간부터는 그가 지은 죄가 가장 역겨운 것이 된다.

진실로 하느님의 율법은 하느님에 대한 사랑이다. 이에 대해 다윗은 "하느님을 사랑하는 자는 악을 미워한다."라고 말한다. 예언자 다니엘은 네부카드네자르 왕의 꿈에 나오는 나무를 영적으로 보고 그에게 참회할 것을 충고했다. 솔로몬에 의하면 회개는 그것을 받아들이는 자에게는 생명의 나무이며 진정한 참회를 하는 자는 복 받은 자이다.

이 참회, 즉 회개에 관하여 사람은 네 가지를 알아야 한다. 즉 회개가 무엇인지, 회개해야 하는 이유는 무엇인지, 어떻게 회개해야 하는지, 그리고 회개가 영혼을 어떻게 유익하게 하는 지이다. 그것은 이러하다. 회개는 죄를 지은 자가 자신의 죄로 인해 마음으로 겪는 진정한 슬픔이며, 죄를 고백하고 고행하며 다시는 죄를 짓지 않겠다는 확고한 의지를 동반한다. 이러한 슬픔은 베르나르도 성인에 의해 다음과 같이 표현된다. "그 고통은 심장 깊은 곳에서 무겁고 슬프며 예리하며 통렬하다." 무엇보다 우리 주님이며 창조주에게 죄를 지었기 때문에, 그리고 하늘의 아버지에게 죄를 범했기 때문에 더 예리하고 가슴이 쓰린 것이다. 우리를 구속하시고 자신의 보배로운 피로 우리 모두를 죄의 속박과 사탄의 잔인함과 지옥의 고통에서 구원해 주신 그분을 격노케 하고 그분께 죄를 지었기에 더욱더 마음이 아프고 쓰린 것이다.

인간을 회개하게 하는 원인은 여섯 가지이다. 첫 번째는 자신의 죄에 대한 기억이다. 이 기억은 어떠한 형태로든 죄지은 자에게조차 결코 기쁨이 될 수 없고 오히려 큰 수치심과 슬픔을 가져온다. 욥은 다음과 같이 말한다. "죄지은 자들은 마땅히 고해해야 하는 것들을 행한다." 히스기야 왕 또한 "비탄한 마음으로 평생을 기억할 것입니다."라고 말했다. 하느님께서는 「요한계시록」에서 "네가 어디에서 타락했는지를 기억하라."라고 말씀하셨다. 죄를 짓기 전에 인간은 하느님의 아들이었으며 하느님 나라의 백성이었다. 그러나 죄로 인해 노예가 되고 타락하고 악마의 자녀가 되고 천사들에게 증오의 대상이 되고, 성스러운 교회의 비난을 받으며 사악한 뱀의 먹이가 되었다. 또한 지옥 불의 영원한 연료가 되었다. 되풀이해서 죄를 짓는 것은 토해 놓은 것을 먹는 개처럼 더욱 추잡하고 비난받을 만한 일이다. 계속해서 죄를 지으면서 그 습관을 버리지 않으면 죄는 그만큼 더 무거워진다. 그리고 그 결과로 짐승이 자기 똥으로 더러워지는 것처럼 인간도 자신의 죄로 더러워지는 것이다. 이러한 생각은 사람이 자신의 죄로 기뻐하기보다는 수치심에 빠지게 한다. 이에 대해 하느님께서는 선지자 에스겔을 통해 다음과 같이 말씀하셨다. "너는 너의 행실을 생각하고 부끄러워할지어다." 진정으로 죄는 사람들을 지옥으로 이끄는 지름길이다.

　인간이 죄를 경멸해야 하는 두 번째 이유는 이것이다. 베드로 성인은 "죄를 짓는 자는 죄의 노예가 된다."라고 말씀하셨다. 즉 죄는 인간을 노예로 만들어 버린다. 이런 이유로 하느님께서는 선지자 에스겔을 통해 "너는 너의 길을 기억할 것이며 굴욕을 당할 것이다."라고 말씀하셨다. 진실로 우리는 죄를 미워하고 죄의 노예가 되어서는 안 되며 못된 행동으로부터 자신을 멀리해야 한다. 세네카가 이러한 문제에 관하여 뭐라고 했는지 한 번 볼까? 그는 "하느님과 사람이 우리의 죄를 모른다고 할지라도 우리는 죄를 멀리해야 한다."라고 말한다. 또한 "나는 내 육체의 노예가 되거나 내 육체를 어떤 것의 노예로 만드는 것보다 더 위대한 일을 위해 태어났다."라고 말했다. 남자 또는 여자를 막론하고 자기 육체를 죄악에 맡기는 것보다 더 악한 일은 없다. 육체를 타락시키며 죄의 노예가 되는 것은 세상에서 가장 천하고 보잘것없는 노예보다 더 추잡하고 굴욕적인 일이다. 고결한 위치에서 타락하면 할수록 그는 더욱 큰 구속을 당하게 되고, 하느님과 세상 사람들에게 더욱 악하고 혐오스러운 존재가 된다. 오! 선하신 주님! 우리는 마땅히 자신의 죄를 미워해야 하니, 이유인즉 한때 자유로웠던 우리가 죄 때문에 이제는 노예가 되었기 때문이다. 이에 대해 아우구스티누스 성인은 이렇게 말했다. "당신의 하인이 죄를 짓거나 불쾌하게 할 때 그를 경멸하는 것과 똑같이 당신이 죄를 지을 때에도 자신을 미워해야 한다." 자신을 더럽히지 않기 위해 우리의 가치에 대해 생각해야 한다. 죄의 노예가 되지 않도록 노력해야 하며, 죄를 지으면 스스로 부끄럽게 여겨야 한다. 지극히 선하신 하느님께서 우리를 가장 높은 자리에 앉히셨으며 지혜와 체력과 건강과 아름다움과 행복을 주셨고. 무엇보다 자기 피로써 우리를 구원해 주셨다. 그런데 우리는 얼토당토않게도 주님의 무한하신 자비를 저버리고 우리의 영혼을 죽이는 기괴한 악으로 그분의 은혜를 갚고 있다. 오 주님! 미모가 뛰어난 여인들이여, 솔로몬의 잠언을 기억하세요. "몸을 함부로 굴리는 예쁜 여자는 돼지 코에 금고리와 같다." 돼지가 코를 박고 오물을 파헤치는 것처럼, 그런 여자는 냄새나는 죄악 속에 자신의 아름다움을 파묻는 것이다.

인간이 회개해야 하는 세 번째 이유는 바로 최후 심판의 날과 지옥의 무서운 고통에 대한 두려움 때문이다. 히에로니무스 성인은 이렇게 말한다. "나는 최후 심판의 날을 생각할 때마다 두려움에 떤다. 내가 밥을 먹거나 술을 마시거나 또는 다른 일을 하고 있을 때 내 귀에는 '죽은 자들이여, 일어나서 심판을 받으러 오라.'라는 소리가 들리는 것 같다." 오, 거룩하신 주님! 우리는 진정 그 심판을 두려워해야 한다. 바울 성인도 "우리는 모두 주 예수의 보좌 앞으로 나아가야 한다."라고 말씀하신다. 그때 우리는 회중이 되어 한 사람도 그 자리를 피할 수 없다. 그때에는 어떠한 구실이나 핑계도 소용이 없을 것이다. 그날에는 우리의 잘못뿐만 아니라 우리가 평생 행한 모든 일이 죄다 공개될 것이다. 베르나르도 성인은 "그때에는 애걸해도 소용이 없고, 속임수를 부릴 여지도 없다. 우리가 한 모든 헛된 말들에 대해 계산해야 할 것이다."라고 말씀하셨다. 우리의 재판장은 결코 부패한 재판장도 아니며 속는 분도 아니다. 그 이유가 무엇이겠는가. 그분은 우리의 모든 생각을 환하게 들여다보고 계시기 때문에 우리가 애원을 하든 매수를 하든 절대로 넘어가지 않을 것이기 때문이다. 솔로몬은 "어떠한 간청과 제물로도 하느님의 진노를 피할 수는 없다."라고 말한다. 그러므로 최후 심판의 날, 그것을 피할 수 있는 사람은 아무도 없다. 이에 대해 안셀름 성인은 이렇게 말한다. "죄지은 자들은 이날을 몹시 두려워할 것이다. 높은 보좌에는 준엄하고 분노에 찬 재판관이 좌정해 계시고, 그의 발밑에는 무시무시한 지옥의 구덩이가 하느님과 모든 피조물 앞에서 자신의 죄를 인정해야 하는 자들의 파멸을 기다리고 있다. 왼편에는 상상할 수 없이 많은 악마가 죄인들의 영혼을 괴롭히고 결국에는 그 죄인들의 영혼을 지옥의 형벌로 끌어갈 것이다. 사람들은 내적으로 양심의 극심한 고통을 느낄 것이며 외적으로는 온 세상이 불길에 휩싸일 것이다. 그러니 가련한 죄인이 어디로 도망칠 것인가? 그는 숨을 곳도 없으며 앞으로 나와 심판을 받아야 한다. 히에로니무스 성인은 또한 다음과 같이 말씀하신다. "땅과 바다 그리고 천둥과 번개로 가득 찬 하늘은 죄인을 밀어낼 것이다." 진실로 이러한 것을 생각하는 사람은 누구든지 죄를 지으며 기뻐하기보다는 지옥의 고통을 두려워하며 큰 슬픔을 느낄 것이다. 그래서 욥은 하느님께 이렇게 기도했다. "주님, 저에게 잠시 위로를 베푸소서. 그 후에 영원히 돌아오지 못할, 어둠과 죽음의 그림자가 있는 그곳으로 가겠나이다. 그곳은 어떠한 질서도 없고 어둠만이 덮인 그러한 땅입니다." 보라, 여기에서 욥은 자신의 죄를 눈물로 한탄할 잠시의 시간을 간청한 것이다. 진실로 하루의 유예는 이 세상의 모든 보물보다 더 값진 것이다. 그리고 인간은 이 세상에 있을 때 보물이 아닌 참회를 통해 죄를 씻어야 하기 때문에 하느님께 자신의 죄에 대해 애통하고 비통해야 할 시간을 달라고 기도해야 하는 것이다. 왜냐하면 이 세상이 시작된 이래 인간이 겪은 모든 불행도 지옥의 슬픔에 비하면 아주 보잘것없는 것이기 때문이다. 욥이 지옥을 빗대어 '암흑의 땅'이라고 부른 이유는 다음과 같다. '땅'은 침몰하지 않는 안정된 곳을 뜻하며 '암흑'이라고 칭한 것은 지옥에는 빛을 볼 수 있는 어떤 물질도 존재하지 않기 때문이다. 진실로 영원히 꺼지지 않는 지옥의 불에서 나오는 어두운 빛은 지옥 속에 거하는 모든 것을 고통으로 변화시키는데, 그 이유는 그 빛이 죄지은 사람에게 그를 괴롭힐 무시무시한 악마의 모습을 비춰 주기 때문이다. '죽음의 암흑으로 둘러싸인'이라는 말은 지옥에 떨어진 자는 하느님을 보지 못한다는 것을 의미한다. 진실로 하느님을 뵙는 것이 영원한 삶을 얻는 것이다. '죽음의 암흑'이라는 것은 가련한 인간이 저지른 죄를 뜻하며 그 죄악은 죄인으로 하여금 하느님의 얼굴을 보지 못하도록 하는데 그것은 마치 구름이 우리와 태양 사이를 가로막고 있는 것과 같다. '고통의 땅'이라고 한 것은 인간이 현세에서 우러러보는 세 가지, 즉 명예와 쾌락과 재물에 대한 각각의 고통이 존재하기 때문이다. 명예에 대한 고통으로 말하자면 지옥에 떨어진 자는 명예 대신 치욕과 지옥의 혼란을 겪게 된다. 명예란 인간이 인간에게 바치는 존경을 뜻하는데 지옥에서는 명예도 없고 존경도 없다. 지옥에 가면 왕도 천민처럼 아무런 존경도 받지 못한다. 이에 관해 하느님께서는 선지자 예레미야를 통해 "나를 멸시하는 자는 멸시를 받으리라."라고 말씀하셨다. 또한 명예는 커다란 지배권을 뜻하는데 지옥에서는 아무도 남을 섬기지 않으며 단지 해를 끼치고 고통을 줄 뿐이다. 명예는 또한 높은 위신과 지위를 의미하지만, 지옥에서는 모두 악마들에게 짓밟힐 따름이다. 하느님께서는 "흉악한 악마들이 죄인들의 머리 위로 왔다 갔다 할 것이다."라고 말씀하신다. 현세에서 높은 지위를 누린 사람은 더욱 많은 수모를 당하고 고통을 받을 것이다. 또한 현세에서 부유했던 사람은 지옥에서는 궁핍의 고통을 맛보아야 한다.

재물의 부족을 의미하는 궁핍에는 네 가지 종류가 있는데 이에 관해 다윗 왕은 이렇게 말한다. "자신의 부를 의지하고 수많은 재물을 자랑한 자는 죽음의 어둠에서 잠잘 것이며, 그들의 손에는 아무것도 남지 않을 것이다." 또한 지옥에는 먹을 것과 마실 것도 부족하다. 그래서 하느님께서는 모세를 통해 "그들은 배고픔으로 소진될 것이며 지옥의 새들이 무시무시하게 그들을 삼켜 죽일 것이며 마실 것이라고는 큰 뱀의 쓸개즙이요, 먹을 것이라곤 뱀의 독뿐이다"라고 말씀하신다. 더욱이 의복의 부족 또한 그들을 고통스럽게 할 것이다. 지옥은 입을 옷도 부족하다. 왜냐하면 죄인들은 몸에 아무것도 걸치지 않는 알몸으로 불길과 오물 속을 드나들어야 하기 때문이다. 그들의 영혼 역시 알몸이 될 것인데, 영혼의 옷인 온갖 종류의 미덕을 그들은 걸칠 수 없기 때문이다. 값진 예복이며 부드러운 수의며 속옷 등은 어디에도 없을 것이다. 하느님은 선지자 이사야의 입을 빌어 다음과 같이 말씀하신다. "구더기들이 들끓는 자리에 눕고 지옥의 벌레들을 이불로 덮으리라."

또한 친구가 없어서 고통당할 것이다. 좋은 친구를 가진 사람은 가난하지 않다. 하느님도, 어느 누구도 그곳에서는 친구가 되지 않으며 모든 사람이 서로를 끔찍하게 증오할 것이다. 하느님께서는 선지자 미가를 통해 "아들이 아비를 우습게 여기며 딸이 어미를 거역하며 모든 식구가 원수가 되어 밤낮으로 서로 욕하고 업신여길 것이다."라고 말씀하셨다. 그리고 한

때는 서로 사랑하던 사람들이 그때는 있는 힘을 다해 서로를 잡아먹지 못해 안간힘을 쓸 것이다. 이 세상에서 번영을 누릴 때도 서로를 미워하고 시기했던 인간들이 그러한 지옥의 고통을 겪으면서 어떻게 서로 사랑할 수 있겠는가? 세속적인 사랑은 치명적인 증오에 불과한 것이다. 다윗은 악을 사랑하는 자는 자신의 영혼을 미워하는 자라고 말한다. 그리고 자신의 영혼을 미워하는 자는 다른 누구의 영혼도 사랑할 수 없다. 그러므로 지옥에는 우정도 위로도 없다. 현세에서 혈연적으로 가까운 친척일수록 그들 사이의 욕설과 반목과 증오는 더욱 커질 것이다. 또 지옥에는 어떠한 쾌락도 존재하지 않을 것이다. 감각적인 쾌락은 시각, 청각, 후각, 미각, 촉각이라는 오감을 만족시키는 것이다. 그러나 일단 지옥에 들어서면 인간의 시각은 암흑과 연기에 휩싸여 희미해지고 눈물만 끝없이 솟아난다. 그리고 들리는 소리라고는 예수 그리스도께서 말씀하신 것과 같이 통곡 소리와 이를 가는 소리뿐이다. 코는 역겨운 악취밖에 맡지 못하고 선지자 이사야가 말한 것처럼 맛볼 수 있는 것이라고는 온통 쓰디쓴 쓸개즙뿐이다. 그리고 하느님께서 이사야의 입을 통해 말씀하신 것처럼 만질 수 있는 것이라곤 영원히 꺼지지 않는 불과 영원히 죽지 않는 구더기로 뒤덮인 자신의 몸뚱이밖에 없다. 또한 죄인들은 죽음을 통해 고통을 피할 수 있다고 생각할 수도 없다. "죽음의 그림자가 있다."라고 말한 욥의 말은 지옥에 떨어진 자는 고통을 참지 못하여 죽거나 죽어서도 그 고통을 피할 수 없다는 것을 말한다. 정말이지 그림자는 원래의 사물과 비슷하기는 하지만 그 사물은 아니다. 지옥의 고통도 이와 같아서 무서운 고통을 주기 때문에 죽음과 비슷하지만 죽음 그 자체는 아니다. 그렇기 때문에 저주받은 사람은 큰 고통을 받아 금방이라도 죽을 것 같지만 절대로 죽을 수 없는 것이다. 그레고리우스 성인은 "지옥의 죄수들에게는 죽음 없는 죽음과 끝없는 종말과 영원한 궁핍이 주어질 것이다."라고 말했다. 요한 성인도 다음과 같이 말한다. "그들은 죽음을 찾지만 찾지 못할 것이며 죽기를 갈망하지만 죽음이 그들을 피해 갈 것이다."

또한 욥은 지옥에는 완전한 무질서만이 존재할 뿐이라고 말한다. 하느님께서는 만물을 올바른 질서 속에서 만드셨기 때문에 무질서한 것은 하나도 없고 모든 것은 질서정연하게 정해져 있다. 그러나 저주받은 자들은 질서가 없고 질서를 유지할 수도 없다. 왜냐하면 지옥의 땅이 그들에게 아무런 과실을 맺어 주지 않기 때문이다. 다윗은 "하느님은 그들의 손에서 모든 과실을 파괴하실 것이다. 그들의 목을 적실 물도, 그들이 숨 쉴 시원한 공기도, 비춰 줄 불도 없을 것이다."라고 말한다. 바실 성인은 "하느님께서는 이 세상 불의 뜨거움은 지옥의 저주받은 자들에게 주시고 불의 빛과 광명은 천상의 자녀들에게 주실 것이다."라고 말한다. 이것은 마치 선한 사람이 그의 자녀들에게는 고기를 주고, 개에게는 뼈다귀를 주는 것과 같다. 욥은 죄인들이 지옥에서 빠져나갈 희망을 품지 않게 하려고 지옥에는 무서운 공포와 두려움이 그치지 않게 되리라고 말한다. 공포는 앞으로 닥쳐올 위험을 두려워하는 것이며, 이러한 두려움은 지옥에 떨어진 자들의 마음속에 자리 잡고 있다. 그래서 그들은 다음과 같은 일곱 가지 이유로 모든 희망을 상실하게 되는 것이다. 첫째, 재판관이신 하느님께서 그들에게 자비를 베풀지 않으실 것이다. 그들은 하느님은 물론 성도들조차 기쁘게 할 수 없을뿐더러 어떤 배상금을 치를 밑천도, 하느님께 말씀을 드릴 수 있는 목소리도 없다. 그들은 고통을 피할 수 없으며 그들 안에 고통으로부터 자신들을 구제해 줄 어떠한 선함도 갖고 있지 않다. 이러한 이유로 솔로몬은 "악인은 죽는다. 그러나 죽을 때 그에게는 고통을 피할 어떠한 희망도 없다."라고 말한다. 이런 이유로 이러한 고통을 알고 자신의 죄로 인해 그러한 고통을 받을 만하다고 깨닫게 된 자들은 노래를 부르거나 놀지 말고 한탄하며 눈물을 흘려야 한다. 솔로몬은 "지은 죄로 인해 고통받을 것임을 아는 자는 슬퍼해야 할 것이다."라고 말한다. 아우구스티누스 성인은 "이러한 앎은 인간이 마음속 깊이 애통하게 한다."라고 말한다.

인간이 회개해야 하는 네 번째 원인은 그가 세상에서 이루려다 이루지 못한 착한 행실에 대한 기억과 아예 잃어버린 선행에 대한 가슴 아픈 기억이다. 진실로 치명적인 죄를 짓기 이전에 행한 착한 행실과 죄를 짓는 동안에 이룬 착한 행실은 이루지 못한 선행이라고 할 수 있다. 치명적인 죄를 짓기 이전에 행했던 착한 행실은 그가 거듭해서 지은 죄 때문에 퇴색해서 헛것이 되며 무효가 된다. 또한 죄를 지으면서 행한 선행은 천국에서 누릴 영원한 생명을 위해서는 어떠한 가치도 없다. 반복적인 죄를 통해 효력이 상실된 모든 선행, 즉 그가 하느님의 은총을 받는 동안 행한 착한 행실은 진정한 참회 없이는 아무 의미가 없는 것이다. 하느님은 선지자 에스겔을 통해 다음과 같이 말씀하신다. "만일 의로운 자가 의에서 떠나 악을 행한다면 살 수 있겠느냐? 살 수 없다. 왜냐하면 그가 한 선행은 기억되지 않을 것이며 그는 죄 속에서 죽으리라." 이 똑같은 말씀에 대해 그레고리우스 성인도 다음과 같이 말한다. "우리는 이것을 본질적으로 이해해야 한다. 즉 우리가 치명적인 죄를 지으면 이전에 행한 모든 선행을 기억하거나 떠올려도 아무 소용이 없다는 것이다. 다시 말하면 치명적인 죄를 행하게 되면 우리가 이전에 행한 선행에 대해 말하거나 기억을 떠올리는 것은 아무 소용이 없다는 말이다."

분명히 말하자면, 치명적인 죄를 짓게 되었을 때, 이전에 행한 선행은 아무런 도움도 되지 않는다. 즉 천국에서의 영생에 관해서는 아무런 영향력을 미치지 못한다. 그러나 우리의 죄를 뉘우치게 되면 이전에 행한 선행은 다시 살아나고, 그것이 우리를 도와 천국의 영생을 누릴 수 있게 해 준다. 치명적인 죄를 짓고 있는 가운데 행한 선행은 그것이 바로 무거운 죄 속에서 행해진 것이기 때문에 다시 살아나지 못한다. 생명력이 없는 것은 절대로 부활할 수가 없는 것이다. 그러나 영생을 얻는 데는 아무런 도움이 되지 못하는 그러한 선행도 지옥의 고통을 줄이거나 현세에서의 일시적인 부를 얻는 데는 도움이 되기도 하며, 하느님께서 죄인의 가슴에 빛을 비추어 그가 회개하도록 하는 데 보탬이 될 수는 있다. 그리고 다른 사람들에게 선행을 베푸는 습관을 갖게 되면 악마가 그의 영혼에 대한 영향력을 적게 행사할 수 있게 한다.

자비로우신 우리 주 예수는 이처럼 어떠한 선행도 헛되이 사라지지 않고 언젠가는 모두 쓸모 있게 되기를 바라신다. 그러나 선한 사람이 은혜를 받는 동안 행한 선행은 죄를 지은 후에는 효력이 상실된다. 또한 치명적인 죄를 짓는 동안 행해진 모든 선행은 그들이 천국의 영생을 얻는 데에는 아무 소용이 없다. 이러한 점에서 착한 일을 행하지 않는 사람이 "내 노력과 시간을 모조리 잃었다오."라고 하는 요즘 프랑스의 유행가를 즐겨 부르는 것도 무리는 아니다. 사실 죄는 인간에게 자연의 축복과 함께 하느님의 은혜도 빼앗아 간다. 성령의 은혜는 한시도 가만히 있지 않는 불과 같다. 사람이 돌보지 않으면 불이 즉시 희미해지는 것처럼 성령의 은혜도 그것을 저버리는 순간 즉시 떠나 버린다. 이렇게 죄인은 영광의 은혜를 상실하게 된다. 성령의 은혜는 꾸준히 일하고 노력하는 착한 사람에게만 주어지는 것이다. 그렇다면 지금까지 살아온 생명과 앞으로의 영원한 생명을 모두 하느님께 빚진 인간이 그 은혜에 보답할 만한 아무런 선행을 하지 못했다면 그는 마음속으로 크게 애통해해야 한다. 베르나르도 성인은 이렇게 말씀하신다. "인간은 현세에서 그가 받은 모든 재물을 어떻게 사용했는지 설명해야 할 것이다. 거기에는 그가 받은 머리털 한 오라기, 분초의 시간도 예외가 되지 않는다."

인간이 회개해야 하는 다섯 번째 원인은 우리 주 예수 그리스도께서 우리 죄로 인하여 고난받으신 것을 기억해야 하기 때문이다. 이에 대해 베르나르도 성인은 다음과 같이 말씀하신다. "내 목숨이 다하는 그날까지 나는 우리 주 예수께서 우리를 가르치기 위하여 겪으신 고초를 기억할 것이다. 고초를 겪으실 때의 피로감과 금식하실 때 받으셨던 유혹, 기도하면서 오랫동안 잠을 주무시지 못하신 것과 선한 백성들을 향한 연민으로 흘리신 눈물, 사람들이 그분에게 던진 모든 슬프고 수치스럽고 더러운 말들, 그분의 얼굴에 뱉은 더러운 침, 그분을 구타한 것과 그분에 대한 힐난과 찌푸린 얼굴, 그분을 십자가에 박은 못, 그분의 죄 때문이 아니라 나의 죄로 인해 겪으신 그 나머지의 모든 수난과 고난에 대해 잊지 않을 것이다."

또한 우리는 인간이 죄를 짓게 되면 모든 질서가 뒤집힌다는 것을 기억해야 한다. 하느님과 이성과 감성과 인간의 육체는 순서대로 질서가 잡혀 있어 각각의 요소들은 다른 하나를 지배하게 되어 있다. 하느님은 이성을 지배하시고 이성은 감성을 지배하며 감성은 또한 육체를 다스린다. 그러나 사람이 죄를 지으면 이런 모든 질서가 뒤집힌다. 그래서 인간의 이성이 그의 정당한 지배자이신 하느님을 따르고 복종하기를 거부함으로써 스스로 감성에 대한 지배권을 잃고 결국 자기 육체에 대한 지배권 역시 상실하게 되는 것이다. 그 이유는 무엇이겠나? 감성은 이성에 반항하고, 그럼으로써 이성은 감성과 육체에 대한 통치권을 상실하게 되는 것이다. 즉 이성이 하느님을 거역한 것과 똑같이 감성과 육체도 이성을 거역하는 것이다. 우리 주 예수께서 바로 이 무질서와 반역에서 우리를 구원하시기 위해 그 고귀하신 몸이 친히 고난을 겪고 우리의 죗값을 치르셨다.

그분이 어떻게 피를 흘리셨는지는 다음과 같다. 이성이 하느님을 거역하면 인간은 슬퍼하며 죽게 된다. 아우구스티누스 성인이 말하듯이, 우리 주 예수께서는 그의 제자에게 배반당하여 체포되어 결박당하고 못 박힌 손에서 피를 흘리심으로 인류를 위해 고난을 겪으셨다. 바로 이것이 인간의 이성이 하느님께 거역한 죄의 대가를 치른 사건이다. 인간의 이성이 감성을 제압할 수 있을 때 제압하지 못한다면 인간은 치욕을 당해야 마땅한 것이다. 이 때문에 우리의 주 예수 그리스도께서 사람들이 그분의 얼굴에 침을 뱉는 수모를 겪으셨다. 더욱이 인간의 육체가 이성과 감성을 거역한다면 죽어도 마땅하다. 그래서 우리 주 예수께서 인류를 위해 십자가에 못 박혀 돌아가셨다. 그리스도의 육체 중 어느 한 부분도 이러한 커다란 고통과 끔찍한 수난을 당하지 않는 곳이 없다. 한 번도 죄를 짓지 않은 우리 주 예수께서 이러한 고통을 받으셨기에 그분의 고난을 다음과 같이 표현할 수 있다. "나는 아무런 죄 없이 너무나 많은 고통을 받았으며 인류가 받아야 할 수치로 너무나 많이 더럽혀졌다." 또한 베르나르도 성인의 말처럼 죄지은 사람은 다음과 같이 말해야 한다. "내가 지은 죄로 인해 지극히 큰 고통을 받으셨으니 나의 흉악한 죄악은 저주받아 마땅하다." 실제로 우리의 죄로 인해 모든 질서가 깨어진 후에 우리의 주 예수 그리스도께서도 그에 따라 다양한 고난을 받으셨다. 이제 이것에 관해 말하겠다. 죄지은 인간의 영혼은 현세의 부귀를 탐하다 악마에게 배신당하고, 육체적 쾌락을 추구하다 악마에게 속아 넘어가 비웃음을 당한다. 인간은 역경 가운데 참을성이 부족해서 고통당하고 죄에 복종하고 노예가 되어 침 뱉음을 당하고 완전히 죽게 되는 것이다. 죄지은 인간의 이러한 무질서로 인해 우리 주님도 배신당하고, 후에 우리가 죄와 고통에서 해방될 수 있도록 결박당하고, 모든 영광을 누리기에 합당하신 주님께서 오히려 세상 사람들의 조롱을 당하셨다. 또한 모든 인류와 천사의 무리가 그렇게도 뵙기를 갈망했던 그분의 얼굴은 불경하게도 침 뱉음까지 당하셨다. 그리고 아무 죄 없는 주님께서 채찍에 맞았으며, 결국에는 십자가에 못 박혀 돌아가셨다. 이렇게 선지자 이사야의 예언은 성취되었다. "그가 찔림은 우리의 허물로 인함이요, 그가 상함은 우리의 죄악으로 인함이라." 진실로 그리스도께서는 우리가지은 모든 죄악의 고통을 스스로 짊어지셨다. 그래서 죄 많은 우리 인간은 천상의 성자 하느님께서 우리의 죄 때문에 이러한 고난을 겪으셨기 때문에 진실로 울며 비통해해야 한다.

인간이 회개해야 하는 여섯 번째 원인은 다음 세 가지에 대한 희망 때문이다. 그 세 가지는 죄의 용서와 행복을 누리게 하는 하느님의 은혜, 선행을 하는 자에게 보답으로 주는 천국의 영광이다. 그리스도께서는 우리에게 그분의 인자하심과 풍성한 자비하심으로 이러한 선물을 주신다. 그래서 그분이 '유대인의 왕 나사렛 예수'라고 불리는 것이다. '예수'는 '구세주' 혹은 '구원'을 의미하며 이러한 의미에서 사람들의 죄가 용서받을 수 있다. 즉 그것이 바로 우리 인간을 구원하는 가장 중요한 이유가 된다. 그러므로 천사가 요셉의 꿈에 나타나 이렇게 말한다. "그의 이름을 예수라 하라. 이는 그가 자기 백성을 죄에서 구원할 자임이라." 이 점에 관해 베드로 성인도 이렇게 말했다. "다른 이로서는 구원을 얻을 수 없나니 천하 인간에게 구원을 얻을 만한 다른 이름을 우리에게 주신 일이 없음이라." '나사렛'이란 말은 번영을 뜻한다. 그분을 통해 인류는 죄를 용서받고 또한 번영을 누릴 수 있는 은혜를 소망한다. 꽃속에는 앞으로 다가올 수확의 계절에 얻을 과실에 대한 소망이 있고, 죄의 용서 속에는 주님의 은총에 힘입어 은혜의 세계로 들어갈 수 있으리라는 기대가 있다. 선한 일을 행하는 자에게 예수께서는 이렇게 말씀하셨다. "볼지어다, 누구든지 내 음성을 듣고 문을 열면 내가 그에게로 들어가 그와 더불어 먹고 그는 나로 더불어 먹으리라." 이런 선행은 바로 하느님의 양식이며, '나와 함께 먹게 될 것'은 그분이 주실 크나큰 기쁨을 뜻한다. 이렇게 인간은 참회의 행동을 통해 하느님께서 복음에 언약하신 대로 그를 천국에 들어가게 하실 것을 소망한다.

이제는 어떠한 방식으로 뉘우칠 것인가에 대해 말하겠다. 참회는 보편적이고 총체적인 것이 되어야 한다. 이는 생각으로 범한 쾌락의 죄에 대해서도 회개해야 한다는 것이다. 쾌락은 매우 위험한 것이다. 죄를 묵인하는 것에는 두 가지 종류가 있다. 첫째는 마음의 동의이다. 이것은 어떤 사람이 죄를 지을 생각을 하거나 그러한 죄를 오래도록 생각하면서 쾌락을 맛보는 경우이다. 이때에도 그는 자신이 하느님의 법을 범했다는 사실을 잘 알고 있다. 그는 하느님을 두려워하면서도 그의 잘

못된 욕망을 억누르려고 하지 않는다. 그가 비록 이성이 죄를 짓는 것에 대해서는 동의하지 않는다 해도 일부 학자들은 이런 욕망은 아무리 사소한 것일지라도 오래 지속되면 매우 위험하다고 말한다. 인간은 애통해해야 한다. 특히 이성의 완전한 동의에 따라 하느님의 법을 거역하려고 작정한 모든 것에 대해 회개해야 한다. 이것은 의심할 여지가 없으며, 죄를 짓는 것을 묵인하는 것 또한 치명적인 중죄이다. 왜냐하면 모든 중죄는 먼저 마음속으로 생각하고 다음에는 그것을 기뻐하며 이성의 묵인 아래 행동으로 옮기는 것이기 때문이다. 그러나 많은 사람은 그러한 생각이나 생각으로 인한 쾌락에 대해서는 회개하지 않고 겉으로 드러나는 큰 죄만을 고백한다. 그러나 이러한 사악한 욕망과 생각 모두 사람들을 교묘하게 속여 결국 그들이 저주받게 하는 것이다.

더욱이 사람들은 사악한 행동에 대해서뿐만 아니라 사악한 말에 대해서도 뉘우쳐야 한다. 한 가지 죄만을 회개하고 다른 죄들은 참회하지 않거나 다른 모든 죄는 회개하면서 특정한 한 죄를 회개하지 않는다면 그의 참회는 소용없는 것이다. 전능하신 하느님께서는 온전히 선하신 분이시기에 죄를 모두 용서하시거나 하나도 용서하지 않으신다. 이 점에 대해 아우구스티누스 성인은 이렇게 말했다. "나는 하느님이 모든 죄인들의 대적이시라는 것을 잘 알고 있다." 그런데 한 가지 죄만을 회개하는 자가 어떻게 나머지 죄를 모두 용서받을 수 있겠는가? 그럴 수는 없다. 참회는 매우 고통스럽고 괴로운 것이어야 한다. 결론적으로 하느님께서는 참회하는 자에게 자비를 충만히 베푸신다. 그래서 아우구스티누스 성인은 "내 영혼이 고통과 고민으로 가득 차 있을 때, 나는 나의 기도가 그분께 상달되도록 그분을 기억합니다."라고 말했다.

또한 참회는 지속적이어야 한다. 우리는 자신의 죄를 고백하고 악한 행위를 고치겠다는 굳은 의지를 지녀야 한다. 참회가 지속되는 한 죄의 용서에 대한 희망이 있다. 여기에서 죄에 대한 증오가 생겨나며 그것은 자기 자신뿐만 아니라 다른 사람의 죄도 없애 준다. 이러한 이유로 다윗은 "하느님을 사랑하는 자는 악을 미워한다."라고 말한다. 하느님을 사랑하는 것은 그분이 사랑하는 것을 사랑하고 그분이 미워하는 것을 미워하는 것이다.

인간이 회개해야 하는 마지막 이유는 참회가 필요하기 때문이다. 뉘우침은 인간을 죄로부터 구원한다. 다윗은 이에 관해 "저는 죄를 고백했고 주님은 저를 죄에서 용서해 주셨습니다."라고 말했다. 참회는 이렇듯 말로써 고백하겠다는 굳은 신념을 동반해야 한다. 뉘우침이 없는 고백이나 사죄는 아무런 가치가 없다. 또한 회개는 지옥의 감옥을 부수며 악마의 세력을 약화시키고 성령의 선물과 모든 미덕을 회복시켜 준다. 죄로부터 영혼을 깨끗이 씻어 주며 지옥의 고통과 죄의 속박에서 해방시키며, 모든 영적인 선물을 선사하고 성스러운 교회와 하나가 되게 한다. 또한 전에는 분노의 아들이었던 자를 하느님의 자녀로 변화시킨다. 이러한 모든 것이 성서에 기록되어 있다. 그러므로 이것을 마음속에 간직하고 있는 자는 현명한 사람이다. 그는 평생 죄를 짓고자 하는 열망이 없을 것이다. 그리고 육체와 영혼을 예수 그리스도를 섬기는 데 바칠 것이며 그분을 영원히 기릴 것이다. 우리 주 예수 그리스도는 우리의 모든 죄를 용서해 주셨다. 주님이 우리의 영혼을 긍휼히 여기지 않으셨다면 지금 우리는 모두 진실로 비통의 노래를 부르고 있을 것이다.

참회 후반부

참회 후반부는 뉘우침의 표시인 고해에 관한 것이다. 이제 여러분은 고해가 무엇인지, 고해는 반드시 해야 하는 것인지 아니면 하지 않아도 되는지, 또한 참된 고해에는 어떤 것이 필요한지에 대해 알게 될 것이다. 고해란 지은 죄를 사제에게 솔직하게 말하는 것이다. '솔직하게'라는 의미는 그가 할 수 있는 한 죄와 관련된 모든 것을 사제에게 고백한다는 것이다. 숨기거나 변명하거나 둘러대지 않고 모든 것을 숨김없이 말해야 하며 자신의 선행을 자랑해서도 안 된다. 또한 죄의 기원이 무엇이고, 죄가 어떻게 반복되고, 죄의 속성이 무엇인지 이해해야 한다. 죄의 기원에 관해 바울 성인은 다음과 같이 말한다. "죄가 인간을 통해 이 세상에 들어왔고 죄를 통해 죽음이 생겼듯이 모든 사람이 죄를 지으매 죽음은 모든 사람에게 들어왔다." 이 인간이 바로 아담이었다. 하느님의 명령을 어긴 아담을 통해 죄가 이 세상으로 들어온 것이다. 그리하여 처음에는 너무 강력하여 죽음을 모르던 그가 자신이 원하든 원치 않든 상관없이 반드시 죽어야 하는 사람이 되었고, 그 후 아담의 죄를 짊어진 모든 후손 역시 죽어야 하는 운명을 맞이했다.

아담과 이브가 순결한 알몸으로 천국에서 살았을 때를 생각해 보라. 그들은 알몸을 부끄럽게 여기지 않았다. 그러나 그때 하느님이 만드신 창조물 중 가장 교활했던 뱀이 여자에게 이렇게 말했다. "하느님이 너희더러 이 동산에 있는 나무 열매는 하나도 따먹지 말라고 하셨다는데, 그것이 정말이냐?" 그러자 여자가 대답했다. "하느님께서 이 동산에 있는 나무 열매는 무엇이든 따 먹되, 동산 중앙에 있는 나무 열매만 따 먹지 말라고 하셨어요. '먹지도 말고 만지지도 말라. 너희들이 죽을까 하노라.'라고 하셨어요." 이 말을 들은 뱀이 말했다. "아니다. 절대로 죽지 않는다. 그 나무 열매를 따 먹기만 해도 너희의 눈이 밝아져서 하느님처럼 선과 악을 알게 될 줄 아시고 그렇게 말씀하신 것이다." 여자가 눈을 들어 나무를 보았다. 열매는 정말 먹음직스럽고 보기에도 탐스러우며 맛있을 것 같았다. 그래서 열매를 따서 먹고, 자기 남편에게도 먹게 했다. 그러자 두 사람은 눈이 밝아져 자신들이 알몸인 것을 깨닫고 무화과 나뭇잎을 엮어 몸을 가렸다. 이렇게 치명적인 죄는 처음에는 악마의 제안으로 시작되었음을 알 수 있다. 악마는 여기서 뱀으로 형상화된다. 그다음에는 이브가 상징하는 육(肉)의 기쁨과 아담을 통한 이성의 묵인을 볼 수 있다. 악마가 이브, 즉 육체를 유혹하고 육체는 아름다운 금단의 열매를 맛보았지만, 이성인 아담이 그 열매를 맛보는 것을 동의하기까지 그는 태초의 순수한 상태로 있었다. 우리는 모두 아담의 후손이기에 그로부터 우리의 원죄가 비롯된다.

육체적으로 아담의 후손인 우리는 악하고 부패했다. 영혼이 육신을 입게 될 때 즉각적으로 죄에 감염되는 것이다. 처음에는 단지 욕정의 형벌이지만 나중에는 형벌인 동시에 죄가 되고 말았다. 그러므로 우리는 모두 분노의 자식이며 동시의 영원한 저주의 아들이다. 만일 우리의 죄를 사해 주는 세례를 받지 않는다면 우리는 죄에서 구원을 얻을 수가 없다. 사실 그 형벌은 여전히 우리 안에 존재하면서 우리를 유혹하는데 그 형벌의 이름은 정욕이다. 이 정욕이 사람의 마음속에 무질서하게 자리 잡게 되면 인간이 탐욕을 품게 해서 현세의 것들을 탐하고, 육신의 육욕을 자극하여 죄를 짓게 하고, 교만한 마음을 품어 높은 자리를 갈망하게 된다.

지금부터 첫 번째 탐욕인 욕정에 관해 말하겠다. 하느님의 말씀에 따라 올바르게 만들어진 생식기에 관한 법에 따르면, 인간이 주님이신 하느님께 복종하지 않을 때는 육체도 죄를 키우며 죄의 원인이 되는 욕정을 통해 그분께 반항한다. 그러므로 인간이 욕정을 품고 있는 한 유혹을 받고 육신대로 행하여 죄를 짓지 않을 수 없다. 인간이 사는 동안 계속해서 그렇게 될 것이다. 세례나 참회를 통한 하느님의 은총으로 이러한 것이 약해지거나 소원해질 수는 있지만 완전히 사라지는 않기 때문에, 인간이 병들거나 마법의 해악이나 아편제의 복용으로 욕정이 식지 않는 이상 이러한 욕정은 없어지지 않는다. 이에 대해 바울 성인은 다음과 같이 말한다. "육체의 욕구는 성령을 거스르고 성령의 욕구는 육체를 거스릅니다. 이

둘은 서로 반대되는 것이기 때문에 자신이 원하는 대로 할 수 없습니다." 바울 성인은 바다에서 큰 위험을 만나 하루 밤낮을 고통받으셨고, 육지에서는 굶주림과 목마름, 추위, 벌거벗음을 겪으셨으며, 한번은 거의 죽도록 돌을 맞는 고통을 겪으면서도 다음과 같이 말씀하셨다. "아, 나는 곤고(困苦)한 자로다. 누가 나를 이 사망의 몸에서 건져내랴?" 히에로니무스 성인도 사막에서 오랫동안 짐승들과 함께 살아야 했고 물과 풀 외에는 먹을 것이 없었으며 맨땅을 침대로 삼아 지내야 했다. 그의 육신이 뜨거운 햇빛으로 에티오피아 사람처럼 까맣게 변하고 추위로 인해 온몸이 부셔졌을지라도 자기 몸속에는 욕정의 불길이 타오르고 있다고 말했다. 그러므로 자기 육체는 유혹받지 않는다고 자신 있게 말하는 사람은 거짓말을 하는 것이다. 사도 야고보는 "사람은 욕정에 끌려 유혹당한다."라고 말씀하신다. 우리는 모두 육체 안에 있는 죄의 미끼에 유혹당하는 것이다. 복음 전도자 요한 성인은 이에 대해 "만일 우리가 죄 없는 자라고 한다면 그것은 우리 자신을 속이는 것이며 진리를 거스르는 것이다."라고 말씀하셨다.

이제는 죄가 인간 속에서 어떻게 자라며 커 가는지에 대해 설명하겠다. 먼저 고려해야 할 첫 번째 것은 앞에서 이미 말한 욕정인데 욕정은 죄를 키우는 역할을 한다. 인간이 악마에게 복종한 후에는 악마가 풀무로 사람의 마음에 육욕의 불길을 불어넣는다. 다음에는 유혹받은 그 일을 행할 것인지 아닌지 생각한다. 만일 육체와 악마의 첫 번째 유혹을 이겨 낸다면 그는 죄를 짓지 않는 것이다. 이때 우리는 매우 신중하게 자신을 지켜야 한다. 그렇지 않으면 죄를 짓는 데 동의하게 되고 때와 장소가 허락할 때 죄를 짓게 되기 때문이다. 이 점에 관해 모세는 다음과 같이 말한다. "악마는 이렇게 말한다. '나는 쫓아가서 사로잡아 그 전리품인 인간을 쪼갤 것이다. 나의 정욕은 그들 덕에 만족할 것이며 나는 칼을 뽑아 그들을 파괴하리라.'" 칼이 사물을 둘로 쪼개듯 죄에 대한 동의는 하느님과 인간을 둘로 나눈다. 그래서 마귀가 "인간의 죄악으로 인간을 죽이리라."라고 말하는 것이다. 진정으로 이때 인간의 영혼은 완전히 죽게 되는 것이다. 이렇게 죄는 유혹과 욕정과 죄에 대한 동의로 행해지고 이러한 죄는 실질적인 죄라고 불리는 것이다.

진실로 죄에는 두 가지가 있는데 소(小)죄와 대(大)죄이다. 참으로 우리가 창조주이신 예수 그리스도보다 다른 어떤 피조물을 사랑하는 것은 치명적인 대죄이다. 또 예수 그리스도를 마땅히 사랑해야 하는 것보다 덜 사랑하는 것은 가벼운 소죄이다. 하지만 소죄의 영향력도 매우 위험하다. 그 이유는 사람들이 갈수록 크게 느껴야 할 하느님의 사랑을 점점 감소시키기 때문이다. 소죄를 많이 지은 사람이 그 죄를 고해해서 씻지 않으면 예수 그리스도에 대한 사랑은 쉽사리 사라질 수 있다. 그렇게 되면 인간은 소죄에서 대죄로 나아가게 된다. 인간의 영혼이 가벼운 죄를 많이 지으면 지을수록 중한 죄에 빠질 위험이 크다. 그러니 우리는 가벼운 죄를 씻어내는 데 게을리 해서는 안 된다. '티끌 모아 태산'이라는 속담도 이를 확인해 준다. 한 가지 예를 들자면, 바다에 가면 종종 배를 뒤집어엎을 만큼의 무서운 파도가 밀려올 때가 있다. 하지만 배의 밑바닥에 뚫린 구멍을 제때 손보지 않으면 그 틈 사이로 작은 물방울들이 새어 들어와 큰 파도와 똑같은 결과를 가져올 수 있다. 배가 가라앉은 원인에는 차이가 있지만 배가 가라앉았다는 결과에서는 똑같다.

대죄에서도 이러한 현상이 일어날 수 있다. 소죄가 쌓여 세속적인 것들에 집착하게 되고 그러면서 더욱 가벼운 죄들을 자주 짓게 되는 것이다. 그러면서 인간의 마음은 하느님을 사랑하는 것처럼 세속적인 것들을 사랑하게 되고, 오히려 하느님보다 세상의 것들을 더 사랑하게 된다. 그러한 세속적인 것들에 대한 사랑이 하느님에 대한 사랑보다 덜할지라도 하느님의 사랑에 바탕을 두고 있지 않거나 하느님의 사랑을 목적으로 하지 않는 모든 것은 소죄에 속한다. 물론 세속적인 것들에 대한 사랑이 점점 커져 결국에는 하느님을 사랑하는 것과 동등하게 되거나, 더 중요하게 될 때는 대죄가 된다. 아우구스티누스 성인은 이렇게 말한다. "인간의 마음이 지고의 선이시고 불변하시는 하느님에게서 떠나 변하고 사라지는 것들에게로 쏠리는 것이 치명적인 대죄이다." 여기에서 변하고 사라지는 것은 천상의 하느님을 제외한 모든 것을 의미한다. 사실 인간이 하느님께 당연히 바쳐야 할 사랑을 다른 대상에게 바친다는 것은 하느님에 대한 사랑이 그만큼 줄어든다는 것을 의미한다. 이것은 죄를 짓는 것이다. 하느님에게 사랑을 빚진 자가 주님께 마땅히 바쳐야 할 자신의 사랑을 드리지 않는 것을 의미한다.

지금까지 소죄에 대해 살펴보았으니 이제는 많은 사람이 죄라고 생각하지 않고 그에 대해 고해도 하지 않지만, 여전히 죄가 되는 것에 관해 말하겠다. 진실로 신학자들에 의하면 사람이 자기 육체를 유지하는 데 필요 이상으로 먹거나 마시는 것은 죄를 짓는 일이다. 또한 필요 이상으로 말하는 것도 죄이며, 불쌍하고 가난한 자들의 탄식을 친절하게 듣지 않는 것도 죄이다. 또한 건강한 사람이면서 다른 이들이 금식할 때 아무런 이유 없이 금식하지 않는 것도 죄이다. 필요 이상으로 잠을 많이 자거나 교회나 자선 행위가 행해지는 곳에 늦게 가는 것도 죄이다. 하느님의 영광을 위해 자녀를 생산한다는 최고의 소망 없이 자신의 기쁨을 위해 아내와 부부 관계를 갖는 것도 죄이고, 아내에게 육체의 의무를 이행하지 못하는 것도 죄이다. 마찬가지로 할 수 있는데도 불구하고 병자나 죄수를 방문하지 않는 것도 죄이며, 지나칠 정도로 자녀나 아내나 세속적인 것을 사랑하는 것도 죄이다. 가난한 사람에게 동냥을 주지 않거나 적게 주는 것도 죄이며, 필요 이상으로 음식을 맛있게 만들거나 먹고 싶은 마음에 너무 급하게 탐욕스럽게 먹는 것도 죄이다. 교회에서나 또는 예배 중에 헛되고 쓸데없는 말, 어리석은 말, 음란한 말을 하는 것도 죄이다. 심판의 날에 이 모든 것에 관해 설명해야 할 것이다. 또한 하겠다고 약속해 놓고 지키지 않은 약속도 죄이다. 경솔하거나 어리석게 이웃을 비방하고 비웃는 것도 죄를 짓는 것이다. 그리고 확실히 알지도 못하면서 악하다고 의심하는 것도 죄이다. 아우구스티누스 성인은 이런 것들을 비롯해 수없이 많은 것이 모두 죄라고 말씀하셨다. 이 세상 어떠한 사람도 이러한 모든 가벼운 죄를 피할 수는 없다. 그러나 우리 주 예수를 향한 뜨거운 사랑과 기도와 고해, 여러 가지 선행을 통해 자신을 억제할 수 있다. 아우구스티누스 성인은 다음과 같이 말한다. "인간이 하느님의 사랑으로 불타고 있으므로 그가 하는 모든 행동이 하느님에 대한 사랑으로, 하느님의 사랑을 위해 행해진 것이라면 불길이 이글거리는 화로에 떨어지는 물 한 방울이 얼마나 큰 영향을 끼치고 해를 미칠 수 있는지 알 수 있을 것이다. 이처럼 가벼운 죄도 예수 그리스도의 사랑으로 충만한 사람에게 영향을 미칠 수 있다." 인간은 소죄를 멀리할 수 있다. 예수 그리스도의 고귀한 성체를 받고 성수로 몸을 정결하게 하며, 자선을 행하고 미사와 마지막 기도 시간에 고해 기도를 함으로써, 또 주교와 사제의 축복을 받고 선을 행함으로써 그렇게 할 수 있다.

7대 죄악

이제는 7대 죄악, 즉 죄악 중에서 으뜸가는 죄악에 관해 이야기하는 것이 합당할 것이다. 그 7대 죄악은 모두 한 줄에 꿸 수 있지만 그 내용은 각각 다르다. 이것들을 으뜸가는 죄라고 부르는 이유는 다른 모든 죄악보다 중대하며 그 원천이 되기 때문이다. 그리고 이 일곱 가지 대죄의 뿌리는 오만 혹은 교만이다. 이것에서 나머지 모든 죄가 파생되기 때문이다. 이 뿌리에서 분노, 질투, 나태, 탐욕, 탐식 그리고 음란이라는 큰 가지가 싹튼다. 이런 죄악은 각각 또 작은 가지를 갖고 있다. 이제 그것을 차례대로 살펴보겠다.

교만

누구도 교만에서 파생되는 해악의 가지와 싹을 일일이 열거할 수는 없겠지만 그중 몇 개를 먼저 적어 보겠다. 그것들은 불순종, 자만, 위선, 경멸, 거만, 몰염치, 무례, 불손, 성급함, 완고함, 자부, 고집, 불경, 허영, 수다 등으로 일일이 다 열거할 수 없다. 불순종하는 사람은 하느님과 지도자와 영적인 아비들의 계명을 거부하고 경멸하는 사람이다. 또한 자신이 행한 악한 일이나 선한 일을 자랑하는 자도 자만하는 자이다. 위선자는 진실을 숨기고 말과 행동을 다르게 하는 사람이다. 경멸하는 자는 자신의 이웃, 즉 동료 그리스도인들을 우습게 여기고 자신이 당연히 해야 할 일들을 업신여긴다. 거만한 자는 자신에게 있지 않은 자질을 가졌다고 믿거나, 자신이 그런 자질을 가질 자격이 있다고 생각하거나, 또는 자기가 실제보다 낫다고 여기는 사람이다. 몰염치한 자는 자신의 실수나 잘못을 부끄러워하지 않는 사람이며, 일을 잘못했으면서도 기뻐하고 즐거워하는 이가 자만하는 자이다. 무례는 다른 사람의 가치와 지식과 말솜씨와 행동을 우습게 여긴다. 조급한 자는 자신의 결점을 지적하거나 비난하는 것을 참지 못하며, 고의로 진리와 맞서 싸우며 자기 잘못을 인정하지 않는다. 불손한 사람은 윗사람들이 지닌 권력과 권위에 분노하며 거역한다. 그리고 자부심은 과도한 자기 믿음으로, 해서는 안 되는 일을 행하는 것이다. 불경이란 마땅히 행해야 할 공경을 보이지 않고 오히려 자신이 공경받으려 하는 것이다. 잘못을 인정하지 않고 그것에 집착하거나 혹은 자기 생각에 집착하는 것을 고집이라고 한다. 허영은 세속적 지위를 차지하고 우쭐대고 잘난 체하며 순간적인 쾌락을 즐기는 것이다. 수다는 남들 앞에서 말을 너무 많이 하는 것이며 방아 찧듯 재잘거리며 말이 되는지 안 되는지 가리지 않고 지껄이는 것이다. 또한 은밀한 종류의 교만이 있는데 그것은 자신이 남에게 인사하기 전에 자신이 그보다 낮은 위치의 사람일지라도 먼저 인사받기를 바라는 마음이다. 남들보다 먼저 자리에 앉거나 행렬의 맨 앞자리에 서고, 미사 중에 평화의 인사를 나눌 때 다른 사람보다 먼저 신부의 손에 입을 맞추려고 하고 남보다 먼저 향불을 피우거나 먼저 예물을 바치고자 한다. 간단히 말해 분수에 지나치게 남들 앞에서 자신을 과시하고 존경받으려는 욕망을 품는 것이다.

또한 두 종류의 교만이 있는데 하나는 사람의 마음속에 있는 것이고, 다른 하나는 사람의 마음 밖에 있다. 지금까지 언급한 것들과 다른 무수한 것들이 마음속의 교만에 포함되는 것들이다. 그리고 그 나머지가 마음 밖의 교만에 속한다. 하나의 교만은 다른 교만이 존재한다는 표시이니 그것은 주막 문간에 있는 생기 있는 수목이 그 집 술 창고에 있는 술의 질을 나타내는 것과 같다. 이것은 말과 행동과 과도하게 치장한 옷차림에서도 알 수 있다. 진실로 옷차림에 죄가 없다면 주님이 복음서에서 부자의 옷차림에 대해 언급하거나 말씀하시지 않으셨을 것이다. 그레고리우스 성인이 말씀하신 것처럼 값비싼 옷은 그 옷의 귀함과 아름다움 자체로 죄가 되고 옷의 부드러움, 기이한 양식, 환상적인 장식도 죄가 되며, 옷이 너무 많은 것은 옷을 너무 빈약하게 입은 것과 마찬가지로 죄가 된다. 아! 오늘날 우리는 너무 값비싼 옷치레로 죄를 범하는 자들과 너무 옷을 입지 않아 죄를 범하는 자들을 동시에 볼 수 있지 않은가?

옷이 너무 과다하게 많은 것도 죄이다. 이는 사람에게 해로울 정도로 옷을 귀하게 만든다. 자수를 놓거나 화려한 레이스 혹은 파도 무늬의 선, 줄무늬, 꽈배기 모양이나 주름을 잡는 데 드는 비용도 낭비이며 이와 비슷하게 가운에 값진 모피를 달거나 가위로 단춧구멍을 수없이 뚫어 그 속에 장식을 주렁주렁 다는 것도 비용을 지나치게 낭비하는 것이다. 또 가운의 길이를 지나치게 길게 하면 남자와 여자가 걷거나 말을 탈 때 옷자락이 질질 끌려 진흙이나 똥이 묻어 더러워지게 된다. 결국 그 옷은 낭비되고 닳고 낡아빠져 마침내 똥거름 속에서 썩게 된다. 앞에서 말한 가난한 사람들에게 옷감을 나누어 주었다면 오히려 더 요긴하게 쓰였을 것이다. 또 옷이 헛되게 낭비되면 될수록 희소성 때문에 옷값이 더 비싸진다. 더욱이 가난한 사람들에게 구멍이 뚫린 장식이 있는 옷이나 장식이 달린 옷을 준다 해도 그런 옷은 가난한 사람들의 신분에 맞지 않을뿐더러 그들이 필요한 것을 충족시켜 주지도 못하며 악천후로부터 그들을 보호해 주지도 못한다. 그와 반대로 옷을 지나치게 덜 입는 것도 끔찍한 일이다. 겉옷과 재킷이 너무 짧아 남자의 부끄러운 곳도 가리지 못하는 것은 그 의도가 모두 악한 것이다. 아아! 어떤 자들은 혐오스럽게 솟아오른 부분을 쉽게 알아챌 수 있는 복장을 하고 있다. 그 모습은 마치 팬티를 둘둘 말아 입은 탈장 환자와도 같다. 그리고 어떤 이들의 엉덩이는 보름달이 환하게 비칠 때의 암놈 원숭이처럼 훤하게 보인다. 더욱이 유행을 좇아 빨간색과 흰색으로 나누어진 팬티의 틈새로 보이는 불룩한 성기는 비밀스럽게 간직해야 할 그 부분을 반이나 보여 준다. 그리고 흰색과 검은색, 흰색과 파란색, 또는 검은색과 붉은색 팬티를 입었는데 서로 다른 색으로 인해 그들의 음낭 한쪽이 단독(丹毒)이나 암 혹은 그와 유사한 병에 걸린 것처럼 보인다. 그들의 엉덩이를 보는 것은 혐오스럽기 짝이 없다. 그들은 몸속의 구린내 나는 대변을 내보내는 이 부분을 아무 거리낌 없이 자랑스럽게 다른 이들에게 드러내고 다니는데, 이는 예수 그리스도와 그분의 제자들이 이 세상에 계실 때 보여 주신 점잖은 행위를 모독하는 행위이다.

여성들의 지나치게 화려한 옷차림에 대해 말하자면 그들의 얼굴이 아무리 정숙하고 점잖아 보일지라도 옷차림에서 그들의 음란함과 오만함이 드러난다. 나는 남성과 여성의 옷차림이 점잖아야 한다고 말하는 것이 아니라, 너무 화려하게 입거나 너무 부족하게 입어서는 안 된다고 말하고 있는 것이다. 화려한 옷차림이나 옷 장식에 관한 죄는 승마에서도 엿볼 수가 있다. 살지고 멋진 비싼 말들을 즐거움을 위해 너무나 많이 기르고, 그러한 말들을 유지하기 위해 하인들을 고용하고 호화스러운 마구와 말안장, 껑거리 끈과 가슴 장식, 값비싼 천으로 만든 말 고삐와 말 채찍을 준비하는 것은 너무나 많은 돈이 드는 일이다. 이에 관해 하느님께서는 스가랴 선지자를 통해 이렇게 말씀하셨다. "나는 그러한 말을 타는 자들을 혼란에 빠뜨리겠다." 이러한 자들은 천상의 하느님 아들이 어떠한 말을 타고 어떠한 말 장식을 했는지 전혀 생각하지 않는 자들이다. 주님께서는 나귀를 타고 제자들의 허름한 옷 외에는 어떠한 마구 장식도 하지 않으셨다. 또한 우리는 그가 어떤 다른 짐승을 타셨다는 이야기도 읽은 적이 없다. 내 말은 과도한 치장이 죄라는 것이지 때에 따라 요구되는 적절한 치장이 죄라고 말하는 것은 아니다.

수많은 하인이 필요 없는데도 불구하고 그들을 거느리는 경우에서도 오만함은 나타난다. 즉 하인들이 자신들이 섬기는 주인들의 높은 지위나 직책으로 인해 교만해질 수 있다. 이때 주인이 하인들이 사람들에게 악을 행하거나 해를 끼치는 것을 묵인하는 경우가 있다. 사실 이러한 고관대작들은 자기 하인들의 악행을 묵인함으로써 자신들의 권위와 힘을 지옥의 악마에게 팔아넘기는 것이다. 혹은 비천한 사람들 중에도, 여관 주인들처럼 다양한 방법으로 행해지는 하인들의 도둑질을 그냥 놔두는 오만한 자들이 있다. 이러한 하인들은 꿀을 쫓는 파리 떼나 썩은 고기를 쫓아다니는 개와 같은 자들이다. 이 자들은 영적으로 그들의 주인을 목 졸라 죽이고 있는 것이다. 다윗 왕은 이에 관해 다음과 같이 말한다. "사악한 죽음이 그러한 주인들을 덮칠 것이다. 하느님께서는 그러한 자들을 지옥으로 떨어지게 할 것이다, 왜냐하면 그들의 집에는 사악과 악한 행위만이 있기 때문이다." 그리고 하늘에 계신 하느님께서는 거기에 계시지 않다. 진실로 그들이 자신의 행위를 고치지 않는다면, 하느님께서 야곱의 섬김 때문에 라반을 축복하시고 요셉 때문에 이집트 왕 바로를 축복하신 것처럼 같은 방식으로 하인들의 악행을 묵인하는 주인들을 저주하실 것이다.

식탁에서도 교만함은 나타난다. 진실로 부유한 자들은 잔치에 초대받지만 가난한 자들은 거절되거나 책망받는다. 교만의 죄는 과도하게 다양한 고기류와 음료, 구운 고기와 모듬 요리, 푸딩 주위에 독주를 부어 놓고 불을 붙여 즐기고, 요리에 종이로 여러 가지 장식을 하는 등의 지나친 낭비에서도 나타난다. 이러한 것은 생각하기에도 부끄러운 죄이다. 또한 값비싼 식기를 사용하고 고급스러운 악기 연주를 들으며 호사스러운 기쁨에 자극됨으로써 예수 그리스도에 대해 자신의 마음을 덜 쏟게 되는 것도 죄이다. 그러한 기쁨은 사람이 치명적인 죄에 빠질 가능성을 크게 만든다. 교만에서 파생된 모든 죄악, 즉 미리 계획되고 의도적인 악의에서 파생되거나 악습에서 나온 모든 것이 치명적인 죄가 된다는 것은 의심할 여지가 없다. 그러나 이러한 것이 사전에 계획됨 없이 순간적인 연약함에서 파생된 것이라면 중대한 죄일지라도 곧 사해질 수 있다.

이제 교만이 어디에서 파생되는지 알아보자. 때로 교만은 타고난 자연의 혜택이나 운명의 혜택, 또는 은혜 그 자체에서 생겨난다. 자연의 혜택은 육체적인 행복이나 영혼의 풍요함을 말한다. 육체적인 행복은 힘, 활력, 미, 좋은 혈통과 순결 등과 같은 건강에 관련된 것이다. 영혼과 관련된 자연의 혜택은 기지, 탁월한 이해력, 영리함, 미덕과 뛰어난 기억력 등이다. 운명의 혜택으로는 부(富), 높은 지위와 사람들의 칭송 등이 있다. 그리고 은혜가 주는 혜택으로는 지식, 영적인 고통을 견딜 힘, 온유함, 덕스러운 사색과 유혹에 저항할 능력이 있다. 앞에서 언급한 것 중 어떤 한 가지의 혜택을 입었다고 오만해진다면 그것은 어리석은 일이다. 자연의 혜택이 우리에게 이로운만큼이나 해롭다는 것을 하느님은 아신다. 건강은 쉽게 사라질 수 있는 것이며 더욱이 영혼을 사악하게 만드는 원인이 되기도 한다. 육체는 영혼의 거대한 적이며 육체가 건강하면 건강할수록 우리는 죄에 빠질 위험에 더 많이 노출된다. 또한 육신의 힘을 자랑하는 것은 아주 어리석은 일이다. 왜냐하면 육체는 영혼에 치명적인 것을 탐하고, 육체가 강해지면 강해질수록 영혼은 점점 비참해지게 된다. 무엇보다 육체의 힘과 세속적인 세력은 사람을 불행의 위험에 빠지게 한다. 또한 자신의 고귀한 태생을 자랑하는 것도 어리석은 짓이다. 왜냐하면 종종 육신의 고귀함이 정신의 고귀함을 떨어뜨리는 경우가 있기 때문이다. 더욱이 우리는 모두 '한 아버지와 한 어머니'를 두었으며 그래서 우리 모두 부유한 자나 가난한 자나 썩고 부패한 본성을 지닌 인간이기 때문이다. 참으로 하나의 고귀함만이 진실로 고귀하며 칭찬받을 만한 것인데 그것은 자신의 마음을 덕성과 도덕으로 치장하고 자신을 그리스도의 자녀로 만드는 것이다. 진실로 죄는 어떠한 사람이든 지배하여 그를 노예로 만든다.

고귀한 품성의 징후는 다음과 같다. 악과 상스럽게 말하는 것을 피하고 말과 행동으로 죄짓지 않는다. 덕성을 지니고 예의 바르고 정중하고 순수하게 행하며 도를 넘지 않는 관대함을 행한다. 관대함이 도에 지나치면 어리석은 것이며 죄를 짓는 것이 되기 때문이다. 또 다른 징후는 다른 사람들에게서 받은 은혜를 잊지 않고 아랫사람들에게 자비롭게 대하는 것이다. 이에 대해 세네카는 "지위가 높은 사람이 갖추어야 할 것 중에서 친절과 정중함과 연민보다 더 중요한 것은 없다. 우리가 벌이라고 부르는 날벌레들도 왕을 뽑을 때 침이 없는 벌을 선택한다." 또 다른 징후를 꼽자면 착하고 부지런한 마음을 품고 고귀한 덕성을 얻는 것이다. 자신이 은혜의 선물을 받았다고 자랑하는 자도 아주 어리석은 자이다. 왜냐하면 그레고리우스 성인이 말한 것처럼, 고통의 경감과 선으로 이끌 수 있는 선물이 오히려 사람들을 악과 혼동 속으로 빠뜨릴 수 있기 때문이다. 운명의 혜택을 받았다고 자랑하는 자들도 진실로 어리석은 자임이 분명하다. 아침에는 고관대작이었던 자가 종종 해가 저물기도 전에 죄수나 비루한 자가 되기 때문이다. 때로 사람의 부유함이 죽음의 원인이 되기도 한다. 때로 쾌락이 사람이 죽게 되는 치명적인 병을 일으키기도 한다. 또한 사람들의 칭찬도 믿기에는 너무 거짓되고 깨지기 쉬운 것이다. 오늘 칭찬하는 사람들이 내일은 비난하기 때문이다. 너무나 많은 약삭빠른 자들이 사람들의 칭찬을 얻으려다 멸망했다.

교만의 죄에서 구제되는 법

이제 여러분은 교만이 무엇이고 그 종류에는 어떤 것들이 있는지 또 교만이 어디에서 파생되었는지 알았을 것이니, 지금부터는 교만의 죄에 대한 치료법, 즉 겸손과 온유에 관해 알아보겠다. 겸손을 통해 사람은 자기 자신을 바로 알고 자신의 공적과 관련해서는 아무런 가치도 없다는 것을 깨달으며 자신의 약점에 대해 계속 인지할 수 있게 된다. 겸손에는 세 가지가 있다. 마음의 겸손과 입술의 겸손, 행위의 겸손이다. 마음의 겸손에는 네 가지가 있는데, 하늘에 계신 하느님 앞에 자기 자신을 아무런 가치가 없는 자로 여기는 것, 아무도 경멸하지 않는 것, 사람들이 자신을 가치 없는 자로 여겨도 그것에 개의치 않는 것, 자신이 굴욕을 당한다 해도 그것 때문에 슬퍼하지 않는 것이다. 입술의 겸손함도 네 가지가 있다. 절제 있고 온화하게 말하는 것, 마음속에서 생각하는 그대로 말하고, 다른 사람의 장점을 칭찬하고, 그것에 대해 깎아내리지 않는 것이다. 행동의 겸손에도 네 가지가 있는데, 남들을 자신보다 앞세우고, 가장 낮은 자리를 자신을 위해 선택하며, 다른 이의 충고를 기쁘게 받아들이고, 지배자나 더 높은 자리에 있는 자들의 결정을 기쁘게 따르는 것이다. 이 네 번째가 가장 뛰어난 겸손의 행동이다.

질투

교만 이야기를 끝내고 이제 질투라는 더러운 죄에 관해 말하겠다. 질투는 철학자들에 따르면 다른 이들의 성공을 분하게 여기는 것이다. 아우구스투스 성인에 의하면 남의 행복을 분하게 여기고 불행에 대해서는 기뻐하는 것으로, 이 더러운 죄는 명백하게 성령을 거스르는 것이다. 물론 모든 죄가 성령을 거스르는 것이지만 선함이 성령에 속한 것이기 때문에 본성적으로 악의에서 유래된 질투는 특별히 성령의 선함을 거역하는 것이다. 악의는 두 가지 종류가 있다. 하나는 사악함으로 굳어 버린 마음인데 이런 경우 인간은 너무나 눈이 멀어 자신이 죄를 지었다는 것도 생각하지 않으며 개의치도 않는다. 이것은 악마의 뻔뻔스러움이다. 다른 악의는 진리가 무엇인지 알면서도 그 진리에 대항하여 싸우는 것이다. 또한 하느님께서 이웃에게 주신 은혜에 대항하여 싸울 때 이 모든 것이 질투이고 이것은 죄 중에서도 가장 악한 죄이다. 참으로 다른 죄들은 특정한 한 가지 덕성을 거역하는 것이지만 질투는 모든 덕성과 모든 선함에 대항하는 것이다. 즉 질투란 이웃의 모든 덕성에 대해 분함을 지니는 것이며, 이런 면에서 다른 모든 죄악과 구별된다. 다른 모든 죄악이 그 안에 어떤 기쁨을 간직하고 있다면 질투는 언제나 그 속에 고통과 분함을 지니고 있을 뿐이다.

질투의 종류는 다음과 같다. 첫째, 다른 이의 선함과 성공에 대해 분함을 갖는 것이다. 성공은 본질적으로 기쁜 것인데 이런 점에서 볼 때 질투는 본성을 거스르는 것이다. 둘째, 남의 불행을 보며 기뻐하는 것이다. 이것은 본질적으로 언제나 다른 이의 불행을 기뻐한다는 점에서 악마와 비슷하다. 이 두 가지에서 험담이 나온다. 이 험담, 즉 중상모략의 종류는 다음과 같다. 첫째, 어떤 사람이 이웃을 사악한 의도를 가지고 칭찬하는 것이다. 그는 언제나 끝에 가서 칭찬을 사악하게 뒤틀어 버린다. 항상 그는 끝에 '그러나'라는 말을 붙이는데 그것은 모든 칭찬보다 더 많은 비난을 암시한다. 둘째, 어떤 선한 사람이 선한 의도로 말하거나 행동할 때 이 모든 것을 자신의 악한 목적을 위해 뒤집어 놓는 것이다. 셋째, 이웃의 선함을 업신여기는 것이다. 넷째, 어떤 이가 다른 이의 선함을 이야기할 때 사람들이 칭찬하는 그 사람을 깎아 내리기 위해 '이러이러한 사람이 그 사람보다 낫더라.'라고 말하는 것이다. 다섯째, 사람들이 다른 사람들에 대해 말하는 악한 점을 기쁘게 동의하면서 기꺼이 듣는 것이다. 이 죄는 매우 무거운 죄이다. 왜냐하면 험담하는 자의 사악한 노력에 따라 점점 커지기 때문이며, 험담 뒤에는 꼭 불평과 투덜거림이 따라온다. 이것은 하느님 또는 사람들에 대해 참지 못하고 조급해하기 때문에 생긴다. 사람이 지옥의 고통이나 가난, 재산의 상실, 비나 폭풍에 대해 투덜거릴 때나 악인이 번성하고 의인이 고난을 겪을 때 불평하는 것은 하느님에 대해 참을성이 없는 것이다. 사람은 이 모든 것을 참을성 있게 인내해야 한다. 왜냐하면 이런 것들은 하느님의 의로우신 판단과 섭리로 오는 것이기 때문이다.

때로 불평은 탐욕에서 생긴다. 마치 막달라 마리아가 예수 그리스도의 머리에 귀중한 향유를 부었을 때 가리옷 유다가 불평했던 경우와 같다. 이러한 불평은 자신이 한 선한 일에 대해 투덜거리거나 사람들이 자기 재산에 대해 불평하는 것과 같다. 때로 이러한 불평은 오만에서도 생긴다. 바리새인 시몬이 막달라 마리아가 예수께 다가가서 그분의 발 앞에서 자신의 죄로 인해 눈물 흘렸을 때 불평한 경우이다. 때로 불평은 질투에서도 생긴다. 사람들이 남의 은밀한 약점을 찾아내거나 다른 이에 대해 거짓으로 맹세하는 이유가 여기에 있다. 또한 투덜거림은 주인이 마땅히 해야 할 일을 시켰을 때 불평하는 하인들 사이에서 찾아볼 수 있다. 그들은 주인의 명령에 대해 공공연하게 반박하지는 못하지만, 주인에 대해 앙심을 품고 악하게 말하거나 몰래 투덜거리고 불평한다. 이러한 것을 사람들은 악마의 주기도문이라고 말한다. 물론 악마에게 주기도문이 있을 리 없겠지만. 때로 불평은 분노와 은밀한 증오에서도 생겨나고 그 분노는 마음속에 깊은 원한을 품게 한다. 깊은 원한이 생긴 후에는 마음에 비통함이 생기고 이 비통한 심정 때문에 이웃의 선한 행동을 신랄하고 불쾌하게 여기게 된다. 그때부터 불화가 생기고 이것은 모든 우정을 말살시킨다. 다음에는 악의를 품게 되고 자신도 잘하지 못하면서 기회 있을 때마다 이웃을 괴롭히려 한다. 그다음에는 비난을 하게 되는데 호시탐탐 기회를 노려 이웃을 공격하려 한다. 이러한 것은 우리를 비난하기 위해 밤낮으로 우리를 지켜보는 악마의 책략과 다를 바 없다. 그런 다음 원한을 품게 되어 은밀히 이웃을 괴롭힐 기회를 찾게 되고 기회를 못 찾는다 할지라도 그의 사악함은 이웃을 괴롭힐 방법으로 가득 마음을 채운다. 예를 들면 집을 태워 버리거나 짐승을 독살시키거나 죽이는 등의 그러한 행위들이다.

질투의 죄에서 구제되는 법

이제 질투라는 더러운 죄에 대한 치료법에 대해 말하겠다. 첫째는 자기 자신을 사랑하는 것처럼 하느님을 사랑하고 이웃을 사랑하는 것이다. 왜냐하면 참으로 사람은 다른 사람 없이는 존재할 수 없기 때문이다. 우리는 이웃이라는 이름 속에서 형제를 발견해야 한다. 왜냐하면 우리는 모두 아담과 이브를 육신의 부모로, 영적으로는 하늘에 계신 하느님을 한 아버지로 모신 형제자매이기 때문이다. 우리는 이웃을 사랑하고 그가 잘되기를 소망해야 한다. 그래서 하느님께서는 "네 이웃을 네 몸과 같이 사랑하라."라고 말씀하셨다. 즉 우리의 생명과 영혼이 구원받도록 해야 한다. 우리는 말과 자비로운 충고와 훈계로 사랑해야 하며, 고통 중에 있는 그를 위로하며 전심을 다해 그를 위해 기도해야 한다. 우리 자신이 남에게서 받기를 원하는 그대로 자비로운 행동과 지혜로 이웃을 사랑해야 한다. 그러므로 우리는 어떠한 사악한 말로 이웃에게 해를 가해서도 안 되며, 나쁜 예로 부추겨 그의 몸이나 이익이나 영혼에 해를 입혀서는 안 된다. 그의 아내나 그의 소유 중 어떠한 것도 탐해서는 안 된다. 또한 이웃이라는 이름 속에는 적도 포함되어 있음을 기억해야 한다.

진실로 하느님의 명령으로 우리는 이웃을 사랑해야 하며 친구를 사랑해야 한다. 다시 말하건대 하느님을 위해 하느님의 계명으로 이웃을 사랑해야 한다. 왜냐하면 사람이 그의 원수를 미워하는 것이 타당한 것이라면 하느님께서 우리가 그분의 원수가 되었을 때 우리를 사랑으로 받아주지 않는 것도 마땅한 일이 되기 때문이다. 원수가 그에게 행하는 세 가지 악한 일에 대해 다음과 같은 세 가지로 맞서야 한다. 즉 미움과 원한에 대해서는 진심으로 그를 사랑하는 것으로, 비난과 사악한 말에 대해서는 그를 위해 기도하는 것으로, 원수의 악한 행동에 대해서는 그에게 친절을 베푸는 것으로 답해야 한다. 왜냐하면 주님께서는 "네 원수를 사랑하라, 너를 저주하는 자를 축복하라, 악의적으로 너를 이용하고 박해하는 자들에게 선을 베풀며 그들을 위해 기도하라."라고 말씀하셨다. 오! 이렇게 우리 주 예수 그리스도께서는 우리가 원수들에게 행할 바를 명령하셨다. 진실로 우리의 본성은 친구들을 사랑하도록 이끌지만, 진정으로 우리의 사랑을 더 필요로 하는 자는 친구들보다 원수이다. 더 많이 필요로 하는 사람들에게 우리는 선을 베풀어야 한다. 진실로 그러한 점에서 우리는 원수들을 위하여 돌아가신 예수 그리스도의 사랑을 기억하게 된다. 그러한 사랑은 느끼고 보여 주기 어렵기 때문에 그만큼 더 가치가 있다. 그러므로 원수를 사랑하는 것은 마귀의 독을 무찌르는 것이다. 마귀가 겸손으로 패배를 당하는 것처럼 우리가 원수를 사랑하면 마귀는 죽음에 이르는 치명적인 상처를 받게 된다. 진실로 사랑은 사람의 마음에서 질투의 독을 정화하는 약이다. 이러한 종류의 죄에 대해 계속해서 상세하게 설명하겠다.

분노

질투에 이어 분노의 죄에 관해 설명하겠다. 진실로 이웃에게 질투심을 갖는 사람은 그의 행동이나 말에서 분노를 보인다. 분노는 질투뿐만 아니라 교만에서도 생겨난다. 참으로 교만하거나 질투하는 자는 화를 잘 낸다. 분노의 죄는 아우구스티누스 성인에 따르면, 말이나 행동으로 복수하겠다는 사악한 결단이다. 철학자들에 의하면 분노는 자신이 미워하는 자를 해하고자 하는 이유로 촉발한 뜨거운 피다. 진실로 사람의 심장은 피가 끓어오르게 되면 혼란 상태에 빠져 이성적으로 판단하는 능력을 상실하게 된다. 그러나 분노는 두 가지 방법으로 자명하게 드러난다. 하나는 선한 분노이고 다른 하나는 악한 분노이다. 선한 분노는 선을 향한 열정인데 사람은 이로 인해 악함에 분노하고 악에 대항한다. 이에 현자는 "분노가 유희보다 낫다."라고 말한다. 이 분노는 점잖고 신랄함이 없다. 사람에 대해 느끼는 것이 아니라 인간의 죄에 대한 분노이기 때문이다. 다윗은 이에 대해 "분노하라, 그러고는 다시 죄짓지 말라."라고 말했다. 악한 분노는 두 가지로 나타나는데 하나는 이성의 충고 없이 일어나는 성급한 분노이다. 이 말은 인간의 이성이 이 성급한 분노에는 동의하지 않는다는 것을 의미하므로 사소한 죄에 해당한다. 또 다른 분노는 완전히 사악한 것인데, 이는 화가 난 마음에서 연유한 것으로 사전에 계획된 악의와 복수하겠다는 사악한 결심으로 이성이 이에 동의했다는 점에서 중한 죄에 해당한다. 이러한 분노는 하느님을 불쾌하게 하는 것으로 그분의 집을 혼란에 빠뜨리고 성령을 인간의 영혼 밖으로 쫓아내서 인간 영혼 안에 있는 미덕인 하느님의 형상을 약화시키고 파괴한다. 그리고 그 사람 안에 악마의 형상을 집어넣고 마땅한 주인이신 하느님으로부터 그를 떼어 놓는다. 이러한 분노는 악마에게 큰 기쁨이 되는, 지옥의 불기로 가열된 악마의 용광로이다. 왜냐하면 불이 세상의 물질을 파괴하는 데 그 어떤 것보다 가장 효과적인 힘을 지닌 것처럼, 분노도 영적인 것들을 파괴하는 데 가장 큰 힘을 지녔기 때문이다. 거의 소멸한 재 아래 덮여 있는 연기 나는 석탄의 불씨가 유황과 닿으면 얼마나 활활 타는지 보라. 이처럼 분노도 인간의 마음속에 숨겨져 있던 교만과 만나면 빨리 불붙는다. 불은 무(無)에서 나오는 것이 아니다. 부싯돌을 쇠로 마찰하면 불을 얻을 수 있듯이 본래 사물 안에 내재하고 있는 것이다. 오만이 분노의 원천인 것처럼 원한은 분노를 키우고 유지한다. 이시도르 성인에 의하면 어떤 나무가 있는데 그 나무를 태운 다음 불기가 남아 있는 숯을 재로 덮어 두면 그 잔화(殘火)가 죽지 않고 일 년 이상 지속된다. 분노의 경우도 이와 같아 한 번 사람들의 마음에 자리 잡게 되면 아마도 그것은 부활절에서 그다음 부활절까지 또는 그 이상 지속될 것이다. 그러나 진실로 그러한 사람들은 그동안 하느님의 자비로부터 멀어질 수밖에 없다.

앞에서 언급한 악마의 용광로에서 세 가지 악이 만들어진다. 사납고 사악한 말들로 불을 지피고 타오르게 하는 오만이, 사람의 마음에 원한의 긴 집게로 뜨겁게 지지는 질투가, 상스러운 욕설로 싸움을 일으키는 무례함, 분쟁과 말다툼의 죄가 만들어지는 것이다. 진실로 이 저주받은 죄는 행하는 자뿐만 아니라 이웃에게도 해를 끼친다. 이웃에게 행하는 거의 모든 해는 분노에서 나오기 때문이다. 참으로 분노가 폭발하면 악마가 시키는 모든 것을 수행하게 된다. 왜냐하면 마귀는 그리스도건 성모 마리아건 가리지 않기 때문이다. 아! 진실로 분노와 화가 폭발하는 그때 사람은 자신의 마음속에서 예수 그리스도와 성인들을 향해 사악한 감정을 느끼게 된다. 이것이 진정 저주받은 악 아니겠는가? 그렇다. 아아! 분노는 인간의 영혼을 보호하는 지혜와 이성과 모든 영적인 생활을 앗아 간다. 참으로 그것은 하느님의 정당한 권위와 인간의 영혼과 이웃에 대한 사랑을 앗아 간다. 또한 항상 진리에 거역하며 마음의 평화를 앗아 가고 영혼을 타락시킨다.

분노에서는 다음과 같은 역겨운 파생물이 나온다. 첫째는 증오이며 이것은 오래된 원한이다. 둘째는 불화이며 이것으로 오랫동안 사랑했던 옛 친구를 버리게 된다. 셋째로는 분쟁과 이웃의 신체와 재산에 입힌 모든 해이며 이 저주받은 분노의 죄에서 살인이 생긴다. 살인은 여러 가지 종류가 있으며 영적인 것과 육체적인 것이 있다. 영적 살인에는 여섯 가지가 있다.

첫째는 증오이다. 요한 성인은 '자기 형제를 미워하는 자는 살인하는 자이다.'라고 말했다. 험담도 살인하는 것이다. 험담하는 자에 대해 솔로몬은 '그들은 두 개의 칼로 이웃을 살해한다.'라고 말했다. 참으로 사람의 생명을 빼앗는 것만큼이나 명성을 해치는 것도 사악한 짓이기 때문이다. 거짓으로 잘못된 충고를 하는 것은 잘못된 의무나 세금을 거두도록 조언하는 것과 똑같이 사악한 것이다. 솔로몬이 말하기를 잔인한 통치자는 울부짖는 사자와 굶주린 곰과 같다. 그런 자들은 하인들의 임금을 미루거나 깎고 고리대금을 하며 가난한 자들에게 자선도 베풀지 않는다. 이에 대해 어떤 현자는 '굶어 죽는 자를 먹이라.'라고 말했다. 참으로 당신이 그에게 먹을 것을 주지 않는다면 그것은 그를 죽이는 것이며, 이것은 치명적인 중죄이다.

육체적 살인에는 말로써 사람을 죽이는 경우, 즉 사람을 죽이라고 명령을 내리는 경우와 다른 이가 살인을 하도록 권하는 경우가 있다. 육체적 살인에는 네 가지가 있다. 첫째는 법적인 것으로 판사가 죄인에게 사형을 판결하는 경우이다. 판사는 자신이 올바르게 행하고 있는지 주의하고 피를 흘리는 데 기쁨을 느껴서는 안 되며 정의를 위해 행하여야 한다. 둘째는 필요로 행해질 때로 자신을 보호하기 위해 남을 살해할 때, 즉 상대를 죽이지 않으면 자신이 죽을 수밖에 없을 때이다. 상대방을 죽이지 않고도 생명을 구할 수 있는데 살해했다면 그것은 중한 죄이고, 따라서 그에 합당한 형벌을 받아야 한다. 어떤 사람이 우연히 돌을 던졌는데 그 돌에 사람이 맞아 죽었다면 역시 살인이다. 마찬가지로 어떤 여인이 자다가 모르고 아이를 깔고 자서 죽였다면 그것도 살인이며 무거운 죄이다. 남자가 임신을 방해하거나 여자가 임신하지 못하도록 독약을 마시게 한다든가 아이를 죽이려는 목적으로 여성의 은밀한 부분에 어떤 물질을 끼워 넣는다든가 약으로 아이를 죽이려 하는 것, 또는 남자나 여자가 임신이 되지 않도록 수정이 되지 않는 방법을 사용하거나 수정할 수 없는 자리에 정액을 쏟거나, 임신한 여자가 몸에 상처를 입혀 아이를 죽이는 것 모두 살인에 해당한다. 그렇다면 세상 사람들의 손가락질이 두려워 아이를 죽이는 여인은 어떤 경우에 해당할까? 말할 필요도 없이 끔찍한 살인이다. 남자가 욕정으로 인해 임신한 여인을 가까이해 그 결과 아이가 죽었거나, 유산할 수 있음을 알면서도 임신한 여자를 때린 것 또한 살인이다. 이 모든 죄는 끔찍스러운 살인이며 중한 죄이다.

분노에서 말과 행위와 생각으로 범하는 많은 죄가 생겨난다. 예를 들어 자기가 잘못했으면서 하느님을 비난하고 욕하거나, 여러 나라의 노름꾼들이 하는 것처럼 하느님과 모든 성인을 경멸하는 경우이다. 그들은 마음속에 하느님과 성인들에 대한 사악함을 품고 있기에 이러한 죄를 저지른다. 제단에서의 성찬 의식을 불경스럽게 행하는 것도 죄를 짓는 것이다. 그 죄는 너무도 커서 하느님의 무한하신 자비가 그의 모든 피조물에 내리실 때에만 용서받을 것이다. 그러나 죄가 너무 커도 하느님은 그만큼 더 자비로우시다. 분노에서 독기가 있는 분노가 생겨난다. 그들은 고해 성사 후 신부가 죄를 버리라고 충고할 때 오히려 화를 내고 비아냥거리며 대답한다. 그들은 자신의 죄가 육신의 연약함의 결과라서, 동료의 뜻을 따르기 위해, 악마가 유혹해서, 나이가 어려서, 기질이 너무 급해 참을 수 없어서, 또는 운명이라느니 혈통 탓이라느니 등으로 옹호하는 자들이다. 이런 종류의 사람들은 자신들을 구원해 주지 못할 그러한 죄들로 자신을 싸매고 있다. 진실로 자신의 죄를 변명하는 자들은 그들이 얌전히 죄를 인정할 때까지는 결코 자신의 죄에서 놓여나지 못한다. 다음으로 하느님의 명령을 드러내 놓고 거역하는 맹세의 죄가 있다. 이것 또한 분노와 노여움에서 기인한 것이다. 하느님께서는 "주 하느님의 이름을 망령되이 부르지 말라."라고 말씀하셨다. 또한 우리 주 예수께서는 마태오 성인을 통하여 이렇게 말씀하셨다. "맹세하지 말라, 하늘을 두고 맹세하지 말라. 하늘은 하느님의 보좌이니, 땅을 두고도 맹세하지 말라. 땅은 하느님의 발등상이니, 예루살렘을 두고도 맹세하지 말라. 예루살렘은 거룩하신 하느님의 도성(都城)이니, 네 머리를 두고도 맹세치 말라. 너는 네 머리카락 하나도 희거나 검게 할 수 없느니라. 너희는 그냥 '예' 할 것은 '예' 하고, '아니요' 할 것은 '아니요'라고만 하여라. 그 이상으로 말하는 것은 악한 것이니라."

우리 그리스도를 위한다면 그분을 영혼, 마음, 뼈, 신체로 나누어 맹세하는 죄를 범하지 말라. 진정으로 여러분이 그분의 몸을 나누어 맹세한다는 것은 저 저주받을 유대인들이 고귀하신 그리스도의 몸을 충분히 나누지 않았다고 간주하는 것처럼 보인다. 만일 법이 여러분에게 맹세하도록 강요한다면 예레미야 선지자가 말한 대로, 하느님의 법에 따라 행하라. 하느님께서는 「예레미야」 4장에서 "너희는 세 가지 조건을 명심하라. 진실함으로 맹세하고 정의로 맹세하고 의로움으로 맹세하라." 즉 진실로 맹세해야 한다는 뜻이다. 모든 거짓말은 그리스도에 대항하는 것이고, 그리스도는 완전한 진리이기 때문이다. 법이 맹세하라고 강요하지 않았는데도 불맹세를 잘하는 자들은 그의 집에 재앙이 끊이지 않는다는 사실을 숙고하라. 재판관에 의해 진실을 증언하도록 요구받을 때는 정의에 근거하여 맹세해야 한다. 또한 질투나 호의, 보상 때문이 아니라 정의를 위해 맹세해야 한다. 그것이 하느님의 영광을 선포하는 것이며 동료 그리스도인들은 돕는 것이다. 그러므로 입술로 거짓 맹세를 하는 사람, 그리스도인이라고 불리지만 실제로 삶에서 그분의 가르침대로 살지 않는 사람 모두가 하느님의 이름을 망령되게 부르는 이들이다. 베드로 성인이 「사도행전」 4장에서 한 말씀에 주목하라. "사람에게 주신 이름 가운데 우리를 구원할 다른 이름이 없습니다." 즉 예수 그리스도의 이름 외에는 구원할 이름이 없다는 말이다. 또한 사도 바울이 빌립보 교인들에게 보낸 편지에서 예수 그리스도의 이름이 얼마나 고귀한지에 대해 주의를 기울여야 한다. "하늘에 있는 것들과 땅에 있는 것들과 땅 아래 있는 모든 것이 예수 그리스도의 이름 앞에 무릎을 꿇었습니다." 그분의 이름은 이토록 지고하고 숭배할 만한 것이어서 지옥에 있는 저주받은 악마는 그분의 이름만 들어도 벌벌 떨었다. 그러므로 그리스도의 거룩한 이름으로 거짓 맹세를 하는 자들은 저주받은 유대인이나 그분의 이름만 들어도 벌벌 떠는 악마들보다 그리스도를 더욱 경멸하는 자들이다.

자, 진실로 맹세는 법정에서 하는 것을 제외하고는 엄격하게 금지되어 있다. 그러니 거짓된 맹세는 더욱 악한 것이며 필요 없는 짓이다. 그렇다면 맹세하는 것에 기쁨을 느끼며, 어마어마한 맹세를 하는 것을 상류 계급에 속한 행위이며 남자다운 것으로 생각하는 자들에 대해서는 어떻게 해야 할까? 아무 가치도 없는 일에 대해 어마어마한 맹세를 계속해서 하는 것은 또한 어떠할까? 진실로 이것은 무시무시한 죄악이다. 갑작스럽게 아무 생각 없이 맹세하는 것 또한 죄이다. 그러나 이제는 거짓된 주술사들이나 강신술사들이 물이 가득 담긴 대야나 번쩍이는 칼이나 동그라미, 또는 불이나 염소의 어깨뼈로 행하는 주술이나 소름 끼치는 무시무시한 탄원 조의 맹세에 대해 생각해 보자. 그것들은 모두 예수 그리스도와 성교회의 모든 믿음에 대하여 사악하고 저주스러운 행동을 하는 것이다. 그러면 그러한 점(占)을 믿는 사람들에 대해서는 무엇이라고 말할 수 있을까? 그들은 새들이나 짐승이 날고 우는 모습, 또는 흙 점이나 꿈, 문의 삐걱거림, 집이 갈라지는 소리, 쥐가 갉아 먹는 소리나 그런 종류의 사악한 것들로 점을 친다. 참으로 이러한 모든 것은 하느님과 거룩한 교회에서 금지된 것이다. 이런 추잡한 것을 믿는 자들은 그들이 회개하고 뉘우칠 때까지 저주받게 될 것이다. 만일 마술로 인하여 사람이나 짐승의 상처나 질병이 치유되었다면 그것은 마법의 효험이 아니라, 하느님께서 사람들이 그분에 대한 믿음을 갖고 그의 이름을 공경하도록 허락하셨기 때문이다.

이제 거짓말에 대해 말하겠다. 일반적으로 거짓말은 동료 그리스도인들을 속이려는 목적으로 사용되는 꾸며 낸 말들이다. 어떤 거짓말은 누구에게도 이득이 되지 않는다. 어떤 거짓말은 어떤 이에게는 안락과 이익을 주지만 다른 이에게는 불안과 피해를 가져다준다. 어떤 거짓말은 생명이나 재산을 구하기 위해 행해지는 것이다. 또 그 자체가 너무 즐거워서 하는 거짓말이 있는데 이런 경우는 긴 이야기를 지어내고 모든 상황을 들어 꾸미지만 결국 밑바닥은 온통 거짓말뿐이다. 어떤 거짓말은 자신이 이전의 한 말을 지키기 위해서 한 거짓말이며, 깊이 생각하지 않은 채 부주의함에서 나온 거짓말이다.

이제 아첨에 대해 말하겠다. 아첨은 기꺼이 마음에서 우러나오는 것이 아니라 두려움이나 탐욕에서 비롯되는 것이다. 아첨은 대개 받을 까닭이 없는 칭찬이다. 아첨은 악마의 유모로 그 자식에게 알랑거림의 우유를 먹여 키운다. 진정 솔로몬의 말대로이다. "아첨은 비방보다 더 나쁜 것이다." 비방은 때때로 오만한 인간이 그것을 두려워하여 겸손해지도록 만들지만, 아첨은 확실히 인간의 마음과 태도를 의기양양하게 만들기 때문이다. 아첨은 악마의 마법사이다. 아첨은 인간이 자기 본모습이 아닌 다른 사람이라고 착각하게 만들기 때문이다. 아첨은 주님을 배반한 유다와 같다. 아첨은 인간을 배신하고 그의 적, 즉 악마에게 팔아넘기기 때문이다. 아첨은 악마의 사제로서 끊임없이 죽은 자를 위한 기도를 읊는다. 내가 아첨을 분노의 악덕에 포함하는 이유는 종종 어떤 사람이 누군가에게 화가 나면 그가 또 다른 사람들에게 아첨하여 그들을 자기 편으로 만들기 때문이다.

이제 분노의 마음에서 비롯되는 저주에 대해 말하겠다. 저주는 대개 모든 악을 두루 이용하기 위해 퍼부어진다. 바울 성인의 말처럼 저주로 인해 인간은 하느님의 왕국에서 쫓겨났다. 종종 저주는 마치 새가 둥지로 되돌아오듯 저주를 퍼부은 사람에게 돌아와 그 머리 위에 떨어진다. 무엇보다 인간은 그들의 자식에게 저주를 퍼붓는 일을 삼가야 한다. 자식에게 저주를 퍼부으면 악마에게 자식을 넘겨주는 꼴이 되는데, 이는 매우 큰 위험이며 큰 죄이다.

이제 비난과 꾸짖음에 대해 말하겠다. 비난과 꾸짖음은 인간의 마음속 우정의 솔기를 찢어 버리기 때문에 큰 해악이 된다. 진정으로 인간은 자신을 공개적으로 비방하고 욕한 사람과는 좀처럼 화해할 수 없기 때문이다. 이것은 그리스도가 복음서에서 말했듯이 끔찍한 죄악이다. 만약 어떤 사람이 신체에 고통스러운 병을 지닌 이웃을 가리켜 '문둥이'라거나 '곱사등이'라고 놀리거나 이웃이 저지른 죄를 가지고 비난하면 어떠할까? 이웃의 고통스러운 병으로 그를 비난하는 것은 예수 그리스도를 욕되게 하는 것이다. 고통이란 그것이 나병이든 질병이든 신체의 결함이든 모두 주님께서 마땅히 주시고 허락하신 것이기 때문이다. 또 이웃의 죄를 가지고 '오입쟁이'라든가 '주정뱅이'라는 식으로 무자비하게 비난하는 것은 악마에게 기쁨을 주는 셈이다. 악마는 인간이 죄를 짓는 것을 기뻐하기 때문이다. 비난은 오로지 사악한 마음에서만 비롯된다.

왜냐하면 마음속에 충만한 것을 입으로 말하기 때문이다. 누구든 다른 사람을 바로잡으려 할 때 알아두어야 할 것은 그를 비난하거나 꾸짖지 않아야 한다는 것이다. 주의하지 않으면 꺼야 할 분노와 격노의 불을 오히려 붙이는 격이 되며, 부드럽게 바로잡아야 할 사람을 죽일 수도 있다. 솔로몬은 말했다. "상냥한 혀는 생명의 나무일지니." 즉 성령이 충만한 생명이란 뜻이다. 정말이지 불결한 혀는 비난하는 사람과 비난받는 사람 모두의 생명력을 고갈시킨다. 아우구스티누스 성인은 이렇게 말했다. "비난하는 사람은 악마의 자식과 다를 것이 없다." 바울 성인 역시 이렇게 말했다. "하느님의 종은 싸워서는 안 된다." 모든 사람 사이에서 일어나는 거친 말다툼은 벌 받을 짓이지만, 특히 남편과 아내 사이의 말다툼은 가정 불화의 원인이 되니 절대 있어서는 안 될 일이다. 이에 관해 솔로몬은 다음과 같이 말했다. "끊임없이 비난하고 잔소리하는 아내는 줄기차게 비 내리는 날 여기저기 새는 집과 같다." 지붕 여기저기가 새는 집에 사는 남자는 비가 새는 곳을 피해 가도 또 다른 곳에 비가 새기 마련인데, 비난하는 아내를 가진 남자도 그와 같은 신세이다. 남편에게 여기서 잔소리하지 않더라도 다른 곳에서 잔소리할 것이기 때문이다. "사랑이 있는 곳에서 채소만 먹고 사는 편이 미움이 있는 곳에서 고기 반찬을 먹는 것보다 낫다."라고 솔로몬이 말했다. 바울 성인은 다음과 같이 말씀하셨다. "아내들이여, 주님께 복종하듯 남편에게 복종하라. 남편들이여, 아내를 비난하지 말고 사랑할지어다."

이제 못된 죄인 경멸, 특히 남이 잘한 일에 대한 경멸을 말하겠다. 실로 경멸하는 사람들은 포도나무에 꽃이 만발할 때 그 달콤한 향기를 견디지 못하는 못된 두꺼비와 같다. 경멸하는 사람들은 악마가 이기면 기뻐하고 악마가 지면 슬퍼하는 악마의 동반자이다. 그들은 예수 그리스도의 적이다. 예수가 사랑하는 것, 즉 영혼의 구원을 싫어하기 때문이다.

이제 그릇된 조언에 관해 말하겠다. 그릇된 조언을 해 주는 사람은 자신을 믿는 사람을 속이기 때문에 배신자이다. 그는 다윗 왕을 배반하고 압살롬에게 사악한 조언을 한 아히도벨과 같은 자이다. 그릇된 조언을 하면 조언해 주는 사람에게 먼저 해(害)가 된다. 현자가 말했듯이, 믿을 수 없는 모든 사람은 한 가지 특질을 가지고 있기 마련인데, 바로 남에게 해를 가하기 전에 자신부터 해친다는 것이다. 사람들은 조언을 청함에 있어 믿지 못할 사람, 분노한 사람, 신경질적인 사람, 자신의 이익을 지나치게 사랑하는 사람, 너무 세속적인 사람에게는 특히 영혼에 대한 조언을 청해서는 안 된다는 것을 잘 알아둬야 한다.

이제 사람들 사이에 불화의 씨를 뿌리는 자들의 죄에 관해 말하겠다. 그것은 그리스도가 매우 미워하시는 죄이며, 그러함이 마땅하다. 그리스도는 이 세상의 화합을 위해 돌아가셨기 때문이다. 그러한 자들은 그리스도를 십자가에 못 박은 자들보다 더 몹쓸 짓을 하는 것이다. 주님은 자기 몸을 사랑하시는 것보다 인간들 사이의 화목을 더 사랑하셨기 때문이며, 화합을 위해 자신의 몸을 내놓으셨기 때문이다. 따라서 불화를 만들고 다니는 자들은 악마와 다름이 없다.

이제 한 입으로 두 말을 하는 사람들의 죄에 대해 말하겠다. 이는 사람들 앞에서는 좋게 말하고 뒤에서는 나쁘게 말하거나, 좋은 의도로 말하는 척하거나, 농담이나 장난인 척하면서 실은 사악한 의도로 말하는 것이다.

이제 신의를 배반함으로써 명예를 손상하는 죄에 대해 말하겠다. 이것으로 인해 빚어진 해는 좀처럼 회복하기 어렵다. 다음으로 협박을 들 수 있는데, 이는 공개적으로 어리석은 일을 저지르는 행위이다. 협박을 일삼는 사람은 자신이 실행할 수 있는 것 이상으로 협박하기 때문이다.

이제 허언(虛言)이라는 죄에 대해 말하겠다. 이것은 말하는 사람에게도 득 되는 것이 없고, 듣는 사람에게도 득 될 것이 없으며, 불필요한 말이거나 혹은 어떤 이득을 목적으로 하지 않는 말이다. 때때로 가벼운 죄이긴 하지만 인간은 허언을 믿어서는 안 된다. 우리가 주님 앞에서 그 말에 대해 책임을 져야 하기 때문이다.

이제 잡담에 대해 말하겠다. 잡담은 죄를 짓지 않고 행해지는 법이 없다. 솔로몬은 이렇게 말했다. "그것은 명백한 어리석음의 죄다." 한 현인에게 사람들이 어떻게 남을 즐겁게 할 수 있는지 묻자 이렇게 말했다. "좋은 행동을 많이 하고 잡담은 적게 하라."

이제 악마의 원숭이인 익살꾼의 죄에 대해 말하겠다. 그들은 사람들이 마치 원숭이의 못된 장난을 보고 웃듯 그들의 광대 짓을 보고 웃게 하기 때문이다. 바울 성인은 그러한 광대 짓을 금지하였다. 덕스럽고 거룩한 말이 그리스도를 열심히 섬기는 사람들에게 위안을 주는 것을 보라. 사악한 말과 익살꾼과 광대의 장난이 악마를 열렬히 신봉하는 사람들에게 위안을 주는 것을 보라. 이러한 죄악들은 혀를 거쳐 생겨나는 것이고 분노와 그 외 많은 죄로부터 온다.

분노의 죄에서 구제되는 법

분노의 구제책은 흔히 온유라고 부르는 관대함, 인내 혹은 관용이라 부르는 미덕이다. 온유는 사람의 마음속에 격렬함이 일어나도록 선동하거나 자극하는 것을 자제하고 억눌러 마음이 노여움이나 분노로 날뛰지 않도록 해 준다. 인내는 사람들이 다른 사람들에게 육체적으로 가하는 모든 성가심과 그릇된 것들을 잘 견뎌 내게 해 준다. 히에로니무스 성인은 온유에 대해 다음과 같이 말했다. "아무에게도 해를 끼치거나 해가 되는 말을 하지 않으며 남들이 끼친 해나 말에 대해 이성에 어긋나게 화내지 않는다." 온유의 미덕은 타고난 것일 수 있다. 이에 대해 한 현인은 다음과 같이 말했다. "인간은 온순하게 타고났으며 선(善)에 순종하는 생명체이다. 그러나 온유에 관용을 겸비하면 더욱 가치가 있다." 분노에 또 다른 구제책인 인내는 인간의 선함은 기꺼이 감내하고 어떤 해를 당해도 노여워하지 않는 것이다. 한 사상가는 다음과 같이 말했다. "인내는 역경으로 인한 온갖 모욕과 모든 사악한 말을 참을성 있게 견디는 것이다." 인내는 인간을 신과 같이 만들어 주며, 그리스도의 말씀처럼 인간을 주님의 소중한 자식으로 만들어 준다. 인내는 적을 당황하게 만든다. 이에 관해 현자는 다음과 같이 말했다. "적을 무찌르려면 참는 법을 배우라."

사람은 외부로부터 네 가지 고충을 겪게 되는데, 각각에 대해 네 가지 인내하는 법을 알아야 한다. 첫째 고충은 나쁜 말이다. 예수 그리스도는 유대인들이 수 차례 그리스도를 비난하고 경멸했을 때 그들의 나쁜 말을 불평 없이 참을성 있게 들으셨다. 그러므로 꿋꿋하게 참아야 한다. 한 현자도 이렇게 말했다. "만일 바보와 싸운다면 바보가 화를 내든 웃든 너는 마음을 놓을 수 없을 것이다." 또 다른 외부로부터의 고충은 소유물이 손실을 보는 것이다. 그리스도는 그분이 이 세상에서 가진 모든 것인 그분의 옷을 빼앗겼을 때에도 꿋꿋하게 감내하셨다. 세 번째 고충은 육신에 상해를 입는 것이다. 그리스도는 모든 수난을 기꺼이 참아내셨다. 네 번째 고충은 과한 노동이다. 그래서 나는 사람들에게 하인을 지나치게 부리거나 축일과 같은 때 일을 시키는 것은 실로 큰 죄를 짓는 것이라고 말한다. 이에 관하여 그리스도는 기꺼이 감내하셨고 무자비한 죽임의 고통을 당하실 때 주님의 신성한 어깨에 십자가를 나르시며 우리에게 인내를 가르치셨다. 이것으로부터 우리는 인내를 배워야 한다. 실로 기독교인들만이 예수 그리스도의 사랑을 받고 복된 영생을 누리는 보상을 받기 위해 인내해야 하는 것이 아니라, 기독교인이 아니었던 옛날 이교도조차 인내의 미덕을 찬양하고 실행했다.

옛날 한 현인이 큰 잘못을 저지른 제자에게 몹시 화가 나 제자를 치려고 회초리를 가져왔다. 그 회초리를 본 제자가 스승에게 이렇게 말했다. "무엇을 하시려고 그러십니까?" 스승이 대답했다. "너를 바로잡기 위해 때리려 한다." 그러자 제자가 답하길, "실은 저 같은 어린아이의 잘못에 참을성을 잃은 스승님부터 바로잡아야 합니다." 그러나 스승이 흐느껴 울면서 말했다. "진정 네 말이 옳다. 회초리를 들어라, 아들아. 그리고 인내하지 못한 나를 꾸짖어라." 인내로부터 복종이 생겨나야 인간은 그리스도에게 복종하게 되고 그리스도 안에서 복종해야 할 모든 이에게 복종하게 된다. 복종은 인간이 기꺼운 마음으로 뜯들이지 않고 온전히 좋은 마음으로 해야 할 모든 일을 할 때 완전해지는 것임을 잘 알아야 한다. 순종이란 모든 공의로운 일을 행함에 있어 마땅히 지녀야 하는 겸허한 마음으로 주님과 스승의 가르침을 실행에 옮기는 일이다.

나태

시기와 분노의 죄악에 이어 이번에는 나태 혹은 게으름을 이야기하겠다. 시기는 인간의 마음을 눈멀게 만들고, 분노는 인간에게 분란을 일으키며, 나태는 인간을 우울하고 소심하고 짜증스럽게 만든다. 시기와 분노는 마음에 비통함을 만들며 그 비통함이 나태의 원인이 되어 인간으로부터 모든 선에 대한 사랑을 빼앗아 버린다. 나태는 괴로운 마음의 고통이다. 이에 아우구스티누스 성인은 다음과 같이 말했다. "그것은 선의 슬픔이며 악의 기쁨이다." 확실히 이것은 가증스러운 죄로, 나태는 솔로몬이 말한 것처럼 공들여 그리스도에게 바쳐야 하는 예수 그리스도에 대한 예배를 소홀하게 만들기 때문이다. 나태는 부지런하지 못하다. 나태는 우울한 상태에서 모든 일을 하는 데 있어 역정 내고 태만하며 짜증 내고 부주의하고 그릇된 구실을 대며 아무렇게나 마지못해 한다. 이에 대해 성경에서는 다음과 같이 말하고 있다. "주님을 게을리 섬기는 자는 저주받을지어다." 따라서 나태는 모든 인간에게 적이다.

인간의 나태에는 세 가지 단계가 있다. 첫째는 아담이 죄악에 빠지기 이전의 상태인 순수 상태로, 그 상태에서 아담은 하느님을 찬양하고 사랑했다. 둘째는 죄를 지어 인간이 죄 사면을 위해 하느님께 간구하고 기도에 힘쓰는 상태이다. 셋째는 은총의 상태인데 이 상태에서 인간은 반드시 참회해야 한다. 실로 이 모든 상태에서 나태는 적이며 적대자이다. 나태는 부지런함을 전혀 좋아하지 않기 때문이다. 나태라는 사악한 죄악은 육신의 생명에게도 큰 적이다. 나태는 그때그때 필요한 식량을 마련하지 못하고 낭비하고 모든 일을 망치게 하며 부주의함으로 인해 모든 속세의 부를 파괴하기 때문이다. 나태는 나태함과 게으름 때문에 지옥의 고통에 빠진 사람들과 같다. 지옥에 빠진 이들은 그곳에 갇혀 제대로 행하지도 생각하지도 못하기 때문이다. 우선 나태의 죄로 인해 인간은 너무 우울하고 무기력하여 어떤 좋은 일도 할 수가 없다. 그런 연유로 요한 성인의 말대로 하느님이 나태를 혐오하시는 것이다. 다음으로 어떤 고난이나 고행을 견뎌 내지 못하는 나태가 있다. 나태는 솔로몬의 말처럼 너무 연약하고 예민하여 시도하는 모든 일을 다 망친다. 나태와 게으름이라는 썩어빠진 마음의 죄악과 싸우려면 인간은 아무리 사소한 일이라도 모든 선행을 우리 주 예수 그리스도가 보상해 주심을 기억하고 잘하겠다는 결의를 품고 씩씩하고 부지런히 선한 일을 해야 한다. 베르나르도 성인이 말했듯이 일하는 습관은 훌륭한 것으로 일하는 사람의 팔을 튼튼하게 해 주고 근육을 단단하게 만들어 주지만, 나태는 팔과 근육을 무르고 연하게 만든다. 다음으로 어떤 선행이든 시작을 두려워하는 나태가 있다. 실로 그레고리우스 성인의 말과 같이, 죄에 빠진 인간은 어떤 선한 일을 행함에 있어 시작하는 것이 무척 거창한 계획이라고 생각한다. 그리하여 선행과 관련된 조건들이 견디기 힘들 정도로 귀찮고 부담스럽다고 마음속에 되뇌면서 선행할 엄두도 내지 못한다.

다음으로 절망이 있다. 이는 하느님의 자비에 대한 절망으로 때로는 지나친 슬픔에서 생기며 때로는 큰 두려움에서 생기기도 한다. 절망의 희생자는 자신이 너무 많은 죄를 지어 참회하거나 죄를 멀리하는 것이 소용없을 것이라고 상상한다. 아우구스티누스 성인의 말대로 두려움 때문에 인간은 모든 죄에 굴복하게 된다. 이 저주스러운 죄가 끝까지 지속되면 성령에 대한 죄에 해당하게 된다 이 끔찍한 죄악이 너무도 위험한 이유는 깊이 절망한 사람은 유다가 그러했듯이 어떤 중죄나 악을 행함에 있어 망설임이 없기 때문이다. 분명 모든 다른 죄보다 절망의 죄는 그리스도가 가장 못마땅히 여기고 가장 싫어하는 죄이다. 절망에 빠져드는 자는 겁 많고 비겁한 군인과 같아 공격받기 전에 항복하고 항복할 필요도 없을 때 항복한다. 안타깝도다! 그럴 필요도 없는데 겁을 내고 그럴 필요도 없는데 절망한다. 실로 하느님의 자비는 모든 회개하는 자에게 열려 있으며 자비는 모든 하느님의 사역 중 으뜸이다. 슬프다!「누가복음」15장 7절에 나오는 그리스도의 말씀을 생각하지 않을 수 없다. "이와 같이 죄인 한 사람이 회개하면 하늘에서는 회개할 것 없는 의인 아흔아홉으로 말미암아 기뻐하는 것보다 더하리라." 나아가 같은 복음서에서 선한 자가 아들을 잃었다가 그 아들이 회개하고 아버지에게 돌아오자 기뻐하며 연회를 베푸는 것을 보라.「누가복음」23장에서도 말했듯이 예수 그리스도 곁에서 교수형당한 도둑이 다음과 같이 말한 것을 기억하지 못하는가? "주여, 당신의 나라에 임하실 때 저를 기억해 주소서." 그러자 그리스도는 이렇게 답하신다. "내가 진실로 너에게 이르노니, 오늘 네가 나와 함께 낙원에 있으리라." 실로 인간이 평생 지은 죄가 아무리 끔찍하더라도 예수 그리스도의 수난과 죽음의 미덕으로, 회개로 용서받지 못할 죄는 없다. 슬프도다! 언제든 위대한 자비가 내려지실 텐데 어찌하여 절망하십니까? 자비를 구하면 자비를 얻을 것이다.

다음으로 졸음, 즉 게으른 잠의 차례이다. 졸음은 인간의 몸과 영혼을 무겁고 둔하게 만들며, 졸음의 죄는 나태로부터 비롯된다. 실로 합당한 이유가 없다면 어떤 이유에서든 사람이 잠을 자면 안 되는 시간은 이른 아침이다. 아침이야말로 기도를 올리고 하느님을 묵상하고 하느님께 영광을 올리기에 가장 합당한 시간이기 때문이다. 또한 가난한 사람들에게 자선을 베풀기에도 가장 좋은 시간이다. 솔로몬의 말씀을 들어 보라. "누구든 새벽에 일어나 나를 찾으면 나를 볼 수 있을 것이다."

다음으로 어떤 것도 개의치 않는 무관심과 부주의가 있다. 무지는 모든 죄악의 모체이니 실로 무관심은 죄악의 유모이다. 무관심은 어떤 일을 할 때 일의 성공이나 실패에는 신경 쓰지 않는다. 한 현자는 이 두 가지 죄의 구제책에 대해 다음과 같이 말한다. "하느님을 두려워하는 사람은 그가 당연히 해야 하는 일을 남겨 두지 않는다." 하느님을 사랑하는 사람은 그의 업적으로 하느님을 기쁘게 해 드리려고 부지런히 온 힘을 다해 잘하려고 애쓸 것이다.

다음으로 모든 죄악으로 통하는 문인 게으름이 있다. 게으른 자는 벽이 없는 집과 같다. 온 사방에서 악마가 들어와 무방비 상태의 그를 겨누고 그를 유혹한다. 게으름은 모든 사악하고 야비한 생각과 게으른 잡담과 사소한 것들과 모든 추악한 것의 저장고이다. 분명 천국은 부지런한 사람들을 위한 것이지 게으른 자들을 위한 것이 아니다. 다윗도 이렇게 말했다. "그들은 추수하는 사람들 사이에 있지도 않고 도리깨질도 당하지 않는다." 즉 그들은 연옥에 있다. 그들이 속히 회개하지 않는다면 지옥에서 악마에게 고통받게 될 것이다.

다음으로 흔히 느림이라 불리는 죄인데, 인간이 하느님께 귀의하기까지 너무 꾸물대거나 너무 시간을 오래 끄는 것에 관한 것이다. 이것은 분명 매우 어리석은 짓이며, 그러한 자는 수렁에 빠지고도 일어나려 하지 않는 것과 같다. 이 죄는 오래 살 거라고 생각하는 그릇된 희망에서 비롯되며 그러한 희망은 쉽게 좌절될 수 있다.

다음으로 게으름이라는 죄로서, 어떤 사람이 일을 시작했다가 곧 그 일에서 손을 떼는 것이며, 사람들이 누군가를 돌보다 힘들거나 귀찮은 일이 생기면 그 즉시 그를 버리는 것과 같다. 그런 사람들은 양이 찔레 덤불 속에 숨어 있는 늑대에게 달려가는 것을 알면서 내버려 두거나, 양 치는 일에 신경을 쓰지 않는 요즘 목자들과 같다. 빈둥거리는 죄는 빈곤을 초래하고 영적이고 세속적인 것을 파괴한다.

다음으로 인간의 마음을 얼게 하는 무딘 냉담함이다. 다음은 베르나르도 성인이 말한 것처럼 사람의 눈을 멀게 하는 신앙심의 결여인데, 영혼의 무기력을 초래하여 교회에서 성경 낭독이나 찬양도 하지 못하고, 신령한 것은 듣거나 생각하지도 못하고, 노동은 구미에 당기지 않으며, 손으로 어떤 선한 일도 못하게 된다. 그러면 그는 느릿해지고 졸음이 오고 쉽게 화를 내고 증오와 시기심에 빠져들 것이다.

다음으로 세속적인 슬픔, 즉 비애라 불리는 죄악으로 바울 성인의 말대로 인간을 죽일 수도 있는 죄악이다. 그러한 슬픔은 영혼과 몸을 죽게 만들고 사람이 자신의 생애에 권태를 느끼도록 만들기 때문입니다. 그리하여 그런 슬픔은 종종 인간이 자연스럽게 죽음을 맞이하기도 전에 그의 수명을 단축합니다.

나태의 죄에서 구제되는 법

나태의 끔찍한 죄악과 거기서 파생된 여타 죄들에 대항하는 강건함 혹은 굳건한 힘이라고 하는 덕성이 있다. 인간이 짜증스럽고 귀찮은 것들을 무시할 수 있는 강인한 정신력으로, 이 덕성은 강하고 단호하여 꿋꿋하게 버틸 수 있으며, 사악한 위험으로부터 현명하게 지켜 나가고 악마의 공격에 맞서 싸울 수 있다. 나태가 영혼을 쇠약하게 만들고 무기력하게 만드는 것에 비해 강건함은 영혼을 고양하고 강화하기 때문이다. 이러한 강건함은 오랜 인내의 연단으로 역경을 견뎌 낼 수 있게 한다. 덕성에는 몇 가지 종류가 있다. 우선 아량, 즉 넓은 마음이다. 나태에 대항하기 위해서는 넓은 마음이 필요한데, 슬픔의 죄인 나태가 영혼을 집어삼키거나 절망이 영혼을 파괴하지 못하도록 할 때 필요하다. 아량의 덕성은 사람들이 힘든 일이나 슬픈 일을 자발적으로 그리고 현명하고 합리적으로 처리하도록 한다. 사실 악마는 힘보다는 교묘한 꾀나 속임수로 인간과 싸우기 때문에 인간은 지혜와 이성과 분별로 맞서야 한다. 다음으로 하느님과 하느님의 성인들에 대한 믿음과 희망의 덕성이 있으며, 이 덕성을 통해 인간은 결연한 자세로 목표한 선행을 꾸준히 그리고 끝까지 달성할 수 있다. 다음으로 확신과 자신감의 미덕이 있는데, 이것은 선행을 하는 데 수반되는 수고의 가치에 대해 믿어 의심치 않는 것이다. 다음으로 관대함이 있는데, 이것으로 인간은 이미 시작한 선행의 위대한 과업을 수행하고, 이 덕성이 바로 선행하면서 도달해야 하는 목표가 된다. 위대한 선행을 한다는 것에는 바로 위대한 보상이 있기 때문이다. 다음으로 지조(志操)가 있는데, 이것은 목적을 고수하는 것이다. 지조는 굳건한 믿음과 말과 태도에 의해, 겉모습과 행동에 의해 성심껏 입증되어야 한다. 그 외 여러 형태의 나태나 게으름에 대한 특별한 구제책이 있다. 그것은 지옥의 고통과 천국의 기쁨을 생각하고 인간이 선한 목적을 수행할 힘을 불어넣어 주시는 성령의 은총을 믿는 것이다.

탐욕

나태에 이어 허욕(虛慾)과 탐욕에 대해 이야기하겠다. 탐욕의 죄에 대해 바울 성인은 다음과 같이 말했다. "돈을 사랑하는 것은 모든 악의 근원이다." 실로 마음이 산란하고 뒤숭숭할 때, 그리고 영혼이 주님의 위안을 잃을 때 인간은 세속적인 것에서 헛된 위안을 얻으려고 한다. 아우구스티누스 성인의 말에 따르면 허욕은 세속의 것을 소유하지 못해 안달하는 것이다. 흔히 말하길 허욕은 세속의 사물을 가지려고만 하고 그것을 필요로 하는 사람들에게 주지 않는 욕심이다. 또한 허욕이 오직 토지나 동산을 탐하는 것만이 아니라 배움이나 명예 그 외 온갖 과도한 사물을 탐하는 것까지 포함한다는 것을 알아야 한다. 허욕과 탐욕의 차이점은 다음과 같다. 탐욕은 자신이 갖고 있지 않은 것을 탐하는 것이고, 허욕은 전혀 그럴 필요가 없음에도 자신이 가진 물건을 계속 움켜쥐고 있는 것이다. 실로 허욕은 아주 혐오스러운 죄이다. 모든 성경이 허욕을 비난하고 그에 대해 독설을 퍼붓는데, 이는 예수 그리스도에 대한 죄가 된다. 허욕은 인간이 마땅히 예수 그리스도에게 품어야 할 사랑을 빼앗아 다른 곳에 눈 돌리게 하는데, 이는 모든 이성에 어긋나는 것이며, 탐욕스러운 사람은 예수 그리스도보다 재물에 더 큰 희망을 걸고 예수 그리스도를 섬기기보다 자기 재산을 지키고 간직하는 데 더 부지런해지기 때문이다. 바울 성인은 다음과 같이 말씀하신다. "탐욕스러운 자는 우상 숭배자라서 그리스도와 하느님의 왕국에는 받을 것이 없도다." 우상 숭배자와 탐욕스러운 자의 차이가 우상 숭배자는 하나의 우상을 숭배하고, 탐욕스러운 자는 여러 우상을 숭배한다는 뜻이 아니고 무엇일까? 실로 그의 금고에 있는 모든 금화가 그의 우상인 셈이다. 우상 숭배의 죄는 하느님이 십계명에서 제일 먼저 금하는 것으로 「출애굽기」 20장에 다음과 같이 나와 있다. "너는 나 이외에는 어떤 신도 두지 말며, 너를 위해 어떤 상(像)도 새기지 말라." 그러므로 허욕이라는 저주받은 죄에 의해 하느님보다 자기 재산을 더 사랑하는 탐욕스러운 자는 우상 숭배자이다.

  탐욕스러운 자들은 가혹한 세금을 책정하고, 농노들이 노역 대신 내야 하는 돈이나 세금, 소작료를 의무에도 부합하지 않고 또한 이치에도 맞지 않게 부과한다. 또한 탐욕스러운 자들은 농노에게 벌금이라기보다는 착취라고 부르는 것이 더 합당할 정도의 과한 벌금을 걷어 간다. 농노가 내야 하는 벌금과 소작권 갱신을 위해 내는 돈에 대하여 어떤 영주의 청지기는 정당하다고 말하는데, 농노가 일시적으로 소유한 것은 모두 그의 영주에게 속하기 때문이라는 것이다. 아우구스티누스의 『신의 도읍』에 따르면, 이는 농노가 가진 것을 자발적으로 내놓는 것이 아니라 영주가 빼앗아 가는 것이기 때문에 이러한 영주들의 권한은 옳지 않다. 확신하건대, 「창세기」에 따르면, 노예 상태의 처음 원인은 죄에서 시작된다. 인간이 죄로 인해 노예 상태에 처하는 것이지 원래 그렇지 않다는 것을 알게 될 것이다. 그러므로 이러한 영주들은 그들의 영주권을 과대 평가하면 안 될 것이다. 노예 상태는 죄에 대한 처벌로 얻어진 것이기 때문에 그들은 근본적으로 노예의 주인이 될 수 없다. 나아가 법에 따라 농노가 일시적으로 소유한 재산이 영주의 소유물이라고 한다면, 그 소유물은 실로 왕이 영주들의 권익을 보호하고 그들로부터 강탈하거나 약탈하지 않았기 때문에 왕의 소유물로 이해되어야 할 것이다. 그에 관하여 세네카는 다음과 같이 말한다. "신중한 사람이라면 노예들과 사이 좋게 살아야 한다." 노예라고 부르는 사람들은 모두 하느님의 백성이고, 비천한 사람들은 그리스도의 친구이며, 그들은 주님의 집에서 안락을 누리기 때문이다.

비천한 자가 태어나는 씨앗과 영주가 태어나는 씨앗을 생각해 보라. 노예도 영주와 마찬가지로 쉽게 구원받는다. 죽음은 노예나 영주를 가리지 않는다. 그러하니 조언하건대, 당신이 노예의 역경에 처한다면, 그때 영주가 당신에게 해 주기를 바라는 것처럼 당신도 당신의 노예를 그렇게 대하기 바란다. 모든 죄 많은 인간은 죄의 노예이다. 실로 충고하건대, 영주는 노예가 자신을 두려워하기보다는 사랑하도록 현명하게 처신해야 한다. 신분 위에 신분이 있음이 마땅한 일이고, 의무를 지닌 사람이 의무를 다하는 것이 당연하지만 아랫사람을 착취하고 경멸하는 것은 지옥에 갈 정도로 몹쓸 짓이다. 나아가 정복자들이나 폭군들은 종종 왕실의 혈통을 받은 사람들을 정복하여 노예로 만든다. 노예라는 말은 노아가 그의 손자 가나안에게 그가 지은 죄의 값으로 형제들의 노예가 되어야 한다고 했을 때 생긴 말이다. 그렇다면 성스러운 교회로부터 돈을 약탈하고 갈취하는 사람들을 뭐라 해야 할까? 실로 작위를 줄 때 사람들이 기사에게 칼을 주는 것은 신성 교회를 수호하라는 의미이지 약탈하거나 강탈하라는 뜻이 아니다. 그러므로 그런 짓을 저지르는 자는 그리스도를 배반하는 것이다. 아우구스티누스 성인은 다음과 같이 말했다. "예수 그리스도의 양을 해치는 자들은 악마의 늑대들이다." 그들은 늑대보다 더한 짓을 한다. 실로 늑대는 배가 차면 더 이상 양을 죽이지 않는다. 그러나 주님의 신성 교회를 약탈하거나 파괴하는 자들은 늑대와 달리 약탈을 그치는 법이 없다. 앞서 말했듯이 죄로 인해 처음으로 노예가 생겼으며 지금도 마찬가지이다. 온 세상이 죄를 지으면 모두 노예가 되고 정복당하게 될 것이다. 그러나 은총의 때가 온 이후 주님께서는 어떤 이에게는 더 높은 지위와 계급을 또 어떤 이에게는 더 낮은 지위와 계급을 주셨으니, 각자 자신의 지위와 계급에 따라 대접받아야 한다. 노예를 돈으로 사는 어떤 나라에서는 그 노예가 믿음에 귀의하면 노예 신분에서 자유롭게 풀어 주기도 한다. 그러니 실로 군주는 자기 백성에게 또 백성은 자기 군주에게 의무를 다해야 한다.

교황은 자신을 하느님의 종들의 종이라고 칭합니다. 그러나 만약 주님이 어떤 사람들에게 더 높은 신분을 또 다른 사람들에게 더 낮은 신분을 주시지 않았다면, 신성 교회의 위엄도 유지되지 못했을 것이고, 백성의 이익도 보존되지 못했을 것이며 이 땅에 평화나 안정은 없었을 것입니다. 그러므로 권력을 가지고 파괴하거나 부수려고 하지 말고 권한이 허용하는 범위 내에서 순리에 따라 아랫사람이나 노예를 보호하고 보존하고 옹호해야 합니다. 그러므로 늑대와 같이 가난한 사람들의 재산이나 소유물을 무자비하고 과도하게 함부로 집어삼키는 군주들이 자신들의 잘못을 바로잡지 않는다면, 그들이 가난한 사람들에게 한 것과 똑같이 예수 그리스도의 심판을 받게 될 것입니다.

다음으로 상인과 상인 사이의 사기죄가 있다. 교역에는 물질적인 교역과 정신적인 교역이 있으며, 정당하고 합법적인 교역과 부당하고 불법적인 교역이 있다. 정당하고 합법적인 물질적인 교역은 다음과 같다. 주님이 어떤 왕국이나 나라가 자급자족하도록 풍요를 내려주셨다면 풍요를 누리는 백성들이 궁핍한 다른 나라 백성을 돕는 것은 정당하고 합당하다. 그 경우 상인이 한 나라에서 다른 나라로 상품을 가져가는 것이 허용된다. 그러나 사람들이 협잡과 배신과 기만으로 거짓말과 거짓 맹세로 교역하는 것은 저주받고 지옥에 갈 죄이다. 정신적 교역은 성직 매매에 해당하는데, 즉 주님의 성역권(聖域權)과 영혼을 치료하는 권능에 속하는 신령한 은사들을 돈으로 사려고 갈망하는 것이다. 어떤 자가 이 갈망을 성취하려고 부단히 노력한다면 비록 그의 갈망을 충족하지 못해도 큰 죄를 짓는 것이 되며, 성직을 얻는다면 그것 역시 죄가 된다. 성직 매매(Simony)라는 말은 시몬 마구스의 이름에서 따온 것으로, 그는 주님이 신성 교회를 통해 베드로 성인과 기타 사도들에게 내리신 은사를 속세의 재물을 가지고 사려고 한 사람이다. 그러므로 재물을 이용하든 탄원을 하든, 세속의 친구나 영적인 친구들의 세속적인 욕구를 위해 간구하거나 영적인 것을 사거나 파는 사람들은 모두 성직 매매자로 불리게 됨을 알아야 한다.

육체적인 세속의 친구들은 혈족과 일반적인 친구, 두 종류가 있다. 성직에 합당한 자격이나 능력이 없는 사람을 위해 간청하여 그 결과 성직을 얻게 된다면 그것은 성직 매매이다. 그러나 자격이 있고 능력도 있다면 성직 매매가 되지 않는다. 또한 남자나 여자가 바람직하지 못한 혈연적인 친분으로 많은 이들에게 어떤 특정인의 성직 수여를 간청한다면 그것은 극히 나쁜 성직 매매이다. 종복의 봉사에 대한 대가로 영적인 것을 주는 것은 그 봉사가 정직한 것이었을 때에 한하며, 여기에는 물질 거래가 따르지 않아야 하고, 그 사람이 유능해야 한다. 이에 관해 다마소 성인은 다음과 같이 말씀하셨다. "이 죄에 비하면 세상의 모든 죄는 하찮은 것이다." 왜냐하면 성직 매매는 루시퍼와 적그리스도 다음가는 중한 죄이기 때문이다. 성직 매매의 죄를 지으며 자격이 없는 자들에게 교회를 넘겨준 자들로 인해 주님은 소중한 피로써 구한 교회와 영혼을 잃게 된다. 성직 매매는 예수 그리스도로부터 영혼을 훔치고 주님의 재산인 교회를 파괴하는 도둑을 심어 넣는 일이기 때문이다. 그러한 자격 없는 사제와 성직자들로 인해 무지한 백성들은 신성 교회의 성례를 덜 존경하게 된다. 성직 매매자들은 그리스도의 자녀를 교회에서 밀어내고 악마의 아들을 교회에 집어넣는다. 그들은 그들이 지켜야 할 양을 찢어 죽이는 늑대에게 던지듯 영혼을 팔아먹는다. 그리하여 그들은 양의 목장, 즉 천국의 축복을 조금도 누릴 수 없게 된다. 그 결과 다음과 같은 해로운 것들이 따른다. 도박을 위한 주사위 놀이와 행운의 제비뽑기가 그 예로, 여기에서 속임수, 거짓 맹세, 비난과 이웃에 대한 증오, 재산의 탕진, 시간 낭비 심지어 살인까지 일어난다. 이러한 해악을 저지른 자들이 기만술을 계속 실행하는 동안에는 중죄에서 결코 벗어나지 못한다.

허욕으로부터 거짓말, 절도, 거짓 증언, 거짓 맹세의 죄가 생겨난다. 이러한 죄는 모두 중죄이며 앞서 말한 대로 주님의 계율을 공공연히 거역하는 것이다. 거짓 증거는 말과 행동으로 나타난다. 말로 하는 경우는 이웃에 대한 거짓 증언으로 그의 명성을 해하는 것, 화가 나거나 혹은 보상을 바라고 거짓 증언을 하거나, 거짓 증언으로 고발하여 이웃의 재산이나 유산을 빼앗는 것, 혹은 거짓 변명을 하는 것 등이 포함된다. 배심원들과 공증인들은 주의하라! 거짓 증거로 인해 수잔나는 엄청난 슬픔과 고통을 겪었는데 그런 일을 당한 사람은 그 외에도 많다. 절도 역시 공공연히 주님의 계율을 어기는 죄로서 육체적 절도와 정신적 절도, 두 종류가 있다. 육체적 절도는 강압이나 속임수로, 혹은 자(尺)를 줄이거나 됫박의 크기를 줄여서 또는 이웃의 의사에 반하여 그의 재산을 빼앗는 경우이다. 이웃에 대해 거짓 증언을 하여 부당하게 고발하거나 돌려주지 않을 심산으로 이웃의 물건을 빌리는 행위도 그에 해당한다. 영적인 절도는 신성 모독이며, 이 경우에 해당하는 것은 성물(聖物)이나 그리스도에게 바쳐진 제물을 손상하는 것으로 여기에도 두 종류가 있다. 교회나 교회 경내와 같은 신성한 장소에서 저지르는 모든 사악한 죄가 이에 해당하며, 또는 그런 장소에서 행해지는 모든 폭력도 여기에 해당한다. 또한 신성 교회에 속하는 권리를 억압하는 것 역시 신성 모독 죄이다. 일반적으로 말하자면, 신성 모독은 신성한 장소에서 신성한 것을 훔치거나 신성한 장소에서 부정한 것을 훔치거나, 혹은 부정한 곳에서 신성한 것을 훔치는 것이다.

탐욕의 죄에서 구제되는 법

탐욕의 죄에 대한 구제책은 자비와 동정을 듬뿍 베푸는 것임을 알아야 한다. 사람들은 어찌하여 자비와 동정이 탐욕에 대한 구제책인지 물을 것이다. 분명 탐욕스러운 인간은 가난한 사람에게 동정심이나 자비를 베풀 줄 모른다. 그는 동료 그리스도인들을 구원하거나 구제하는 것에서가 아니라 자기 재산을 지키는 데에서 기쁨을 느끼기 때문이다. 그러한즉 나는 자비에 대해 먼저 말하겠다. 한 현인의 말처럼 자비는 곤란을 겪는 사람의 어려운 처지에 마음이 움직이는 미덕이다. 자비가 생기면 동정심이 유발되고 이어 자선을 베풀게 된다. 분명 사람은 자비의 감정에 의해 예수 그리스도의 자비로 향하게 되는데, 예수 그리스도는 우리의 죄를 위해 자신을 바치셨고,

자비를 위해 죽임을 당하셨고, 우리의 원죄를 용서하셨고, 우리를 지옥의 고통에서 구원하셨고, 회개를 통하여 연옥의 고통에서 해방해 주셨으며, 선행을 하도록 우리에게 은총을 내려 주셨고, 우리에게 천국의 축복을 내려 주셨습니다. 자비의 종류에는 빌려주는 것, 그냥 주는 것, 용서하는 것, 해방해 주는 것, 그리스도인들의 환난에, 마음에서 우러난 동정과 연민을 품는 것이 있으며, 필요한 경우 혼내는 것도 포함된다. 탐욕에 대한 또 다른 구제책은 순리에 따라 아낌없이 주는 것이다. 실로 여기서 우리는 예수 그리스도의 은총을 생각하지 않을 수 없으며, 일시적인 재산과 그리스도가 우리에게 주신 불멸의 재산을 생각하지 않을 수 없다. 그리고 언제 어디에서 어떻게 닥칠지 모르는 죽음을 기억하고 선행에 쓸 것만 남기고 가진 것을 모두 내놓아야 한다. 그러나 절제를 모르는 사람들이 있으니, 낭비라고 부르는 어리석은 관대함을 피해야 한다. 낭비는 자기 재산을 나누는 것이 아니라 잃는 것이다. 실로 과시하기 위해 또는 자신의 명성을 세상에 알리기 위해 악사들이나 추종자들에게 물질을 뿌리는 사람들은 자선을 행하는 것이 아니라 죄를 짓는 것이다. 이렇게 선물을 무분별하게 주는 자는 단지 죄를 지을 뿐이며 수치스럽게 자기 재산을 잃게 된다. 그런 자는 깨끗한 우물물보다는 진흙탕이나 구정물만 마시려 드는 말과 같다. 주어서는 안 될 곳을 택하여 베푸는 자들에게는 최후의 심판 날에 그리스도의 저주만이 있을 뿐이다.

탐식(貪食)

탐욕 다음으로 탐식이 있는데 이것 역시 하느님의 명령에 전적으로 거역하는 것이다. 탐식은 무절제하게 먹거나 마시려는 욕구, 혹은 먹거나 마시려는 무절제한 욕구에 굴복하는 것이다. 이 죄악은 아담과 이브의 죄에서 잘 나타나듯 온 세상을 타락시켰다. 바울 성인은 탐식의 죄에 대해 다음과 같이 말씀하셨다. "내가 수없이 그대들에게 말해 왔고 이제 심지어 눈물로 호소하건대, 그리스도 십자가의 적들은 많다. 그들의 끝은 멸망이며 그들이 섬기는 신은 뱃속이고 그들은 속세의 것을 탐하는 수치에서 영광을 찾는다." 탐식의 죄에 절어 있는 자는 다른 죄악의 유혹에도 버텨 낼 수 없다. 그런 자는 심지어 모든 죄악에 무릎을 꿇을 수밖에 없는데, 악마의 소굴에 자기 몸을 숨기고 안식을 취하기 때문이다. 탐식의 죄에는 여러 종류가 있다. 첫째는 술 중독이다. 이것은 인간 이성의 끔찍한 무덤이며 추악한 죄악이다. 술에 취한 인간은 이성을 잃게 되는데 그 자체가 추악한 죄이다. 그러나 독한 술에 익숙하지 않아 술의 도수를 잘 모르고 마셨거나, 혹은 의지가 약하거나, 혹은 몹시 지친 경우 술을 과하게 마셔서 갑자기 취하게 되었다면 추악한 죄가 아니라 가벼운 죄에 속한다. 둘째는 술로 인해 사리분별력이 떨어져서 인간의 정신이 혼탁해지는 것이다. 셋째로는 올바른 식사 예절을 지키지 않고 게걸스럽게 음식을 집어삼키는 것이다. 넷째로는 너무 많은 양의 음식을 먹어 몸속의 체액에 이상이 생기는 경우이다. 다섯째로는 술에 취해 기억이 끊어지는 것으로, 이에 따라 전날 저녁이나 밤에 자신이 뭘 했는지 아침에 기억하지 못하는 일도 생긴다. 그레고리우스 성인은 탐식의 종류를 다음과 같이 나눈다. 첫째는 식사 때가 되기 전에 먹는 것이다. 둘째는 먹고 마시는 것에 지나치게 예민해지는 것이다. 셋째는 가늠할 수 없을 정도로 많이 먹고 마시는 것이다. 넷째는 식사 준비와 요리에 너무 큰 관심을 기울이며 까다롭게 구는 것이다. 다섯째는 게걸스럽게 먹는 것이다. 다섯 가지 탐식의 종류는 인간을 죄악으로 이끄는 악마의 다섯 손가락이다.

탐식의 죄에서 구제되는 법

고대 그리스 의사 갈레노스에 따르면, 탐식에 대한 치유책은 금욕이지만 나는 육체의 건강을 위해서만 금욕한다면 그렇게 가치 있는 일이라고 생각하지 않는다. 아우구스티누스 성인은 금욕이란 덕성을 위해 인내와 더불어 행해져야 한다고 했다. 아울러 금욕이란 사람이 선의, 인내와 자비심을 갖고 하느님을 위해 그리고 천당의 축복을 얻기 위해 행해지지 않는다면 가치 없는 것이라고 말씀하셨다. 금욕과 같은 치유책으로 모든 것에 중용을 지킴으로써 이룰 수 있는 절제가 있으며, 모든 추잡한 행위를 부끄럽게 여기는 수치심이 있고, 값진 먹을 것과 마실 것을 탐하지 않고 지나치게 호사스럽게 식사를 장만하지 않고 적당한 선에서 만족할 줄 아는 자족이 있다. 또한 음식에 대한 무절제한 식욕을 이성적으로 절제할 수 있는 절도가 있으며, 식탁에 오래 퍼져 앉아 있으려는 마음을 억제하는 냉정이 있는데 어떤 사람은 식사 시간을 줄이기 위해 자진해서 서서 식사하기도 한다.

음란

탐식 다음으로 음란이 따른다. 이 두 죄악은 매우 긴밀한 친척 같아서 종종 떼려야 뗄 수 없다. 하느님께서도 이 죄가 당신의 마음을 상하게 함을 알고 계신다. 그러므로 "음탕하지 말라."라고 말씀하시고 이 죄에 대해 옛 율법에서 큰 형벌을 부과하시는 것이다. 만일 여자 노예가 이 죄를 범했다면 그 여자는 매를 맞아 죽게 된다. 만일 여자가 지체 높은 경우라면 돌에 맞아 죽을 것이다. 여자가 주교의 딸이라면 화형에 처해질 것이다. 하느님의 계명에 따르면, 이 음란죄로 인하여 하느님께서는 대홍수로 이 세상을 물에 잠기게 하셨다. 그 후 하느님은 벼락으로 다섯 개의 도시를 불태워 지옥에 떨어뜨리셨다.

이제 둘 중 하나가 결혼했거나 둘 다 기혼자일 경우 범하는 간음이라는 음란의 추악한 죄에 관해 이야기하겠다. 요한 성인에 따르면 간음한 자들은 "불과 유황으로 타는 연못"인 지옥에 들어가게 되는데, 음란한 죄에 대해서는 불 속으로, 그들의 추악함의 악취에 대해서는 유황 속으로 들어간다고 했다. 과연 이 성스러운 계명을 어기는 것은 무서운 일이다. 이것은 하느님에 의해 천국에서 정해졌으며, 예수 그리스도에 의해 확실해졌으니, 복음서에서 마태오 성인도 증인으로서 말씀하신다. "남자는 그의 부모를 떠나 아내를 맞아 한 몸이 되어야 하니라." 이 결혼의 성사는 그리스도와 신성 교회의 결합을 상징한다. 그래서 하느님께서는 행위로 인한 간음을 금지하셨고, 또한 "너희는 네 이웃의 아내를 탐하지 말라."라고 명하셨다. 아우구스티누스 성인에 의하면 이렇게 명령함으로써 음란에 대한 모든 종류의 욕망을 금지하셨다. 마태오 성인이 복음서에서 한 말씀을 보라. "누구든 여자를 욕망으로 바라보는 자는 그의 마음속에서는 이미 간음한 것이다." 여기서 여러분은 이 죄를 범하는 것이 금지되었을 뿐만 아니라 이 죄를 범하려는 욕망 또한 그러함을 알 수 있다. 이 저주받은 죄는 그 죄에 사로잡힌 자에게 큰 고난을 가져온다. 우선 영혼에 해를 입히게 된다. 왜냐하면 영혼이 죄를 짓게 하여 영원한 죽음의 고통을 당하게 하기 때문이다. 또한 육신에도 해를 끼쳐 메마르게 하고, 체력을 소모하여 몸을 망가지게 하며, 피를 지옥의 악마에게 제물로 바치게 한다. 또한 이는 부와 재산을 낭비하게 한다. 남자가 여자에게 재산을 낭비하는 것은 더러운 짓이다. 하지만 여자가 남자 때문에 재산과 물질을 낭비한다면 이는 더욱 가증스러운 일이다. 이 죄악은, 선지자가 말씀하시는 것과 같이, 남자와 여자로부터 좋은 평판과 명예를 앗아 간다. 이곳은 악마에게 큰 즐거움을 선사하는데, 그로 인하여 악마는 세상의 더 많은 부분을 차지하기 때문이다. 마치 상인이 이익이 가장 큰 거래를 최고로 좋아하듯이 악마는 사람들이 이 죄에 빠지는 것을 가장 즐긴다.

악마는 한쪽 손의 다섯 손가락으로 사람들을 붙잡아 그의 노예로 삼는다. 첫 번째 손가락은 바보 같은 남자와 여자 사이에 오가는 어리석은 눈길이다. 이는 바실리스크 뱀이 그 외모의 독기로 보는 사람을 죽이듯이 사람을 죽게 하는 눈길이다. 왜냐하면 눈의 탐욕이 마음의 탐욕을 따르기 때문이다. 두 번째 손가락은 사악한 방식으로 하는 죄스러운 접촉이다. 솔로몬은 말한다, 누구든지 여자에게 손대고 만지는 자는 마치 사람을 독으로 쏴서 즉사시키는 전갈에 손을 대는 자와 같다. 누구든지 송진을 만지면 손가락을 더럽히기 마련이다. 세 번째는 타락한 말로, 이는 불과 같아 즉시 마음을 태워 버린다. 네 번째 손가락은 입맞춤이다. 진실로 뜨거운 오븐이나 용광로에 입 맞추는 자는 매우 어리석은 자이다. 그보다 더한 바보는 타락한 것에 입맞춤하는 자들이다. 그 입은 지옥의 입일지니, 나는 구체적으로 늙어 노망이 난 난봉꾼들 이야기를 하려고 한다. 그들은 제대로 할 줄도 모르면서 입 맞추고 맛보려 한다. 이 자들은 개와도 같다. 개는 장미 덤불이나 다른 덤불을 지날 때면 오줌을 싸지 않더라도 발을 쳐들고는 오줌을 갈기는 시늉을 하기 때문이다. 많은 사람이 자기 아내와는 음탕의 죄를 짓지 못한다고 생각하는데, 사실 그것은 틀린 말이다. 하느님은 알고 계신다. 인간은 자신의 칼로 스스로 베어 죽일 수 있으며, 자기 술통에서 술을 퍼마시고 취할 수도 있다. 자기 아내이든 자식이든 세상의 것이라면, 하느님보다 더 사랑할 때 그것은 우상이며, 그 사람은 우상 숭배자가 되는 것이다. 아내를 사랑하는 데에도 분별이 있어야 하고, 차분히 절제하여 사랑해야 한다. 그러면 아내는 마치 누이와 같게 된다. 악마의 다섯 번째 손가락은 음란의 추행이다. 악마는 탐식의 다섯 손가락을 남자의 배 속에 넣고, 음란의 다섯 손가락으로 그의 허리를 휘어잡아 그를 용광로 속으로 던져 버린다. 그 안에서 인간은 불과 영원히 죽지 않는 구더기와 싸우면서 울고 통곡하고, 극심한 굶주림과 목마름으로 고통받으며 악마에 대한 공포로 쉼도 없고 끝도 없이 짓밟히게 될 것이다.

　말한 바와 같이, 음란에서 비롯되는 죄는 여러 가지이다. 이를테면 결혼하지 않은 남녀 사이의 간통이 있다. 이것은 치명적인 죄이고 자연의 질서에 거스르는 것이다. 자연에 적이 되고 파괴적인 것은 자연을 거스르는 것이다. 인간 이성의 작용인 믿음은 이 죄가 중죄임을 말하고 있다. 하느님께서 음란을 금하셨기 때문이다. 바울 사도는 음란의 죄를 지은 자들은 그 대가로 그들을 기다리는 지옥에 가리라 말씀하셨다. 또 다른 음란의 죄는 여인에게서 처녀성을 빼앗는 것이다. 왜냐하면 그렇게 하는 자는 현세에서 여인이 가질 수 있는 최고의 자리에서 그녀를 몰아내고, 성경에서 말하는 백 배의 열매라는 그 귀한 결실을 여인으로부터 빼앗기 때문이다. 이러한 짓을 하는 자는 많은 손상과 악행의 원인이 되며 사람이 생각하는 이상의 나쁜 짓을 한 것이다. 마치 들에 사는 야수들이 담장이나 울타리를 부수는 것처럼 유혹자는 한 번 잃어버리면 다시 회복될 수 없는 것을 파괴하는 것이다. 일단 잃어버린 처녀성

은 몸에서 떨어져 나간 팔을 다시 몸에 붙여 자라나게 할 수
없는 것과 같이 돌이킬 수 없다. 만약 그 여인이 참회한다면
그녀는 자비를 얻을 수 있다. 그러나 더럽혀지지 않은 예전의
상태로 다시는 돌아갈 수 없을 것이다.

간통에 대해 이야기하고 있지만, 사람들이 그 가증스러운
죄로부터 피할 수 있도록 간통으로 인한 위험에 대해 좀 더
말하는 것이 합당하다. 간통이란 라틴어로는 다른 남자의 침
대에 들어가는 것을 의미한다. 그리하여 한때 한 몸이던 자들
이 자신들의 몸을 다른 이에게 맡긴다. 현자가 말한 대로, 이
죄로부터 많은 악이 나온다. 우선 믿음을 깨는 것인데, 실로
믿음 안에 기독교의 핵심이 있다. 이 믿음이 깨지고 상실되면
기독교 자체가 허망하고 열매 없는 것이 된다. 이 죄는 또한
절도이다. 절도란 일반적으로 자신의 의지에 반하여 자신의
물건을 강탈당하는 것이기 때문이다. 이는 가장 타락한 강탈
로서 여인이 자기 몸을 남편으로부터 훔쳐 내어 그녀의 간통
상대에게 주어 자신을 더럽히는 짓이다. 이것은 자신의 영혼
을 그리스도로부터 훔쳐서 악마에게 주어 버리는 것과 같다.
이것은 교회를 부수고 들어가 성배를 훔쳐 오는 것보다 더 나
쁜 절도이다. 이 간통한 자들은 하느님의 성전에 난입하여 자
비의 잔, 즉 몸과 영혼을 훔친 것이기 때문이다. 그리스도께서
는 이들의 파멸을 명하셨다고 바울 성인은 말한다. 진실로 이
절도에 대해 요셉은 매우 두려워했다. 그러므로 그의 주인의
아내가 그녀와 함께 누울 것을 간청하였을 때 이렇게 말했다.
"보십시오, 내 주인께서는 집안의 모든 소유를 간섭하지 아니

하고 다 내 손에 위탁하였으니 이 집에는 나보다 큰 이가 없으며, 주인이 아무것도 내게 금하지 않았어도 당신만은 금하셨으니 당신은 그의 아내입니다. 그런즉 내가 어찌 이 큰 악을 행하여 하느님께 죄를 지으리까." 아! 요즘에는 이러한 정절이 너무나 찾아보기 힘들다. 세 번째 악은 이 죄를 범하여 하느님의 계명을 어기고, 결혼의 주관자이신 그리스도를 욕되게 하는 일이다. 결혼의 성사가 매우 고귀하고 엄숙한 만큼 그것을 깨뜨리는 죄는 크다. 하느님께서는 하느님을 섬기기 위한 인간의 번영을 위해 천국에서 순수한 결혼을 세우셨기 때문이다. 그러므로 이를 깨뜨리는 것은 더욱 큰 죄가 된다. 이러한 파국에서 종종 가짜 상속자가 나오게 되고 재산이 잘못 상속된다. 그러므로 그리스도께서는 이들을 선한 사람들의 유산인 천국의 왕국에서 내쫓는 것이다. 이러한 결혼의 파괴 속에서 사람들이 자신의 근친과 결혼하거나 죄를 범하는 일이 종종 발생한다. 이러한 일은 똥오줌을 배설하는 공중 화장실이라 할 만한 창녀들이 있는 사창가에 드나드는 방탕한 인간들이 하는 짓과 같다.

그다음 뚜쟁이 짓을 하는 무서운 죄를 짓는 포주들은 어떠한가, 그렇다. 그들 자신의 아내나 자식들까지 내세워 몸을 팔게 하는 자들이다. 확실히 이것들은 저주받을 죄악이다. 그다음, 십계명 속에서 간통은 도둑질과 살인 사이에 들어 있음을 알아야 한다. 이것은 세상에서 제일 큰 도둑질인데, 사람의 몸뿐만 아니라 영혼까지 훔치는 것이기 때문이다. 이것은 한 몸으로 짝지어진 사람들을 둘로 갈라놓기 때문에 살인과도 같다. 그러므로 간통자들은 하느님의 옛 율법에 따라 죽임을 당함이 마땅하다. 그럼에도 그리스도는 자신의 법에 따라, 이 법은 또한 연민의 법도 되는데, 간통으로 붙잡혀 온 여인에게 말씀하셨다. 그 간통한 여인은 유대인의 법인 구약의 율법에 따르면 돌에 맞아 죽임을 당할 처지였다. "가거라, 그리고 다시는 죄지을 생각을 하지 말거라." 진실로 간통의 형벌로는 지옥의 고통이 주어진다. 참회하지 않는다면 말이다. 하지만 아직 이 사악한 죄의 곁가지들이 더 남아 있다. 간통자 둘 중 하나가 믿음의 사람이거나 혹은 둘 다 그럴 때, 또는 일반인 중 성직을 받은 자들, 예를 들어 보조 사제, 부사제, 사제, 혹은 자선 단체의 일원들이 간통할 경우이다. 그리고 성직의 지위가 높을수록 그 죄는 가중된다. 성직에 임명되었을 때 한 순결의 서약을 깨뜨렸기 때문에 그들의 죄는 더욱 무겁다. 더욱이 신성한 직책은 하느님의 보화 중에 으뜸가는 것이며, 순결에 대한 특별한 표시이자 증표이며, 성직을 받아들인 자들이 생의 가장 소중한 것인 순결과 연합되었음을 보여 준다.

성직에 있는 사람들은 특별히 하느님께 봉헌된 자들로 하느님의 특별한 가족의 일원이다. 그들이 치명적인 간통의 죄를 범하면, 이들은 특히 하느님과 그의 백성들에게 반역자가 되는 셈이다. 그들이 사람들을 위해 기도하려면 사람들과 더불어 살아야 하는데, 그들이 이러한 반역자라면 사람들을 위한 그들의 기도가 아무런 효력을 발휘할 수 없기 때문이다. 사제들은, 그들의 성직이 지닌 위엄을 고려한다면 천사들과 대등한 위치에 있다. 그러나 바울 성인도 말씀하신다. "사탄 자신이 빛의 천사로 모습을 바꾼다." 진실로 치명적인 죄를 짓는 사제는 어둠의 천사가 빛의 천사로 둔갑한 것인지도 모른다. 그는 빛의 천사여야 함에도 어둠의 천사인 것이다. 그러한 사제들은 「열왕기」에 나오는 엘리야의 아들들이며, 악마의 아들인 벨리알의 아들들이다. 벨리알은 '심판자가 없는'이라는 뜻으로, 무슨 일을 해도 그들의 죄를 추궁할 심판관이 없다고 생각했다, 이것은 고삐 풀린 황소가 마을의 어느 암소를 취해도 탓할 자가 없다고 생각하는 것과 같다. 그들은 여자들에게 수작을 부린다. 고삐 풀린 황소 한 마리가 마을 전체를 혼란에 빠뜨리듯, 부패한 사제 한 명이 한 교구, 나아가 한 지방을 부패시킨다. 이러한 사제들은, 성경에도 나오듯이, 사람들에게 사제로서의 기능을 가르칠 수 없거니와 하느님을 알지도 못하는 자들이다. 그들은 남이 주는 삶은 고기로는 만족하지 못하고 힘으로 생고기를 빼앗아 먹으려 든다. 이들은 사람들이 그들에게 큰 존경과 더불어 바치는 구운 고기나 삶은 고기로 만족하지 않으며, 평신도들의 아내와 딸이라는 생고기를 먹는다. 이 난봉꾼 사제에 찬동하는 여자들은 그리스도와 신성 교회, 그리고 모든 성인과 영혼들에 큰 잘못을 범하고 있는 것이다. 그녀들은 사제가 교회에서 그리스도를 숭배하는 것을 가로막고, 기독교 영혼들을 위한 기도를 하지 못하게 하기 때문이다. 그러므로 그러한 사제들과 그 음란한 짓에 작당한 정부들 또한 그들의 잘못을 고칠 때까지 모든 교회 법정의 저주를 받는 것이다.

간통의 세 번째 종류는 때로 남자와 그의 아내 사이에서 벌어진다. 그들의 결합이 옳은 뜻대로가 아니라 단순히 육체적 쾌락만을 위할 때 그러하다. 히에로니무스 성인이 말씀하신 것처럼 그들은 육체적 쾌락 외에 결합의 의미에 대해 진지한 관심을 두지 않는다. 결혼하여 동행하기 때문에 다른 것에 개의치 않고 막연히 모든 것이 잘될 거라고 생각한다. 그러나 악마의 지배를 받는 이러한 사람들은, 천사 라파엘이 토비아에게 말한 바와 같이, 더러운 육체적 결합을 탐함으로써 그리스도를 마음속에서 몰아내고 모든 추악한 것들에 몸을 내맡긴다. 네 번째는 직계 친족 간의 간통이나 결혼으로 형성된 인척 간의 음란한 행위 또는 부친이나 다른 친척들의 음란한 행위를 말한다. 이 죄는 이들을 개와 마찬가지로 만들어 인척이건 가족이건 가리지 않게 한다. 친척에는 두 가지가 있으니, 정신적 친척과 육체적 친척이다. 낳아 준 이가 육신의 아버지인 것처럼 영적인 아버지는 후원자를 의미한다. 이는 마치 대부가 정신적 아버지인 것과 같다. 이러한 이유로, 여자가 자신의 대부나 대자와 관계를 맺으면 자기 형제와 간통한 것보다 결코 죄가 작지 않다. 다섯 번째 종류의 간통은 아무도 말할 수 없고 글로 쓸 수 없는 지독한 것이다. 그렇지만 그것은 성경 속에 명백히 기록되어 있다. 이 사악한 짓을 남자와 여자는 여러 의도와 다양한 방법으로 행한다. 그러나 이러한 죄를 기록하고 있는 성경이 그렇다고 더럽혀질 수 없는 것은, 태양이 똥 더미에 비춘다고 그 광채가 덜해지지 않는 것과 같은 이치이다. 음란에 속하는 또 하나의 죄는 순결한 자와 부패한 자 모두에게 있을 수 있는 것으로, 사람들이 몽정(夢精)이라 부르는 것이다. 여기에는 네 가지가 있다. 하나는 체액이 썩고 체내에 과다하여 몸이 생기를 잃을 때이다. 또 의술에서 말하는 몸의 유동성을 유지하는 힘이 쇠하여 병이 나는 경우이다. 때로는 포식과 과음이 원인이기도 하다. 때로는 자고 있을 때 마음속에 들어 있는 사악한 생각에서 나오기도 하는데, 이에 따라 죄를 짓게 된다. 이것 때문에 남자는 자신을 현명하게 다스려야 하며, 그렇지 않으면 비통한 죄악으로 빠져든다.

음란의 죄에서 구제되는 법

음란에 대한 치유로, 보통 순결과 절제를 드는데, 절제는 육체적인 욕망에서 기인하는 모든 무절제한 충동을 억제하는 것이다. 이 추잡한 죄의 사악한 충동을 잘 자제하는 자는 더욱 훌륭한 덕성을 지닌 자이다. 여기에도 두 가지 종류가 있는데, 결혼 생활에서 순결을 지키는 것과 과부가 지키는 정절이다. 여러분들이 이제 알아야 하는 것은, 결혼은 성례로 남녀가 함께하도록 허락되는 것이다. 또한 그들이 살아 있는 한 벗어날 수 없는 결합을 받아들인다는 뜻이다. 성경에 의하면, 이것은 매우 큰 성례이다. 이미 말하였듯이, 하느님께서는 천국에 이것을 세우시고, 그분 스스로가 결혼을 통해 태어나시길 바라셨다. 결혼을 축복하시기 위해서, 결혼식에 참석하시어 물을 포도주로 바꾸셨는데, 이는 제자들 앞에서 이 지상에서 최초로 행하신 기적이었다. 결혼의 진실한 결과는 간음을 척결하는 것이고 교회를 순결한 혈통의 신도들로 채우는 데 있다. 이것이 결혼의 목적이며, 결혼으로 맺어진 자들의 중죄를 경

죄로 만들어 주고, 그들의 몸과 마음을 하나로 만들어 주기 때문이다. 이것이 바로 진정한 결혼으로, 죄가 생기기 이전 하느님께서 세워 놓으신 것으로, 이때에는 자연의 법칙이 천국에서 지켜지던 시절이었다. 아우구스티누스 성인이 말씀하신 바와 같이, 남자는 한 여자만을, 여자 또한 한 남자만을 가져야 하는데 그 이유는 여러 가지이다.

우선 결혼은 그리스도와 성스러운 교회의 연합을 상징한다. 또 남자가 여자의 머리이기 때문이다. 여기에 대해서는 성경 말씀이 그렇기 때문에 논란의 여지가 없을 것 같다. 만일 여자가 한 명 이상의 남자를 취한다면 그것은 하나 이상의 머리를 갖는 것이므로 이는 하느님 앞에 매우 가증한 짓이다. 또한 여자는 한 번에 동시에 많은 남자를 즐겁게 할 수도 없는 노릇이다. 그들 사이에는 평화도 안식도 결코 있을 수 없을 것이다. 각자가 자신이 원하는 바를 요구하기 때문이다. 남자는 자신이 가진 것을 알 수 없을 것이며, 또한 누가 자기 재산을 물려받게 될지도 알 수 없을 것이다. 여자는 많은 남자와 함께 관계를 가지면 그때부터 사랑을 덜 받게 된다. 이제 질문이 나온다. 남자가 그의 아내를 어떻게 대할 것인가 하는 것이다. 특히 두 가지 면에서, 즉 관용과 공경인데, 그리스도께서 여자를 처음 만드셨을 때 보여 주신 것과 같은 것이다. 하느님은 여자를 만드시되 아담의 머리로 만드신 것이 아니다. 여자가 너무 큰 지배권을 행사해서는 안 되기 때문이다. 여자가 주도권을 쥐면 너무 많은 혼란을 야기하기 때문이다. 우리가 겪는 매일의 경험으로도 충분할 것이기에 여기에 대해 일일이 예를 들

필요는 없을 것 같다. 또한 하느님은 여자를 아담의 발로 만드신 것이 아니기에 너무 큰 경멸을 받아서도 안 된다. 여자는 그러한 경멸을 끈기 있게 참아낼 수 없기 때문이다. 하느님은 여자를 아담의 갈비뼈로 만들어 여자가 남자의 동반자가 되게 하셨다. 남자는 아내를 믿음, 소망, 사랑으로 대해야 한다. 바울 사도도 말씀하신다. "남편들이여, 그리스도께서 교회를 사랑하사 당신을 바치신 것처럼 아내를 사랑하십시오." 이렇듯 남자도 필요하다면 아내에게 자신을 바쳐야 한다.

이제 어떻게 여자가 남편에게 복종해야 하는가를 말하겠다. 이는 베드로 성인이 말씀하신 것으로, 우선 순종이다. 율법이 말하는 것처럼, 아내인 여자는 아내로 있는 한 어떠한 일이 있어도 당연히 주인이어야 하는 남편의 동의 없이는 서약을 하거나 증인으로 설 권리가 없다. 그녀는 또한 모든 공경을 다하여 남편을 섬겨야 하며, 옷차림에도 신경을 써 정숙함을 지녀야 한다. 아내가 의상을 통해 남편을 기쁘게 해 주어야 한다는 것은 충분히 이해하지만, 호화로운 옷차림으로 즐겁게 함은 안 된다. 히에로니무스 성인은 비단과 비싼 자줏빛 옷감으로 몸을 치장한 여인은 예수 그리스도의 옷으로 몸을 단장할 수 없다고 말씀하셨다. 요한 성인은 이 문제에 관해 무슨 말씀을 하셨을까? 그레고리우스 성인에 의하면, 누구든지 귀한 옷을 찾는 자는 허영심을 충족하기 위해, 또는 많은 사람 앞에서 더욱 명예롭게 보이기 위해 그렇게 한다. 겉은 아름답게 단장했으나 내면이 추잡한 여자는 실로 크게 어리석은 자이다. 아내는 용모와 태도와 웃음을 짓는 데 정숙함이 있어야 하고, 말과 행동에는 신중함이 있어야 한다. 세상 그 무엇보다 진심을 다해 남편을 사랑해야 하며, 그녀의 몸에 있어서 남편에게 진실해야 한다. 남편 역시 아내에게 그러해야 한다. 아내의 온몸이 남편의 것이기 때문에 마음도 그래야 하며, 그러지 않으면 그들 사이에 완벽한 결혼 생활은 없는 것이다.

사람들은 남편과 아내가 육체적 짝을 이루는 데 세 가지 목적이 있음을 알아야 한다. 첫째는 하느님을 섬길 자식을 낳으려는 목적으로 이것은 결혼의 주요한 이유가 된다. 둘째는 각자가 서로에게 그들 몸이 진 빚을 갚는 것인데 이것은 둘 다 자기 몸에 대한 권한을 가지지 않기 때문이다. 셋째는 음란과 천박함을 피하기 위함이다. 넷째는 진실로 치명적인 죄이다. 그런데 첫째와 둘째 목적은 칭찬할 만한 것이다. 설사 그것이 마음에 들지 않고, 그럴 욕망이 마음속에 없더라도 남편에게 진 육신의 빚을 갚는 여자는 정절의 미덕을 지녔기 때문이다. 셋째는 가벼운 죄로, 이러한 결합 중 가벼운 죄가 아닌 것은 없는데, 원죄와 쾌락 때문이다. 넷째는 남녀가 앞에서 본 어떠한 목적을 위해서도 아닌, 오직 육체적인 욕망을 위해 관계하고, 오직 육욕을 불태우기 위해 무작정 관계하는 것을 꺼리지 않는 것이다. 이는 중죄이지만, 어떤 이들은 저주스럽게도 욕망을 채우는 이상으로 빈번한 관계를 갈망한다. 순결의 두 번째 종류는 과부로서 몸가짐을 깨끗이 하고, 남자의 포옹을 탐내지 않고 예수 그리스도의 포옹을 바라는 것이다. 이들은 한때 아내들이었으나 남편을 여의었고, 바람을 피웠지만 참회를 통해 구원받은 여인들이다. 아내가 남편의 허가를 받아서, 자신의 정절을 온전히 지키고 남편이 죄지을 기회를 한 번도 주지 않는다면 그것은 매우 가상한 일이다. 이렇게 순결을 지키려는 여인들은 몸과 마음과 생각을 깨끗하게 유지해야 하며, 옷차림과 태도에 절도가 있어야 하고, 먹고 마시고 말하고 행동하는 데 중용을 지켜야 한다. 이들은 신성 교회에 좋은 향기를 가득 채워 준 복된 막달라 마리아의 그릇이거나 상자이다. 세 번째 종류의 순결은 동정이다. 이것은 마음이 성스럽고 몸이 정결해야 한다. 그녀는 그리스도의 배우자이고, 천사들의 사랑을 받게 된다. 그녀는 이 세상의 영광이요, 순교자나 다름없다. 그녀는 혀가 말할 수 없고 가슴이 생각할 수 없는 것을 지닌 것이다. 동정이 우리 주 예수 그리스도를 낳았으며, 동정이 바로 그분 자신이었다.

음란함의 또 다른 치유책은 이 죄를 지을 기회를 주는 몇 가지, 예를 들어 안이함, 탐식, 음주 등을 특별히 삼가는 것이다. 주전자가 격렬하게 끓을 때 가장 좋은 조치는 그것을 불에서 내려놓는 것이다. 평온한 자리에서 숙면을 취하는 것도 음란함을 막는 데 큰 도움이 된다. 음란함의 또 다른 치유책은 남자나 여자가 그를 유혹할 만한 자들과의 자리를 피하는 것이다. 만일 함께 있으면 음란 행위가 일어나지 않더라도, 같이 있는 것만으로도 큰 유혹이 되기 때문이다. 진실로 하얀 벽이, 근처에 있는 양초에 타지 않는다 하더라도, 그 벽은 불꽃에 의해 시커멓게 될 수 있다. 나는 자주 충고한다. 어떤 남자도 자신이 완벽하다고 믿어서는 안 된다. 그가 삼손보다 힘이 세고 다윗보다 거룩하며 솔로몬보다 현명하지 않다면 말이다.

이제까지 나는 여러분에게 최선을 다해 일곱 가지 무서운 죄악과 그로부터 생겨나는 죄악 및 구제되는 법에 대해 자세히 말하였다. 진실로 내가 할 수 있는 한 십계명에 대해 여러분께 이야기하고 싶다. 그러나 심오한 교리는 신학자들에게 맡기겠다. 하느님께서 신학자들이 십계명의 교리에 대해 잘 설명할 수 있도록 인도하시길 소망한다.

고해

이제부터 첫 장에서 이미 말한 대로 입으로 행하는 고해의 부분인 참회 2부에 대해 이야기하겠다. 아우구스티누스 성인은 이렇게 말씀하신다. "죄악은 인간이 예수 그리스도의 율법에 거슬러 탐하는 모든 말과 행동을 말한다. 사람은 마음과 말과 오감인 시각, 청각, 후각, 미각, 촉각 작용으로 죄를 짓는다." 이제 죄를 더욱 무겁게 만드는 여러 조건에 대해 알아야 한다. 여러분은 죄를 범하는 자가 누구인지 고려해야 한다. 그가 남자인지 여자인지, 젊은지 나이가 많은지, 고상한지 천박한지, 자유인인지 하인인지, 건강한지 병들어 있는지, 결혼했는지 미혼인지, 성직자인지 아닌지, 현명한지 어리석은지, 믿음이 있는지 세속적인지, 여자가 당신의 친척인지, 그녀가 육체의 욕망을 좇는 자인지 영적 가치를 추구하는 자인지, 친척 중 누군가가 그녀와 죄를 범했는지 아닌지, 그 밖의 다른 많은 것들을 신중하게 살펴야 한다. 또 다른 고려할 상황이 있다. 단순히 바람을 피운 것인지 아니면 간통한 것인지, 근친상간인지 아닌지, 상대가 처녀인지 아닌지, 살인이 연관되어 있는지 아닌지, 무시무시한 큰 죄인지 사소한 죄인지, 또한 얼마나 오랫동안 죄를 범했는지 등을 말한다. 세 번째 상황은 죄를 범하는 장소인데, 다른 사람의 집인지 본인의 집인지, 들판인지 교회인지, 교회 뜰인지, 봉헌된 교회인지 아닌지 등을 살펴야 한다. 만일 봉헌된 교회 안에서 죄에 의해 혹은 사악한 유혹에 빠져 사정(射精)했다면 그 교회는 주교가 다시 봉헌할 때까지 성무(聖務)가 금지되어야 한다. 사제가 그러한 죄를 지었을 때는 성직을 박탈당하고 평생 미사를 봉헌할 수 없으며, 만약 미사를 올린다면 그는 그럴 때마다 중죄를 짓게 되는 것이다. 네 번째 상황은 둘 사이 다리를 놓아 주는 중개인이나 혹은 연락을 담당하는 자가 있어 그들이 죄짓기에 동참하도록 유혹하거나 동의하게 했는가 하는 것이다. 이것을 살피는 이유는 많은 불행한 사람들이 죄인들과 자리를 같이했다는 이유로 지옥의 악마에게 가게 되기 때문이다. 죄짓도록 선동하거나 동의하는 자는 모두 공범이고 죄인이 받는 벌을 나눌 것이다. 다섯 번째 상황은 몇 번이나 죄를 범했는가, 그의 기억이 남아 있다면 얼마나 자주 죄를 범했는가를 살피는 것이다. 자주 죄를 짓는 자는 하느님의 자비를 경멸하고 죄를 추가하며, 그리스도께 감사하지 않게 된다. 그리하여 죄에 맞서는 힘이 약해지고 쉽사리 죄를 짓고 거기에서 빠져 잘 헤어 나오지 못하게 되어 고해승에게 고하기를 더욱 꺼리게 된다. 그러한 이유로 사람들이 이전에 저지른 죄를 되풀이해서 저지르게 되고 그들은 이전의 고해승을 완전히 저버리거나, 그렇지 않으면 여러 곳에서 고해하게 된다. 이렇게 여러 곳에서 나누어 하는 고해로는 하느님께 자기가 저지른 죄에 대한 자비를 바랄 수 없다. 여섯 번째로는 죄를 왜 지었는가, 어떤 종류의 유혹으로 그랬는지 생각해 보는 것이다. 그 유혹은 자신의 욕구에 의한 것인지 아니면 남의 선동을 받은 것인지, 여자를 강제로 범했는지 아니면 동의를 받고 한 것인지 등이며, 여자는 자신이 할 수 있는 저항에도 불구하고 끝내 강제에 못 이겨 한 것인지 아닌지, 여자가 죄를 범한 경우 자신의 탐욕 때문이었는지 아니면 빈곤 때문이었는지, 아니면 스스로 의도한 것인지를 실토해야 하며, 모든 자세한 사항을 다 말해야 한다. 일곱 번째로는 남자가 어떤 방식으로 죄를 짓게 되었으며, 여자는 어떻게 그의 수작을 받았는가를 가려야 한다. 남자도 마찬가지로 모든 상황에 대해 전부 다 말해야 한다. 그가 천한 창녀와 죄를 지었는지 아닌지, 그 행위를 기도 시간에 했는지, 단식 기간에 했는지, 고해 전인지 후인지, 그럼으로써 과해진 고행을 깨뜨리지는 않았는지, 누구의 협력과 권유로 죄를 범했는지, 요술이나 사기에 걸려 한 짓인지, 이 모든 것을 모조리 말해야 한다.

이 모든 것은 큰 죄인가 사소한 죄인가에 따라 인간의 양심에 짐이 된다. 또한 당신의 죄를 판단하는 사제는 당신의 회개를 온전히 들었을 때 현명한 판단을 내린다. 사람이 죄를 지어 그의 세례를 더럽혔을 경우, 구원받는 유일한 방법은 회개와 고해와 속죄에 의한 것뿐이다. 특히 고해를 들어 줄 사제가 있으면 회개와 고해의 두 가지를 실행한다. 그가 충분히 오래 살게 된다면 세 번째의 속죄를 실행한다. 그런 다음 진정으로 효과적인 고해를 했는지 성찰하고 심사숙고해야 하는데 여기에는 네 가지 방법이 있다. 첫째는 마음의 슬픈 쓰라림인데, 히스기야 왕이 하느님께 말한 것에서 알 수 있다. "저는 쓰라린 마음으로 보낸 모든 날을 기억하겠습니다." 이러한 비통함은 다섯 가지의 표시를 가진다. 첫째는 죄인은 하느님께 죄를 지었고, 자신의 영혼을 더럽혔기 때문에 자기의 죄를 숨기거나 감추는 것이 아니고, 진실로 그 죄를 뉘우치는 마음에서 고해해야 한다. 이에 대해 아우구스티누스 성인은 "마음은 죄의 부끄러움으로 고통을 당한다."라고 말씀하셨다. 만약 그가 죄에 대한 큰 수치를 갖고 있다면 그는 하느님의 큰 자비를 얻을 가치가 있는 자이다. 이것이 바로 하늘에 계신 하느님을 거역했다고 하늘을 감히 올려다보지 못했던 한 세리의 고백이다, 이러한 부끄러움으로 인해 그는 하느님의 자비를 올곧게 받았다. 아우구스티누스 성인은 그러한 부끄러움을 지닌 자들은 용서와 죄 사함에 근접하였노라고 말씀하셨다. 또 다른 표시는 고해에서의 겸허한 자세이다. 이에 대해 베드로 성인은 말씀하신다. "하느님의 전능하심에 그대를 낮추시오." 고해에서 하느님의 손길은 막강하다. 그로 인해 하느님은 그대의 죄를 사하여 주시니, 그분만이 오로지 그러한 힘을 갖고 계신다. 이 겸허함은 마음속에 있어야 하고 겉으로도 드러나야 한다. 그가 진정 마음으로 하느님 앞에 겸허하다면 하느님 자리에 앉은 사제에게도 몸을 굽혀 외양으로 드러나는 겸허함을 표시해야 한다. 그리스도께서는 통치자이고 사제는 그리스도와 죄인 사이의 조정자이니, 죄인은 어떤 경우에도 고해승과 같은 높이에 앉을 수 없고, 꿇어앉거나 사제의 발밑에 내려앉기 바란다. 병이 있어 그러지 못하는 경우는 예외이다. 높은 자리에 앉은 사람이 누구인가는 문제가 되지 않고, 그가 누구의 대리인으로 그 자리에 있는가가 중요하다. 군주를 노하게 한 후 자비를 구하러 오거나 다시 평화를 되찾기 위해 바로 군주 옆에 앉으려는 자가 있다면 사람들은 그를 무례하다고 생각할 것이며, 또한 그 죄를 용서받기에는 아직 이르다고 판정할 것이다. 쓰라린 마음의 세 번째 표시는, 울면서 고해할 수 있다면 그 고해는 눈물로 이루어져야 한다는 것이다. 만약 그가 눈으로 울지 못한다면 마음으로 울어야 한다. 이것은 베드로 성인의 고백과 같은 것으로, 그는 예수 그리스도를 저버리고 밖으로 나가 쓰디쓴 비통함 속에서 울었다. 네 번째 표시는 아무리 수치스러운 일을 저질렀다 하더라도 수치스러움으로 인해 온전한 고해의 통로가 막혀서는 안 될 것이다. 막달라 마리아의 참회가 이러했는데, 그녀는 잔치에 모인 사람들에 대해 아무런 수치심도 품지 않고 우리 주 예수 그리스도께로 나아가 그분에게 자신의 죄를 숨김없이 고했다. 다섯번째 표시는 남자든 여자든 죄로 인해 자신에게 주어진 형벌을 달게 받겠다는 마음의 자세이다. 진실로 예수 그리스도께서는 인간의 죄를 위해 죽음으로 자신에게 주어진 형벌을 달게 받으셨다.

진정한 고해의 두 번째 조건은 신속히 행해져야 한다는 것이다. 인간이 치명적인 상처를 입게 된다면 치료가 늦어질수록 상처는 더욱 악화되고 결국에는 죽음을 재촉하게 될 것이다. 또한 그 상처는 치료하기가 더욱 어렵게 될 것이다. 죄지은 자가 오랫동안 고해하지 않고 죄를 숨겨 두는 것은 이와 같은 이치이다. 사람은 자신의 죄를 늦지 않게 고백해야 하는데 이는 여러 이유에서 그러하다. 우선 언제 어디서 어떻게 닥칠지 모를 예기치 않은 죽음을 생각해서 고해를 서둘러야 한다. 또한 고해하지 않고 하나의 죄를 오래 끌면 그 죄로 인해 그 사람은 다른 죄에 연루되게 된다. 더욱이 그가 늦장을 부릴수록 그는 그리스도로부터 더욱 멀어진다. 만일 최후의 날까지 살게 된다면 죽음으로 이끄는 그 저주스러운 죄의 고통 때문에 자신의 죄를 기억하고 형식적인 고해를 할지도 모른다. 그런 사람은 생전에 예수 그리스도의 말씀을 듣지 않았으므로, 마지막 날에 예수 그리스도를 불러도 그분은 들어주시지 않을 것이다. 온전한 고해를 위한 네 가지 요건을 알아야 한다. 고해는 미리 생각해서 사전에 준비해야 한다. 준비가 안 된 성급한 고해는 아무런 효력이 없기 때문이다, 사람은 자신의 모든 죄를 고해해야 하며, 그것이 오만이건 질투이건 무엇이건 간에 그 종류와 상황에 따라 해야 한다. 그러면 그는 자기 죄의 횟수와 중함을 알게 될 것이다. 그리고 얼마나 오래 그 죄에 빠져 있었는지 잘 살펴야 한다. 또한 일단 죄를 뉘우치면 변함없는 하느님의 은총을 입기 때문에 두 번 다시 죄를 짓지 않겠다는 굳건한 마음가짐을 지녀야 한다. 자신을 경계하고 조심해서 자기가 지을 가능성이 있다고 판단되는 죄에서 멀리 떨어져 죄지을 기회를 없애야 한다. 당신은 지은 죄 모두를 한 사람에게만 고백해야 하는데, 일부는 이 사람에게 일부는 다른 이에게 해서는 안 된다. 수치심이나 공포로 고해를 나누어서는 안 된다는 것을 잘 알아야 한다. 그렇게 하는 것은 영혼의 목을 조르는 것이기 때문이다. 예수 그리스도께서는 온전히 선하신 분이다, 그분께는 불완전함이란 있을 수 없다. 그러므로 그분은 모든 것을 완전하게 용서하시거나 아무것도 용서하지 않으신다. 물론 어떤 죄를 고해해야 할 때, 자신을 낮춤으로써 그렇게 하는 것이 괜찮다면 모르지만, 그전에 사제에게 고해한 다른 죄까지 고해해야 할 필요는 없다. 그렇게 나누어서 하는 고해가 그러한 분담의 당위성을 말하는 것이 아니기 때문이다. 나누어서 하는 고해에 대해 말할 것 같으면, 고해를 주관하는 신부가 허락했고, 또한 당신이 원하기도 하는 어떤 신중하고 정직한 사제에게 당신이 고해했을 때, 그러한 고해가 잘 이루어지지 않았다고 말하는 것이 아니다. 중요한 것은 죄의 오점을 남기지 말고 당신의 기억 속에 있는 모든 죄를 다 들추어 내야 한다는 것이다. 다른 신부를 통한 고해 이후 저지른 모든 죄는 주관 신부에게 말해야 한다. 이것은 다른 신부를 통해 고해가 이루어졌더라도, 여기에는 어떤 불순한 의도가 개입되지 않았음을 말해 주기 때문이다. 또한 진실한 고해를 위해서는 다른 조건들이 충족되어야 한다. 우선 자신의 자유 의지로 고해해야 한다. 강제나 부끄러움에 의해서, 혹은 병이나 어떤 다른 이유로 해서는 안 된다. 자기 뜻에 따라 죄를 지었으면 자신이 스스로 결정하고 고해하는 것이 합당하기 때문이다. 자기의 죄는 다른 사람이 아닌 자신만이 말해야 하는데, 자신의 죄를 부인하거나 숨겨서도 안 되며 죄를 벗으라고 훈계하는 사제에게 화를 내서는 안 되기 때문이다.

또 다른 조건은 고해는 합당해야 한다는 것이다. 즉 죄를 고해하는 당신과 당신의 고백을 듣는 사제는 신성 교회에 대한 절대적 믿음 안에 있어야 한다. 그래야만 사람은 카인과 유다와 같이 예수 그리스도의 자비에 대한 희망을 박탈당하지 않는다. 또한 사람은 자기 죄만을 고백해야 하고 남의 죄를 고백해서는 안 된다. 자신이 비난받아 마땅하다고 시인하고 지은 죄를 비난해야 한다. 자신이 지은 죄의 사악함을 나무라고 꾸짖어야 하지만 남의 죄에 대해 그리해서는 안 된다. 그럼에도 다른 이가 죄를 짓도록 선동하였거나 연루시켰거나 또는 그자로 인해 자신의 죄가 필요 이상으로 더욱 무겁게 될 경우 그자의 나쁜 행위에 대해 말할 수 있다. 또한 같이 죄를 지은 공범에 대해 말하지 않으면 완전한 고해가 이루어질 수 없다고 판단될 때 그 사람의 연루 행위를 말할 수 있다. 이때에는 그에 대한 험담이 목적이 아니고 자신의 죄를 온전히 고해하려는 의도가 먼저 고려되었기 때문이다. 또한 고해 성사 중에 거짓을 말해서는 안 된다. 혹여 지나치게 자신을 낮추기 위해 절대 범하지 않은 죄를 범했다고 거짓 고해하는 경우가 있다. 아우구스티누스 성인은 말씀하신다. "지은 죄가 없음에도 자신을 낮추기 위해 거짓을 말한다면, 그대는 그 거짓으로 인해 죄를 범하는 것이니라." 또한 고해는 벙어리인 경우 또는 글로 작성된 문서일 경우를 제외하고는 반드시 자기 입으로 죄를 고해야 한다. 스스로 그 죄를 범했고 그로부터 부끄러움을 느껴야 하기 때문이다. 또한 자신의 죄를 더 감추기 위해서, 미사여구나 교묘한 말로 고해를 미화시켜서도 안 된다. 그러면 사제가 아니라 자기를 속이는 짓이기 때문이다. 솔직하게 있는 그대로 말하라, 그것이 아무리 추악하고 끔찍하더라도 말이다. 당신을 꾸짖고 훈계하는 데 분별력을 갖춘 신중한 사제에게 고해해야 한다. 더욱이 허영이나 위선 때문에 해서는 안되고, 오직 예수 그리스도에 대한 두려움과 본인 영혼의 안전을 위한 목적 외 다른 이유로 고해해서는 안 된다. 죄를 고할 때 농담이나 시시껄렁한 이야기를 하듯이 가볍게 해서는 안된다. 고해를 위해 갑자기 사제에게 뛰어가서도 안 되며, 심사숙고하면서 사려 깊은 자세로 고해해야 한다. 일반적으로 말하자면, 자주 고해하라. 자주 죄를 지어 넘어진다면 고해로 일어날 수 있다. 이미 고해하여 죄 사함을 받은 죄에 대해서도 다시 고해하면 더 좋아질 것이다. 아우구스티누스 성인이 말씀하신 대로, 여러분은 그로 인해 죄에 있어서나 형벌에 있어서나 하느님의 자비로부터 안식을 얻을 것이다. 최소한 일 년에 한 번은 성체성사를 받아야 하는데, 진실로 말하건대, 일년에 한 번은 모든 것이 새로워지기 때문이다.

이제까지 나는 진정한 고해에 대해 말했으며, 이는 참회 2부에 해당한다. 참회 3부는 속죄이며 그것은 주로 자선을 베푸는 것과 육체적 고행을 통해 이루어진다. 자선을 베푸는 것에는 세 가지 종류가 있다. 하느님께 자신을 내어 드리는 마음의 통회가 있고, 다른 것은 자기 이웃의 연약함에 동정을 갖는 것이다. 세 번째는 필요로 하는 사람에게 정신적 혹은 물질적 조언을 해 주는 것으로 특히 먹을 것을 베푸는 것이다. 사람들이 이러한 것들을 필요로 함을 알아 두라. 일반적으로 필요한 음식을 제공하거나, 의복과 안식처를 제공하거나, 자애로운 상담을 해 주거나, 감옥을 방문하거나, 병문안을 하거나, 죽은 자를 위해 무덤을 찾아가는 것이다. 만일 감옥에 있는 자를 방문할 수 없다면 서신을 띄우거나 선물을 보내라. 이것들이 일반적인 자선 베풀기 혹은 자비의 일이며, 현세의 부를 가지거나 남을 위해 상담해 줄 만한 분별력을 지닌 사람들이 하는 일이다. 당신은 마지막 심판의 날에 이 일들에 관해 듣게 될 것이다. 이러한 자선 베풀기는 자기 재산으로 하고, 가능하면 지체하지 말고 은밀히 해야 한다. 은밀히 할 수 없다면 설사 남들이 본다고 해도 그러한 선행을 금해서는 안 된다. 그것들은 세상의 찬사를 받기 위한 것이 아니고 예수 그리스도를 기쁘게 해 드리기 위함이기 때문이다. 마태오 성인은 복음서 5장에서 이렇게 말씀하신다. "산 위에 있는 마을이 숨겨지지 못할 것이요, 등불을 켜서 말 아래 두지 아니하고 등경 위에 두나니 이러므로 집안 모든 사람에게 비추느니라. 이같이 너희 빛을 사람 앞에 비추게 하여 너희의 착한 행실을 보고 하늘에 계신 너희 아버지께 영광을 돌리게 하라."

이제 육체적 고행에 관해 이야기하겠다. 이것은 기도와 철야근행, 단식과 기도의 덕스러운 가르침으로 이루어져 있다. 기도나 간구는 그리스도께 고하는 애절한 마음의 염원을 의미한다. 기도는 밖으로 행해지는 말로 표현되는데 악을 제거해 줄 것과, 영적이고 지속적인 것, 또한 때로는 현세적인 것을 구하고자 하는 간청이다. 그러한 기도문 중 특히 주기도문에 예수 그리스도께서 제일 많은 것들을 넣어 주셨다. 주기도문은 그리스도께서 친히 몸소 만드셨고 그리스도의 위엄에 속하는 세 가지를 품고 있으므로 다른 기도문보다 훨씬 귀하게 여겨진다. 주기도문은 짧아서 쉽게 배울 수 있고, 마음속에 쉽게 저장된다. 이 기도문을 반복하여 외우면 스스로 큰 힘을 얻을 수 있다. 이 기도문을 읊조리는 데 지치지도 않을뿐더러 내용이 매우 짧고 쉬워 그것을 외울 수 없다는 것은 핑계에 지나지 않다. 이것은 모든 좋은 기도문의 내용을 그 속에 다 지니고 있다. 나는 이 성스러운 기도문의 해석에 대하여, 다만 이 한마디 말을 제외하고 신학자들에게 위임한다. 여러분이 여러분에게 죄지은 자를 사하여 주는 것과 같이 하느님께서 여러분의 죄를 사하여 주시기를 기도할 때, 주의해야 할 점은 마음속에 자비를 지녀야 한다는 것이다. 이 거룩한 기도문은 가벼운 죄를 가볍게 해 주기에 참회에 특히 소중한 기도문이다. 이 기도문은 진실로 믿음을 다해 읊어야 하며, 하느님께 올리는 기도는 진실하고 온전한 믿음에서 이루어져야 하며, 동시에 신중하고 신실하고 경건하게 올려져야 한다. 그리고 항상 자기 의사를 하느님의 뜻에 복종시켜야 한다. 이 기도문은 또한 매우 겸허히 순수하게 바쳐져야 하고, 온당하게 행해져야 하며, 어느 남자나 여자에게 괴로움을 주어선 안 된다. 이는 또한 자비로운 일이 그 뒤를 따라야 한다. 이것은 또 영혼의 사악함을 치유하는 데에도 효과가 있는데, 이에 대해 히에로니무스 성인은 "단식으로 육체의 죄악이 구제되고, 기도로는 영혼의 죄악이 구제됩니다."라고 말씀하신다. 기도 다음에 육체적 고행으로 잠을 자지 않는 철야가 있다. 예수 그리스도께서는 "사악한 유혹에 빠져들지 않도록 자지 말고 기도하라."라고 말씀하신다. 철야에는 세 가지가 있다. 먹고 마시는 것을 피하는 것, 세속적 쾌락을 금하는 것, 치명적인 죄악을 범하지 않는 것으로, 즉 자신의 온 힘을 다해 중죄를 멀리하는 것이다.

이제 여러분이 알아야 하는 것으로, 하느님께서 단식을 명하셨다는 것이다. 단식에도 네 가지가 있으니, 가난한 자들에게 베풀기, 단식으로 인해 화를 내거나 괴로워하거나 불평하는 일이 없이 마음의 기쁨을 유지하기, 음식을 먹을 적절한 시간을 준수하기, 즉 정해진 시간이 아닌 경우에는 음식을 금하는 것이다. 또한 단식했다고 해서 식탁에 앉아 오랫동안 음식을 먹어서도 안 된다. 육체적 고행에는 말이나 글 또는 본보기를 통해 이루어지는 훈육이나 가르침이 있다. 그리스도와 다른 여러 가지에 대한 속죄를 위해서 털이나 거친 양모로 만든 셔츠 또는 쇠사슬 셔츠를 알몸에 걸치는 것이다. 그러나 이러한 육체적인 고행으로 인해 마음이 쓰리거나 화를 내거나 자신에게 짜증을 내지 않도록 주의하라. 예수 그리스도의 감미로운 사랑을 버리는 것보다 자기 머리털 셔츠를 버리는 편이 더 낫기 때문이다. 바울 성인은 "하느님의 선택 받은 자들답게 의복을 갖추시오, 자비와 온유함과 인내와 같은 그러한 옷 말입니다."라고 하신다. 이러한 의복은 예수 그리스도께서 머리털 옷이나 쇠사슬 옷보다 더 마음에 들어 하시는 것이다. 그 다음 훈련은 자기 가슴을 치고, 막대기로 때리고, 꿇어앉는 등의 시련을 겪는 것이다. 이어 정신적 훈련이 있는데, 자신에게 닥친 불행한 일들을 끈기 있게 참아내는 것이며 또한 병으로 인한 고통을 이겨 내며, 세상 재물의 손실이나 아내, 자식, 혹은 친구의 죽음으로 인한 슬픔을 끈기 있게 이겨 내는 것이다.

이어 참회에 방해가 되는 네 가지를 알아야 한다. 여기에는 공포와 수치, 희망과 절망이 있다. 우선 공포에 대해 말하자면, 사람이 고행을 견뎌 낼 수 없다고 생각하기 때문에, 이러한 생각에 반하는 치유책으로 그는 육체적 고통을 생각하게된다. 즉 매우 잔인하고 영원토록 지속될 지옥의 고통에 비하면 육체적 고통은 짧고 가볍다고 생각한다. 다음은 고해하기를 부끄러워하는 마음인데, 특히 이러한 위선자들은 남들이 자신을 두고 너무나 완벽해서 아무것도 고해할 것이 없는 사람처럼 생각해 주기를 바란다. 나쁜 짓을 했을 때에도 부끄럽다고 생각하지 않았으니 고해와 같은 선한 일을 행하는 것에는 당연히 부끄러움을 느끼지 않아야 할 것이다. 하느님께서는 인간의 모든 생각과 행동을 보고 알고 계신다. 하느님께는 어떤 것도 숨길 수 없고 감출 수도 없다. 이승에서 고해하고 참회하지 않은 사람들이 심판의 날에 닥칠 부끄러움을 명심해야 한다. 그때에는 하늘과 땅과 지옥의 모든 피조물 앞에 그들이 이 세상에서 감춘 것이 확연히 드러날 것이기 때문이다.

이제 고해하기를 미루고 게을리한 자들이 갖는 희망에 관해 이야기하겠다. 여기에는 두 종류가 있다. 첫째는 오래 살 것을 바라고, 쾌락을 위해 많은 재물을 얻기를 원하고 나서야 고해하려는 것이다. 그런 사람은 그때 가서 고해해도 늦지 않는다고 말한다. 둘째는 그리스도의 자비를 얻을 것이라는 지나친 자신감이다. 그가 생각하는 이 첫 죄악과는 반대로, 우리의 삶은 결코 안정된 것이 아니며, 이 세상의 모든 재물 역시 매우 위태로워 마치 벽에 비친 그림자와 같이 지나쳐 버린다. 그레고리우스 성인께서 말씀하시는 것처럼, 죄로부터 멀리할 줄 모르고 항상 죄를 계속 범하는 자들에게 결코 고통이 멈추지 않는 것은 하느님의 위대하신 공의의 섭리가 부분적으로 행해지기 때문이다. 죄에 대한 끝없는 의지는 영원한 고통을 얻게 한다.

절망에는 두 종류가 있다. 첫째는 그리스도의 자비를 바랄 수 없다는 절망이요, 다른 하나는 오래도록 착한 일을 할 수는 없을 것이라는 죄인들의 생각이다. 첫 번째 절망은 너무 큰 죄를 빈번히 지었다는 생각에서, 죄에 오래 빠져 있어 구원받지 못할 것이라고 여기는 데서 비롯된다. 그러나 이 저주받은 절망에 대해서는, 예수 그리스도의 수난이 죄가 지니는 구속의 힘보다 강하다는 것을 알아야 한다. 두 번째 절망에 대해서는, 아무리 죄를 자주 지어도 참회하면 다시 일어설 수 있음을 생각하라. 사람이 아무리 오랫동안 죄에 빠져 있을지라도 그리스도의 자비는 항상 그를 받아들여 주실 준비가 되어 있다. 자기가 오래도록 착한 일을 하지는 못할 것이라는 절망에 대해서는 다음을 생각하라. 악마는 연약하기 때문에 인간이 허락하지 않으면 자신의 힘으로는 아무것도 할 수 없다. 더욱이 인간은 자신이 원하기만 하면 악마와 싸울 때 하느님과 모든 신성 교회 그리고 천사의 보호와 도움의 손길을 받을 수 있다. 그러면 인간은 참회의 열매가 무엇인지 이해하게 된다. 예수 그리스도의 말씀에 따르면, 이는 천국의 끝없는 축복이요, 여기에서는 기쁨의 반대인 슬픔이나 비통함이 없으며, 현세의 모든 악한 것들이 사라지고, 지옥의 고통으로부터 안전하고, 서로의 기쁨을 영원토록 즐거워할 축복받은 성도들이 있으며, 이전에는 추하고 어두웠던 인간의 육신이 태양보다 더 밝아지고, 병약하고 죽을 수밖에 없는 육신이 불멸의 상태로 변해 그 어떤 것도 강하고 온전한 몸을 해칠 수 없으며, 그곳에는 배고픔과 목마름과 추위가 없으며, 모든 영혼은 하느님의 완전한 지식을 이해할 수 있는 능력으로 가득 차게 된다. 이 축복의 왕국은 영혼의 빈곤함을 통해, 겸손함으로 인한 영광을 통해, 배고픔과 갈증으로 인한 기쁨의 충만을 통해, 수고함의 휴식을 통해, 죽음과 속죄와 고행을 통해 얻게 되는 새 생명을 통해 얻게 될 것이다.

여기에서 교구신부의 이야기는 끝난다.

초서의 철회⁷¹⁾

이 누추한 나의 글을 읽거나 듣는 모든 이에게 바라노니, 만약 그 안에 마음을 기쁘게 하는 것이 들어 있다면 모든 지혜와 선의 근원이신 우리 주 예수 그리스도께 감사드리기 바란다. 만약 마음에 들지 않는 것이 있다면 그러한 부족은 나의 의도가 아닌 나의 무능의 소치로 돌려주기 바란다. 능력만 갖추었다면 기꺼이 더 잘 이야기할 수 있었기 때문이다. 성경에도 쓰여 있듯이 '쓰인 모든 것은 우리의 교훈을 위해 쓰인

---

71) 서양 문학사에서 부도덕한 내용의 작품을 철회하는 예가 가끔 발견된다. 중세 시대 대표적인 예는 초서와 동시대에 활동한 이탈리아 작가 보카치오(Giovanni Boccaccio, 1313-1375)를 들 수 있다. 그는 경건하지 못한 자신의 작품에 죄성을 느끼고 후반부에는 학술적인 논고 형식의 글에 매진한다.

것'이며, 이 또한 나의 의도였다. 그러므로 여러분에게 공손히 간청하오니, 하느님의 자비를 위해, 예수 그리스도께서 나에게 자비를 베푸시고 나의 죄를 용서해 주시기를 기도해 주시기 바란다. 특히 속세의 허영을 다룬 번역물과 나의 작품들을 철회하는 바이다. 여기에는 『트로일러스와 크리세이드』, 『명예의 전당』, 『착한 여인전 』, 『공작 부인의 서』, 『새들의 의회』와 죄악으로 기울어지는 『캔터베리 이야기』 중의 몇몇 이야기들, 『사자의 이야기』, 그리고 내가 일일이 다 기억할 수 없는 다른 많은 이야기들과 노래, 또한 다수의 음탕한 시들이 포함된다. 예수 그리스도께서 그분의 크신 자비로 나의 죄를 용서해 주시기 바란다.

하지만 보에티우스의 『철학의 위로』와 같은 번역물, '성자 열전'과 같은 이야기들, 경건한 신앙적인 글과 도덕적인 이야기들에 대해서는 우리의 주 예수 그리스도와 그분의 복되신 어머님과 천국의 모든 성자들께 감사드리며, 그분들이 나에게 은총을 베푸셔서 내가 목숨을 다할 때까지 나의 죄를 슬퍼하며, 나의 구원을 위해 정진할 수 있도록 나에게 은총을 내려 주실 것을 간청한다. 아울러 왕 중의 왕이시고, 사제 중의 사제이시며, 자신의 심장의 소중한 피로서 우리를 구하여 주신 그분의 자애로운 은혜 안에서 진정한 회개와 고해의 자비를 베풀어 주실 것을 간청한다. 그리하여 마지막 심판의 날에 내가 구원받을 사람 중의 하나가 되기를 기원한다.

성부와 성신 그리고 하느님과 함께 계시고 세세토록 세상을 다스리시는 예수 그리스도께.

아멘.

　여기서 제프리 초서가 엮은 『캔터베리 이야기』는 끝을 맺
는다.

스물네 명의 순례자가 들려주는 이야기

화려하게 꽃피우던 궁정 문화

초서의 궁정 생활은 에드워드 3세(1327-1377)로부터 리처드 2세(1377-1399)로 이어진다. 당시 영국 왕실은 유럽에서도 가장 위엄이 있었으며, 궁정의 문화나 예술과 예법 등 모든 면에서 중세의 가장 화려한 궁정 문화의 전형을 이루었다. 또한 많은 외국인 사신과 귀족들의 사교 장소로서 수준 높은 대화는 물론 활발한 지적 교류 장소이기도 했다. 이러한 궁정과 일찍이 인연을 맺은 초서는 체계적인 교육 외에도 실생활에서 접하는 상류 사회의 우아하고 기품 있는 전통 속에서 나름 집필 활동을 위해 준비하고 자료들을 꾸준히 모았을 것이다. 그러나 초서는 그것을 자신의 문학에 직접 담아내지는 않았다. 그는 오랜 궁정 생활로 인해 프랑스어에 유창했고, 당시 프랑스어로 작품을 쓰는 게 유행이었지만, 그렇게 하지 않았다. 또한 자신이 활동하고 속해 있던 화려한 궁정이나 상류 사회를 작품의 소재나 주제로 설정하지 않았다. 오히려 평민들의 생활과 다양한 인간상에 대한 통찰력이나 균형 감각을 잃지 않으려고 애썼다. 그 때문에 그의 문학이 시대를 초월하여 독자들에게 항상 친밀감 있게 다가설 수 있는 것이다.

전염병과 전쟁의 시대

초서가 살던 시기는 궁정의 호사스러움과 대비되는 격변과 고난의 시기였다. 이때는 중세의 무서운 흑사병이 창궐한 시기였으니, 1348년과 1369년에 이어 1380년의 흑사병은 영국민의 3분의 1을 죽음으로 몰고 갈 정도였다. 전 국토를 휩쓴 흑사병으로 물가는 급격히 인상되고 하층민의 생활고가 날로 심해져 농민 반란이 곳곳에서 일어났다. 1381년의 반란은 그 기세가 등등하여 정부 전복의 위기까지 몰고 갔으며, 이때 초서의 후원자인 존 오브 곤트 경의 성이 약탈과 방화를 당하기도 했다. 또한 대외적으로 프랑스와 백년전쟁을 벌여 언제 프랑스가 쳐들어올지 모르는 불안 속에서 지내던 때였다. 외국과의 전쟁은 엄청난 국고의 손실을 불러왔으니 불안 요소는 대내외적으로 가중되고 있었다. 그런데 초서는 이러한 대내외적 격변의 현실을 자기 작품 속에서 직접적으로 비중 있게 언급하고 있지 않다. 그는 오히려 문학이라는 매체를 통해 당시 사람들에게 현실 도피의 장을 마련해 주고 싶었는지 모른다.

초서의 많은 이야기는 인간의 위선을 풍자함으로써 웃음을 자아낸다. 암울한 현실 속에서 웃음과 낭만을 선사했던 그의 문학은 민중에게 상당한 호응을 얻었을 것이다.

　이 외에도 작품에서 직접적으로 언급되어 있지는 않지만, 『캔터베리 이야기』가 쓰인 당시 정치적, 사회적 상황은 혼란 그 자체라 해도 지나침이 없을 정도였다. 정치적인 혼란으로 인하여 초서는 자신의 가까운 친구들을 잃었을 뿐만 아니라, 리처드 2세의 하야로까지 연결된다. 이러한 정치적 혼란에 더하여 영국과 프랑스 사이의 오랜 대립은 당시 사회를 한층 복잡하고 혼란스럽게 만들었다. 사회적인 측면에서 볼 때, 중세 사회를 지탱해 온 봉건주의 체제에서는 신분의 변화에 대한 경직성을 고수하지만, 경제 발전과 함께 등장한 중간 계층이 신분 변화를 열망하면서 서로 충돌하던 때였다. 종교적 측면 또한 예외는 아니었다. 기존의 종교와 믿음에 대한 내부 반발이 심각하게 일어났던 시기였으며, 두 명의 교황이 대립하는 유럽 전역에 걸친 '대분열'의 시기였다. 이러한 전체적인 분위기는 초서가 과거 자신이 즐겨 사용하던 꿈을 통한 이야기 전개 형식이나 궁정풍 서사에서 관심을 돌려 『캔터베리 이야기』를 집필하는 계기가 되었는지 모른다.

종교

　이 시기의 가장 큰 특징은 사회 전반에 걸쳐 종교적 영향이 지대했다는 점이다. 모든 이들이 죽음과 함께 생이 끝나는 것이 아니고, 하느님의 피할 수 없는 심판에 따라 선한 자는 하늘 나라로 가고 악한 자는 지옥에 떨어진다는 믿음에 굳게 사로잡혀 있던 시기였다. 즉 모든 이들이 사후 영혼의 상태에 대해 걱정하고 있었다. 이러한 사회적 분위기를 반영하듯 종교성 짙은 경건한 이야기들이 ─ 선한 생활로 인도하고 천국에 대한 희망을 가져다주는 ─ 중세인들 사이에 널리 유행하게 되었다.

인간의 영혼을 관장하는 교회의 기능은 매우 커서 중세인들의 거의 모든 생활 영역에 지대한 영향을 끼쳤다. 출생과 결혼, 사망에 대한 제반 절차는 물론 일상생활이나 절기 및 교육에까지 교회 및 성직자의 역할은 민중과 매우 밀접하게 연관되어 있었다. 이렇게 교회의 역할이 비대하다 보니 타락한 수도사, 탁발승, 면죄부 판매자 등이 생겼고, 이들이 교회 직분을 남용하여 무지한 민중을 현혹하는 일도 빈번히 일어났다. 초서 역시 그의 작품 속에서 이들에 대한 신랄한 비판을 서슴지 않고 있으나, 이는 기독교 전체를 겨냥한 것이 아니라 부패한 일부 성직자에 대한 비판이다. 일부 성직자들이 정도를 벗어나 비판의 대상이 되기는 했으나, 성직자들은 여전히 평범한 인간들의 영적 각성자로서 교회 행사와 예배, 설교 등을 통해 사람들의 삶에 지대한 영향을 끼쳤다. 중세인들의 영혼에 관한 관심은 성지 순례로 이어졌고, 이것이 때로는 세속적 유행처럼 번지기도 했다. 『캔터베리 이야기』에 등장하는 바스 부인에게 성지 순례는 외형적 믿음의 표시이자 과시욕에

작품 해설

서 연유한 여행이었다. 면죄부 판매자는 이런 일반 대중의 관심을 이용했다. 베갯잇을 성모마리아의 베일이라고 우겨 대거나, 한 조각의 돛을 베드로가 썼던 것이라고 하고, 유리 상자에 든 돼지 뼈다귀를 성자의 유골이라고 속이면서 민중을 우롱하여 돈을 착취하기도 했다.

흔히 종교 개혁 이전의 중세에서는 신학적 논의가 극히 제한적이었다고 알고 있으나, 중세 작품인 『캔터베리 이야기』나 초서와 동시대인인 윌리엄 랭글런드의 작품을 보면, 교리에 관한 논의들이 민중 사이에서도 어느 정도 있었음을 알 수 있다. 특히 성부·성자·성령의 삼위일체설에 관해서는 초서와 랭글런드 모두 작품을 통해 다루고 있어, 이에 대한 논의가 당시 보편화되었음을 알 수 있다. 삼위일체설은 평민들이 가장 이해하기 어려운 부분이었을 것으로 추정된다. 『캔터베리 이야기』의 「두 번째 수녀의 이야기」에 나오는 체칠리아 성녀는 이에 대해 다음과 같이 풀이한다.

"사람에게는 세 가지 능력이 있습니다. 즉 기억력, 상상력, 추리력이지요. 이처럼 한 분의 신 속에 세 사람이 결합하여 있다는 것은 전혀 놀라운 일이 아닙니다."

캔터베리 이야기

초서의 가장 대표적인 작품인 『캔터베리 이야기』는 그의 생애 마지막 십여 년 동안 쓰인 것으로 추정된다. 아마도 1380년 후반부터 이 작품을 쓰기 시작한 것으로 여겨지나, 1400년, 죽는 해까지 계속해서 이 작품을 썼는지는 알 수 없다. 단지 이 기간의 모든 날짜 기록들은 추측으로만 가능하다. 『캔터베리 이야기』에 나오는 모든 작품이 이 시기에 다 쓰인 것은 아니다. 예를 들면 「기사의 이야기」나 「두 번째 수녀의 이야기」는 이 시기에 앞서 쓰인 작품들이다. 이 외에도 『캔터베리 이야기』 안에는 초서가 작품 전체를 구상하기 전에 이미 쓴 작품들이 있을 뿐만 아니라, 집필하던 당시만 하더라도 오늘날 독자들이 접하는 작품의 배열 순서 혹은 작품의 화자에 대해 구체적으로 생각하지는 않았으리라 여겨진다. 작품의 구체적인 모티브로 사용되는 성지 순례가 언제 이루어졌는지를 비롯하여 어떤 정확한 날짜도 작품 안에서 직접적으로 거론되고 있지 않다. 다만 1387년은 『캔터베리 이야기』에서 성지 순례를 떠나는 해로 오랫동안 여겨졌으며, 좀 더 구체적으로 어느 따뜻한 4월의 봄날로 작품의 시간적인 배경이 잡혀 있다. 또한 작품의 시대적 배경을 유추해 낼 수 있는 역사적, 정치적 사건이나 내용 등이 간혹 작품 안에 간접적으로 언급되기도 한다. 예를 들어 성 마리아 론시벌 병원과의 관련을 주장하는 면죄부 판매자들의 활동이나 '농민 봉기', 특히 당시 전통적인 종교 관례와 믿음에 대항하여 존 위클리프와 그의 추종자들이 주축이 되어 일으킨 영국 최초의 종교 쇄신 운동 등이 짧게나마 작품에서 언급되고 있다.

『캔터베리 이야기』는 「총서시」로 시작되며, 화자인 초서는 토머스 베킷 성인의 유골이 안장된 캔터베리 사원으로 성지 순례를 떠나기 위해 서더크의 타바드 여관에 도착한다. 그곳에서 그는 다양한 계층과 직업을 가진 성지 순례자들을 만난다. 그리고 여관 주인 헤리 베일리는 성지 순례를 가는 동안지루함을 달래기 위해 그곳에 모인 순례자들에게 이야기 배틀을 벌리자고 제안한다. 즉 여행을 가는 길에 각각의 순례자가 두 개의 이야기를 하고, 돌아오는 길에 두 개의 이야기를더 해, 그중 가장 재미있고 유용한 이야기를 한 순례자에게순례를 마치고 여관에 다시 돌아왔을 때 상으로 무료 식사와술을 대접한다는 내용이다.

여관에 모인 순례자는 전부 서른 명이기 때문에 여관 주인의 말대로라면 초서의 『캔터베리 이야기』에 수록된 작품 수는 120개가 되어야 한다. 그러나 실제 작품의 수는 스물네 개이며, 그 가운데 두 개의 작품은 미완성 상태의 조각으로 남아 있다. 또한 앞서 간단히 언급했듯이, 본격적으로 작품을 쓰기 시작하여 죽을 때까지 초서는 자기 작품 안의 많은 이야기를 오늘날 독자들이 볼 수 있는 일관된 순서로 정해 놓지 않았다. 그러나 작품이 당시 많은 독자에게 호응을 얻으면서 아마도 그의 친구들이 필요에 따라 이야기와 이야기를 자연스럽게 연결하여 각각의 스물네 개 이야기를 일관된 순서로 배열한 것으로 생각된다. 초서 작품의 이런 인기는 당시 쏟아져나온 여든 개가 넘는 사본과 각각의 사본이 보여 주는 작품의 다양한 배열에서 볼 수 있다. 그 가운데 오늘날 많이 사용되고 있는 사본은 두 가지로, 헹워트 사본과 엘즈미어 사본이다. 전자는 초서가 일정한 순서 없이 쓴 여러 이야기를 그대로써 내려간 것으로 후자보다 시간상으로 앞선다. 이에 반해, 엘즈미어 사본은 편집자의 노력이 엿보이는 것으로 전자보다 완전한 모습을 갖추고 있으며, 이야기들의 배열 순서 또한 일관된 모습을 보여 준다.

오늘날 많은 독자가 접하게 되는 초서의 『캔터베리 이야기』는 바로 후자를 따르고 있다. 엘즈미어 사본의 기본적인 구조는 한 명의 순례자가 차례가 되어 이야기하고, 뒤를 이어 다음 순례자가 이야기를 전개하는 방식으로 되어 있다. 이렇게 전개되어 여러 순례자의 다양한 이야기들을 성지 순례라는 허구적인 틀 안에 하나로 묶어 『캔터베리 이야기』라는 제목 아래 두고 있다. 이러한 '액자식 이야기' 방식은 후기 중세 시대의 보편적인 문학 기법 가운데 하나이다. 초서와 동시대에 살았던 작가 존 가우어 또한 『아만티스의 고백』이라는 작품에서 이러한 기법을 사용하고 있다. 이 외에도 많은 독자에게 잘 알려진 조반니 보카치오의 『데카메론』의 경우 '액자식 이야기' 구성을 보여 주는 대표적인 작품이라 할 수 있다. 당시 초서 또한 보카치오의 작품을 알고 있었으며, 보카치오의 몇몇 이야기의 플롯이 초서의 일부 이야기의 플롯과 매우 유사한 경우도 볼 수 있다. 그러나 초서가 보카치오의 작품에서 '액자식 이야기' 형식을 빌렸다거나 혹은 보카치오 작품을 모방한 것은 아니다. 오히려 초서의 작품은 보카치오나 가우어가 보여 주는 단순한 모습의 이야기 구성 형식을 넘어 보다 세련되고 기교적인 모습을 지니고 있다. 예컨대 가우어 작품의 경우, 한 명의 화자가 모든 이야기들을 하고 있는데, 이런 단조로운 형식은 보카치오의 작품에서도 예외는 아니다. 비록 세 명의 젊은 신사와 일곱 명의 숙녀가 등장하여 각자의 이야기를 전개하나, 이들 모두 같은 계층에 속하는 사회 엘리트들이며, 그들이 하는 이야기의 내용들 또한 매우 유사하여 단조로운 느낌을 준다.

이에 반해 『캔터베리 이야기』의 화자는 다양한 신분 계층의 다양한 직업을 가진 사람들로 이루어져 있으며, 이들이 하는 이야기 또한 그들의 신분 계층과 직업만큼이나 다양하다. 초서는 작품 표시 총서시에 기술된 각각의 화자의 인물, 복장, 그들이 좋아하는 음식, 그들의 언행을 통해 당시 후기 중세 사회의 모습을 보여 주고 있을 뿐만 아니라, 이들 각자의 화자가 어떤 종류의 이야기를 할 것인가를 독자에게 예측할 수 있게 배당하고 있다. 심지어 두 개의 이야기를 보더라도 초서가 문학적 장르, 스타일, 음조, 가치관의 대립 혹은 차이를 유지하려고 노력한 점이 엿보인다. 대표적인 예로 『캔터베리 이야기』의 첫 두 작품인 「기사의 이야기」와 「방앗간 주인의 이야기」를 들 수 있다. 두 화자는 사회 신분에서 매우 큰 차이가 있으며, 외모와 행동 또한 매우 상반되는 모습이다. 이러한 차이에 걸맞게 그들이 순례 도중 하는 이야기의 문학 장르 또한 다르다. 기사의 경우, 그의 신분과 분위기에 어울리는 고상한 내용의 이야기에 궁정 풍의 로맨스 스타일을 사용하고 있지만, 방앗간 주인은 상스러운 내용의 이야기에 파블리오라는 음담패설의 스타일을 사용하고 있다.

다양한 화자와 다양한 장르의 이야기들 이외에 초서는 앞서 언급한 가우어나 보카치오의 작품과는 달리 이야기와 이야기의 연결을 매우 부드럽고 자연스럽게 이어가고 있다. 가우어나 보카치오는 한 이야기가 끝나면 다음 이야기를 인위적으로 연결하지만, 초서는 두 이야기를 관련 화자 간의 싸움이나 논쟁 등의 다양한 고리를 통해 자연스럽게 연결한다. 고리를 통한 이러한 연결은 결국 하나의 화제를 중심으로 발전하여 몇 명의 화자들이 공통의 화제를 두고 자연스럽게 자신의 의견을 개진하는 토론장으로 변하기도 한다. 「바스의 여장부 이야기」에서 야기된 결혼 문제가 다음 화자인 옥스퍼드 대학생에게, 상인과 시골 유지로 이어진다. 이들은 나름대로 논리와 소신으로 결혼에 관해 서로 다른 견해를 밝힌다. 이처럼 생생하고 활기찬 화자와 화자 사이, 이야기와 이야기 사이의 상호 대립은 어떤 액자식 이야기에서도 볼 수 없는 『캔터베리 이야기』만의 특징이다. 초서 자신은 비록 『트로일러스와 크리세이드』의 작가로 기억되기를 바랐지만, 그의 가장 인기 있는 작품은 역시 그가 죽을 때까지 끝맺지 못했던 『캔터베리 이야기』이다. 비록 일부 이야기가 훼손된 상태이지만, 쉰여섯 개나 되는 현존하는 『캔터베리 이야기』의 필사본 이야기 전체 내용을 모두 담고 있었던 것으로 보인다. 스무 개 이상의 다른 필사본들은 몇몇 다른 부분들, 혹은 한두 가지 다른 이야기를 담고 있다.

초서가 세상을 떠났을 때 그가 『캔터베리 이야기』로 출판하기 위해 준비하던 다양한 이야기들은 그때까지 하나의 통일된 구조를 갖추지 못하고 있었다. 따라서 초서의 친구들은 필요한 경우 몇 개의 연결 고리를 첨가해 가면서 이 이야기들을 하나의 일관된 구조를 가진 판본으로 만들기 위해 최선을 다했다. 그 결과 나온 필사본의 이야기들은 일반적으로 '단편(Fragment)'으로 알려진 몇 개의 그룹으로 나누어진다. 전통적으로 각 이야기들의 순서와 그룹은 다음과 같이 정해진다.(괄호 안에 나온 것은 공통으로 받아들여지고 있는 각 이야기의 약자이다.)

Fragment 1(A):
「총서시」, 「기사의 이야기」(KnT),
「방앗간 주인의 이야기」(MilT),
「장원 청지기의 이야기」(RvT),
「요리사의 이야기」(CkT)

Fragment 2(B1):
「법률가의 이야기」(MLT)

Fragment 3(D):
「바스 여장부의 이야기」(WBT),
「탁발 수도사의 이야기」(FrT)
「소환리의 이야기」(SumT)

Fragment 4(E):
「옥스퍼드 대학생의 이야기」(ClT),

「상인의 이야기」(MerT)

Fragment 5(F):
「수습 기사의 이야기」(SqT),
「시골 유지의 이야기」(FranT)

Fragment 6(C):
「의사의 이야기」(PhyT),
「면죄부 판매자의 이야기」(PardT)

Fragment 7(B2):
「선장의 이야기」(ShipT),
「수녀원장의 이야기」(PrT),
「초서의 토파즈 경과 멜리비 이야기」
「수도사의 이야기」(MkT)
「신부의 이야기」(NPT)

Fragment 8(G):
「두 번째 수녀의 이야기」(SNT),
「성당 참사회 위원의 자작농 이야기」(CYT)

Fragment 9(H):
「식품 조달인의 이야기」(MancT)

Fragment 10(I):

「시골 사제의 이야기」(ParsT)

『캔터베리 이야기』의 각 필사본 사이에는 많은 차이점이 발견된다. 하지만 몇몇 필사본에서 단편 4와 5에 나오는 이야기들이 가끔 뿔뿔이 흩어져 있을 때도 있지만, 단편 1, 2, 6, 7과 9와 10은 거의 항상 이러한 순서로 발견된다. 『캔터베리 이야기』의 현대 판본은 헹워트 필사본과 엘즈미어 필사본 중 하나에 기초를 두고 만들어졌는데, 이 판본들은 한 사람이 필사한 것으로 여겨진다. 웨일스 지방 국립 도서관에 소장된 첫 번째 필사본은 모든 필사본 중 가장 오래된 것으로 초서의 정리되지 않은 원고에서 직접 필사한 것 같다. 하지만 현재 이 필사본의 「향사의 이야기」와 몇 장의 마지막 페이지들이 유실되고 없다. 캘리포니아에서 보존되고 있는 완성도가 좀 더 높은 두 번째 필사본은 각 순례자의 모습을 그들이 하는 이야기 옆에 삽화로 아름답게 그려서 보여 주고 있다.

초서는 『캔터베리 이야기』에서 다른 텍스트들뿐만 아니라 다양한 문학 형태와 다양한 종류의 이야기로 된 작품들을 보여 준다. 이 작품은 순례식 구조를 통하여 각각의 이야기들이 다른 이야기들과 관계를 이루게 함으로써 각 이야기들을 더욱 풍성하게 만들어 준다. 하지만 각 이야기 속에 등장하는 화자를 그 이야기를 하는 것으로 추정되는 순례자와 지나치게 동일시하는 것은 이 작품을 잘못 이해하는 것이다. 「총서시」가 나온 후 각각의 이야기들이 진행되는데, 다음에 나오는 것은 각 이야기들을 이 작품의 표준 판본이라고 말할 수 있는 리버사이드 초서판에서 발견된 순서에 맞추어 개략적으로 요약한 것이다.

Fragment 1

「기사의 이야기」는 고대 아테네를 배경으로 하는 로맨스로 보카치오의 『테세이다』를 축소해 놓은 것으로 볼 수 있다. 사촌 간인 팔라몬과 아르시트가 아름다운 에밀리를 사이에 두고 벌이는 싸움을 그리고 있다. 이야기의 절정은 승자가 에밀리를 차지하게 되는 마상 시합이며, 마르스 신과 비너스 여신은 각각 이 두 사람 모두에게 승리를 약속한다. 마르스 신을 섬기는 아르시트가 시합에서 승리하지만 격분하여 놀란 말에서 떨어진 후 그 상처로 죽게 되고, 결국 비너스를 섬기는 팔라몬이 에밀리와 결혼하게 된다. 「기사의 이야기」에서 초서는 운명 결정론과 인간의 의지를 주제로 다루고 있는데, 이는 「트로일러스와 크리세이드」에서 같은 목적을 위해 인용되는 보에티우스의 『철학의 위안』을 연상시킨다.

「방앗간 주인의 이야기」는 목수 존의 하숙생 옥스퍼드 대학생 니콜라스와 그의 아내 앨리슨과의 불륜에 대한 다소 상스럽고 웃기는 이야기로 문학적 장르는 파블리오에 해당한다. 시골 교회에서 일하는 압살론 역시 앨리슨에게 사랑을 고백하지만 속아서 그녀의 입 대신 궁둥이에 키스한다. 존은 노아의 홍수가 곧 다시 밀어닥칠 거라는 니콜라스의 거짓말을 철석같이 믿고는 홍수가 났을 때 안전하게 떠다닐 수 있도록 지봉 꼭대기에 통 하나를 매달고 그 안에서 잠을 청한다. 그사이 앨리슨과 니콜라스는 존의 침대에서 사랑을 나눈다. 이야기의 절정은 압살론이 내민 뜨거운 보습 날에 엉덩이를 덴 니콜라스가 팔짝팔짝 뛰며 물을 청하는 소리에 홍수가 난 줄 안 존이 통을 매달고 있던 줄을 끊는 바람에 바닥에 떨어져서 팔이 부러지는 장면이다. 이 부분은 전체 영문학 작품을 통틀어 가장 섬세하면서도 웃음을 자아내는 장면 중 하나임이 틀림없다. 마지막까지 아무런 해도 입지 않는 사람은 아이러니하게도 오직 앨리슨뿐이며, 화자는 독자들에게 어떠한 도덕적 교훈을 제시하려고 하지 않는다.

「장원 청지기의 이야기」는 방앗간 주인의 이야기에 몹시 화가 나 과거 직업이 목수이자 지금은 청지기인 사람이 오쟁이 지는 방앗간 주인에 관하여 말해 주는 우화이다. 두 명의 케임브리지 대학생은 정직하지 못한 방앗간 주인을 벌주기 위해 그의 아내와 딸이 자는 사이에 그들을 겁탈한다. 나중에 방앗간 주인이 이 사실을 알게 되지만, 어둠 속에서 반짝이는 그의 대머리 때문에 자기 아내에게 머리를 얻어맞고 기절한다는 이야기이다.

「요리사의 이야기」는 단지 짧은 미완성 부분으로만 전해진다.

Fragment 2

「법률가의 이야기」는 로마 황제의 딸이자 기독교인인 콘스탄스가 시리아와 영국을 거쳐 많은 모험을 한 후 마침내 로마로 돌아오게 되는 과정을 그린 종교적 로맨스이다.

Fragment 3

「바스 여장부의 이야기」 서시에서 바스 여장부는 자신이 다섯 번 결혼했다는 사실을 밝히면서, 자신이 인용하는 책들에서 발견되는 반페미니즘적인 태도들을 공격한다. 하지만 아이러니하게도 그녀 자신이 인용하는 문헌들에서 제시하는 반페미니즘적인 진실의 간접적인 증거가 된다. 「바스 여장부의 이야기」는 브르타뉴 지방에서 전해 내려오는 서정시이다. 무고한 한 소녀를 겁탈한 기사가 자신의 행위에 대한 대가로 여성들이 이 세상에서 가장 원하는 것이 무엇인가를 알아내야 하는 벌을 받게 되고, 결국은 어느 늙고 추한 노파로부터 결혼을 조건으로 그 해답을 듣게 된다는 이야기이다. 노파는 기사에게 "모든 여자가 원하는 것은 자기 남편을 지배하는 것"이라고 말한다. 원래 이 노파는 추한 여자로 등장하지만, 그녀로부터 진정한 고귀함에 대하여 긴 설교를 들은 기사가 그녀에게 자신을 지배할 권리를 주자 갑자기 눈부시게 아름다운 여성으로 변한다. 이 이야기는 서시에서 언급되는 바스 여장부의 생각과 일치한다. 어떤 의미에서는 더 이상 젊지 않은 여성들의 '소망 성취'를 담고 있다고 말할 수도 있다.(이야기를 담고 있는 가우어 판본을 참조하라.)

「탁발 수도사의 이야기」는 한 늙은 부인으로부터 심한 저주를 받은 소환리가 죽은 후 지옥에 간 내용을 담고 있는 우스운 이야기이다.

「소환리의 이야기」는 소환리가 탁발 수도사가 한 이야기에 대한 보복으로 한 이야기이다. 자기 동료들과 방귀 냄새를 똑같이 나누어 가지는 방법을 찾으려고 애쓰는 한 탁발승에 관한 저속한 농담조 이야기이다.

Fragment 4

「옥스퍼드 대학생의 이야기」는 유명하면서도 한편으로는 가슴 아픈 이야기로, 페트라르카가 보카치오의 『데카메론』에 나오는 이야기를 라틴어로 번역한 것에 대한 프랑스어 판본을 초서가 다시 개작한 것이다. 그리젤다라는 여자가 자기 남편 월터에 의해 혹독한 고통과 멸시를 받으면서도 불평 한마디 하지 않는다는 다소 현실성이 없고 유쾌하지 못한 이야기이다. 그리젤다는 보잘것없는 집안에서 태어난 여자로 남편 월터는 마치 신이 이스라엘을 선택하듯이 그녀를 아내로 고른다. 하지만 월터는 갑자기 그녀에게서 등을 돌리고, 그녀로부터 아이들을 빼앗은 후 친정집으로 쫓아 보낸다. 몇 년이 지난 후 그리젤다는 남편으로부터 새로운 아내를 맞이하는 것을 도와 달라는 요청을 받는데, 그녀는 아무런 반대도 하지 않고 남편의 말에 복종한다. 결국 그리젤다는 이 모든 과정이 월터가 그녀를 시험하기 위해 계획한 것임을 알게 되고 아내와 어머니의 권리를 되찾는다. 이 이야기에서 그리젤다가 반페미니스트들에게 본보기가 될 만한 아내로 그려지고 있는지, 아니면 제멋대로인 운명의 손에 맡겨진 한 인간의 모습을 보여 주고 있는지 화자는 결론을 내리지 못한다.

「상인의 이야기」는 제뉴어리라는 이름을 가진 늙은 남편이 젊은 아내 메이가 다른 젊은 남자와 배나무 가지 위에서 성관계를 맺고 있는 사이에 그 배나무를 안고 있는 모습을 그린 씁쓸한 우화 형식의 이야기이다. 제뉴어리는 신들의 자비로 갑자기 시력을 회복하여 이들이 나누는 정사 장면을 목격하지만, 메이는 자신이 그 젊은 남자와 사랑을 나눈 것은 그의 눈을 뜨게 하려는 그녀 나름의 기도였다고 변명한다.

Fragment 5

「수습 기사의 이야기」는 환상적인 로맨스이다. 타타르 왕 캄부스칸(Cambuscan)은 아라비아 왕으로부터 몇 가지 생일 선물을 받게 되는데, 놋쇠로 된 날 수 있는 말과 그의 딸 카나세(Canace)에게 앞으로 닥쳐올 위험을 말해 주는 거울, 그녀가 새의 노랫소리의 의미를 알아들을 수 있게 해 주는 솔로몬 왕의 반지, 그리고 요술 검이다. 송골매가 카나세에게 그녀의 슬픈 사랑 이야기를 해 준 후 이 신비로운 이야기는 갑자기 중단된다.

「시골 유지의 서시와 이야기」는 브르타뉴 지방의 서정시이다. 도리겐이라는 부인이 아우렐리우스라는 이름의 수습 기사로부터 청혼을 받지만, 그녀는 바닷속에 있는 모든 돌이 없어진 후에야 그의 청혼을 받아들이겠다고 말한다. 아우렐리우스는 마법사의 도움으로 바닷속의 모든 돌을 없앤 후 그녀에게 약속을 지킬 것을 재촉한다. 그의 아내가 아우렐리우스와 맺은 약속을 알게 된 도리겐의 남편은 자기 아내에게 약속을 지킬 것을 권유한다. 하지만 이런 남편의 정성에 감동한 아우렐리우스가 도리겐을 자유롭게 해 준다.

Fragment 6

「의사의 이야기」는 리비우스에 의해 쓰인 로마 시대의 교훈적인 이야기이다. 비르기니우스라는 이름을 가진 한 소녀가 타락한 판관의 무고한 모함을 벗어나기 위해 자신의 아버지에 의해 죽임을 당한다는 내용이다.

「면죄부 판매자의 이야기」 서시에서 면죄부 판매자는 자기 자신을 탐욕스러운 사기꾼으로 소개한다. 그가 하려는 이야기는 일종의 설교이다. 자신이 얼마나 면죄부를 잘 파는가를 보여 주지만, 다른 순례자들로부터 자신의 설교에 대한 대가를 받으려고 하다 그들로부터 노여움을 산다. 면죄부 판매자가 하는 이야기는 자기 자신에게 전혀 어울리지 않는, '탐욕은 모든 악의 근원'이라는 큰 도덕적 교훈을 담고 있다. 죽음을 죽이려고 길을 떠난 방탕한 세 명의 젊은이가 도중에 신비스러운 한 노인을 만나게 되는데, 얼마 가지 않아 나무 밑에서 다시 만나게 될 것이라는 말을 그에게서 듣게 된다. 하지만 그들이 만난 것은 노인이 아니라 황금이다. 한 명이 포도주를 사러 갔다가 돌아오는 길에 남아 있던 두 명 중 하나에 의해 살해된다. 이 나머지 두 사람도 첫 번째 사람이 돌아오던 길에 그들을 죽이기 위해 독을 탄 포도주를 마시고 모두 죽는다.

Fragment 7

「선장의 이야기」는 우화의 형식을 취하고 있다. 상인의 아내가 수도승에게 만일 자신에게 돈을 준다면 그와 하룻밤 자겠다고 말하자, 수도승은 그녀의 남편에게 돈을 꾸어 그녀와 잠을 잔다. 나중에 여행에서 돌아오자마자 빌린 돈을 갚으라고 독촉하는 상인의 요구에 수도승은 그 돈을 이미 상인의 아내에게 갚았다고 말한다. 하지만 그녀는 그 돈을 다 써 버렸다고 말하면서, 앞으로 그와 잠으로써 그 돈을 갚겠다고 말한다. 이 이야기는 여성에 의해 쓰인 것으로 추측되는데, 원래는 바스 여장부가 할 이야기가 아닌가 생각된다.

「초서의 토파즈 경과 멜리비 이야기」는 영국의 유명한 로맨스를 희화화한 이야기이다. 호른, 베비스, 가이와 같은 영웅들이 등장하며, 멋진 각운으로 된 연들로 이루어져 있다. 이야기의 주인공인 토파즈 경은 요정 여왕을 사랑하지만, 요정 나라에 도착해서 그가 만나게 되는 인물은 요정 여왕이 아니라 그가 피해 가려고 했던 거인이다. 하지만 이 부분에서 타바드 여관 주인인 해리 베일리가 갑자기 "제발 이쯤에서 이야기를 그만두십시오."라는 말로 초서의 이야기를 중단시킨다. 초서는 운이 필수적인 시를 가지고는 도저히 좋은 이야기를 지을 수 없으므로 대신 산문으로 된 '짧은' 이야기를 하나 하겠다고 말하면서 「멜리비 이야기」를 시작한다. 이 이야기는 원래 프랑스어로 된 것을 영어로 번역한 것인데 무려 스무 쪽에 달한다. 한 가지 애매한 이야기가 나오기는 하지만, 대체로 문제를 해결하거나 충고를 받아들이지는 데 가장 좋은 방법이 무엇인가에 대한 간결한 문체로 된 도덕적 색채를 띤 논쟁이 주를 이룬다.

「수도사의 이야기」는 왕들의 몰락을 다룬 열일곱 개의 비극적 시리즈물로 각 이야기의 길이는 아주 다양하다. 성경이나 보카치오 등의 다양한 원전에서 빌려 온 이야기들이 주된 내용이다. 거의 동시대의 유명한 사람들이 불행한 종말을 맞이하는 데 운명이 어떤 역할을 했는가에 대한 설명이 따라온다. 하지만 운명의 힘을 예로 들어 설명한다고 해 놓고 단지 감상적인 사례사로 치우치는 수도사의 이야기를 참다못한 기사가 중단시키려 한다.

「신부의 이야기」는 다양한 양식으로 되어 있기는 하지만 주로 현학적인 영웅시를 모방한 시의 양식을 보여 주는 우화이다. 구성이 간단한 보통의 우화들과는 달리 이 이야기는 본론에서 어긋나는 여담과 지루한 연설로 가득 차 있다. 주인공은 농장의 수탉인 챈터클리어와 그의 아내 퍼텔롯이다. 어느 날 챈터클리어는 그가 이제까지 한 번도 본 적이 없는 여우에 대한 꿈을 꾸게 되는데, 이 꿈을 어떻게 해몽해야 할 것인가를 두고 대식구들 사이에 논쟁이 벌어진다. 이 논쟁이 있은 지 얼마 지나지 않아 정말 여우가 나타나서 챈터클리어에게 아부하다가 갑자기 그의 목덜미를 덥석 물고 달아나려 한다. 하지만 영리한 챈터클리어는 쫓아오는 인간들에게 여우가 모욕하고 있다고 하면서 말을 건다. 이 말에 대답하려고 여우가 입을 열자마자 삼십육계 줄행랑을 놓는다. 이 이야기가 독자들에게 전달하고자 하는 메시지가 무엇인지는 확실치 않다.

Fragment 8

「두 번째 수녀의 이야기」는 체칠리아 성녀와 그녀의 로마 태생 남편 발레리안의 기적과 순교에 대한 종교적인 전설이다. 체칠리아 성녀는 목이 거의 다 잘려 나가는 순간까지 사람들을 가르치려고 한다.

「성당 참사회 위원의 자작농 이야기」에서 연금술을 아는 다소 수상한 성당 참사회 위원과 그의 시종인 자작농은 순례자들과 함께 가기 위해 말을 타고 갑자기 등장한 인물들이다. 시종은 자기 주인의 과학에 대한 지식과 속임수에 대하여 자랑을 늘어놓은 후 다른 순례자들에게 다소 씁쓸한 이야기를 하나 해 준다. 그의 이야기는 수사가 신부에게 값비싼 금속을 만드는 방법을 가르쳐 주는 척하면서 신부로부터 많은 돈을 뜯어낸다는 이야기이다. 이 이야기는 한편으로는 시종의 주인에 대한 존경을, 다른 한편으로는 자기 주인의 극악무도한 간계에 대한 미움을 동시에 보여 줌으로써 『캔터베리 이야기』에 나오는 어떤 다른 이야기에도 찾아볼 수 없는 생생한 모습을 보여 준다.

Fragment 9

「식품 조달인의 이야기」는 오비디우스의 작품에서 빌린 이야기인데 왜 까마귀가 검은색을 띠게 되었는가에 관하여 이야기한다. 원래 까마귀는 흰색이었고 말도 할 수 있었다. 까마귀는 어느 날 태양신 포이베에게 그의 아내가 부정한 짓을 저질렀다고 고자질한다. 화가 난 포이베는 자기 아내를 죽이고 나서 회개하는데, 이 과정에서 화근을 제공한 까마귀를 벌로 까맣게 만들어 버린다. 이때부터 까마귀는 검은색을 띠게 되었다고 한다. 이야기의 어조가 동정적이지도 웃기지도 않기 때문에 독자들을 다소 혼란스럽게 만든다.

Fragment 10

「시골 사제의 이야기」는 『캔터베리 이야기』의 마지막을 장식하기 위하여 처음부터 계획된 이야기임이 분명하다. 이름이 '이야기'로 되어 있기는 하지만, 사실 회개와 7대 죄악에 대한 라틴어로 된 두 권의 책을 번역한 일종의 긴 교훈서이다. 이야기의 마지막 부분인 '철회'에서 『캔터베리 이야기』를 지은 작가는 다음과 같은 말을 하면서 신이 자신을 용서해 줄 것을 간청한다:

"다시 말해 저는 세상의 보잘것없는 것들에 대해 내가 이제까지 번역하고 편집한 것들을 이 「철회」에서 모조리 폐기하고자 한다. 트로일러스에 대한 이야기와 명예에 관한 이야기, 스물다섯 명의 여인들에 관한 이야기, 공작 부인에 관한 이야기, 「새들의 의회」에서 성 밸런타인데이에 관한 이야기들과 함께 이 「캔터베리 이야기」는 죄악의 씨로 뿌려진 것이다."

하지만 이 철회는 초서가 그동안 지은 작품들을 선전하는 데 한몫을 한다. 그리고 나중에 그의 작품들을 출판하고 보급하는 데 별다른 나쁜 영향을 끼치지도 않는다.

『캔터베리 이야기』는 영문학 전통에서 언제나 가장 인기 있는 작품 중 하나로 인정받는다. 윌리엄 캑스톤(William Caxton, 1422-1491)이 영국에 인쇄술을 들여온 후, 그가 1478년에 최초로 인쇄했던 작품도 『캔터베리 이야기』였으며, 1484년까지 두 번의 교정본을 내기도 했다. 1532년 윌리엄 신(William Thynne, ?-1546)이 『초서의 작품 모음집』을 내기 전까지 『캔터베리 이야기』는 세 번이나 재인쇄되었다.

종교 개혁기에 초서는 혁명의 선구자라는 명성을 톡톡히 얻는다. 이것을 가능케 했던 작품은 1542년에 나온 종교 개혁을 찬성하는 내용을 담은 『농부의 이야기』와 1561에 나온 리드케이트의 『테베 공략』이다. 1598년 토머스 스페트는 최초로 『캔터베리 이야기』에 대한 용어 해설판을 원문에 달고 1602년에 이를 개정한 개정판을 내었다. 그 이후 몇백 년 동안 여러 번에 걸쳐서 재판이 나왔다. 하지만 초서는 17-18세기 신고전주의 시대의 독자들에게는 별다른 감흥을 주지 못한 것 같다. 1775년 토머스 티위트가 『캔터베리 이야기』를 학문적인 관점에서 처음으로 출판했다. 존 드라이든(John Dryden, 1631-1700)은 자신이 죽던 해에 초서에 대한 중요한 감상문을 썼는데, 이것은 드라이든이 자신의 스타일로 각색한 몇 개의 이야기와 「총서시」에 대한 자기 나름대로 지식에 기초를 두고 있다:

"우선, 그(초서)는 영시의 아버지이므로 나는 그리스인들이 호메로스를 존경하고, 로마인들이 베르길리우스를 존경했듯이 그에게 경의를 표한다. 그는 양식 있는 판단의 영원한 샘과 같은 사람이라고 생각한다. 왜냐하면 그는 모든 종류의 학문을 배워 모든 화제에 관하여 적절하게 말할 수 있었기 때문이다. 그는 무엇을 말해야 할지 알았던 것처럼, 언제 떠나야 하는지도 아는 사람이었다. 이것은 베르길리우스와 호라티우스를 제외한 다른 많은 작가의 삶에서는 거의 찾아볼 수 없는 일이다. 초서는 모든 면에서 대자연을 닮으려고 노력했다. 하지만 한 번도 감히 대자연을 넘어서려고 하지 않았다. (……) 초서는 이해력이 매우 뛰어난 사람임이 틀림없다. 이것은 『캔터베리 이야기』에서 그가 살던 시대 영국 전역에서 만연했던 풍습과 유머에 대한 폭넓은 고찰을 통해 잘 드러난다. 어떠한 유형의 성격도 초서를 비껴 가지 못했다. 『캔터베리 이야기』를 접할 때, 내 앞에서 너무도 다양한 성격들이 솟아나고 있으므로, 종종 나는 어떤 것을 선택해야 할지 모르겠다. 속담에도 있듯이, 그저 '여기에 신의 풍요가 있다!'라고 말하는 것이 나을 성싶다."

작가 연보

1340~1345년	존 초서의 아들로 태어나다.
1357년	얼스터 백작부인(에드워드 3세의 둘째 아들인 라이오넬의 부인 엘리자베스 드 버그) 가문의 시종이 된다.
1359년	1359년 9월 에드워드 왕과 그의 아들이 프랑스를 공격하는데, 이때 라이오넬 왕자를 따라 프랑스와의 전쟁에 참여한다.
1360년	랭스 전투에서 프랑스군의 포로가 된 뒤, 1360년 3월에 16파운드의 몸값을 지불하고 풀려난다. 1360년 10월 칼레에서 영국과 프랑스 사이의 평화 협상이 진행되는 동안 라이오넬 왕자는 칼레에서 영국으로 편지를 전달하는 대가를 초서에

게 지급한다. 이것이 차후 초서가 수행하게 되는 많은 외교 업무의 시작인 셈이다.

1365~1366년　　왕비의 가문에서 시중을 들던 필리파 로에와 결혼한다. 필리파는 플란데런의 기사인 페옹 드 로에 경의 장녀이며 캐서린 스윈포드와는 자매 사이이다.

1366년　　초서의 아버지, 존 초서가 죽음을 맞이한다. 어머니는 곧 재혼한다.
스페인으로 여행한다.

1367년　　에드워드 3세의 집안에 들어가 수습 기사로 일한다. 초서의 아들, 토머스가 태어난다.
『장미의 로망스』의 일부를 번역한다. 프랑스어로 시를 쓰기 시작한다.

1368년　　랭커스터 공작 부인인 블랑쉬의 죽음을 애도하여 『공작 부인의 서』를 쓴다.

1368~1372년　　이 시기 영어와 프랑스어로 많은 시를 썼던 것으로 추정되나 대부분이 오늘날까지 전해지고 있지 않다.

1369~1370년　　프랑스 북부 지방을 여행하며, 존 오브 곤트 휘하의 군대에서 왕의 명령으로 프랑스와의 전쟁에 다시 참여한다.

1372~1377년　　이 시기에 쓰인 시들은 후에 『캔터베리 이야기』 안에 들어갈 '수녀의 이야기'와 '수도사의 이야기'로 개작된다.

1372년	초서의 부인, 필리파가 존 오브 곤트의 부인 가문에서 일하게 된다. 외교 업무로 이탈리아를 여행한다.
1374년	영국항으로 수입되는 가죽과 양모 등에 대한 세관 업무를 책임지게 된다. 이 무렵 올드게이트에 집을 임대할 수 있도록 허가된다. 매일 일정량의 포도주가 왕명으로 하사되며, 10파운드의 연금 또한 존 오브 곤트에 의해 지급된다.
1375년	프랑스의 시인이며 기사인 오토 드 그랑송과 함께 존 오브 곤트로부터 하사금을 받는다.
1376~1377년	평화 협상 및 프랑스 공주와 리처드와의 결혼을 성사하기 위해 몇 차례 프랑스 여행을 한다.
1378년	외교 업무로 이탈리아 밀라노를 여행한다. 에드워드 3세 당시 초서에게 허락된 20파운드의 연금을 리처드 2세가 재확약한다. 『성녀 체칠리아』, 『명예의 전당』, 후에 『기사의 이야기』로 개작되는 『아넬리다와 아르시트』를 비롯한 『팔라몬과 아르시트』를 삼 년간 쓴다.
1380년	시실리 상판을 강간했다는 이유로 기소당한다. 상판이 서류에 서명함으로써 모든 혐의로부터 방면된다. 초서의 둘째 아들 루이스가 태어난다. 『새들의 의회』를 쓴다.
1381년	초서의 어머니 아그네스 콥튼이 죽음을 맞이

한다.

『보에스』와 『트로일러스와 크리세이드』를 오 년 간 쓴다.

1382년 　　세관 업무를 재개하게 되며, 세관 총책임자의 대리인직을 맡는다.

1385년 　　세관 대리인 직책이 영구적으로 부여된다.

켄트 지역의 치안판사직을 맡는다.

1386년 　　세관직에서 은퇴하여 켄트 지역의 의원이 된다.

올드게이트의 저택에서 이사한다.

『착한 여인전』을 쓴다. 일부분은 이미 전에 쓰인 것이며, 서시 부분은 후에 수정된다.

1387년 　　초서의 부인, 필리파가 죽음을 맞이한다.

『캔터베리 이야기』를 집필하기 시작한다.

1389년 　　웨스트민스터 사원, 런던 타워를 비롯한 궁전 건축물을 관리, 감독하는 서기로 7월 12일 임명된다.

1390년 　　건축 자재의 구매, 수송, 보관 등을 총괄하는 서기로 있을 당시 스미스필드에 마상 경기를 위한 건축물이 건립된다. 성벽과 수로의 관리 책임자로 임명되어 울위치에서 그리니치 사이의 탬스 강 공사들을 관리한다.

1391년 　　국가 및 왕실 건축물의 관리 감독을 그만둔 뒤, 서머싯에 있는 황실의 숲을 관리하는 대리인으로 임명된다. 당시 숲은 국가의 중요한 재원이었으며 이를 관리하는 위치는 돈과 사람을 다루는 능력과 함께 무거운 책임이 수반되었다.

아들 루이스를 위해 『천측구에 관한 글』을 이 년 간 쓴다. 이듬해부터 이른바 '결혼과 관련한 이 야기'를 포함한 『캔터베리 이야기』의 대부분을 삼 년간 쓴다.

1393년 국가에 봉사한 대가로 10파운드의 하사금을 왕 에게서 받는다.

1394년 20파운드의 연금을 죽을 때까지 받을 수 있도록 왕의 승인이 이루어진다.

1395년 초서의 아들 토머스가 모드 버그허쉬와 결혼 한다.

1396년 「신부 이야기」와 「시골 사제의 이야기」를 포함한 『캔터베리 이야기』의 마지막 부분을 죽기 전해까 지 쓴다.

1397년 매년 252갤런의 포도주를 받을 수 있는 왕의 승 인이 이루어진다.

1399년 리처드 2세 당시 초서에게 승인한 재정적 권리와 특권을 헨리 4세에 의해 재확약받음과 동시에 40파운드의 추가 연금이 지급된다.

1400년 「지갑에 대한 초서의 불평」을 쓴다.

10월 25일 죽음을 맞이한다. 웨스트민스터 대사 원에 묻히는 최초의 영국 시인이 된다.

제프리 초서에 관하여

제프리 초서(Geoffrey Chaucer, 1340-1400)는 '영시의 아버지'
라 일컬어질 뿐 아니라, 근대 영어의 모태가 되는 중세 영어의
정착에 지대한 영향을 미쳤다. 하지만 이런 그의 커다란 업적
과 명성에 비해 그에 관한 이야기나 문헌상의 기록이 많이 전
해지고 있지 않아 안타깝다. 적은 자료나마 정리해서 간략하
게 그의 인생을 훑어 보면 다음과 같다.

초서는 전형적인 중세인의 삶을 살았다. 그는 제법 부유한
주류 상인의 아들로 1340년 런던에서 출생한다. 부친인 존 초
서는 에드워드 3세 치하의 궁정에서 궁정 내의 주류를 취급하
고 관리하는 직을 맡았는데, 당시 인기 있고 덕망 있는 직종
이었다. 부친의 직업상 어린 초서는 대륙인 스페인과 프랑스
등지에서 수입되는 거대한 술통들이 배에 실려 런던항으로 들

어오는 것을 보며 일찍부터 이국적인 풍물을 접했을 것이다. 또한 그는 선원들이 전하는 대륙의 이국적인 이야기에 매료되어 그에 대한 동경심을 떨쳐 버릴 수가 없었을 것이다. 그는 당시 고급 교육에 속하는 라틴어와 프랑스어 교육을 받으며 여유 있는 시민 계급의 가정에서 자란다.

그에 관한 최초의 기록은 1357년부터 시작되는데, 십 대인 그는 얼스터 백작 부인의 시종으로 귀족 사회 및 궁정과 인연을 맺는다. 이는 궁정에서 일하던 부친의 영향이 컸던 것으로 추측된다. 당시 귀족 가문의 시종은 아무나 될 수 없었으며, 단순한 봉사 외에 당시 궁정 언어인 프랑스어를 배울 좋은 기회도 주어졌다. 이는 후에 궁정 관리로 출세하기 위한 일차적 관문으로서, 자질이 돋보이는 젊은이들에게 주어지는 특별한 기회였다. 이것은 후에 그가 왕실과 계속 인연을 맺으면서 성공적인 관직 생활을 할 수 있는 밑거름이 된다. 몇 년 후 초서는 프랑스와의 전쟁에 참전한다. 그러나 포로로 붙잡혀 몸값을 지불하고 겨우 풀려난다. 이후 그는 궁정 교육기관인 '인스 오브 코트'에서 교육받았을 것으로 추정된다. 집안의 배경이나 궁정 사회와의 인연을 생각할 때 쉽게 유추할 수 있는 부분이다. 인스 오브 코트는 귀족이나 부유층 자녀들이 궁정 관리가 되기 위해 거치는 특별한 교육 기관으로 일반 교육과 법 교육이 이루어졌다.

1366년 초서는 여왕의 시종인 필립파와 결혼한다. 필립파의 자매인 캐서린 스윈포드는 나중에 에드워드 3세의 아들이며 당시 영국 내 최고 실력가였던 존 오브 곤트 경의 세 번째 아내가 된다. 이런 인연 때문인지 후에 존 경은 초서의 후원자가 된다.

당시 궁정은 단순한 사회적 기관의 역할뿐만 아니라 정부의 행정 기구로서 막대한 업무를 맡은 기관이었다. 이러한 궁정에서 초서는 여러 가지 직책과 업무를 맡는다. 그러면서 왕의 연금을 받고, 스페인 외교 사절로도 활약한다. 궁정 내 또 다른 그의 역할은 궁정의 여흥을 돋우기 위해 재담과 이야기를 들려주는 이야기꾼이었을 것으로 추정된다. 1368년에는 중요한 신분 상승을 의미하는 왕의 향사라는 직책을 맡는다. 같은 해 그는 초기 대작인 『공작 부인의 서』를 내놓는데, 존 오브 곤트 경의 젊은 부인이 흑사병으로 죽게 되자 그녀를 애도하는 마음에서 쓴 시집이다. 1370년 이후 초서는 국왕의 외교 특사로서 유럽을 빈번히 여행하면서 프랑스 문학의 영향을 받았고, 애독서인 『장미의 로망』을 번역한다. 곧이어 역시 외교 사절로서 그의 생애와 문학에 지대한 영향을 끼치게 되는 두 차례에 걸친 이탈리아 여행을 한다. 르네상스의 기운이 완숙에 이른 이탈리아 문물은 초서에게 무한한 영감과 지식의 보고를 제공했을 것이다.

1372년에서 1386년까지는 이탈리아 문화의 영향 시기라고 불리며, 특히 초서는 단테와 보카치오의 영향을 받았을 것으로 추정된다. 이 시기에 『새들의 의회』, 『트로일러스와 크리세이드』, 『철학의 위로』를 완성한다. 1374년 런던항의 세관 관리로 임명된 초서는 런던 동쪽의 올드게이트에 기거하며 정부 관료 및 외교 사절로서 바쁜 일정을 보낸다. 이때 그는 부인

필립파의 수입, 존 오브 곤트 경의 연금, 국왕의 하사금 등으로 제법 부유한 시기를 보낸다.

1385년 초서는 올드게이트의 집과 세관의 관직을 내놓고 켄트로 이주한다. 같은 해 그는 켄트의 치안 판사로 임명되어, 1386년에는 켄트 대표로 의회에 진출한다. 이처럼 관직에서 승승장구한 초서이지만 한때 궁정의 권력 이동으로 모든 관직을 일시 박탈당하는 비운을 겪기도 했다. 1387년 부인이 죽자 그는 자신의 천직인 시작(詩作)에만 주력한다. 이때는 프랑스와 이탈리아 문학의 혼합기로서 독특한 영국적 문학이 싹트는 이른바 중세 영문학 시기다. 이때부터 그는 죽을 때까지 (1386~1400) 『캔터베리 이야기』를 집필하지만 이 작품은 끝을 맺지 못한 채 미완으로 남는다. 1400년, 그는 생을 마치게 되어 웨스트민스터 사원에 안치되는데, 그를 기점으로 훗날 유명한 시인과 문인들이 그곳에 묻히게 되어 그곳은 '시인들의 묘역'으로 불린다.

감사의 글

고대·중세 영문학으로 나를 이끌어 준 런던 대학교 킹스 칼리지의 자넷 로버트, 자넷 베이틀리 교수와 런던 대학교 리처드 노스 교수에게 깊은 감사를 드린다. 출판을 흔쾌히 허락해 주신 민음사 관계자 여러분께 깊은 감사를 드린다. 가족의 세심한 배려와 기도가 없었더라면 이 역서가 세상에 빛을 보지 못했을 것이다. 이러한 모든 이에게 깊은 감사를 드리며 더욱 훌륭한 역서가 되도록 더한층 노력을 기울일 것을 다짐한다.

— se lufath etimos awa to aldre, 이동일

이제는 더 이상 뵐 수 없는 학문적으로뿐만 아니라 정신적으로 나의 선생님인 미국 로체스터 대학교의 러셀 A. 펙 교수

님, 그리고 변함없이 늘 곁에서 생활에 기쁨과 위안을 주는 가족에게 고마움을 전하고 싶다. 아울러 역자의 부족함을 꼼꼼하게 메워 준 민음사 편집진, 그리고 민음사에 지면을 통해서나마 심심한 감사의 말씀을 드린다.

— 이동춘

세계문학전집 440

캔터베리 이야기 2

1판 1쇄 찍음 2023년 12월 15일
1판 1쇄 펴냄 2023년 12월 22일

지은이 제프리 초서
옮긴이 이동일, 이동춘
발행인 박근섭, 박상준
펴낸곳 (주)민음사

출판등록 1966. 5. 19. (제 16-490호)
서울특별시 강남구 도산대로1길 62(신사동) 강남출판문화센터 5층 (우편번호 06027)
대표전화 02-515-2000 팩시밀리 02-515-2007
www.minumsa.com

© 이동일, 이동춘, 2023. Printed in Seoul, Korea

ISBN 978-89-374-6440-9 04800
ISBN 978-89-374-6000-5 (세트)

세계문학전집 목록

세계문학전집은 계속 간행됩니다.